내가 빠진 로맨스

The No-Show

내가 빠진 로맨스

The No-Show

베스 올리리 장편소설
박지선 옮김

모모

버그에게

시오반

그 남자는 나타나지 않았다.

시오반은 코로 천천히 숨을 내쉬었다. 마음을 가라앉히려 했지만 내뿜는 콧김은 **수행자**라기보다 **성난 황소**에 가까웠다.

시오반은 이 일 때문에 친구와의 아침 식사 약속을 취소했다. 머리를 말고 립스틱을 발랐으며 다리 제모도 했다(무릎까지만 한 게 아니라 다리 전체를. 혹시 그 남자가 탁자 아래로 허벅지 더듬는 걸 좋아할지도 모르니까).

그런데 빌어먹을 그 남자는 나타나지 않았다.

"화 안 났어." 시오반이 피오나에게 말했다. 두 사람은 영상통화를 하고 있었다. 이들은 언제나 영상통화를 했다. 눈을 맞추고 이야기하는 것이 중요하다고 굳게 믿는 시오반 때문이었다. 게

다가 그녀는 오늘 자기 모습이 얼마나 멋진지 **누군가에게** 꼭 보여주고 싶었다. 비록 그 누군가가 룸메이트일지라도. "난 마음 비웠어. 그 사람은 남자고, 남자는 늘 날 실망시켰지. 내가 뭘 기대한 걸까?"

"오늘 화장한 걸 보니 섹스를 기대한 것 같은데." 피오나가 눈을 가늘게 뜨고 화면을 바라보며 말했다. "아직 아침 9시도 안 됐어, 시오반."

시오반은 어깨를 으쓱했다. 그녀는 특이함을 자랑하는 어느 카페에 앉아 있었는데, 물건이든 사람이든 특이한 무언가는 언제나 시오반을 몹시 짜증 나게 했다. 시오반이 앉은 탁자에는 반쯤 마시다 만 더블 샷 오트 밀크 라테가 놓여 있었다. 밸런타인데이에 바람맞을 줄 알았다면 그냥 우유로 만든 라테를 골랐을 텐데. 시오반은 기분이 좋을 때만 비건이었다.

"섹스는 어차피 하는 거고." 시오반이 말했다.

"아침 먹는 데이트인데도?"

사실 그 남자와는 아침 데이트를 해본 적이 없었다. 하지만 시오반이 런던에 잠깐 다녀간다고 말하자 그는 **"내일 아침에 나랑 아침 먹을래? 혹시 또 모르지…"**라고 했다. 아침 데이트를 신청하는 건 매우 의미심장했다. 그것도 밸런타인데이에. 두 사람은 주로 밤 11시 이후에 시오반의 호텔 방에서 데이트했다. 매달 첫 번째 금요일에 만났고 어쩌다 가끔 시오반이 런던에 가게 되면 특별히 추가로 만났다.

이런 식의 데이트는 괜찮았다. 그 정도면 충분했다. 시오반은 그 이상을 **바라지** 않았다. 그 남자는 잉글랜드에, 시오반은 아일랜드에 살았고 둘 다 바빴으니까. 둘의 약속은 완벽하게 굴러갔다.

"정말 5분 더 기다리지 않아도 되겠어?" 피오나가 자그마한 손으로 입술을 가린 채 입안 가득 물고 있던 콘플레이크를 삼키며 말했다. 주방 식탁에 앉은 그녀는 잘 때 땋은 머리 그대로였다. "그냥 늦는 걸지도 모르잖아?"

시오반은 고작 하루 집을 떠나 있었는데도 집이 가슴 사무치게 그리웠다. 주방에서 나는 익숙한 레몬 계열의 냄새와 벽장에서 느껴지는 평온함이 그리웠다. 평소 즐기던 가벼운 만남이 그 이상의 무언가가 될 수 있지 않을까 하고 바라는 실수를 저지르기 전의 자신이 그리웠다.

시오반은 최대한 우아하게 라테를 마셨다. "아, 그러지 마. 그 남자 안 올 거야." 그녀는 이렇게 말하면서 어깨를 으쓱했다. "난 마음 비웠다니까."

"혹시 그 남자를 그렇게 별거 아니라는 식으로 말하는 이유가…"

"피오나, 그 사람이 8시 30분에 보자고 했어. 그런데 지금 8시 50분이야. 날 바람맞혔다고. 그냥 받아들이고…" 시오반은 침을 삼켰다. "…잊고 잘 사는 게 나을 것 같아."

"그래." 피오나가 한숨을 쉬며 말했다. "음. 커피 마저 마시고 네가 멋있는 사람이란 거 잊지 말고 끝내주는 하루 보내." 피오나가 '**끝내주는**'이라고 말할 때 미국식 억양이 느껴졌다. 요즘 피오나의 억양은 대체로 시오반처럼 더블린 사람 같았다. 두 사람이 열여덟 살에 게이어티 연기 학교Gaiety School of Acting*에서 처음 만났을 때, 피오나는 뉴욕 특유의 억양과 자신감으로 무장했었지만 그것들은 그녀가 10년 동안 오디션에 떨어지면서 모두 사라졌다. 피오나는 운이 없었고 늘 대역을 맡았다. 시오반은 지난 10년 동안 해마다 그랬듯이 올해가 피오나의 해라고 굳게 믿었다.

"내가 언제 끝내주는 하루 안 보낸 적 있어? 이러지 마."

시오반은 머리를 넘겼고 때마침 뒤에 지나가던 남자가 그녀의 의자에 부딪쳤다. 남자가 들고 있던 커피가 흔들리는 바람에 시오반의 어깨에 작은 커피 방울이 튀었다. 커피는 시오반의 선홍색 원피스에 떨어져 작은 얼룩을 남겼는데, 떨어진 두 방울이 세미콜론 모양을 그렸다.

이 모든 상황이 매력적인 첫 만남의 요소를 갖추고 있었다. 시오반은 고개를 돌리는 짧은 순간 동안 그런 만남을 생각했다. 그 남자는 매력적인 편이고 키가 컸으며, 큰 개를 기르고 큰 소리로 웃을 것만 같은 부류였다. 잠시 후에 그가 말했다.

"깜짝이야! 머리카락으로 눈 찌르겠어요!"

시오반은 아닌 쪽으로 결론 내렸다. 고급 원피스에 커피를 흘리고도 곧장 사과하지 않고 당당하게 구는 덩치 큰 남자를 상대하기에 지금 그녀는 기분이 너무 안 좋았다. 이런 상황에서 누구나 그렇듯이 화가 나서 가슴속에서 열불이 났지만, 시오반은 이 상황이 고맙다 못해 안심되기까지 했다. 그녀에게는 바로 이런

---

*   1986년에 설립된 아일랜드 더블린 소재 연기 학교.

분노가 필요했기 때문이다.

시오반이 손을 뻗어 남자의 팔을 가볍게 건드렸다. 남자는 눈썹을 약간 치켜올린 채 걸음을 늦추었고, 시오반은 일부러 뜸 들인 뒤에 말을 시작했다.

"'**정말 미안합니다**'라고 해야 하는 거 아닌가요?" 시오반의 목소리는 설탕을 뿌린 듯 달콤했다.

"이봐요, 조심해요." 휴대폰 너머에서 피오나가 말했다. 휴대폰은 탁자 중앙에 놓인 기우뚱한 테라코타 화분에 기대어 있었다.

남자는 조심성 있는 사람이 아니었다. 시오반은 그가 그런 사람이라는 걸 알았다.

"정확히 뭐 때문에 내가 그렇게 미안해야 하는 걸까요, 라푼젤 씨?" 남자가 물었다. 그는 시오반의 시선을 따라 어깨의 커피 얼룩을 보더니 성가시다는 듯이 제멋대로 웃음을 터뜨렸다. 그러고는 아무것도 안 보이는 것처럼 눈을 가늘게 뜨며 귀여운 척을 했다. 시오반의 기분이 좋았다면, 비건 밀크처럼 가볍고 상쾌한 기분이었다면 맞춰주었을 것이다. 하지만 커피를 든 남자에게 유감스럽게도 시오반은 방금 밸런타인데이에 바람맞았다.

"이 원피스 가격이 자그마치 2,000유로라고요. 돈을 한꺼번에 보내줄래요, 아니면 할부로 할래요?"

남자는 고개를 젖히고 웃었다. 몇몇 커플이 흘끔댔다.

"정말 재미있군요." 그가 말했다.

"농담 아니에요."

남자의 얼굴에서 미소가 사라졌고 잠시 후 일이 제대로 터졌

다. 먼저 그는 언성을 높였다. 시오반은 온라인 명품 쇼핑몰 네타
포르테NET-A-PORTER에서 원피스를 샀다고 밝혔다. 그러자 남자
는 화를 내며 그녀에게 **'뻥도 심한 주제에 귀부인 행세를 한다'**고
했다. 이건 오히려 좋았다. 덕분에 시오반은 무기를 장전할 시간
을 5분이나 벌었으니까. 피오나는 휴대폰 화면 속에서 웃고 있었
다. 시오반은 한동안 따분하고 특이한 카페에 데이트 상대도 없
이 혼자 있다는 사실을 잊었다.

"시오반, 네가 심했어." 시오반이 다시 의자에 앉자 피오나가
애정 어린 투로 말했다.

남자는 '드라이클리닝 비용'이랍시고 10파운드 지폐를 탁자
에 던지고 식식대며 가버렸다. 다들 쳐다보고 있었다. 시오반은
말다툼의 계기가 된 빛나는 금발을 어깨 뒤로 넘기고는 창문 쪽
으로 고개를 돌렸다. 턱을 꼿꼿하게 들고, 가슴을 쭉 펴고, 다리
를 꼰 채.

시오반이 울지 않으려고 애쓸 때 이런 식으로 고개를 돌린다는
건 피오나만 알았다.

"좀 나아졌어?" 피오나가 물었다.

"물론이지. 게다가 10파운드 더 부자가 됐는걸. 어디에 쓰지?"
시오반은 코를 훌쩍이더니 탁자 맞은편에 있던 메뉴판을 가져왔
다. 손목시계를 확인하니 아침 9시였다. 이제 겨우 9시인데 이미
기록을 깰 정도로 일진이 안 좋았다. "'항상 서니 사이드를 보세

요’ 달걀 프라이*? 아니면 ‘킵 스마일링’ 케일 스무디**?”

시오반은 메뉴판을 손으로 탁 내리치고는 다시 밀어놓았다. 약간 놀란 옆자리 커플이 불안한 표정으로 그녀를 보았다.

“이런 미친. 여긴 밸런타인데이에 바람맞기에 최악의 장소가 틀림없어.” 시오반이 말했다. 가슴속에서 뜨겁게 솟구치던 분노가 사라지자 가슴이 조이는 느낌이 들었다. 외로움 때문에 가슴이 쥐어짜는 듯 아프고 곧 눈물이 날 것 같았다.

“이런 일로 힘들어하지 **마**.” 피오나가 말했다. “널 바람맞히다니 참 멍청한 남자네.”

“그래, **정말** 멍청한 남자야.” 시오반은 목소리를 가다듬으며 힘주어 말했다.

피오나는 말이 없었다. 시오반은 피오나가 마음을 가라앉힐 시간을 주는 게 아닐까 싶었다. 이런 생각이 들자 속눈썹 끝에서 떨리는 눈물방울이 뺨을 타고 흘러내리게 해서는 안 된다고 더욱 굳게 마음먹었다.

“시오반, 이게 너한테 얼마나 중요한 일인지 알아.” 피오나가 머뭇거리며 말을 꺼냈다. “너… 이번이… 킬리언 이후로 제대로 된 데이트는 처음 아니야?”

시오반은 패배를 인정하고 눈물을 찍어내며 얼굴을 찡그렸다.

---

*   ‘서니 사이드sunny side’는 ‘긍정적인 면’이라는 뜻으로, 달걀의 아랫면만 익힌 프라이를 ‘서니 사이드 업sunny side up’이라고 한다.

**   ‘킵 스마일링keep smiling’은 ‘계속 웃어요’라는 뜻으로, ‘케일 스무디kale smoothie’ 와 운을 맞춘 말장난이다.

"뭐야, 내가 3년 동안이나 데이트를 안 했다고 생각하는 거야?"

피오나는 그저 참을성 있게 기다렸다. 시오반이 그동안 데이트를 안 했다는 건 둘 다 알고 있었다. 그렇더라도 피오나는 그걸 **입 밖에 내지** 말아야 했다. 결국 그녀는 한숨을 쉬고 말을 이었다.

"그럼, 그 남자 버리는 거야?"

"아, 버렸어. **끝이야.**" 시오반이 대답했다.

그 남자는 시오반을 바람맞힌 날을 후회하게 될 것이다. 시오반은 아직 후회가 무엇인지 모르지만, 곧 알게 될 것이다. 그리고 그 상황은 그의 마음에 들지 않을 것이다.

미란다

9시 3분. 아무도 나타나지 않았다.

미란다는 차에 기대 엄지손톱 안쪽을 물어뜯으며 부츠를 신은 한쪽 발로 타이어를 툭툭 쳤다. 그리고 포니테일로 묶은 머리를 더 꽉 묶었다. 부츠 끈도 다시 맸다. 배낭을 뒤적거리며 전부 다 챙겼는지 확인했다. 물 두 병과 등반 장비와 부모님에게 생일 선물로 받은, 손잡이에 이름이 새겨진 작은 톱이었다. 모두 배낭 안 제자리에 있었고, 아파트에서 여기까지 오는 20분 사이 어느 시점에 마법처럼 가방에서 뛰쳐나간 물건은 하나도 없었다.

9시 7분. 드디어 자갈에 타이어 굴러가는 소리가 들렸다. 미란다는 멈춰 서는 제이미의 트럭을 향해 고개를 돌렸다. '제이 도일 J Doyle'이라는 회사 로고가 선명하게 새겨진 밝은 초록색 트럭이었다. 미란다의 심장은 딱따구리가 나무를 쪼아대듯이 갈비뼈를 두드리며 쿵쾅댔다. 그녀는 제이미가 함께 온 사람들과 차에서 내리자 허리를 꼿꼿하게 펴고 섰다.

제이미는 가까이 오며 미란다를 향해 싱긋 웃었다. "에이제이, 스파이크스, 트레이. 이쪽은 미란다 로소야." 그가 말했다.

그 남자들 중 두 사람은 미란다가 아주 잘 알고 있는 표정을 지었다. 부적절하게 행동하지 말라고 단단히 교육받아서 무언가에 쫓기는 듯 긴장한 눈빛이었다. 트레이는 키가 작고 다부진 체격으로, 움푹 들어간 두 눈은 침울했다. 스파이크스는 트레이보다 머리 하나가 더 컸고 럭비 선수 같았는데, 지저분하고 빛바랜 티셔츠 아래로 떡 벌어진 가슴이 드러났다. 두 사람은 미란다에게 고개를 끄덕여 인사한 다음 곧바로 트럭을 세운 곳 한쪽 구석에 있는 나무로 시선을 돌렸다.

그곳에 에이제이가 있었다. 미란다를 보는 그의 표정은 앞선 두 사람과 매우 달랐다. 그는 '처음 만난 여자를 부적절하게 대하지 말라'는 말을 듣고 도전 의식에 불타는 듯 미란다를 아래위로 훑어보았다.

미란다는 에이제이를 조심하라는 이야기를 들었다. 그는 명성이 자자했다. "그 에이제이라는 사람 말이야, 올라탄 나무보다 여자가 더 많다던데." 미란다가 제이미의 팀으로 옮기겠다고 했을 때 그녀의 전 직장 상사가 했던 말이다. "착해빠진 얼굴을 해가지고 인정머리 없는 개새끼라지."

그래서 미란다는 뚫어질 듯 쳐다보는 초록색 눈동자와 수염

난 턱과 문신을 새긴 근육질 팔에 단단히 대비했다. 눈이 마주치자 눈썹을 찡긋거리며 '당신 같은 여자는 한입 아침 식사 거리지'라고 말하는 듯한 눈빛에 준비 태세를 갖추었다.

하지만 그가 안고 있는 작은 코카푸* 강아지에는 **전혀** 대비하지 못했다.

미란다는 뒤늦게 아차 싶었다. 에이제이는 일터에 강아지를 데리고 오는 것이 지극히 일반적이라는 듯이 쉬지 않고 강아지의 머리를 쓰다듬었다.

"아, 참. 애는 립이야." 제이미가 심드렁하게 말했다. "얼마 전에 데려온 강아지래. 집에 혼자 둘 수 없었나 본데. 맞아, 에이제이?"

"분리 불안이 있어서요." 에이제이는 이렇게 말하며 넓은 근육질 가슴팍에서 립을 조금 더 높이 올려 안았다.

미란다는 미소 짓지 않으려고 무척 애썼다. 원래는 에이제이를 철저히 무시할 계획이었다. 일반적으로 거만한 사람에게는 그게 최고의 작전이라는 걸 깨달았기 때문이다. 그런데… **제길**, 강아지가 정말 귀여웠다. 미란다는 곱슬곱슬한 털이 덮여 있고 코가 들린, 곰 인형과 조금이라도 닮은 구석이 있는 것이라면 뭐든 사족을 못 썼다.

"안녕, 립." 미란다는 강아지가 냄새를 맡을 수 있도록 손을 내밀며 말했다. "안녕, 꼬맹이!"

에이제이의 옆구리에서 립의 꼬리가 흔들리기 시작하자 미란

* 코커스패니얼과 미니어처 푸들의 교배종.

다는 녹아내리지 않으려고 애썼다.

"이 녀석이 당신을 좋아하는군요." 에이제이가 꿀처럼 달콤한 목소리로 말하며 또다시 미란다의 몸 아래위로 시선을 미끄러지듯이 굴리자 미란다는 뇌에 제동을 걸었다. 강아지가 귀엽기는 했지만, 강아지를 안고 있는 남자의 상체에 지나치게 관심을 기울이고 있었다. 이건 작전이 아니었는데.

"안녕하세요." 미란다는 립에게서 시선을 떼고 트레이와 스파이크스를 향해 미소 지었다. "다들 만나서 반가워요."

"로소는 등반 실력이 뛰어나." 제이미가 미란다의 등을 두드리며 말했다. "로소가 공중 구조 대회에 참가한 걸 봤어야 하는데. 그렇게 나무에 빨리 올라가는 사람은 처음 봤거든. 다들 등반 장비 챙겼지?"

"그럼요." 미란다가 배낭을 향해 고갯짓하며 말했다.

"이번에 올라갈 나무는 아주 높아." 제이미가 말했다. "고객은 나무 윗부분을 잘라서 높이를 3분의 1로 줄이고 싶어 해." 그는 웅장한 저택의 앞마당 위로 우뚝 솟은 은빛 자작나무를 턱으로 가리켰다. 그 집 외부에 차를 세워둔 참이었다. 호리호리한 자작나무는 바람에 이리저리 흔들리며 비틀거렸다. "이 녀석들한테 어떻게 하는지 보여줄래?"

"물론이지요." 미란다가 대답했다. 그녀는 이미 몸을 숙이고 배낭을 열어 하네스*를 꺼내고 있었다.

---

*　　　로프에 몸을 고정하기 위해 착용하는 장비.

❖❖❖

나무를 오르는 것만큼 그녀의 마음을 사로잡은 일은 없었다.

미란다는 열다섯 살 때 학교에서 집으로 걸어가던 길에 멀리서 들려오는 남자들의 함성을 들었다. 그 소리를 따라가보니, 그녀가 다니던 중학교와 길을 마주 보고 위쪽에 있던 토지관리 대학에서 수목 관리 전문가*들이 훈련하고 있었다. 그곳에는 키 크고 예쁜 소나무가 줄줄이 심겨 있었고 나뭇가지에는 노란색과 주황색 로프가 매달려 있었다. 남자들은 미란다의 머리 위에서 타잔처럼 나무 사이를 오갔는데, 갈라진 나뭇가지를 뛰어넘어 하네스에 기댄 채 두 다리로 나무 몸통을 꽉 잡았다. 심지어 거꾸로 매달린 사람도 있었다.

그전까지 미란다는 나무에 오르는 일을 직업으로 삼을 수 있다는 생각을 한 번도 해보지 않았다.

강사는 구경하는 미란다를 보더니 다음 주에 공개 훈련이 있다면서 원하면 직접 참여해볼 수 있다고 알려주었다. 미란다는 하네스가 체중을 받쳐주는 것을 느끼며 올라간 나뭇가지에서 아래쪽 땅이 물결처럼 일렁이는 걸 보고 나자, 완전히 매료되었다.

10년 뒤, 그녀는 단순히 나무 타는 일을 직업으로 삼은 정도가 아니라 나무를 **정말 잘** 타게 되었다. 그리고 부모님은 맏딸이 출근 첫날 생명보험을 정리하라고 권고받을 정도로 위험한 일을 왜

---

*　　　병든 나무를 진단하고 치료해 건강하게 자라도록 관리하는 '나무 의사tree surgeon'로, '아보리스트arborist'라고도 한다.

하겠다고 고집부리는지 전혀 이해할 수 없었음에도 마지못해 찬성했는데, 누가 보더라도 미란다가 자기 일에 열정적이라는 것이 가장 큰 이유였다.

미란다는 체중을 견딜 수 있는 가장 높은 가지에 메인 라인*을 고정하고 자작나무에 올라가자, 트레이와 스파이크스와 에이제이는 하나도 생각나지 않았다. 심지어 카터도, 그와의 점심 데이트도, 데이트에 대비해 배낭 맨 밑에 곱게 접어 넣은 옷도 까맣게 잊었다. 나무를 타고 12미터 위로 올라가는 일은 아무리 노련한 사람이라도 당연히 무섭고, 그 무서운 일을 하는 동안에 **다른 무언가**를 생각할 겨를은 없었다. 오직 그녀와 로프와 바람, 그리고 그녀가 떨어지지 않게 해주며 주위에서 숨 쉬고 있는 나무가 존재할 뿐이었다.

에이제이는 저택 앞쪽 산울타리 가지를 쳐내고 있었고, 그의 발치에서 립이 이리저리 신나게 돌아다녔다. 처음에 제이미는 미란다를 주시하다가 30분쯤 지나자 에이제이를 도와주러 갔다. 나머지 사람들은 지상 작업을 하고 기중기로 무거운 짐을 옮기고 나뭇가지를 나무 파쇄기에 넣었다. 사슬톱 굉음과 현란한 톱밥 틈에서 오전이 지나갔다.

미란다는 메인 라인을 타고 내려와 나무 아래쪽 흙을 뒤꿈치로 쿡 찍으며 거칠게 땅에 내려앉았다. 로프는 걸리지도 않고 매끄럽게 뒤따라 내려왔다. 지금까지는 좋은 아침이었다. 미란다가

---

*   나무와 사람을 연결하는 고정된 로프.

헬멧을 벗자 포니테일로 묶은 머리가 느슨하게 풀려 이마에 머리카락이 몇 가닥 달라붙었다.

"제법이군요." 에이제이가 말했다. 미란다는 그를 지나쳐 제이미에게 갔다.

"고마워요." 미란다는 이렇게 대답하고는 제이미를 향해 미소 지었다. "잘돼가고 있어요, 보스?"

"아, 기억났다!" 제이미가 개암나무 나뭇가지를 한 아름 안고 눈을 반짝이며 일어섰다. 40대 후반인 그는 더 이상 빠르게 나무를 탈 수 없었고 위험을 감수하려 하지도 않았다. 하지만 예리함은 여전했다. 훌륭한 수목 관리 전문가는 적당량의 아드레날린에 중독된 사람과 다를 바 없다. 아니면 너무 많은 양에 중독됐는데 지독하게 운이 좋아서 살아 있는 사람이거나. "1시 반까지 가야 한다고 하지 않았어? 데이트라고?"

미란다는 작업용 안전 바지에서 톱밥을 털어냈다. 남자가 입을 걸 염두에 두고 만들어진 바지라 언제나 허리가 너무 컸기 때문에 멜빵을 하고 있었다. 공중 구조 훈련에서 만난 친구가 바지가 발목까지 내려오는 수모를 당하지 않으려면 멜빵을 쓰라고 조언해주었다.

"네! 점심 데이트요." 미란다가 사슬톱 클립을 뽑아 제이미의 트럭 바닥에 놓으며 말했다. "알다시피 오늘이 밸런타인데이잖아요."

"오늘 아침에 아내가 알려주더군." 제이미가 얼굴을 찡그리며 말했다.

"점심 데이트라고요?" 에이제이가 미란다 뒤에서 말했다.

미란다는 돌아보지 않았다. "남자 친구가 제이미와의 첫 번째 작업이 끝나자마자 날 만나고 싶어 해서요."

"저녁 시간대에는 다른 여자가 줄 서 있나 본데요." 에이제이가 말했다.

미란다는 화를 잘 내지 않았다. 누군가가 바보짓을 하면 그럴 만한 이유가 있으리라 생각했고, 버럭 화를 내봤자 아무 소용이 없으니까. 하지만 관용이 약점으로 보일 수 있다는 것도 잘 알았다. 특히 여자에게는. 미란다는 침을 삼켰다.

"그럼 에이제이, 당신은 오늘 저녁에 뭘 할 계획인데요?" 흘끗 돌아보니 에이제이는 이 질문을 듣고서 이내 한쪽 입꼬리를 올리고 미소 짓고 있었다. "화끈한 데이트라도 있나 봐요?"

"상황에 따라서요." 그가 대답했다.

"무슨 상황이요?" 미란다는 포니테일로 묶은 머리를 푼 다음 엉킨 머리카락을 손가락으로 빗었다. 굵은 검은색 곱슬머리가 흘러내려 얼굴을 감쌌다. 아랫부분이 곱슬곱슬한 머리카락은 거의 항상 엉켜 있었다.

"내가 당신에게 오늘 저녁에 같이 한잔하자고 물어보는 걸 제이미가 허락하느냐에 따라서죠."

"에이제이!" 제이미가 버럭 소리를 질렀다. "여기 오는 동안 차에서 무슨 얘기를 했더라?"

미란다는 잠시 에이제이의 눈을 바라보았다. 그는 미란다를 놀리거나 시험하는 중이었다. 하지만 그의 눈빛은 진심으로 뜨겁게 타올랐다. 미란다는 그가, 이 매력적이고 위험한 남자가 해내고야 말 것 같아서, 자신과 함께 술을 마시고 집에 데려다주고 말 것 같아서 깜짝 놀랐다.

이 모든 상황을 떠올리자 미란다는 꽤 기분이 좋고 으쓱해졌다. 에이제이는 움직이는 건 뭐든 건드려서 망가뜨리는 남자라는 걸 알면서도.

"안 될 거 없잖아요? 오늘 밤에 별일 없는 거 알아요." 에이제이가 문신한 팔을 팔짱 끼며 말했다. 그의 이두박근은 정말 대단했다. 미란다는 그가 보란 듯이 일부러 팔짱을 꼈다고 확신했다.

미란다는 고개를 꼿꼿하게 들었다. "관심 없거든요." 그녀는 이렇게 말하고 미소 지었다. "그렇지만 고마워요." 그리고 제이미를 보며 말했다. "내일 아침 7시라고 했죠? 메시지로 주소 보내줄래요?"

"관심 없거든요!" 제이미가 낄낄대며 흉내 냈다. "에이제이, 여자한테 이런 말을 마지막으로 들은 게 언제야?"

에이제이는 어깨를 으쓱하더니 몸을 숙여 립을 안았고, 미란다는 그가 자리를 뜨려는 자신을 계속 쳐다보는 느낌이 들었다.

"한참 됐죠." 그가 말했다. "하지만 난 언제나 그런 말을 이겨내고 원하는 걸 이루는 사람이에요."

미란다는 그의 말에 웃음을 터뜨렸다. "이번엔 아닐걸요." 그녀는 어깨 너머로 기운차게 외쳤다. "난 임자 있는 몸이거든요."

"점심 데이트 씨 말이군요." 에이제이가 말했다. "이번엔 운 좋게 넘어간 줄 알아요."

미란다는 **정말** 운이 좋았다. 원래는 운이 좋다고 생각할 수 없는 날이 대부분이었다. 카터는 그녀 같은 여자를 두 번 쳐다볼 것 같지 않은 남자였다. **어른스럽고** 돈도 잘 버는 데다가 몸에 맞게 잘 맞춘 정장을 입는 사람이었다. 게다가 매력적이었다. 후줄근한 에이제이와 다른, 어른의 매력이 있었다. 카터는 둥근 안경을 썼고 곧은 턱은 남자다웠으며 그 자리에서 상대를 완전히 녹이는 미소의 소유자였다.

두 사람은 미란다가 함께 일했던 레그를 통해서 만났다. 레그는 카터와 축구를 했는데, 작년 어느 날 미란다가 레그와 술집에 갔을 때 축구단원 절반이 가벼운 경기를 마치고 술을 마시러 들어왔다. 카터는 경기 후에 갈아입을 옷을 깜빡하고 안 가져왔는지 씻고 나서 출근할 때 입은 정장을 입었는데, 반짝이는 동전처럼 눈에 띄었다. 그는 반쯤 젖은 머리를 하고 세상 환하게 웃고 있었다. 나머지 사람들이 정장을 입었다고 놀리는 동안 카터는 술집 조명에 안경을 반짝이며 쑥스러운 듯이 움츠렸다. 그 모습에 미란다는 가슴이 두근거렸다. 움츠러든 그 모습에서 넓은 어깨의 어른 내면에 있는 소년이 느껴졌고, 덕분에 그에게 한결 편하게 다가갈 수 있을 것 같았다.

미란다는 그에게서 눈을 뗄 수 없었다. 결국 시선을 느낀 카터가 의아하다는 듯이 슬며시 미소 지었는데, 미란다가 기대한 것 이상으로 마음을 끄는 다정한 미소였다. 미란다는 카터가 그를 향해 달려드는 여자들에게 익숙한 것이 틀림없다고 생각하며 아무런 기대도 품지 않았다. 하지만 그가 던진 희미한 미소에 정신이 혼미해진 데다가 맥주 몇 잔에 기분이 붕 떠서, 결국 레그에게 그를 소개해달라고 했다. 레그는 "로소, 이쪽은 카터. 카터, 여긴 로소. 카터, 로소에게 술 한 잔 사주지 그래? 제대로 대접받을 만한 여자야"라고 말했다.

5개월이 지난 지금, 카터는 여전히 레그의 말을 믿고 있는 듯했다. 그가 밸런타인데이 점심 데이트에 미란다를 데려가려는 레스토랑은 메뉴에 가격이 쓰여 있지 않고 가장자리에 유약으로 광택을 낸 접시를 사용하는 그런 곳이었다. 미란다가 사는 서리Surrey주의 베드타운 에르스테드Erstead에서 멀지 않았다. 그녀는 모퉁이에 있는 맥도날드에서 옷을 갈아입고 립밤과 마스카라로 단장하고 나서 근사한 레스토랑으로 걸어가는 3분 동안 스스로 꽤 괜찮다고 생각했으나, 파란색 피나포어 원피스* 차림으로 굽 넓은 펌프스를 신고 자리로 걸어가는 동안 자신의 옷이 너무 유치하고 초라하다고 금세 생각이 바뀌었다. 다른 여자들은 모두 정말 세련돼 보였다.

미란다는 의자에서 엉덩이를 들어 식탁보 아래로 원피스 자락을 슬쩍 끌어당겨 가렸다. 이곳은 고급 레스토랑이라 식탁 위에 장미 꽃잎을 올리고 전체적으로 촛불 개수를 늘려서 은근히 점잔 빼듯 밸런타인데이 분위기를 풍기는 정도였다.

미란다는 약간 늦게 도착했고, 시간이 좀 지난 뒤에야 2시가 훌쩍 넘었는데도 아직 카터가 코빼기도 보이지 않는다는 사실을

---

*   앞치마 같은 느낌의 소매 없는 긴 원피스.

알았다. 카터는 습관적으로 지각하기 때문에 그렇게 놀라운 일은 아니었다. 하지만 2시 30분이 지나서 웨이터가 음료를 주문할 건지 묻자 그녀는 콜라를 시켰다. 사랑에 빠진 커플에 둘러싸여 냅킨을 만지작거리고 발을 까딱거리며 앉아 있자니 점점 어색해졌다.

미란다는 카터에게 문자 메시지를 보냈다. 어디야?

잠시 후에 또 보냈다. 너무 늦는데?

그리고 하나 더. 카터? 보고 있어?

미란다는 데이트 상대를 기다리는 여자에서 서서히, 아주 서서히 바람맞은 여자가 되어가고 있었다. 겉보기에는 아무것도 달라지지 않았다. 그녀는 그저 휴대폰을 너무 자주 확인하고 음료를 너무 빨리 마시면서 계속 그 자리에 있었다. 미란다의 처지가 시시각각 달라지고 있다는 걸 모두가 알았고, 그렇게 45분을 앉아 있자 그녀는 눈 하나 깜짝하지 않았는데도 동정받는 사람이 되어 있었다.

결국 미란다는 더 이상 정적을 견딜 수 없었다. 아침에 일을 하고 왔는데도 1분도 가만히 있지 못하고 팔다리를 움직이고 싶은 마음이 강해졌다. 그녀는 3시 10분까지 기다리자고 생각했지만, 3시 5분에 일어나 바에 가서 음료 값을 계산했다.

달리 방법이 없었다. 카터는 그녀를 바람맞혔다.

미란다는 분명 합당한 이유가 있을 거라고 생각했다. 어쩌면 아주 웃기는 일이 있었는지도 모른다. 카터는 여러 사람의 목소리를 흉내 내며 그 이야기를 해주겠지. 그는 독특한 억양을 무척 잘 흉내 냈는데, 미란다 아빠의 이탈리아 억양을 완벽하게 흉내 냈고 미란다와 같은 건물에 사는 리버풀 출신 남자도 똑같이 흉내 냈다. 두 사람은 오늘 일을 이야기하며 함께 웃을 것이다. "**전에 밸런타인데이에 나 바람맞혔던 거 기억나?**"라면서 두고두고 이야기하게 될지도 모른다.

그래도 지금 당장은 정말 짜증이 났다. 미란다는 카드 영수증 출력을 기다리면서 입술을 깨물었다. 자신이 카터를 용서하리라는 걸 알았다. 어쩌면 그의 훌륭한 변명을 기대하며 이미 진짜로 용서했는지도 몰랐다. 하지만 잠시나마 자신이 그렇게 쉽게 용서하지 않는 여자라고 상상하는 일은 제법 좋았다. "**이런 엿 같은 상황 용납 못 해. 중요한 건 날 바람맞혔다는 거야. 당신이랑은 끝이야**"라고 말하는 여자라고.

미란다는 4시 30분에 집에 도착했고 그때까지 카터에게서 메시지가 오지 않았다. 전에 함께 살던 룸메이트가 그리웠다. 지금 당장 연민을 가득 담아 차 한 잔을 끓여줄 누군가가 절실히 필요했다. 거실 한가운데에 선 미란다는 밖에서 나는 차 소리를 들으며 결국 카터는 그녀가 자신에게 맞는 사람이 아니라고 판단한 게 아닐까 생각했다.

"미란다 로소, 이런 생각 다 소용없어." 그녀는 펌프스를 벗어 던지며 혼잣말했다. "**마음을 꽉 잡아.**"

아직 5시도 안 됐고 하루가 많이 남아 있었다. 미란다는 청소기를 돌리고 저녁을 해 먹고 일찍 자기로 했다. 맥 빠진 채 우두커니 서 있어봤자 소용없었다. 그래봤자 뭐가 달라질까?

제인

중요한 건 전채 요리였다. 작은 염소 치즈타르트나 스프링 롤을 입에 물고 계속 씹는 한, 제인은 약혼 파티에서 데이트 상대에게 바람맞았을 때 반드시 받게 되는 끔찍한 질문에 대답할 시간을 적어도 3초는 벌 수 있었다.

"이봐, 자기야, 아직도 혼자?" 키이라가 물었다. 그녀는 양손에 샴페인을 한 잔씩 들었는데도 가슴을 잘 추슬러 올렸다. 그러자 파티 드레스 네크라인에 깊이 파인 가슴골로 목걸이가 잠시 사라졌다.

키이라는 일주일에 이틀씩 카운트 랭글리Count Langley 자선 상점에서 일을 도왔다. 그리고 백작의 아들이자 이 난리 통의 원흉이 된 남자 로니 랭글리를 제인과 엮어주려고 가장 열심이었다.

제인이 이 가게에서 일을 시작했을 때 로니는 그녀에게 반했다. 카운트 랭글리 재단의 모든 직원은 로니를 과하게 좋아했다. 로니는 이목구비가 안타깝게 배치된 얼굴 덕분에 보자마자 동정심을 불러일으켰고, 곧 무너질 듯한 저택을 1순위로 상속받을 수 있음에도 불구하고 서른다섯 나이에 아직 짝이 없었는데, 저택 때문인지 제인을 제외한 모든 사람은 그가 신랑감으로 그저 그만이라고 생각하는 것 같았다.

제인과 로니를 이어주는 일은 자선 상점 전체의 사명이 되었다. 그래서 제인은 남자 친구가 있다고 약간의 거짓말을 했다. 해를 거듭할수록 거짓말은 점점 커졌지만, 지금껏 이런 식의 시험에 처한 적은 한 번도 없었다.

"틀림없이 오고 있을 거예요. 일에 매여서 그래요." 제인은 손목시계를 확인하며 힘없이 말했다. 아직 6시 15분밖에 안 됐다. 자리 잡고 앉아서 식사가 시작되기까지 한 시간이나 더 술을 마시며 어울려야 했다.

키이라는 제인을 흘끔댔는데, 그녀의 옷을 눈여겨보는 키이라의 가짜 속눈썹이 아래위로 까딱거렸다. 제인은 오늘 일할 때 입었던 옷을 그대로 입고 왔다. 뺨이 뜨거워졌다. 모직 카디건과 타이츠를 벗고 연두색 면 원피스만 입으면 그럭저럭 괜찮을 줄 알았는데, 이 자리에 와서 보니 전혀 격식을 갖춘 복장이 아니었다. 키이라 뒤쪽으로 사람이 점점 많아지고 있었다. 손님이 어찌나 많은지, 콘스턴스와 마틴이 이름을 모르는 사람도 분명 많을 것 같았다. 그들은 윈체스터의 길드홀*에 있었는데, 오늘 행사의 테마는 당연하게도 밸런타인데이였다. 그래서 괴기스러울 정도로 분홍색이 많았다.

"이봐, 자기야." 키이라가 말했다. 그녀가 얼굴을 찡긋거리자 주름이 깊이 파였다. "우리 모두 그동안 자기가 남자 친구 있다고 거짓말한 거 알아. 그러니까 지금 그냥 솔직하게 말하는 게 좋을 거야. 혹시…."

"오, 제인. 잠깐 나 좀 볼 수 있을까?" 모티머가 그녀를 불렀다.

제인은 정말 고맙다는 표정으로 모티머를 향해 고개를 돌렸다. 그가 북적이는 사람들을 지나 방 한구석으로 제인을 데려가자 키이라는 언짢은 표정이었다.

모티머 대퍼티는 일흔 살이다. 매일 갈색 정장을 입고 출근했고 점심으로 늘 참치 샌드위치를 먹었으며 저녁 6시가 되어 퇴근할 때면 **"안녕, 제인! 곧 또 보자고!"**라고 말했다. 가게에 단둘이 있을 때면 모티머와 제인은 기증받은 옷을 스팀다리미로 다리고 별다른 말 없이 중고 책을 주고받으며 좀약 냄새가 나는 따뜻한 침묵 속에서 함께 존재했다.

"표정이 너무 안 좋은데." 모티머가 다정하게 말했다.

"전… 사람들이 많은 데서 잘 어울리지 못해요." 제인이 호흡을 가라앉히려 애쓰며 말했다.

"그런데 자네가 말한 젊은이는 오는 거야…?"

---

*　　　중세 시대에 길드가 모이던 곳으로, 지금은 회의장이나 공연장으로 쓰인다.

제인은 자선 상점 동료들의 사적인 질문을 피하는 데 능숙했다. 하지만 모티머는 그런 질문을 좀처럼 하지 않았기에 그의 질문에 놀랐고, 자신도 모르는 사이에 대답하고 있었다.

"그 사람이 제 부탁을 들어주기로 했어요. 사귀는 사이는 아니지만 제가 여기 혼자 오지 않도록 데이트 상대가 되어주기로 했거든요." 제인은 신발을 내려다보았다. 실용적으로 보이는 부드러운 갈색 가죽 신발이었는데, 그녀는 이런 종류의 신발은 죽어도 다시 신지 않겠다고 다짐했다. "키이라 말이 옳아요. 저는 남자친구가 있다고 거짓말했어요."

모티머는 그저 고개를 끄덕였다. "아주 그럴듯한 방어책이야. 그런데 자네 친구라는 사람은 전화도 없었어?"

제인은 모티머가 비난의 말을 할 줄 알았지만, 그의 표정은 온화했다.

"네. 전화 안 왔어요." 제인은 다시 신발을 내려다보며 대답했다.

모티머는 못마땅한 듯 혀를 찼지만, 제인이 실망한 사람은 조지프가 아니라 자신이었다. 애당초 다른 사람에게 의지하지 말았어야 했다. 요즘 그녀는 사람보다 식물과 고양이가 더 좋았다. 사람보다 식물과 고양이를 대할 때 결과가 더 좋기도 했다.

윈체스터에 이사 온 뒤로 제인은 매일 문 여는 시간에 맞춰 혹스턴 빵집에 가서 과일과 그래놀라를 넣은 저지방 요거트를 샀다. 변명하기 힘들 정도의 비용이 들었지만 이러한 일상은 낡은 부츠를 매일 신는 것처럼 마음을 편안하게 해주었다.

크리스마스 직후 그 빵집에서 조지프를 처음 보았을 때, 제인은 너무 갑자기 걸음을 멈추는 바람에 문간에 발이 걸려 넘어질 뻔했다. 제인은 그를 알아보았다. 정확히 어디에서 보았는지는 알 수 없었지만⋯ 중요한 사람 같았다. 전 직장 사람인가? 그러다가 제인은 "이런!" 하고 소리 내 말하고서 그 남자를 빤히 쳐다보았다. 빤히 쳐다보는 건 자신에게 관심을 가장 빨리 집중시키는 방법이라는 것을, 그래서 무슨 일이 있어도 하지 말아야 한다는 것을 미처 떠올리기도 전에.

조지프는 돌아서서 제인을 보았지만, 그녀를 알아보는 것 같지 않았다. 그는 제인을 향해 눈부실 정도로 환하게 미소 지었다. 약간 당황한 것도 같았다.

"안녕하세요." 그가 말했다.

잠시 제인은 눈을 크게 뜨고 얼어붙은 채 엉거주춤하게 서 있었다. 그러고 나서⋯.

"죄송해요. 다른 사람이랑⋯ 착각했어요." 그녀는 이렇게 중얼거리며 시선을 돌린 다음, 줄 뒤로 종종걸음을 쳐 시야에서 사라졌다. 그럼에도 크루아상을 사 들고 가게에서 나가는 그 남자의 따뜻하면서도 호기심 어린 시선이 느껴졌다. 그 후 2주 동안 제인은 매일 아침 그를 보았지만, 여전히 그가 누구인지 정확히 알 수 없었다. 하지만 그를 빤히 쳐다보는 실수는 다시 하지 않았다.

그러다가 제인이 긴장을 조금 늦춘 날이었다.

"좀 이상하지 않아요?" 줄을 서 있는데 조지프가 홱 돌아서서 그녀를 똑바로 보며 물었다.

제인은 눈을 빠르게 깜빡였다. "네?" 그녀는 바닥을 향해 간신히 말했다.

"그러니까 말이죠, 난 당신에 대해 온갖 것들을 알고 있어요. 월요일마다 노란색 스웨터를 입고, 화요일에는 하늘색 셔츠를, 수요일에는 하늘하늘한 흰색 원피스를, 목요일에는 연두색 원피스에 카디건을, 금요일에는 연분홍색 스웨터를 입죠. 책을 좋아한다는 것도 알아요. 항상 책을 가지고 다니니까요. 그리고 시나몬 번을 좋아한다는 것도 알고요. 요거트를 주문하기 전에 늘 아쉽다는 표정으로 빵을 쳐다보잖아요. 우린 매일 보고 있어요. 하지만 이야기를 나누지는 않죠."

제인은 손에 땀이 났다. 지금껏 그녀가 돌려 입는 옷들을 이렇게 빨리 파악한 사람은 없었다. 그리고 시나몬 번에 눈독 들인 적은 절대 없었다. 아니, 적어도 **매일** 아침은 아니었다.

결국 더 이상 피할 수 없게 된 제인은 고개를 들어 조지프의 눈을 바라보았다.

그는 누가 봐도 잘생긴 얼굴이었는데, 왜 그렇게 생각하는지 다그쳐 묻는다면 대답하기 힘들었다. 그의 얼굴은 표정이 매우 풍부하고 감정이 잘 드러났다. 굵은 눈썹은 약간 과할 정도로 일자라서, 잘 웃지 않는 남자였다면 단호해 보였을 것이다. 크림색이 도는 하얀 피부는 빵집의 온기 때문에 광대뼈를 따라 상기되고, 턱에는 밝은 갈색 머리카락보다 조금 더 어두운 색의 수염이 까칠하게 자라 먼지처럼 쌓여 있었다. 얼굴만 봐서는 그가 왜 그렇게 매력적으로 잘생겼는지 설명할 길이 없었지만, 제인은 그와 눈이 마주치자 멋진 사람을 보고 느끼는 위험하면서도 동물적인 짜릿함을 느꼈다.

"그게 그렇게 이상한 것 같지는 않은데요." 어느새 제인은 대답하고 있었다. "기차에서 옆자리에 앉은 사람과 이야기를 나누나요?"

"그럼요." 그가 즉시 대답했다.

"이런, 너무 싫어요." 제인은 참을 겨를도 없이 말을 내뱉었고, 그는 별안간 웃음을 터뜨렸다.

"난 조지프예요." 그가 말했다. "그나저나 그 많은 책을 다 어디에서 가져오는 거예요?"

그리하여 두 사람은 결국 2인 독서 모임을 결성했다. 제인은 대체로 사람들과 친해지지 못했다. 아니, 사람들이 제인과 친해지지 못한다고 하는 편이 정확했다. 그런데도 어찌 된 노릇인지 며칠 뒤 일요일 아침에 제인은 조지프와 함께 앉아 커피를 마시며 모신 하미드의 소설 《서쪽으로》에 대해 이야기하고 있었다. 조지프는 "난 책을 읽을 때 정말 행복해요"라고 말했고, 제인도 그와 정확히 똑같았기 때문에 마음이 환하게 밝아지는 느낌이었다.

제인은 다른 건 몰라도 그 자리에 로맨틱한 분위기는 없었다고 확신했다. 모티머가 말한 방어책으로 조지프에게도 "남자 친구 있어요"라고 거짓말을 했다. 그녀는 조지프와 친구 사이라는 것이 확실해진 2월 초가 되어서야 사실은 남자 친구가 없다고 솔직하게 털어놓았다.

"아, 다행이네." 조지프가 말했다. "그 남자 정말 짜증 난다고 생각하던 참이었거든."

"뭐라고?" 제인은 항상 가상의 남자 친구를 좋은 짝으로 보이게 하려고 꽤 열심히 노력했다.

"한 번도 온 적이 없잖아!" 조지프가 웃음을 터뜨리며 말했다. "생일 선물도 안 줬지?"

사실이었다. 제인은 가상의 남자 친구에게서 받았다고 할 진짜 선물을 직접 사는 데까지는 생각하지 못했다.

조지프가 그녀의 고백을 편안하게 받아들여서 제인은 긴장이 풀렸고, 그들은 지난 몇 주 동안 서로 더 가까워졌다. 제인은 그가 왜 낯이 익은지 알아보는 것을 포기했다. 처음에는 묘하게 계속된 친근함으로 그에게 끌렸을지 몰라도 이제는 그 단계를 지났기 때문이다. 그는 그냥 조지프였다.

그리고 가끔은 그의 미소에서 느껴지는 햇살 같은 온기나 특정 조명에서 더 진한 초록색이 되는 그의 눈동자에 마음이 약간 혼란스럽기도 했지만, 제인은 이런 것들을 외면하는 방법을 터득했다.

조지프는 이미 현재 제인의 삶에 존재하는 그 누구보다 그녀를 잘 알았다. 당연히 전부 다 알지는 못했지만, 조지프는 제인 자신도 좋아할 수 없다고 생각하는 그녀의 일부에, 이를테면 생각나는 대로 불쑥 말하는 성향이나 그녀만의 규칙과 절차나 우유부단함에 놀라우리만치 신경 쓰지 않았다. 제인은 이야기할 사람이 다시 생겨서 정말 기분이 좋았다. 어느새 그녀는 '나쁠 게 뭐람?' 하고 생각하기 시작했다.

키이라가 로니를 데리고 의도적으로 제인에게 다가오는 지금,

그녀는 '이거네. 이게 나쁜 거네'라고 생각했다.

"제인." 키이라가 로니의 팔을 잡아당기며 말했다. "방금 로니가 그러는데, **로니도** 자기처럼 오늘 저녁에 데이트 상대가 없다지 뭐야."

로니는 만만치 않은 상대인 키이라 옆에서 눈에 띄게 떨고 있었다. 그리고 남의 시선을 어찌나 의식하는지, 몇 걸음 떨어져 있는 제인조차 오븐 열기처럼 그의 정장을 뚫고 나오는 그것을 느낄 수 있을 정도였다.

"아, 안녕하세요." 그가 말했다. "만나서 반가워요, 제인."

"제인의 데이트 상대가 말이지…" 키이라는 기대감에 차서 제인을 보았다.

자기만족에 빠진 키이라의 시선을 느낀 제인은 '그 사람 늦는대요'라거나 '분명 곧 올 거예요'라는 식의 말은 하지 않기로 했다.

"못 온대요." 제인이 말했다.

"이런, 가엾은 제인! 이렇게 남자 친구 복이 없어서야!" 키이라가 말했다.

제인은 키이라가 어쩌다가 이런 생각을 하게 되었는지 몰랐지만, 짜증 나게도 매우 정확한 지적이었다.

"아직 어머니가 손주를 조르지는 않나 봐? 난 우리 애들한테 몇 년째 얘기하는데도 계속 꾸물거리네." 키이라가 술을 홀짝이며 말했다.

제인은 잠시 이를 악문 다음에 대답했다. "어머니 돌아가셨어요."

키이라가 움찔했다. 그리고 입을 벌렸다가 다물었다. 이런 식의 대화에서 언제나 가장 안 좋은 순간이었다. 상대방이 정확히 어떤 감정선으로 대답할지 결정하기 전까지 침묵이 감도는 순간.

"이런, 자기야, 몰랐어! 말 안 했잖아!" 키이라가 말했다. 그녀는 목소리를 낮추었다. "**그래서** 런던을 떠나 여기로 온 거야?"

제인은 **런던**이라는 말에 누가 어깨를 움켜쥐기라도 한 듯이 흠칫 놀랐다. 키이라는 이 질문을 그냥 잊고 넘어가지 않을 것이다. 뜬소문에 재능이 뛰어난 사람 특유의 무분별한 끈질김을 동원해 어떤 형태로든지 적어도 한 달에 한 번은 물어볼 것이다.

"아니요." 제인은 목소리를 일정하게 유지하려 애쓰며 대답했다. "그건 아니에요. 어머니는 오래전에 돌아가셨거든요. 제가 아주 어릴 때요. 기억도 잘 안 나요."

"정말 **비극적인** 일이네." 키이라가 말했다.

로니는 화장실에 가고 싶은 아이처럼 양쪽 발에 번갈아 체중을 실으며 불편한 듯 꼼지락거렸다. 키이라는 제인의 맨살이 드러난 팔을 토닥거렸는데 손에 땀이 나서 축축했다. 의도는 좋았겠으나 제인은 그 손을 뿌리치지 않기 위해 안간힘을 써야 했다. 제인은 슬플 때 누가 건드리는 것이 정말 싫었다. 게다가 요즘에는 그녀의 몸에 손대는 사람이 거의 없어서, 내내 실크 옷만 입다가 따가운 모직 스웨터를 입은 것처럼 더 불쾌했다.

"자기야, 우리가 있잖아. 우리가 살펴줄게." 키이라가 말했다. 그러더니 눈물을 머금은 채 제인에게 과장되게 윙크했다. "오늘 저녁 데이트 상대 자리에 로니가 앉는 건 어때? 누가 알아! 두 사람의 새로운 이야기가 시작될지!"

다음 날 아침, 제인은 자선 상점에 들어서면서 키이라 같은 부류가 도사리고 있는지 몰래 확인한 다음에 계산대로 갔다. 약혼 파티는 끔찍했다. 파티에 참석한 유일한 이유는 결혼을 앞둔 사람이 콘스턴스이기 때문이다. 콘스턴스는 이곳에서 함께 일하는 동안 늘 친절했다. 어제 일로 제인은 안전지대를 벗어나면 끝이 좋지 않다는 것을 다시 한번 깨우쳤다. 그녀는 가게의 케케묵은 냄새를 들이마시며 매일 출근해서 하는 일을 시작했다. 대청소를 하고 금전 출납기를 작동하고 기부받은 물품을 확인하는 일이었다.

그런데 가게 바닥은 이미 누가 쓸어놓았고 책장 옆 작은 탁자 위에는 싱싱한 꽃이 꽃병에 꽂혀 있었다. 꽃은 가게를 환하게 밝히도록 세심하게 배치되어 있었다. 카운트 랭글리 자선 상점은 마을 북동쪽 강변 아래에 자리 잡은 15세기 건물 안에 있다. 그래서 시커먼 대들보는 낡고 마룻바닥은 삐걱대며 직원 화장실 뒤쪽에서는 모래사장에 밀려드는 밀물처럼 흰 곰팡이가 스멀스멀 피어올랐다. 이 건물은 카운트 랭글리 재단 소유인데, 재단 자선단체에서는 삶의 마지막에 가까워지는 사람들을 도왔다. 자선단체의 기금은 곰팡이가 퍼지는 것만큼이나 빨리 줄어들었다.

"제인!"

제인은 움찔 놀랐다. 뒤쪽 방에서 키이라가 나타났다. 꽃을 보고 알았어야 했는데. 제인이 돌아보니 콘스턴스와 모티머까지 있었다. 오늘 가게를 운영하는 데 이렇게 많은 사람이 필요하지는 않았다. 게다가 콘스턴스는 약혼자와 함께 침대에 있어야 하지 않나?

"자기야." 키이라가 두 팔을 뻗으며 갑자기 다가왔다. "어제 파티에서 자기가 혼자였던 걸 생각하느라 밤새도록 기분이 안 좋았어. 우리 앉아서 그 얘기 좀 할까? 어제저녁에 로니가 별로였어?"

제인은 절대, **절대** 온종일 이걸 감당하지 않기로 했다. 아니, **할 수 없었다.**

"제인?" 그때 출입문 위에 달린 종이 짤랑거리며 뒤쪽에서 목소리가 들려왔다.

제인은 입구를 향해 돌아섰다. 고개를 숙이고 문간의 낮은 기둥을 지나 들어온 사람은 부드러운 회색 모직 스웨터를 입은 조지프였다.

"제인, **정말** 미안해." 그가 사람들을 향해 다가오며 말했다. "안녕하세요. 저는 조지프입니다. 다들 만나서 반갑습니다. 어젯밤 파티에 가지 못해서 정말 죄송합니다."

그런 다음 조지프는 제인의 허리 뒤쪽에 한 손을 대고 그녀의 뺨에 다정하게 입 맞췄다.

애인 사이에 할 법한 달콤한 입맞춤이었다. 그는 매우 편안하고 자연스럽게 입 맞췄는데, 정작 제인은 그의 입술이 뺨을 스칠 때 온몸을 짜릿하게 관통한 그녀의 욕망에 더 놀랐다.

그전까지 조지프는 그녀에게 손을 댄 적이 없었다. 한 번도. 두 사람은 처음 만났을 때 악수하지도 않았고 만나거나 헤어질 때 포옹한 적도 없었다. 사람들 틈을 지나갈 때 조지프가 제인의 팔을 잡아끈 적도 없었다. 제인은 그의 그런 점이 좋았다. 조지프는 그녀를 만지려 하지 않았고 적당한 거리를 지켰으며 그녀를 유혹하려 하지 않았기에 제인은 안전하다고 느꼈다.

하지만 이는 곧, 바로 이 순간이 오기 전까지 제인은 자기 맨살에 조지프의 입술이 닿았을 때 몸이 어떻게 반응할지 전혀 몰랐다는 뜻이기도 했다. 제인의 심장은 계속 요동쳤다. 그녀는 뜨겁게 달아올랐고 입술이 살짝 벌어졌다. 아주 짧은 순간 몸이 닿았을 뿐인데.

모티머는 조지프에게 가게 뒤쪽에 앉으라고 안내했다. 제인의 심장박동이 서서히 안정되었다. 그녀는 저마다 의자를 끌어당겨 앉는 사람들을 살펴보았다. 키이라는 입을 벌린 채 조지프를 보고 있었는데, 그녀의 이 사이로 작은 질투심의 조각이 보였다. 콘스턴스는 눈이 휘둥그레진 채 당황한 기색이 역력했다. 어젯밤에 키이라에게서 무슨 이야기를 들은 모양이었다. 제인은 번지는 미소를 참을 수 없었다. 이번만큼은 모두를 놀라게 해서 기분이 좋았다.

"제인, 정말 미안해." 뒤쪽 방의 쓰레기봉투와 상자 틈에 찌그러진 원 모양을 그리며 모두 둘러앉자 조지프가 제인의 귓가에 속삭였다. "내가 다 보상할게."

주름이 깊이 패고 당황한 기색이 역력한 그의 얼굴은 걱정스러운 듯이 일그러져 있었지만, 제인의 시선을 사로잡은 것은 그의 입술이었다. 전에는 한 번도 입술 색을 알아차리지 못했는데, 그의 입술은 광택 없이 약간 갈색빛이 도는 붉은색으로 아주 관능적이었다. 해야 할 일을 정확히 아는, 그런 입술이었다.

"괜찮아." 제인이 말했다.

"아니, 안 괜찮아. 내가 당신을 실망시켰잖아."

조지프가 이야기를 시작하자 사람들은 활기를 띠었다. 그는 휴대폰이 고장 났고 체리 수확용 사다리차 뒤에 갇혔는데, 제인은 체리 수확용 사다리차라는 차량이 따로 있나 보다 하고 추측할 뿐이었다. 그런 다음에는 그의 차가 고장 나서 사다리차 기사의 도움을 받아 차를 안전한 장소로 옮겼으며 자동차 서비스 센터에서 오기까지 시간이 너무 오래 걸렸고 제인의 휴대폰 번호가 기억나지 않았다….

5분쯤 뒤에 제인은 조지프에게 커피를 주겠다면서 그를 데리고 주방으로 갔다. 주방이라기보다 찬장이 하나 있는 공간이었다. 벽에 걸린 아주 오래된 환풍기가 담배를 피우며 기침하는 사람처럼 덜컹덜컹 소리를 내지만 다른 사람의 눈을 피할 수 있는 곳이었다.

"그중에 사실인 게 있어?" 제인이 조지프에게 물었다. "자동차, 체리 사다리차, 서비스 센터 중에 말이야."

조지프는 잠시 눈을 감았다가 한숨을 쉬었다. 그는 어딘가에 막 도착했을 때 언제나 무척 바빠 보였다. 그에게는 너무 많은 곳에 동시에 존재하려는 듯이 약간 어쩔 줄 몰라 하며 허둥지둥하는 느낌이 있었다. 하지만 오늘은 허둥지둥하기보다는 기진맥진한 쪽에 가까웠다. 그는 굉장히 지쳐 보였다.

"아니, 일부만. 그게 아니라, 전부 다는 아니야."

제인은 커피를 내려다보며 고개를 끄덕였다. 그녀는 원래 블랙커피를 마시지만 지금은 우유를 넣었고 가끔은 크림을 몇 방울 떨어뜨리기도 했다.

"내가 당신을 실망시켰어. 제인. 부탁이야. 나 좀 봐."

제인은 그를 보았지만 시선이 다시 입술에 꽂혔다. 머릿속에는 온통 아까의 입맞춤이, 그녀가 경계를 허물고 마음속에서 조지프가 속한 영역이 바뀌도록 허락한 그 짧은 순간이 가득했기 때문에 어젯밤 일로 그에게 화낼 여지가 없었다.

조지프와 데이트하는 생각을 안 해본 건 아니었다. 어쨌든 그는 무척 매력적이었고 제인이 아는 한 여자 친구가 없었다. 그는 여자 친구 이야기를 한 번도 한 적이 없었다. 제인이 그 충동을 끈질기게 외면해왔다고 하는 편이 맞겠다. 그 충동이 얼마나 어리석은지, 그리고 스스로 조지프를 그런 식으로 보도록 허락한다면 결국 그를 삶에서 완전히 도려내게 되리라는 걸 잘 알았기 때문이다. 다행히 조지프 덕분에 거리를 유지하기가 수월했다. 그는 너무 가까이 다가가면 제인이 갑자기 변덕을 부려 사슴처럼 달아날지도 모른다는 것을 알기라도 하는 듯이, 제인 곁에 있을 때면 조심스럽게 행동했다.

"어제 정말, 정말 일진이 안 좋았어." 조지프가 말했다. 그는 한 손으로 머리를 문지르며 아래를 보았다. "정말이지… 어제로 돌아가서 전부 다 바꿔놓고 싶어."

사람을 마음에 들이지 않는 비결 중 하나는 그가 거짓말을 하더라도 신경 쓰지 않는 것이다. 그가 무슨 말을 하든 신경 쓰지 않는 것이다. 하지만 조지프에게는 그렇게 하기가 유독 힘들었다.

그동안 제인은 조심하지 않았다.

"알겠어." 잠시 후에 제인이 말했다.

조지프는 잠시 멈춰 한 손으로 머리를 쥔 채 제인에게 관심을 집중했다. 바로 이것이 방금 도착한 조지프와 차분해진 조지프의 차이였다. 그는 마음이 가라앉으면 대부분의 사람은 겨우 흉내 나 낼 수 있을 정도의 집중력을 발휘해 **제대로** 귀 기울여 들었다.

"뭐라고? 정말?" 그가 말했다.

"응, 정말. 내 직장 동료의 약혼 파티에 남자 친구 행세를 하며 참석하겠다고 말해준 걸로 이미 내게 엄청난 호의를 베푼 거야. 나로서는 당신에게 부탁하기 정말 이상한 일이었어."

제인은 그때 일을 떠올리기만 했는데도 얼굴이 달아올랐다. 두 사람은 지난번 독서 모임에서 이 아이디어를 떠올렸다. 그날 제인은 직장에서 한 거짓말과 그 거짓말이 어떻게 커졌는지, 약 혼 파티에서 직장 동료들이 그녀에게 남자 친구 같은 건 없다는 사실을 알아내면 얼마나 어색해질지에 대해 조금 털어놓았다. 그 러자 조지프는 "언제든지 날 데려가. 내가 가짜 남자 친구 역할을 아주 훌륭하게 해줄 테니. 턱시도 입을 구실이 생겨서 좋기도 하 고"라고 말했다.

"당신…." 조지프가 고개를 가볍게 저었다. "당신 나한테 소리 질러야 해."

제인의 직장 동료들 때문에 표정을 꾸밀 필요가 없는 지금의 조지프는 정말 지쳐 보였다. 며칠 전에 보았을 때보다 녹갈색 눈 동자의 눈가 잔주름이 더 짙어진 것 같았고 피부도 건조하고 푸

석해 보였다. 제인은 좀 더 자세히 들여다보았다. 눈썹 한쪽 끝에 누군가에게 맞은 것처럼 희미한 멍 자국이 있었다.

"당신 모습을 보니 소리 지를 필요 없겠는데." 제인은 멍 자국에 관해 물으면 무례한 건지 생각하며 말했다.

"아니야." 조지프가 힘주어 말했다. "난 소리 지르는 걸 들어도 싸. 난… 젠장."

제인은 궁금하다는 듯이 그를 보았다.

"당신이 왜 나한테 화나지 않았는지 알아." 그가 자기 이마를 찰싹 때리며 말했다. "내게 그 이상을 기대하지 않으니까."

"뭐라고?"

"내가 한 짓은 전부 다 당신이 사람들한테 실망을 느낀다고 했던 것들이야. 안 그래? 그런데도 당신은 화내지 않았어. 놀라지도 않았지."

사실 제인은 약간 놀라기는 했다. 하지만 밤새도록 자신의 판단 착오를 자책했고, 지금 이렇게 자신이 친구 사귀기를 포기한 이유를 다시 한번 확실하게 떠올리고 있었다.

"내가 너무 지나친 부탁을 한 것뿐이야." 제인이 희미하게 미소 지으며 말했다. "그래도 걱정 마. 난 실수를 많이 하지만 같은 실수를 두 번 하지 않으려고 노력하니까."

미란다

카터에게서 처음 전화가 왔을 때 미란다는 참나무를 반쯤 올라가던 중이었다. 사실 휴대폰을 배낭 맨 아래에 처박아둬서 카터의 전화를 열 통 모두 못 받았는데, 휴대폰을 그곳에 넣어둔 이유는 주머니에 두면 카터가 보낸 문자 메시지가 너무 읽고 싶은 나머지 결국 하네스에 거꾸로 매달린 채 확인하게 될 것 같았기 때문이다.

오늘 미란다는 기분 좋은 하루를 보내기로 작심했다. 아침에 일어나 아주 큰 그릇에 오트밀을 가득 담아 먹고 머리를 감고 즐거운 일은 많다고 마음을 다잡았다. 에이제이가 (손가락으로 허공에 따옴표 표시를 하며) "점심 데이트"에 대해 이것저것 물었을 때 **약간** 퉁명스럽게 대했는지 모르지만, 솔직히 그 남자라면 성자의 인내심도 시험에 들 것이다. 그런데 이렇게 나무 위에 올라와 있으니 나뭇가지 사이로 불어온 바람이 그녀를 감쌌고 좋은 날이라는 생각이 들었다. 이유를 열심히 찾아보면 매일이 좋은 날이다.

미란다가 나뭇가지를 잘라내려고 마지막 톱질을 막 시작했을 때, 작업 중인 나무 아래에 커다란 꽃다발을 든 카터가 나타났다.

미란다는 아래쪽 가지 사이로 그의 모습을 보고 잠시 숨이 멎었다. 정말 뜻밖이었다. 여긴 도대체 어떻게 온 거지?

"카터?" 그녀가 외쳤다.

"안녕!" 카터가 그녀를 향해 외쳤다. "정말 미안해! 사과하러 왔어!"

"당신…" 미란다는 바닥을 내려다보다가 정신을 차렸고 이미 나뭇가지를 절반쯤 잘랐다는 사실을 깨달았다. "카터, 나무에서 멀리 떨어져!" 그녀가 외쳤다.

대체 다른 사람들은 어디로 간 거지? 미란다는 눈을 들어 나무 파쇄기 앞에 있는 트레이와 스파이크스, 그리고 작은 체구로 몹시 화를 내며 참나무 쪽으로 오는 제이미를 발견했다. 제이미 옆에는 에이제이가 있었고 그의 발 언저리에서 립이 따라오고 있었다.

'아, 망했다.' 미란다는 그들이 현장을 돌아다니는 카터의 가죽을 산 채로 벗기기 전에 내려가야 했다.

그녀는 서둘러 움직였고 허둥지둥했다. 잠도 푹 못 잔 상태였다.

바로 이런 이유로, 땅으로 내려가려고 몸을 돌려 위치를 잡던 미란다는 하네스의 메인 라인과 플립 라인*을 모두 잘라버렸다.

---

*   나무에서 이동하기 위해 던지며 사용하는 로프.

미란다는 로프가 허벅지를 살짝 치고 나서야 둘 다 잘라버렸다는 사실을 알았다. 나뭇가지 사이에서 브이 자로 균형을 잡고 있느라 로프 어느 쪽에도 체중을 싣지 않았기 때문에, 로프를 둘다 잘랐다는 사실을 알아차리지 못했을 수도 있다. 하지만 플립 라인의 나머지 부분이 무릎 근처로 떨어지며 바지 위로 줄이 스르륵 미끄러지는 느낌이 들자, 그녀는 눈을 들어 메인 라인을 쳐다보았다.

손에 들고 있던 사슬톱이 계속 요동쳤다. 그렇게 미란다는… 자기 몸을 묶은 로프를 스스로 잘라버렸다. 그리고 이제….

이제 미란다 로소는 참나무 위 15미터 지점에 몸을 고정해주는 것은 아무것도 없이 매달려 있었다.

"미란다?" 카터가 아래에서 불렀다.

"아, 안 돼." 미란다가 나지막이 중얼거렸다.

아래에서는 제이미와 에이제이가 소리를 지르고 있었는데, 카터를 향한 것 같았다. 미란다는 로프가 얼마나 남았는지 확인했다. 아래까지 내려가기에는 어림도 없었다. 여기까지 올라오는 일은 쉽지 않았다. 로프 없이 땅으로 내려갈 방법은 없었다. 죽을 것이 거의 확실해 보였다.

미란다는 무게중심을 살짝 옮겼다. 메인 라인이 드리워져 있을 때는 이 나뭇가지에서 균형을 잡는 일이 아무것도 아닌 것처럼 느껴졌지만, 지금은 숨 막힐 정도로 위험하게 느껴졌다.

"로소! 가만히 있어! 명령이야!" 제이미의 목소리가 나뭇잎 사이로 울려 퍼졌다.

미란다는 꼼짝도 할 수 없었다.

"에이제이를 올려 보낼게!" 제이미가 외쳤다. "절대. 움직이지. 마!"

그야말로 죽음이 눈앞에 닥쳤다고 할 수 있는 이 상황에서조차 미란다는 '이런, 빌어먹을. 에이제이는 **싫은데**'라고 생각하는 여유가 있었다.

"나뭇가지에 엉덩이를 내려서 다리에 체중 부담을 줄여!" 제이미가 말했다.

'**그래, 좋아.**' 미란다는 생각했다. 고작 '엉덩이를 내리는' 것이지만 계획이 있다는 건 좋았다. 그녀는 아주 조금씩 움직였다. 한 번만 잘못 움직였다가는 생명을 앗아갈 수도 있는 딱딱한 나뭇가지 사이로 떨어지며 여기저기에서 얻어맞아 갈비뼈가 부러질 테고, 결국 나무 아래 바닥에 쌓인 나뭇가지 더미에 헝겊 인형처럼 떨어질 것이다.

시간은 고무줄처럼 늘었다 줄었다 했다. 그 어느 때보다 느리게 흘러가는 느낌이었지만, 조심스레 몸을 움직여 나뭇가지에 걸터앉고 나자 전부 다 순식간에 벌어진 일 같았다. 미란다는 숨을 내쉬었다. 심장이 거세게 뛰었다.

위험을 무릅쓰고 아래를 흘끗 보니 에이제이가 그녀의 오른쪽에 있는 나뭇가지에 메인 라인을 던져 감아 고정한 채 올라오고 있었다. 그는 이미 그리 멀지 않은 곳까지 와 있었다. 미란다는 멀리 꽃다발을 안고 제이미 옆에 서 있는 카터가 보였다. 심드렁하고 지저분한 제이미 옆에 정장을 입고 햇빛에 안경을 번쩍거리며 서 있는 카터는 모델 같았다.

"다쳤어요?" 에이제이가 물었다.

"아니요, 괜찮아요!" 미란다가 대답했다. "사실 그냥 좀 바보 같은 기분이에요."

에이제이는 이 말에 아무 대꾸도 하지 않고 갈라진 나뭇가지를 끙끙거리며 뛰어넘어 양쪽 허벅지로 나무를 꽉 끌어안았다. 벌써 플립 라인의 느슨한 부분을 손에 쥐고 있었다. 이제 그는 나뭇가지 하나를 사이에 두고 미란다와 거의 같은 높이에 있었다.

"내가 플립 라인을 나무 몸통에 걸게요. 놀라서 움찔하지 말아요."

미란다는 모욕당한 표정이었다. "난 움찔하지 않아요."

에이제이의 플립 라인이 미란다를 향해 날아왔고 카라비너*가 그녀의 머리 위를 스쳤다. 미란다는 움찔했다. 에이제이는 그걸 보고 씰룩거리며 미소 지었다. 나무를 오르느라 숨이 차서 가슴팍이 격렬하게 오르내리는 와중에도, 그는 매우 침착하게 미란다를 향해 몸을 날려 그녀의 허리를 안았다. 어찌나 빨랐는지 미란다는 당황할 새도 없었다. 몇 초 만에 그의 하네스가 미란다의 하네스에 고정되었다.

위험한 순간은 끝나지 않았다. 두 사람은 같은 로프를 타고 내려가야 했다. 따라서 미란다가 이 나뭇가지에서 이동하는 순간 그녀의 체중이 에이제이를 끌어내릴 것이다. 그는 하네스를 불안정하게 착용한 상태로 한 사람이 아닌 두 사람을 데리고 길을 찾아 내려가야 했다. 무엇보다 미란다가 두 다리와 팔로 그를 감

---

* 등반할 때 사용하는 강철 고리.

싸 안아야 했는데, 그녀는 생각만으로도 당혹스러워서 얼굴이 화끈거렸다.

"어떻게 해야 하는지 알죠?" 에이제이는 눈썹을 찡긋거리며 이렇게만 말했다.

미란다는 침을 꿀꺽 삼켰다. 지금은 비상 상황이다. 공중 구조가 진행 중이다. 그들이 작업용 안전 바지를 입고 15미터 높이에 있으며 여전히 사망할 확률이 높은 상황임을 고려할 때, 미란다가 에이제이에게 몸을 밀착하고 그를 끌어안는 데 성적인 요소라고는 전혀 없었다.

하지만… 에이제이는 숨을 거칠게 쉬며 특유의 뚫어질 듯 쳐다보는 짓궂은 눈길로 그녀를 보고 있었고, 미란다는 넘치는 아드레날린 때문에 어지러웠다. 맨살이 드러난 그의 팔은 근육질이었고 굵힌 상처가 가득했다. 길게 난 붉은 상처가 팔꿈치 바로 위에 자리 잡은 날고 있는 새 문신을 가로질렀다. 미란다는 그와 너무 가까이 붙은 나머지 그의 갈색 눈동자에 흐릿하게 어른거리는, 레진처럼 불투명하면서도 오묘한 빛깔까지 보였다.

약간 관능적인 **느낌**이었다.

"좋아요." 미란다는 생각보다 약간 더 숨을 몰아쉬며 말했다. "이제 내가… 당신을 잡을게요."

"아무렴요!" 에이제이가 말했다. 미란다는 그의 목소리에서 웃음기를 느꼈다.

"입 다물어요." 미란다가 그의 팔에 체중을 실으며 말했다. 에이제이의 몸은 단단하고 힘 있었다. 그의 팔이 미란다를 꽉 안았다. "어색하네요. 그렇죠?"

"어쩔 수 없잖아요." 에이제이는 미란다가 자기 몸 위로 올라갈 수 있도록 하네스를 기울여 약간 뒤로 기댔다.

에이제이를 꽉 안고 하네스에 체중을 실은 채 그의 몸에 매달려 내려가는 동안, 미란다는 플리스 상의를 입고 있었는데도 그의 가슴팍에서 전해지는 열기를 느꼈다. 그녀는 고개를 돌려 에이제이의 가슴에 뺨을 딱 붙였다. 에이제이는 한쪽 팔로 그녀의 어깨를 감싸고 나머지 한쪽 팔로는 로프를 천천히 조심스레 움직여 나뭇가지 사이로 내려가기 시작했다.

내려가는 동안 두 사람은 아무 말도 하지 않았다. 에이제이는 힘을 쓰느라 입을 굳게 다물었고, 미란다의 뺨 아래에서 그의 가슴팍이 오르내렸다. 마침내 바닥에 내려온 그들은 거칠게 착륙해 하네스가 연결된 상태로 각자 비틀거렸다.

"고마워요." 그들이 따로따로 균형을 잡을 때 미란다가 말했다. 그녀는 침을 삼키고 고개를 들어 에이제이의 눈을 보았다. "정말 고마워요. 방금 당신이… 내 목숨을 구한 것 같아요."

에이제이는 하네스를 풀기 위해 둘 사이로 손을 뻗으며 미소 지었다. "그럼 이제 나랑 같이 한잔하는 거 허락해줄 거예요?" 그가 물었다.

미란다는 눈썹을 치켜올렸다. "에이제이, 내 남자 친구가 바로 저기 있다고요."

"미란다!" 때마침 카터가 그녀를 불렀다.

"거기 있어요." 에이제이가 미란다의 어깨 너머로 카터를 향해 외쳤다. "바보." 그는 이렇게 중얼거리며 미란다의 팔꿈치를 잡아 끌어 나무에서 멀리 떨어뜨렸다. 립이 달려와 두 사람 발 사이에서 제멋대로 춤을 추더니 에이제이의 정강이를 쿵쿵댔다.

미란다는 팔꿈치를 잡은 그의 손을 뿌리치며 인상을 썼다. "혼자 걸을 수 있어요. 그리고 저 사람은 바보가 아니에요. 어디에 서 있어야 하는지 몰랐을 뿐이라고요."

에이제이는 어깨를 으쓱했다. "아무튼." 그는 눈썹을 치켜올리며 말했다. "고맙다는 말은 됐어요."

미란다가 씩씩거리며 말했다. "고맙다니까요."

"미란다?" 카터가 외쳤다. "괜찮아?"

미란다는 그를 향해 고개를 돌렸고, 정장에 톱밥이 뒤덮인 채 잔뜩 흐트러진 머리로 양손에 꽃다발을 꼭 쥔 그의 모습을 보자 모든 분노가 눈 녹듯이 사라졌다. 문득 그녀는 나무 위에서 꽤 무서웠다는 것을 뼈저리게 실감했다. 사실은 정말 무서웠다. 미란다는 남자 친구에게 달려가 윽 소리가 날 정도로 세게 안긴 다음 그의 셔츠에 얼굴을 묻었다. 그가 끌어안자 미란다의 시야 한구석에 꽃다발이 어른거렸다.

"세상에, 미란다." 카터가 그녀를 꼭 안으며 말했다. "정말 미안해. 정말."

❖❖❖

두 사람은 팀이 작업하고 있는 정원 한쪽 끝으로 갔다. 그들 뒤에는 돌출 창이 난, 홈통이 새하얗게 빛나는 저택이 있었다. 정원은 보슬비가 내리는 2월인데도 굉장히 멋있었다. 잔디는 아주 깨끗했고 화단에는 나무껍질이 꼼꼼하게 깔려 있었다. 미란다는 집주인이 겨울에 꽃피우는 관목의 가지치기를 마쳤다는 사실을 알아차리고 감탄했다.

카터는 버드나무 아래 벤치에 앉아서 무릎에 꽃다발을 내려놓고 미란다를 올려다보았다. 헝클어진 갈색 머리카락으로 안경 너머에서 걱정 가득하면서도 다정한 눈빛을 보내는 그가 정말 잘생겨서 미란다는 그에게 화내야 한다는 것을 기억하기까지 시간이 조금 걸렸다.

"괜찮아?" 카터가 그녀의 손을 잡으며 나지막이 물었다. "정말 무서워 보이던데."

"괜찮아." 미란다는 이렇게 말했지만 몸을 떨었고 추울 때처럼 떨리는 목소리가 나왔다. 하지만 카터가 벤치에서 그녀에게 보내는 존경의 눈빛을 보자 거짓말할 가치가 있다는 생각이 들었다.

"이런 일을 매일 한다니 믿기지가 않아." 카터가 고개를 저었다.

"내 로프를 자르는 일은 그렇게 자주 일어나지 않아." 미란다는 씁쓸하게 미소 지으며 말했다. 오늘 일어난 모든 일이 얼마나 당황스러운 상황인지 알아차릴 만큼 카터가 그녀의 직업을 잘 알지 못해서 다행스러웠다.

카터는 미란다의 손을 꼭 잡더니 무릎에 내려놓은 꽃다발이 생각났다는 듯이 그것을 그녀에게 내밀었다.

"당신 주려고." 이렇게 말하는 그의 눈빛이 다시 걱정스러워졌다. 그는 안경 너머에서 눈을 몹시 빨리 깜빡였다. "정말 미안하다고 말하고 싶어서."

"어제 무슨 **일이 있었는지** 알고 있겠지?" 미란다가 꽃다발을 받으며 말했다. 참나무에서 있었던 일 때문에 폭주하던 아드레날린이 아직도 몸속에 흐르고 있었다. 그녀는 꽃다발을 움켜쥐었다. "당신이 날 바람맞혔지!"

카터의 얼굴이 일그러졌다. 그는 진심으로 괴로워 보였다. "그래. 기분이 너무 안 좋아. 정말이지 의도적으로 그런 건 아니었어, 미란다. 그걸 알아줬으면 해. 내가 일부러 그런 짓을 했다거나 당신에게 상처 주려 했다고 생각하지는 않았으면 해."

"그렇지는 않아." 미란다는 잠시 생각한 뒤에 말했다. "하지만 **분명** 상처는 받았어."

"당연히 그럴 거야. 그렇고말고. 그리고 당신에게 제대로 된 해명을 해야 마땅하다는 것도 아는데, 그런데, 나는, 그게, 그러니까 제대로 할 수가…. 그래도 **해볼게.** 그리고…"

미란다는 인상을 찡그렸다. 이렇게 감정에 북받쳐 말이 엉키는 카터의 모습은 처음이었다. 약간 당황스러웠다. 카터는 언제나 조금도 **빈틈없어** 보이는 사람이었고 지금 들리는 날것 그대로의 목소리가 평소 그의 성격과 너무 맞지 않았기 때문에, 아주 잠깐이지만 미란다는 그가 그녀를 속이려고 다른 사람인 척 연기하는 게 아닐까 싶었다. 잠시 후 그는 눈을 감았고 미란다는 그가 정말 피곤하고 기진맥진해 보인다는 사실을, 세탁기에 들어갔다 나온 것처럼 잔뜩 구겨져 있다는 사실을 알아차렸다. 그것까지 속일 수는 없었다.

"내가 항상 모든 걸… 털어놓는 사람이 아니란 걸… 나도 알아. 그렇지만 난 당신에게 마음을 좀 더 열고 싶어." 카터는 진심이 담긴 목소리로 말하며 미란다를 보았다. "난 우리가 정말 잘돼가고 있다고 생각해. 그러니까 내 말은, 어제 내가 다 망쳐버리기 전까지는. 당신은 내게 정말 의미가 큰 사람이야. 정말이야, 미란다. 난 그저 감정적인 일에 아주, 아주 서툰 것뿐이야. 그리고 어제 일은… 그건… 하지만 노력하겠다고 약속할게. 설명하겠다고. 할 거야. 난 그저…"

그가 침을 꿀꺽 삼키자 목젖이 올라갔다 내려갔다. 미란다는 화가 누그러졌다. 자리에 서서 말없이 이런 모습을 지켜보는 것이 불편했다. 그녀는 마음에 원망을 품는 사람이 아니었고 어제 느낀 분노는 이미 사라진 것 같았다. 지금 당장 미란다가 원하는 것은 그녀와 카터의 관계가 이전으로 돌아가는 것뿐이었다.

그러나 미란다는 조금 더 신경을 곤두세웠다. 그녀는 늘 카터를 의식해서 무리하게 참았지만, 그렇다고 해서 모든 걸 양보해야 하는 것은 아니었다. 사실은 양보하면 안 되는 일이었다.

"어떻게 메시지도 안 보낼 수 있어?" 그녀가 말했다. "고작 문자 메시지 답장인데?"

"보내야 했어. 그러고 싶었어. 정말 미안해. 그냥 내 머리가… 엉망진창이었어. 하지만 이걸로 변명하진 않을게. 정말 미안해."

미란다의 이마에 주름이 잡혔다. 지금 그녀를 가장 괴롭히는 건 바로 이 애매모호함이었다. 그렇지만 카터가 너무 비참해 보여서 계속 밀어붙일 수 없었다.

"혹시… 이번 주말에 우리 집에서 나랑 같이 있을 수 있어?" 그가 물었다.

"뭐?"

"아니야, 당연히 안 그러고 싶겠지. 난 그저…." 카터는 침을 삼키며 허벅지에 묻은 톱밥을 털어냈다. "집에서는 이야기를 꺼내는 게 더 쉽지 않을까 해서 물어본 것뿐이야."

미란다는 그가 잡고 있던 한 손에 눈물이 떨어지는 느낌이 들었다. "카터!" 그녀는 몸을 숙여 카터와 얼굴을 마주했다. "카터, 괜찮아. 울지 마."

"이런." 카터는 그녀의 손을 놓고 눈을 문질렀다. "정말 미안해. 진짜 울고 싶지는 않았는데. 게다가 나무에서 당신을 구해준, 거대한 문신을 한 남자도 당신 손에 대고 흐느끼는 날 봤어." 카터가 미란다의 뒤쪽을 보며 말했다. "끝내주는 상황이군."

미란다는 고개를 돌렸고, 에이제이가 가지치기하고 있던 울타리로 얼른 다시 주의를 돌리는 장면을 포착했다.

"아, 저 사람은 무시해." 미란다가 다시 카터를 보며 말했다. "그냥 허세 부리는 걸 좋아하는 마초일 뿐이야."

카터는 퉁명스러운 표정으로 그녀를 보았다. "앞으로 날 마초라고 부를 일은 없겠네? 그런 거지?"

미란다는 그의 입술에 재빨리 입 맞췄다. "난 당신이 진정한 마초라고 생각해. 정말로. 남자가 우는 건 잘못된 일이 아니라고."

이 말을 들은 카터는 눈을 깜빡였다.

"그런데 남자가 레스토랑에서 여자를 바람맞히는 건 **잘못된** 일이야." 미란다는 싸우고 싶은 마음이 사라진 지 오래였지만 이렇게 말했다. 그녀는 꽃다발을 옆쪽 잔디 위에 내려놓고 백합 줄기를 손가락으로 꼬며 카터에게서 시선을 돌렸다. "그리고 난 해명을 들을 자격이 충분하다고 생각해. 하지만 여기에서 그 이야기를 하고 싶지 않을 수도 있다는 건 알겠어."

"이럴 거면 여기 안 오는 게 맞았을까?" 카터가 후회스럽다는 듯이 말하자 미란다는 웃음을 터뜨렸다. "그러니까, 전반적인 상황을 보았을 때 말이야."

"당신 때문에 **정말** 죽을 뻔했다고." 미란다는 이렇게 말한 다음 카터가 손을 잡자 숨을 들이마셨다.

"그런 말 하지 마." 그가 말했다. "제발 하지 마."

"놀리려고 한 말이야!" 미란다가 말했다. "날 보러 여기 오면 안 된다는 걸 몰랐잖아. 당신 잘못이 아니야."

"난 바보야. 두 번이나 바보짓을 했어. 어제 그 자리에 나가지 않은 바보짓을 한 데다가 오늘 여기 오는 바보짓을 했지. 미란다, 미안해. 다 보상하겠다고 약속할게."

미란다는 그를 믿었다. 이유를 정확히 말할 수는 없지만, 그의 말은 진실하게 들렸다. 카터는 모든 일에 진심으로 괴로워하고 있는 것 같았다. 죄책감에 시달리는 괴로운 표정을 꾸며내기란 분명 힘들 것이다.

"나 아직 화났어." 미란다는 카터는 물론이고 자신에게 일깨워 주기 위해 이렇게 말했다.

"알아. 당연하지. 화내는 게 마땅해."

"하지만 주말에 당신 집에 가서 함께 있을게."

카터는 어깨의 긴장이 풀렸다. "고마워. 정말이지 내가 이번 일 다 보상할게."

비가 내리기 시작했다. 미란다는 뒤쪽에서 제이미에게 큰 소리로 뭔가를 설명하는 에이제이의 목소리를 들었다. 그의 목소리가 잔디를 가로질러 울려 퍼졌다.

"일하러 가봐야겠어." 미란다가 미안해하며 말했다. 안경을 벗은 카터는 붉어진 눈을 문지르고 있었다.

"그럼, 가봐야지. 혹시 내가…?" 그는 얼른 안경을 쓰고 미란다를 보며 뜬금없이 미소 지었다. 카터 특유의 그 미소에 미란다는 이내 기분이 나아졌다. "내가 도와줄까?"

"도와준다고?"

"오늘 나 때문에 일이 늦어졌잖아! 내가 도와줄게." 그는 재킷을 벗기 시작했다. "물론 나무에 올라갈 수는 없겠지만 내가 할 만한 다른 일이 없을까?"

미란다는 이런 그가 사랑스러운지 당황스러운지 판단이 서지 않았다. "솔직히, 그럴 필요가…"

"미란다." 카터는 매우 진지하고 어른스러운 눈빛으로 미란다를 뚫어지게 바라보았다. "나 지금 남자답지 못한 기분이야. 제발 도와줄래?"

그 말에 미란다는 콧소리를 내며 웃음을 터뜨렸다. "알겠어. 아마 트레이를 도와 지상 작업을 할 수 있을 거야. 손을 보태면 제이미가 고마워할 거고. 하지만 옷이 엉망이 되겠다. 지금까지 정장을 입고 일한 사람은 없었거든.”

카터가 눈썹을 꿈틀댔다. 미란다는 그가 조금 전 벤치에서 울던 남자의 모습을 떨쳐내려고 애쓰는 중이라는 걸 알았지만 어쨌든 효과는 있었다. 카터는 이런 사람이었다. 미란다를 웃게 하려 너스레를 떨고 직접 행동으로 보여주며 그녀를 놀라게 하는 사람. 미란다는 그새 마음이 편안해졌다.

“미란다 로소, 정장을 입고 일하는 게 당신 마음에 닿는 길이라면 난 기꺼이 그 길에 있을 거야. 자, 이제 내가 뭘 하면 될까?”

미란다는 얼굴을 찡그렸다. “에이제이의 사다리 아래에서… 가지치기한 가지를 모아주면…” 그녀는 조금 전 카터의 말 때문에 웃음을 참을 수 없었다. “안 도와줘도 되는데!”

카터가 한숨을 내쉬었다. “속죄는 늘 힘든 법이지.” 그는 이렇게 말하며 윙크했다. 붉어진 눈 주변은 신경도 쓰이지 않는 윙크였다. 잠시 후 벌써 셔츠 소매를 걷어붙여 그을린 팔뚝을 드러낸 그는 금빛 시계를 햇살에 반짝거리며 일부러 에이제이를 향해 갔다.

시오반

런던행은 언제나 정신없이 바빴다. 연기 학교를 졸업하고 핀 칠리 로드Finchley Road역 옆에서 산 2년 동안, 시오반에게는 최소 열 명의 평생 친구가 생겼다. 그러다 보니 런던에 가면 **"그 대신 코번 트 가든**Covent Garden**은 어때?"** 하는 식으로 약속 장소를 조정해가며 친구들과의 만남을 회의하듯이 전략적으로 연달아 잡아야 했고, 덕분에 온종일 마음을 터놓을 수 있었다. 때로는 시오반은 커피 숍 한곳에 계속 있고 친구들이 면접 보러 오는 사람들처럼 차례 로 왔다 가기도 했다.

이번에 시오반은 끊임없이 사람들을 만나게 되어 감사했다. 그녀는 필라테스 모임에서 '먼저 자신을 사랑하세요: 그 남자가 당신을 사랑해주기를 기다리지 마세요'라는 제목의 행사를 진행

했고, 그 후에는 쉬지 않고 하루 종일 친구들과 시간을 보냈다. 새로운 친구를 만날 때마다 "그 남자가 날 바람맞혔어. 이게 믿어져?"라고 상처를 털어놓자 약간 마음이 편안해졌다.

"재미있지 않아?" 친구 키트가 생각에 잠겨 오트밀 쿠키를 우물거리며 말했다. "요즘에는 소셜미디어 같은 것들 때문에 사라지기가 힘들다고들 하잖아. 하지만 분명, 그런 게 없었던 빅토리아 시대 사람들도 잠수를 타지는 않았을 것 같단 말이지. 안 그래?"

"그 남자는 현대적인 의미의 남자다움이 뭐가 잘못됐는지를 전부 다 상징적으로 보여주네." 비케시는 녹즙을 홀짝이며 말했다. "그러니까 그 뻔뻔함! 특권 의식! 이런 것들 말이야. 그나저나 내가 구강성교 도중에 뛰쳐나간 남자 얘기 했던가?"

"방법은 하나뿐이야." 말레나가 윗입술에 라테 거품을 콧수염처럼 묻히고 말했다. "그 남자를 끝까지 찾아내서 만족스럽게 복수하는 거야."

이제 시오반은 다시 강연장에 섰고, 친구들의 도움 덕분에 이미 잘 포장된 어제의 아픔은 지극히 전형적인 에피소드로 정리되었다.

"어제 저에게 무슨 일이 있었는지 아세요?" 시오반은 다리를 꼬고 몸을 숙이며 청중들에게 말했다. "바람맞았어요. 밸런타인데이에."

청중들은 놀라서 헉 소리를 냈다.

"그래요, 사실이에요. 싸늘하게 식은 라테를 앞에 놓고 거기 앉아서, 그 남자가 올지 안 올지 궁금해하면서 무슨 생각을 했을까요? 당혹스러움에 대해 생각했어요. 그 이야기를 좀 해볼까요? 전제가 얼마나 창피한지, 그 카페에 있던 사람들 모두 절 얼마나 불쌍하게 여길지 생각했어요. 그리고 빌어먹을, 당신들이 누군지 모르지만 동정받는 건 더럽게 **싫다고** 생각했어요.”

청중들 다수가 고개를 끄덕였다.

“그런데 왜 그랬을까요? 왜 우리는 동정심에 그렇게까지 적대감을 느낄까요? 그걸 **연민**이라고 부른다면, 그리고 ‘와, 모르는 사람들이 날 보고 **‘불쌍해. 저 여자가 괜찮으면 좋겠어’**라고 생각하다니 정말 대단하지 않아?’라고 생각하면 어떨까요? 왜냐하면 실제로 저는 바람맞은 것 같은 여자를 보면 그런 생각을 하거든요. **‘세상에, 정말 딱하네. 저런 등신을 봤나. 아무에게도 사랑받지 못해’**라고 생각하지는 않는단 말이죠. 여러분은 그래요?”

청중들이 단체로 고개를 저었다.

물론 그들 중에는 정확히 그렇게 생각하는 상식 밖의 얼간이도 있을지 몰랐다. 시오반은 자신이 전하고자 하는 메시지를, 즉 궁극적으로 사람들은 선하고 친절하고 사랑할 가치가 있다고 굳게 믿었지만, 많은 사람이 이와 반대되는 생각을 잘 숨기고 있는 것도 같았다.

“그렇다면 왜 우리는 **당혹감**을 느낄 때 주변 사람들을 최악의 모습으로 상상하는 걸까요? 그리고 잠깐, 어떻게 그 감정이 우리 안을 파고들어 **‘이건 다 네 탓이야’**라고 말하는 걸까요? 언제, 아니 그러니까 제가 그 카페에 혼자 앉아 있었던 게 누구 잘못일까요? 제 잘못일까요? 아니면 그 남자 잘못일까요?”

"그 남자요!" 청중들이 외치자 시오반은 그들을 향해 활짝 웃었다.

"제가 그 카페에서 나가자마자 뭘 했냐 하면요. 그 남자의 전화번호를 차단하고 문자 메시지를 전부 다 지우고 잠수를 타기로 했어요. 빌어먹을, 그 남자가 먼저 잠수 탈 때까지 기다리지 않기로 한 거죠. 잘했죠? 이제 제가 무슨 말을 할지 알 거예요. 먼저 자신을 사랑해야 해요. 그 남자가 사랑해주기를 기다리지 마세요."

완벽한 마무리였다. 시오반의 심장은 쏟아지는 박수에 맞춰 쿵쾅댔다. 그녀는 피부에서 빛이 나며 따뜻한 햇살을 쪼이는 듯했고, 자기애가 넘쳐 원기 왕성해진 기분이었다. 그녀는 생각했다. '내게 필요한 사랑은 이것뿐이야. 진정 내 것인 사랑.'

시오반은 호텔 방이라는 곳은 놀라울 정도로 기억에 남지 않는다는 사실을 알게 되었다. 요즘 그녀는 출장을 너무 많이 다녀서 호텔 방을 모두 기억할 수 없었고, 가끔 침구가 바뀌어서 전에 갔을 때와 약간 달라 보이는 호텔 한 곳만 기억했다.

피오나는 시오반이 호텔에서 머물다가 돌아오면 무척 좋아했다. 시오반이 성공함에 따라 무료 제공 물품의 품질도 좋아져서, 이제는 그녀가 호텔을 떠날 때 최소 30유로 상당의 화이트 컴퍼니 제품 미니어처를 가져오는 일도 드물지 않았다.

물론 이제 시오반은 화이트 컴퍼니 화장품을 직접 살 수도 있었다. 하지만 고치기 힘든 습관도 있는 법이고 공짜는 언제나 그녀를 기쁘게 했다.

시오반은 목욕 가운을 입었다(그 가운은 평범했고 세탁을 자주 해서 약간 뻣뻣했지만, 기분 좋게 도톰했고 발목을 덮을 정도로 길었다). 그때 문 두드리는 소리가 들렸다. 시오반은 인상을 찡그렸다. 무료 제공 물품에 정신이 팔려서 그런지, 우습게도 아주 잠깐이지만 '**호텔에서 무료 음료를 보냈을지도 몰라**' 하고 생각했다.

하지만 무료 음료가 아니었다.

조지프 카터였다.

시오반은 조지프 카터를 가장 잘 설명하는 말로 '**카리스마 있다**'라는 표현을 썼다. '**잘생겼다**'라는 말을 먼저 할 사람이 있을지도 모르지만, 시오반은 바로 그 카리스마 덕분에 그가 잘생겨 보이는 게 아닐까 생각했다. 조지프는 이목구비가 조화를 이루고 눈동자는 녹갈색이고 골격이 좋았지만, 사진을 보면 엄밀히 말해 두드러진다고 할 만한 얼굴은 아니었다. 그럼에도, 직접 보면 누구나 고개를 돌릴 만한 남자였다. 그리고 정말 **재미있는** 데다가, 모든 상황에서 늘 웃을 준비가 되어 있었다. 하지만 그 매력이 촌스럽게 느껴지지 않았다. 그렇게 너스레를 떠는데도 내면에는 '나는 좋은 사람'이라는 분위기와 진심이 있었다.

그가 미국 고등학교를 배경으로 한 드라마에 출연한다면 범생이 덕후에게 말을 거는 유일한 축구 선수 역할일 테고, 재난 영화에 출연한다면 아무도 신경 쓰지 않는 별 볼 일 없는 인물을 구하러 돌아가는 역할일 것이다. 그는 안경을 쓰면 섹시하고 어른스러워 보였고, 안경을 벗으면 그 매력적이고 소년 같은 미소와 빠르게 깜빡이는 영리한 눈동자에 사로잡혀 눈을 뗄 수 없었다.

시오반과 처음 만났을 때 조지프는 취업 면접 이야기를 하며 동료들을 웃기고 있었는데, 이야기에 따르면 그는 면접장에서 **"만나서 반갑습니다. 감사합니다"**라고 말하는 대신에 **"만나서 감사합니다. 반갑습니다"**라고 했다.

그 자리에 있던 사람들 모두 그를 향해 몸을 돌리고 있었다. 시오반은 언제나 청중을 사로잡을 줄 아는 사람을 대단하게 여겼기 때문에 한동안 그를 지켜보았다. 그는 세상에 단 한 사람만 존재한다고 느끼게 해주는 미소를 지었다.

시오반은 반짝이는 것에 끌렸다. 값비싼 보석, 호화로운 속옷, 완벽한 미소를 지닌 잘생긴 남자. 그녀는 이런 것들이 보기보다 좋지 않을 수도 있다는 것을 알았지만 몽땅 차지하고 싶은 마음을 멈출 길이 없었다.

그래서 그날 밤, 추종자들에게서 조지프를 떼어낸 시오반은 그와의 섹스가 숨이 멎을 정도로 놀랍다는 사실을 알게 되었다. 그는 집중력이 뛰어났다. 그 집중력 덕분에 어떤 사람들과도 어울리고 청중을 사로잡았으며, 동시에 훌륭한 애인이 될 수도 있었다.

반면에 시오반은 그뿐이라고, 그와의 만남은 잠자리가 전부라고 분명히 해두었다. 조지프 같은 남자는 심장 가까이에 얼씬도 못하게 하는 것이 낫다는 걸 알고 있었다. 그녀는 '나는 좋은 사람'이라는 분위기에 속지 않았다. 조지프 카터처럼 완벽해 보이는 남자는 시간이 지나 잘 알게 되면 완전히 재수 없는 사람인 경우가 대부분이라는 것을 경험으로 알았다. 시오반은 이 만남을 계속 아주 가볍게 유지했고 그건 분명 현명한 처사였다. 한발 양보해 아침 데이트를 하기로 했을 때 무슨 일이 일어났는지 **보았으니까.**

"마사지 오일을 가져왔어." 조지프는 호텔 방 문 앞에서 항복한다는 듯이 양손을 들고 이렇게 말했다.

실제로 그는 시오반이 좋아하는 베티베르* 오일과 캐모마일 오일이 담긴 병을 쥐고 있었다. 시오반은 머리를 배신한 욕망 때문에 약간 딸꾹질이 났다. 그녀는 마사지에 약했다. 항상 긴장하고 있어서 엄지손가락이 날개뼈를 따라 움직이며 전하는 아프면서도 기분 좋은 느낌이 들면, 언제나 욕망이 밀려와 나른해졌다.

시오반은 고개를 저었다.

"꺼져." 그녀는 면전에서 문을 닫으려고 움직이며 말했다.

문은 조지프의 발에 부딪혔다. "시오반." 그가 말했다.

그의 목소리에서 웃음기가 느껴지자 시오반은 더욱 화가 났다.

"이게 웃겨?" 그녀가 쏘아붙였다. "당신은 날 바람맞혔어."

"늦게 갔어, 시오반! 미안해. 그게 **전혀** 괜찮지 않다는 거 나도 알아. 내가 당신에게 깊이 사과해야 한다는 것도. 하지만… 30분 늦었다고 당신이 내 전화번호를 차단했잖아."

시오반이 갑자기 문을 홱 열자 조지프는 놀라서 눈을 깜빡였다. 그는 뭐랄까… 흐트러져 보였다. 잔뜩 구겨진 셔츠와 정장 바

---

*   동인도가 원산지인 다년초로, 향료로 쓰인다. 흙, 나무, 연기 향이 난다.

지는 먼지투성이였고, 늘 부스스한 편이었던 머리카락은 사방으로 뻗쳐 있었다.

"30분 넘게 늦었어." 시오반은 가운을 단단히 여미며 말했다. 경멸하겠다고 공개적으로 맹세한 남자였지만, 조지프는 시오반의 마음이 흩어져 어지러워질 정도로 사랑스러워 보였다. "당신이 진짜 왔는지 내가 어떻게 알겠어?"

조지프는 인상을 찡그린 채 고개를 살며시 저었다. 그 어느 때보다 진심이었다. "내가 왜 그런 거짓말을 하겠어?"

흠. 시오반은 그를 자세히 살펴보았다. 호기심이 그녀를 이기고 말았다. "오늘은 무슨 일이 있었던 거야?"

"아…" 조지프는 머리를 쓸어 올린 다음 다시 가라앉히려고 했다. "당신을 찾으려고 당신이 좋아하는 호텔을 전부 다 돌아다녔어."

시오반은 미간을 좁혔다. 두근거리는 심장은 그의 말을 정말 믿고 싶어 했지만 그러기에는 머리가 너무 이성적이었다.

"그래." 그녀가 말했다. "결국 날 찾았구나. 안녕. 이제 그만 잘 가."

시오반이 다시 문을 닫으려 했지만 조지프가 한 손으로 문을 잡았다. 호텔 조명에 반짝이는 금빛 시계 때문에 시오반의 시선이 조지프의 탄탄한 팔뚝 라인에 이끌렸다. 시오반은 언제나 멋진 팔뚝에 속수무책이었다. 배나 가슴 근육에는 별 감흥이 없었지만, 고급 손목시계를 차고 셔츠 소매를 걷어 올린 남자에게는 껌뻑 죽었다.

"시오반." 조지프가 침울한 목소리로 말했다. "이러지 마. 제발. 한 번 더 기회를 줘."

"미안하지만 안 돼. 난 기회를 두 번 주지 않아."

조지프는 가운 매무새를 정돈하려고 들어 올린 시오반의 손을 잡았다. 시오반은 그의 맨살이 전하는 느낌에 놀라서 숨을 들이마셨다. 그 소리에 조지프의 눈동자가 타올랐다.

"하룻밤만 줘." 그가 속삭였다. "하룻밤 동안 당신이 마음을 바꾸도록 할게."

시오반은 절대 그렇게 해서는 안 됐다. 그를 쫓아내고 근사한 섹스를 할 새로운 남자를 찾아야 했다. 꼭 조지프가 필요한 것도 아니었다. 무장 해제되어 그에게 끌리고 있고 그가 혀로 바로 그걸… 한다고 해도.

"아침에도 당신이 날 쫓아내면 그땐 다시는 전화하지 않을게. 한 번만 더 기회를 줘." 조지프의 두 눈에는 욕망이 가득했다. 시오반은 자신이 그에게 이렇게 할 수 있다는 게, 손을 잠시 맞잡았을 뿐인데도 이렇게 욕망으로 정신이 흐려진 그를 보는 게 좋았다.

시오반은 침을 삼켰다. "하룻밤." 그녀는 꽉 잠긴 목소리로 말했다. "하룻밤뿐이야."

제인

토요일에 제인이 출근했을 때, 모티머는 깃털로 만든 먼지떨이를 입에 문 채 천장 대들보를 두 손으로 잡고 매달려 있었다.

"오, 제인, 어서 오렴." 먼지떨이를 물고 있느라 목소리가 제대로 나오지 않아서 그의 강한 아일랜드 사투리가 잘 느껴지지 않았다. "혹시 저 의자 좀 줄 수 있어?"

제인이 반응하기까지는 시간이 좀 걸렸다. 그녀는 카운트 랭글리 재단 자선 상점에서 벌어지는 희한한 일에 익숙했지만, 아직 커피를 마시지 않아서 비몽사몽인 상태로 문을 지나 들어왔다.

"이런, 모티머, 이게 도대체 무슨…"

제인이 모티머 아래에 넘어져 있는 의자를 황급히 바로 세우자 모티머는 안도의 한숨을 내쉬며 의자를 발로 디뎠다.

"의자 위에 서 계시면 안 돼요." 모티머가 의자에서 내려오는 걸 도우며 제인이 말했다. "저 위에 먼지는 제가 털면 돼요."

"매번 그런 부탁하는 게 싫어서 그래." 모티머가 옷깃을 털고 백발 머리카락을 뒤로 넘겨 매만지며 말했다.

"저는 왕족이 아닌걸요." 제인이 말했다.

"왕족은 아니지만 천사잖아." 모티머가 주방으로 가며 말했다. "내가 도와주지도 않고 혼자 청소하게 놔둘 순 없지."

"천사는 무슨 천사예요." 제인이 놀라서 말했지만, 모티머는 이미 그녀의 말이 들리지 않는 곳으로 가버렸다.

주방에서 커피 머신이 윙윙대는 소리가 들렸다. 모티머의 애인 콜린이 최근에 선물해준 것인데, 콜린은 외무부에서 평생 일하고 얼마 전에 퇴직했다. 이제 그는 일주일에 한 번씩 자선 상점 일을 돕기 시작했고, 매일 아침 모티머가 제인에게 건네는 인스턴트커피를 보자 '말로 표현할 수 없을 정도로 끔찍하다'고 힘주어 말한 뒤에 적당한 커피 머신을 한 대 사주었다. 모티머가 그 커피 머신을 팔려고 가게 바닥에 내려놓으려 하자 콜린은 가게가 쩌렁쩌렁 울릴 정도로 야단쳤다. 그 바람에 제인은 중고 옷을 걸어둔 옷걸이 뒤로 숨어야 했고 덕분에 제인의 웃음소리가 그들에게 들리지 않았다.

오늘 새로 들어온 기증품은 가방 네 개에 담겨 있었다. 가방 하나에는 냄비와 팬이 가득했고 두 개에는 절대 팔 수 없는 못 쓰는 가전제품이, 나머지 하나에는 옷이 담겨 있었다.

제인은 예쁜 실크 블라우스를 계속 들고 빛에 비춰 기울여 보며 얼룩을 찾았다. 기증품 가방에는 언제나 사연이 담겨 있다. 어린아이가 자랐거나 청소년이던 아이가 독립한 경우도 있고, 여자들이 다시는 큰 사이즈 옷을 입지 않겠다고 선언한 경우도 있었다. 뜻대로 되지 않으면 어쩌려고 그러는지 모르겠지만. 런던을 떠나 윈체스터로 왔을 때 제인은 가지고 있던 옷 대부분을 자선 상점에 갖다 놓았다. 자원봉사자들은 어느 날 상점 문 앞에 나타난 수많은 회색 정장과 펜슬 스커트가 어디에서 났는지 아무도 몰랐다.

주머니에 넣어둔 제인의 휴대폰이 진동했다. 화면을 확인한 그녀는 입술을 깨물었다. **아빠의 전화였다.** 최근에 아빠 전화를 세 번 다 안 받았기 때문에 이번에는 받아야 했다.

"아빠." 제인은 모티머가 아직 주방에 있는지 확인하려고 흘끔대며 말했다. "잘 지내셨어요?"

"제인." 아빠의 안심하는 목소리에 제인은 마음이 불편했다. 부재중 전화에 너무 오래 응답하지 않아서 걱정하고 있었던 모양이다. "여기야 늘 똑같지. 넌 잘 지내니?"

"네, 잘 지내요." 제인은 이렇게 대답하며 대화를 끌어가는 데 필요한 에너지를 모으려고 애썼다. "지금 일하는 중이에요."

"토요일인데?"

제인은 얼굴을 찡그렸다.

"거기 일을 너무 많이 시키는구나." 아빠가 말을 이었다.

아빠가 기대앉자 안락의자 삐걱대는 소리가 들렸고, 그 소리를 듣자 제인은 부모님 집의 작은 거실에 있는 것만 같았다. 무늬

있는 카펫이 깔린, 따뜻한 느낌의 스탠드가 흐릿하게 빛을 밝히
는 그곳은 라벤더 향기에 숨이 막힐 정도였는데, 이웃 주디가 제
인과 아빠가 잘 있는지 확인하러 올 때마다 라벤더 다발을 주러
왔다고 핑계를 댔기 때문이다.

잠시 정적이 흘렀다. 제인은 안락의자에 가만히 앉아서 발을
까딱거리다가 허공에서 빙빙 돌리는 아빠의 모습이 눈에 선했다.
"얘야, 런던에서 계속 재미있게 잘 지내는 거 맞지? 말했다시피
집에 오고 싶으면 세탁소에 일자리를 알아봐줄 수 있어. 네가 말
만 하면."

제인은 괴로울 정도로 자신이 싫어서 잠시 손으로 눈을 가리
고는 아빠의 걱정을 덜어주도록 애쓰자고 마음을 다잡았다. 그
동안의 일로 그녀가 거짓말에 능수능란해진 것처럼 보일지도 모
르지만, 거짓말은 매번 점점 어려워졌다. 거짓말은 말라비틀어져
썩은 맛이 나는 무언가처럼 그녀의 목구멍에 달라붙어 있었다.

"아니에요, 그러지 마세요. 아빠, 전 잘 지내요. 오늘 밤에는 같
은 층에 사는 여자애들이랑 술집에 갈 거예요. 클래펌Clapham에 근
사한 곳이 새로 생겼거든요."

모티머가 커피를 가지고 돌아왔다. 그가 조용히 옆에 커피 잔
을 내려놓자 제인은 낯이 뜨거워졌다. 그는 틀림없이 거짓말을
들었을 것이다.

"잘됐구나. 다행이야." 제인의 아버지가 말했다. 거짓말이 효과
가 있었는지 그는 안심했다.

"아빠, 가봐야겠어요. 좀 있다가 전화할게요. 영상통화를 할 수

있을지도 모르겠네요."

"그럼 정말 좋지. 여기 모틀리Mortley의 우리 모두가 널 정말 자랑스러워하고 있다는 걸 기억하렴. 조금 전에 모리슨 씨네 케이티와 이야기를 나눴는데, 네가 그 집 아들에게 제대로 자극이 된 모양이더라. 그래서 아들이 올해 대학교에 지원한다네."

누군가에게 자극이 된다는 건 생각만으로도 정말 고통스러웠다. "잘됐네요." 제인이 약간 목메는 소리로 말했다. "아빠, 이만 가볼게요. 곧 다시 통화해요."

"잘 지내렴. 지금은 이만 끊자꾸나."

제인은 휴대폰을 내려놓고 커피 잔을 들어 코밑에 갖다 댔다. 그녀는 저지방이 아닌 일반 우유를 넣는다는 걸 모티머가 기억하고 있다는 것을 냄새만 맡아도 알 수 있었다. 제인은 갈색 정장을 입은 이 꼼꼼한 남자를 향한 애정이 솟구쳤다가, 그녀의 거짓말을 듣고 난 지금 모티머가 그녀를 어떻게 생각할까 싶어서 문득 몹시 괴로워졌다.

"아빠였어요." 제인은 과감하게 모티머를 흘끗 보며 말을 꺼냈다. "그냥… 아빠를 걱정시키고 싶지 않았어요. 그래서 그런 말을 했어요. 런던 이야기 말이에요. 아빠가 걱정을 많이 하시거든요. 그리고 저는 그런 사람이… 그런 게 아니라…"

모티머는 예상과 달리 안쓰럽다는 표정으로 제인을 보았고, 제인은 그와 눈을 마주치지 않으려고 들고 있던 커피를 뚫어지게 쳐다보았다.

"제인, 난 자네를 비난하지 않아. 콜린의 어머니는 아직도 내가 블루벨이라는 이름의 여자인 줄 알거든. 때로는 준비가 되어야 말할 수 있는 진실도 있는 법이지."

제인은 놀라서 그를 보았다. "블루벨이라고요?" 잠시 후 그녀가 말했다.

모티머가 미소 짓자 그의 눈가에 잔주름이 잡혔다. "우리끼리만 이해하는 농담이지. 하지만 단순한 농담은 아니야. 블루벨은 몸이 좀 아파서 집 밖 출입이 힘들기 때문에 에든버러Edinburgh에 있는 콜린의 어머니를 만나러 갈 수 없는 것으로 되어 있어. 콜린의 어머니도 95세라 여기 올 수 없고."

"아." 제인은 약간 인상을 쓰며 말했다. "속상하진 않으세요? 콜린이 거짓말해서요."

무심코 나온 질문이었다. 너무 개인적인 질문이라 물어서는 안 됐지만 제인이 수습하기도 전에 모티머가 대답했다.

"그래, 속상하긴 하지만 사실대로 말 못하는 콜린이 더 속상할 거야. 하지만 난 그가 언젠가 사실대로 말할 거라고 생각해. 시간이 좀 더 걸릴 뿐." 모티머는 이해할 수 있다는 듯이 말했다.

'콜린의 어머니가 95세라니 남은 시간이 아주 길 것 같지는 않네.' 제인은 이렇게 생각했지만 모티머의 머릿속에도 이런 생각이 스쳤을 것 같았고, 간신히 참은 끝에 다행히 입 밖으로 소리 내어 말하지 않았다.

"고맙습니다." 대신 제인은 이 말을 했다. "저를 비난하지 않고 너그럽게 봐주셔서요." 제인은 커피를 내려놓고 기증품 가방에서 말없이 물건을 꺼냈다. USB 케이블, 찻주전자, 작은 모직 모자였다.

모티머는 제인을 얼마간 알아왔고 이제 그녀의 거짓말 두 가지를 알게 되었다. 하지만 그는 별다른 말을 하지 않았다. 초조한 마음에 그를 재빨리 흘끔댄 제인은 그가 계속 인자한 미소를 짓고 있어서 놀랐다.

그때 앞문에서 짤랑 소리가 나더니 플란넬 잠옷 같은 옷을 입은 중년의 빨강 머리 여자 손님이 들어왔다. 그녀는 들고 있던 우산을 내려놓으려 씨름하느라 시간이 좀 걸렸다. 우산 살 하나가 부러져서 거미 다리처럼 안으로 구부러져 있었다. 손님은 격하게 욕을 했다. 제인은 눈을 깜빡였다. 그녀는 콘월 억양으로 말했고 어깨가 넓었으며 팔자걸음을 걷는 사람처럼 양발이 밖을 향해 있었다. 그리고 계산대 양 끝에서 그녀와 우산의 싸움을 지켜보는 모티머와 제인을 완전히 잊은 것 같았다.

"뭘 도와드릴까요?" 마침내 제인이 물었다.

손님의 욕설이 갑자기 심해지자 모티머는 놀라서 입을 떡 벌렸다. 그가 젊었던 시절에는 여자들이 '덜떨어진 새끼' 같은 말을 하지 않았던 모양이다.

"걱정 마세요." 드디어 손님이 말했다. "나와 이 우산은 도와서 해결될 문제가 아니에요."

마침내 우산이 항복해 안으로 접혔다. 손님은 의기양양하게 씩씩대며 콧김을 내뿜더니 환하게 미소 지으며 제인과 모티머를 쳐다보았다.

"옷 좀 볼 수 있을까요?" 손님이 말했다. "사이즈 16으로요."

"그럼요." 먼저 정신을 차린 제인이 대답했다.

사람들은 주로 옷이 망가졌을 때 자선 상점에 왔다. 옷깃에 커피를 흘렸다거나, 타이츠 올이 나갔다거나, 청바지의 당혹스러운 부분이 찢어졌다거나 하는 경우였다. 하지만 잠옷을 입고 와서 위아래 옷을 모두 찾는 여자는 처음이었다.

"내게 저택 인테리어를 맡긴 새로운 고객을 처음 만나는 날, 그 전까지 잠옷을 입고 온종일 아파트에 틀어박혀 있던 것 같지 않은 인상을 주는 옷을 찾는 게 목표예요." 제인을 따라 여성복 코너로 가는 동안 빨강 머리 손님이 말했다.

제인은 자기 이야기인 줄 알고 움찔하며 놀랐다. "아, 죄송해요. 시간이 얼마나 있으세요?"

손님이 손목시계를 확인했다. "한 시간 정도요. 급할 건 없어요. 하지만 이 안에 팬티를 안 입고 돌아다니는 게 약간 이상해지려는 참이에요." 손님은 입고 있던 플란넬 잠옷 바지를 가리키며 말했다.

제인은 웃음을 터뜨렸다. "모티머가 팬티 이야기는 못 듣게 하세요." 그녀는 목소리를 낮추며 계산대를 흘끔댔다. "상점에 들어오는 속옷을 전부 '입에 담지 못할 것'이라고 부르거든요."

손님이 폭소를 터뜨리는 바람에 제인은 놀라서 펄쩍 뛰었다.

"미안해요. 아빠에게 물려받은 거예요." 손님이 말했다. "웃음 말이에요. 듣기 싫은 웃음이죠?"

"전혀요." 제인의 말은 진심이었다. 손님의 웃음은 남의 시선을 덜 의식하는, 대리 만족을 주는 매력적인 웃음이었다. "제가 약간 신경이 곤두서 있어서요.”

손님은 한쪽으로 고개를 갸웃했다. “아침에 안 좋은 일이 있었나요?”

“손님만큼은 아니에요.” 제인이 말했다. 무심결에 내뱉은 말에 그녀는 당황했고 손님이 화를 내리라고 생각하고 기다렸으나 그녀는 다시 한번 호탕하게 웃을 뿐이었다.

“충분히 일리 있는 말이에요. 그건 그렇고 내 이름은 애기예요.” 손님이 제인에게 한 손을 내밀어 악수를 청하며 말했다.

“제인이에요.”

두 사람은 악수했다. 제인은 양 그림이 그려진 잠옷을 입은 애기와 이렇게 정중하게 인사를 나누는 것이 약간 우스꽝스럽게 느껴졌다.

“랩 원피스는 어때요?” 제인이 원피스 무더기를 한쪽으로 밀어젖히고, 무릎까지 오는 길이에 허리끈이 달린 짙은 파란색 원피스를 보여주며 물었다.

“내 옷장에 걸려 있는 것보다 근사한데요?” 애기가 한 걸음 물러나 원피스를 살펴보며 말했다. 그러더니 그녀는 인상을 썼다. “하지만 지금 계산할 수가 없어요. 잠옷에 현금이 없네요.”

“그건 걱정 마세요.” 제인이 말했다. “기록해놓을 테니 내일 들러서 계산하면 돼요. 그럼 이제 입에 담지 못할 것을 찾아 드릴게요.”

애기는 다른 사람이 되어 가게에서 나갔다. 제인은 자신이 한 일이 정말 뿌듯했다. 애기에게 잠옷을 쑤셔 넣을 수 있는 큰 핸드

백까지 찾아주었다.

밖에는 굵은 비가 계속 내렸다. 낡은 유리창을 통해 본 거리 풍경은 늘 일그러져 있었지만, 유리에 빗방울이 흘러내리면 같은 풍경이라도 그림처럼 보였다. 제인은 생각에 깊이 잠겨 한동안 창밖을 멍하니 바라보았다. 애기는 좋은 사람이었다. 제인이 무례한 말을 내뱉었는데도 실수했다고 느끼지 않게끔 해주었다. 제인은 애기와 함께 있을 때 편안했다. 사실… 꽤 즐거웠다.

잠시 후 자선 상점 문이 벌컥 열리더니 조지프 카터가 코트에서 물을 뚝뚝 흘리며 비틀비틀 들어왔다. 그는 가까이에 있는 책장을 잡고 몸을 가누었다. 두 손은 추위에 얼어붙어서 하얬다.

그리고 바로 그때 제인의 기억이 떠올랐다.

한 남자가 잔뜩 화가 나서 제인의 상사가 일하는 사무실로 비척대며 들어왔다. 조지프였다.

그는 소리를 지르고 문을 쾅 닫았다. **"당신 잘못이야." "사고였어."** 이런 식의 말들이 더 오갔지만, 벽 때문에 의미를 정확하게 파악할 수 없었다. 잠시 뒤 조지프는 일그러진 얼굴로 다시 비틀거리며 나갔다. 그러다가 손가락 관절이 하얘지도록 힘을 주어 한 손으로 문틀을 꽉 잡았다.

분명 조지프는 전에 제인이 일했던 회사 사람이었다. 제인이 지금과 전혀 다른 사람이던 시절, 두 사람의 길은 서로 스친 적이 있었다.

"밖에 비가 좀 오네요." 조지프가 후회스러운 미소를 띤 채 몸을 털며 말했다. "죄송해요. 저 때문에 물이 고였군요."

"내가 대걸레를 가져오지." 모티머가 느릿느릿 자리를 뜨며 말했다.

"안녕." 조지프는 꼼짝도 못 하고 있는 제인을 향해 미소 지으며 말했다. "혹시 여기 우산도 있으려나?"

'물어봐. 그가 누군지 기억났다고 말해. 전에 두 번 마주친 적이 있다고. 그날 무슨 일이 있었길래 그렇게 화가 나서 사무실로 들어갔는지 물어봐.' 제인은 생각했다.

"음." 제인은 이렇게 말하며 우산을 모아둔 고리버들 바구니 쪽으로 돌아섰다.

페파 피그* 그림이 그려진 우산, 펼치면 하트 모양이 되는 우산, '내가 도울 테니 걱정 마!'라는 말이 쓰인 우산. 이렇게 세 개가 남아 있었다.

"골라봐." 잠시 후 제인이 말했다.

조지프는 제인의 시선을 따라 우산을 살펴보며 재미있다는 듯이 씩 웃었다. 그의 코트 어깨가 빗물에 젖어 반짝거렸다. 그는 머리를 뒤로 넘겼는데, 넓은 어깨에 뺨이 분홍빛으로 물든 채 비에 얼룩진 모습이 그 어느 때보다 잘생겨 보였다.

제인이 예전 이야기를 하지 않는 데는 이유가 있었다. 그녀와 조지프는 런던 시절을 이야기하지 않고도 이만큼 관계를 발전해 왔고, 조지프는 그녀를 알아보지 못하는 게 분명했다. 그렇다면 굳이 벌레가 잔뜩 든 캔을 딸 필요가 있을까? 제인이 누구인지 알

* 2004년에 시작된 영국의 아동용 애니메이션 시리즈.

게 된 뒤에 조지프가 그녀와 상관없는 사람이 되고 싶어 한다면?
제인은 그와 거리를 두기로, 그의 입술이 뺨에 닿았을 때 그녀를
덮치고 사로잡은 감각을 무시하기로 맹세했지만, 지금 그가 떠난
다는 생각은 무척 견디기 힘들었다.

　'이렇게 난처할 때가.' 제인은 이런 생각에 괴로웠다. 조지프는
하트 모양으로 펼쳐진 우산을 보고 웃음을 터뜨렸다. '이래서 식
물과 고양이에만 매달려야 했는데.'

미란다

"너무 깊이 생각하지 마." 아델은 미란다에게 일어날 수 있는 최악의 시나리오를 한 시간 동안 떠들어댄 적이 없는 사람처럼 말했다. "그냥 기다렸다가 그가 뭐라고 하는지 들어봐."

그들은 워털루Waterloo역에 있었다. 미란다는 여동생들과 함께 롱 에이커Long Acre 거리에서 쇼핑한 다음 윈체스터행 기차를 타고 카터와 주말을 보내러 가는 게 좋겠다고 생각했지만, 동생들과 시간을 보냈는데도 그녀의 바람만큼 자신감이 솟구치지는 않았다.

아델과 프래니는 밸런타인데이에 정확히 무슨 일이 벌어졌을까에 **온통 마음을 빼앗겼다.** 이제 막 열여덟 살이 된 둘은 이란성 쌍둥이지만 둘 다 동그란 눈에 눈동자는 갈색이었고, 미란다를 아주 옛날 사람이자 말도 못 하게 창피한 큰언니로 대했다. 그리고 어제부터 미란다의 아파트에서 살게 되었다.

아델은 몇 달 동안이나 미란다를 졸랐다. 쌍둥이는 부모님 집에서 독립해 성인으로 첫발을 내딛고 싶은 마음이 간절했지만, 둘 다 아직 일자리를 구하지 못했다. 미란다의 룸메이트가 이사 나가자 그녀는 빈방에 동생들을 들이지 않기 위한 변명거리를 찾기가 점점 힘들어졌고, 밸런타인데이 저녁을 약간 슬프게 보낸 뒤로 결국 항복했다.

그렇더라도 동생들에게 카터와의 일을 말하지 말았어야 했다. 그들에게는 그저 좋아하는 가십거리일 뿐이었다. 미란다가 H&M에서 청바지를 입어보는 동안에도 아델과 프래니는 이번 주말에 카터가 밝힐 비밀이 무엇일지 곰곰이 생각하느라 신이 났다. 또 다른 여자 친구가 있다는 걸까, 범죄를 저지르고 유죄를 선고받은 적이 있다는 걸까, 다락방에 여자들이 무더기로 살고 있다는 걸까 하면서.

"난 그의 집에서 지내게 돼서 들뜬 것뿐이야." 미란다는 그날 아침에 일어났을 때의 마음가짐을 고수하려 애쓰며 힘주어 말했다.

윈체스터에 있는 카터의 아파트에는 몇 번 가보지 못했다. 그들은 거의 항상 에르스테드에 있는 미란다의 집에서 만났다. '미란다의 집'은 아래층에 카펫 가게가 있고 침실 블라인드가 창문 절반까지밖에 내려오지 않는 곳인데도 불구하고.

"밸런타인데이에 시체를 묻어야 했을지도 몰라." 아델이 워털루역으로 들어가면서 말했다. "그럼 문자로 얘기하지 못한 이유가 설명되잖아."

"그래." 미란다가 남아 있는 인내심을 끌어모으며 말했다. "그걸로 됐으니까 이제 그만해. 고맙구나, 아델."

"이 문제에 대해 내가 하려는 말은 말이지." 아델은 이미 100가지 정도를 말했음에도 말을 이었다. "그 남자가 정말 매력적이라는 거야. 그게 사이코패스의 진짜 특징인 경우가 많지."

"카터가?" 프래니가 얼빠진 얼굴로 아델을 보며 말했다. "미란다 언니 남자 친구가? 사이코패스라고?"

아델은 약간 당황했다. "뭐, 내가 좀 흥분한 것도 같네."

"넌 카터를 **좋아하잖아**!"

"그럼, 좋아하지." 아델은 이렇게 말하고 올린 머리를 고정한 형광색 곱창 머리 끈을 만지작거렸다. "나도 안다고."

"분명 그 모든 일을 아주 지루하지만 합리적으로 설명할 거야." 미란다가 힘주어 말했다. 출발 안내판에 그녀가 탈 기차 플랫폼 번호가 깜빡였다. "카터는 의뭉스럽게 비밀 같은 걸 간직하는 남자가 아니야. 그 사람도…"

"자기만의 규칙이 중요해? 완전 미국 사람 같아?"* 아델이 뒷말을 이었다.

"카터는 햄프셔Hampshire 출신이야." 미란다는 화난 목소리를 내지 않으려고 애쓰며 말했다.

"내 말 무슨 뜻인지 알잖아!" 아델이 말했다. 오늘 아델은 형광빛이 도는 짙은 하늘색 아이섀도를 하고 번쩍거리는 가죽 바지

---

*　　　　주인공이 사이코패스인 동명의 원작 소설을 배경으로 하는 영화 〈아메리칸 사이코〉를 염두에 둔 말이다.

를 입었는데, 딱 스파이스 걸스* 같았고 매우 아델다웠다. 옆에 있는 프래니는 언제나 눈에 덜 띄었지만 아델을 떼어놓고 생각해보면 그녀 역시 무척 알록달록했고, 오늘은 밝은 빨간색 멜빵바지를 입었다.

"카터가 멀끔하고 좋은 사람처럼 보이는 건 사실이야." 프래니가 꼬집어 말했다. "흑갈색 머리의 캡틴 아메리카 같달까."

"난 이제 기차 타러 가야겠다." 미란다가 몸을 숙여 동생들을 끌어안으며 말했다. "나 없는 동안 오만 가지 상상 하지 말고."

"모두 연쇄살인마 테드 번디를 정말 다정한 사람이라고 생각했다는 거 잊지 마!" 아델이 기차역 저편을 향해 외치자 몇몇 사람이 돌아보았다. "매력적인 남자는 아무도 의심 안 한다고!"

윈체스터에 도착하자 카터가 플랫폼에서 기다리고 있었다. 미란다는 잠시 카터를 살펴보았다. 오늘 그는 안경을 끼지 않았고 모직 스웨터와 청바지를 입고 부츠를 신었다. 코트는 처음 보는 것이었는데, 앞 단추를 채우지 않았다. 미란다는 퇴근하고 정장을 입은 채 그녀의 집에 오던 카터의 모습에 익숙한지라, 청바지를 입은 조지프 카터의 대역을 만나는 기분이었다.

미란다를 본 조지프는 얼굴이 일그러질 정도로 활짝 웃었고, 미란다 역시 활짝 웃지 않을 수 없었다. 카터의 미소는 전염성이 있었다. 그 미소는 자기 감정을 드러내는 신호일 뿐만 아니라 다

*   1996년부터 2001년까지 활동한 영국의 유명 걸 그룹.

른 사람들에게 미소 지으라고 알리는 신호 같았다.

"안녕." 카터가 미란다에게 다가오며 말했다. "오늘 예쁜데." 그는 미란다의 입술에 담백하게 입맞춤했다. 키스해도 될지 몰라서 망설이는 듯한 입맞춤이었다. 미란다는 더 진하게 입 맞추며 그를 더 꽉 끌어안고 싶은 충동을 참았다. 그가 연쇄살인마라고 생각하지는 않지만, 아직 마음이 다 풀리지 않았다.

두 사람은 역에서 나갔다. 미란다는 카터를 만나러 왔을 때 늘 그랬듯이 주차장이 있는 왼쪽으로 발길을 옮겼다. 갓 내린 비 때문에 보행로가 반짝거리고 그녀의 팔에 닿은 카터의 코트가 축축했지만, 날이 개어 박엽지처럼 파랗고 아름다운 하늘이 드러났다.

"아, 그쪽 아니야." 카터가 미란다의 팔을 잡으며 말했다. "나 이사했어."

미란다는 걷다가 멈칫했다. "이사했다고? 언제?"

카터는 불편한 표정이었다. "엄마 집으로 다시 들어갔어." 그는 이렇게 말하며 다른 방향으로, 도심을 향해 고갯짓했다. "지난주에."

'이제 우리 관계가 진지해지는 건가.' 미란다는 이런 생각이 들자 긴장됐다. 그녀가 보기에 카터의 가정사에는 약간 모호한 구석이 있었다. 그는 어릴 때 아버지가 곁에 없었던 적이 많았다고 했고, 미란다는 그에게 형제자매가 없다는 것은 알고 있었지만 그가 어머니 이야기를 한 적은 거의 없었다.

"알겠어." 미란다가 말했다. "앞장서."

집은 역에서 멀지 않았다. 연회색 벽돌집은 지붕 끝이 뾰족했고 검은색 대문 위로 고딕 양식의 아치 구조물이 있었다. 웅장했지만 특별히 크지는 않았다. 새로 지은 집들이 대부분인 거리에 약간 어울리지 않아 보였다. 길 건너에는 체육관과 장의사 사무실이 있었는데, 미란다는 자신도 모르게 아델이 말한 시체 유기설을 떠올리며 인상을 썼다.

"저, 이제부터 내가…." 카터는 현관문으로 이어진 가파른 콘크리트 계단을 오르다 말고 멈춰 서서 말했다. 계단 양쪽에는 작은 앞마당이 있었는데, 가지치기가 필요한 길쭉한 라벤더와 작은 수국이 심겨 있었다. "당신한테 미리 알려줘야 할 것들이 있어."

미란다는 침을 삼켰다. "뭔데?"

"당신은 곧 우리 어머니를 만날 거야." 카터가 말했다. "그런데 약간… 충격받을 수 있어."

미란다의 생각은 몇 단계나 훌쩍 앞서갔다. 왜 충격이라는 걸까? 어머니가 유명한 사람인가? 아니면 뭔가 안타까운 일이려나? 밸런타인데이에 무슨 일이 있었는지 몰라도 그날 심하게 다치셨다든지.

"어머니 건강이 매우 좋지 않아." 카터의 말에 미란다는 연민을 느꼈다.

"이런, 카터. 정말 안타까운 일이야." 미란다가 그의 팔을 잡으며 말했다.

카터는 고개를 돌렸다. "괜찮아." 그의 목소리가 약간 떨렸다.

미란다는 감정에 북받친 카터를 다시 보자 심란했다. 평소 그는 언제나 긍정적이었다. 무엇에도 짜증 내는 법이 없었다. 새치기하는 사람에게도, 말하는 중간에 큰 소리로 **끼어드는** 사람에게도, 심지어 아델에게도. 지금 그들은 낯선 상황에 처했다. 지금까지 미란다는 카터를 보살펴야 할 일이 없었기 때문에 언뜻 불안이 밀려왔다.

"어머니가 어떤… 어디가 안 좋으신데?" 결국 미란다가 물었다. 질문을 하자마자 너무 무신경한 말처럼 들렸다.

그들 뒤로 차들이 꾸물꾸물 기어갔고 버스 한 대가 근처 정거장에 섰다. 10대 여자아이 둘이 버스에서 내리면서 두 사람을 빤히 쳐다보았다.

"카터, 들어가자." 미란다는 계속 그의 팔을 잡고 말했다. 그의 얼굴은 보이지 않았지만, 목의 힘줄이 전깃줄처럼 도드라졌다. "카터?"

"그래." 마침내 그가 움직이며 대답했다.

그는 고개를 숙이고 집 열쇠를 찾으려고 코트 주머니를 뒤졌다. 이윽고 고개를 들고 미란다를 본 카터의 얼굴에서는 속상했던 흔적은 찾아볼 수 없었다. 그는 평소와 다름없이 따뜻하고 마음을 편하게 해주는 미소를 지으며 현관문을 열었다.

복도는 어두웠다. 미란다의 발 아래로 우편물이 미끄러져 들어왔는데, 관공서에서 온 것 같은 특색 없는 흰 봉투에는 '**메리 카터 부인에게**'라고 쓰여 있었다. 미란다는 허리를 숙여 봉투를 집었고 다시 몸을 일으키자 바로 앞에 여자 한 사람이 서 있었다.

미란다는 놀라서 헉 소리를 내며 우편물을 든 손으로 목을 감쌌다. 턱 아래쪽 살갗이 봉투에 베이는 느낌이 들었다.

여자는 70대쯤 되어 보였는데, 7부 소매에 네크라인에 검정 구슬이 장식된, 1920년대풍의 길고 헐렁한 원피스를 입고 있었다. 안색이 매우 창백했고 깡말랐다. 눈동자는 카터와 같은 녹갈색이었고 머리카락은 새하얬다. 세 사람 사이에는 한동안 적막이 흘렀다. 잠시 후 메리 카터가 기운을 차린 듯했다.

"얘들아!" 그녀는 환하게 웃으며 말했는데, 누가 봐도 카터와 가족이라는 것을 알 수 있는 미소였다. 완벽한 안주인의 미소이기도 했다. "어서 와!" 메리는 아들의 뺨에 입 맞췄고 미란다는 그녀가 카터의 귀에 속삭이는 말을 들었다. "조지프, 이번엔 누구지?"

"이쪽은 미란다예요." 카터가 말했다.

"미란다!" 메리가 외쳤다. "정말이지 셰익스피어 희극에 어울리는 사랑스러운 이름*이군. 들어가서 거실에서 차 마시자."

미란다는 카터를 따라 들어갔다. **이번엔 누구지?** 미란다는 인상을 썼다. 그 말은 무슨 뜻이었을까?

미란다는 거실 소파로 향하는 동안 머뭇거리며 옆에 놓인 작은 탁자에 봉투를 내려놓았다. 거실은 메리에게서 "차 마시자"라는 말을 들었을 때 미란다가 기대한 모습과 전혀 달랐다. 미란다는 무늬가 있는 카펫과 벽지로 장식된 널찍한 공간을 떠올렸고, 앞이 뚫린 벽난로가 있을지도 모른다고 생각했다. **차 마시는** 사람들에게 어울릴 만큼 우아하리라고 기대했다. 하지만 거실은 기대

---

*   셰익스피어 희곡 〈템페스트〉 속 등장인물.

와는 달리 퀴퀴한 냄새가 났고 촌스러웠다. 소파 다리를 감추려고 작은 베이지색 덮개를 덮어놓았고, 뭉툭하고 부피가 큰 낡은 텔레비전 화면에서는 먼지가 피어오르며 냄새가 심하게 났다. 텔레비전 화면에는 어린이 쇼 같은 것이 나오고 있었는데, 노란색 옷을 입은 진행자 두 명이 활짝 웃으며 인위적으로 밝게 만든 꽃밭 사이에서 춤을 추고 있었다.

"둘 다 앉으렴." 메리가 두 사람 사이를 헤치고 가서 소파 위의 쿠션을 바로 세우며 말했다. 텔레비전에는 신경도 쓰지 않았다. "오늘 정말 춥지 않니?"

거실은 숨 막힐 정도로 더웠다. 몇 달 동안 라디에이터에서 열기가 나오고 창문을 한 번도 열지 않은 듯한, 텁텁하고 건조한 온기였다.

"식사는 하셨어요? 아니아는 온대요?" 카터가 텔레비전을 등지고 소파 맞은편 안락의자에 앉는 어머니에게 물었다.

메리 카터는 미란다를 본 뒤 아들에게 시선을 돌렸다. 그리고 무릎에 올려놓은 손을 꼼지락거리며 한쪽 엄지손가락으로 다른 쪽 손가락을 문질렀다.

"제가 가서 확인해보고 차를 내올게요." 어머니가 대답하지 않자 잠시 후 카터가 말했다. "미란다? 나 좀 도와줄래?"

미란다는 벌떡 일어났다. 거실에서 나가고 싶은 충동을 참기 힘든 수준에 이르렀다. 무슨 일이 벌어지고 있는지 알 수 없었지만, 이곳에서 벌어지는 일이 자기 능력 밖이라는 것만은 분명했다. 이건 어른의 일이었다. 그러니까 미란다의 어머니 같은 어른만이 정확히 뭘 어떻게 해야 할지 알 수 있는 상황이었고, 미란다는 자신이 몹시 어리게 느껴졌다. 카터의 삶의 일부가 되기를 간절히 원하지만, 막상 이곳에 와보니 무엇을 알게 될까 싶어 약간 두려워졌다. 아델의 잘못이었다. 괜히 음흉한 비밀 같은 걸 이야기해서.

"미안해." 거실에서 나가자마자 카터가 말했다. 지금 그는 감정을 조절하려 눈에 띄게 애쓰고 있었고, 위로를 구하려는 듯이 미란다의 손을 꼭 잡았다. "어머니는… 치매를 앓고 계셔. 이번 주에는 상태가 정말 안 좋아."

치매. 미란다의 친할아버지도 같은 병을 앓다가 돌아가셨다. 미란다는 할아버지를 만나러 갔을 때 그가 빠른 속도로 그녀를 알아보지 못하게 되었던 일이 떠올랐고, 카터 때문에 마음이 아팠다.

"정말 안타까운 일이야, 카터." 주방으로 들어가며 미란다가 말했다.

주방은 비좁았지만 천장이 높고 창문이 길게 나 있어서 겨울 햇살이 쏟아져 들어왔다. 주방 표면과 리놀륨 바닥을 얇게 덮은 먼지가 햇살에 반짝였다. 이를 보자마자 미란다는 청소하고 싶어졌고, 그 마음은 허기나 갈증처럼 그녀를 끌어당겼다. 지금 당장 레인지나 찬장을 문질러 닦는 등 뭐라도 **할 수 있다면** 기분이 훨씬 나을 것 같았다. 대신 그녀는 주전자로 관심을 돌렸다. 지저분한 플라스틱 주전자는 메리 카터 부인의 집보다 미란다의 집에 더 잘 어울릴 것 같았다.

"미안. 아직 청소할 시간이 없었어. 이사 들어오고 엄마 은행 계좌 정리하고… 오늘은 보안장치와 비상 버튼과 엄마가 갇히지 않을 만한 욕실 잠금장치를 알아보느라 밖에 있었어. 당신이 오기 전에 청소했어야 하는데… 하지만 당신에게 있는 그대로 다 보여주고 싶었어." 카터는 한 손을 펼쳐 주방을 가리켰다. "엉망진창인 나의 세계에 온 걸 환영해." 그는 멋쩍게 말하며 고개를 숙이고 미란다의 눈을 찾았다.

잠시 미란다는 무슨 말을 해야 할지 몰랐다.

"나한테 실망했어?" 카터가 미란다의 시선으로 주방을 살펴보는 듯이 주위를 둘러보며 물었다.

"**실망?**" 미란다는 오히려 자신에게 실망해서 인상을 찡그렸다. "아니야. 세상에, 아니, 그 반대야. 당신이 모든 일을 감당했다니 대단해. 난 그냥 당신이 걱정돼서. 혼자 짊어지기에 벅찬 일이잖아."

"브레이쉬필드Braishfield에 이모가 계셔. 여기에서 멀지 않지. 이모가 많이 도와주셔. 간병인을 구하려고 알아보기도 했고." 카터가 머리카락을 쓸어 넘기며 말했다. "아니아라는 여자 간병인이 일주일에 두 번 와서 엄마 식사를 준비해주기로 했는데, 엄마 말씀에 따르면 매번 다른 사람이 왔고, 어제는 누가 왔는지 몰라도 쫓아내신 모양이야. 간병인이 엄마 티백을 훔쳐 간다고 생각하시더라고."

미란다는 다시 주전자로 향했다. 열려 있는 티백 상자로 손을 가져가던 중에 카터의 말을 듣고 티백에 손대지 않는 게 낫지 않을까 잠시 생각했다가, 그 생각을 뿌리치고 티백 세 개를 집었다. 머그잔을 찾으려고 키 높이의 찬장을 열자 금테와 꽃무늬가 있는, 아주 비싸 보이는 도자기가 즐비했다.

"그럼, 지금 여기에서 어머니랑 같이 사는 거야?" 미란다는 이렇게 물으며 평범한 머그잔을 찾았지만 하나도 없었다. 그래서 길쭉하고 우아한 도자기 잔 세 개를 고르며 혹시 내려놓아야 하는 게 아닐까 싶어서 카터를 쳐다보았지만, 그는 눈도 깜빡하지 않았다.

"그게 유일한 해결책인 것 같았어." 카터가 냉장고를 열며 말했다. "안 그러면 엄마가 점심이나 제대로 드시는지 어떻게 알겠어?"

"쓰레기통을 확인해보면 되지." 미란다가 말했다. "그리고…." 그녀는 몸을 앞으로 기울였다. "싱크대에 먹고 난 지저분한 접시가 있겠지."

카터가 꼼짝도 하지 않자 미란다는 대신 쓰레기통을 살폈다. 지저분한 뚜껑을 집어 들며 점심을 먹었는지 안 먹었는지 기억하지 못하는 사람이 내 어머니라고 상상하자 잠시도 생각하기 싫을 정도로 고통스러웠다. 미란다는 상상이 더 펼쳐지기 전에 끊어버렸다. 해봤자 소용없는 생각이었다. 지금 당장 쓸모 있는 일을 하는 편이 나았다.

"빵 부스러기 같은 게 묻어 있고 오래되지 않은 것 같아." 미란다가 말했다. "샌드위치 드신 것 같은데. 치즈와 피클을 넣은?"

"고마워." 카터가 냉장고 문을 닫으며 나지막이 말했다.

미란다가 돌아섰지만 카터는 그녀를 보지 않고 닫힌 냉장고 문만 멍하니 바라보았다. 미란다는 그에게 다가갔다.

"지난주에 이런 힘든 일을 혼자 감당하게 하다니, 정말 미안해.” 그녀가 말했다.

카터는 고개를 돌렸고 감정에 북받쳐 목 힘줄이 다시 도드라졌다.

“솔직하게 말해줘서 고마워. 여기 데려와줘서 고맙고.” 미란다가 말했다. 자칫 무례하게 들릴 수도 있어서 이런 말을 해도 될지 확신이 들지 않았지만, 카터가 그녀를 끌어당겨 으스러지도록 안았기 때문에 해도 괜찮은 말이었다는 생각이 들었다.

“미란다, 난… 그러니까….”

미란다는 기다렸지만 카터는 더 이상 말하지 않고 그녀를 안고만 있었다.

“이해해.” 미란다가 머뭇거리며 말했다. “그렇지만 다음에는 당신 삶에 무슨 일이 일어나는지 아무것도 모른 채 레스토랑에서 무작정 기다리는 일은 없었으면 해.”

카터는 그녀를 아주 꼭 안았다. 미란다는 그의 품에 파고들어 스웨터에서 나는 겨울 냄새를 맡았다. 찬 공기와 연기 같은 냄새가 났다.

“너무 마음 무거운 일이란 거 알아.” 카터가 가라앉은 목소리로 말했다. “하지만 재미있는 주말을 보내게 해주겠다고 약속할게. 엄마를 진정시킨 뒤에 곧바로 둘이 같이 저녁 먹으러 나가는 거야. 알겠지? 내가 한 짓을 보상하려면 갈 길이 멀잖아.”

“조지프?” 메리가 거실에서 그를 불렀다. 목소리가 커졌다. “조지프, 그 여자는 어디에 있니?”

카터는 미란다를 안고 있던 팔을 풀고 물러섰다. “이제 가요, 엄

마. 미란다는 여기 저랑 같이 있어요."

미란다는 돌아서서 근사한 도자기 머그잔에 티백을 담그고, 카터가 어머니에게 간 사이에 티스푼을 찾았다.

"그 여자가 아니야." 메리가 말했다. "그 여자가 아니라고. 런던에서 네가 만나던 멋진 아가씨는 어디에 있어?"

"엄마, 앉으세요." 카터가 차분하게 말했다. "미란다가 차를 가지고 올 거예요."

"나한테 앉으라고 하지 마라." 메리의 목소리는 날카로웠고 두려움이 담겨 있었다.

미란다는 우선 차 두 잔을 거실로 가져갔다. 텔레비전에서는 동요 같은 노래가 시끄럽게 울렸고, 미란다는 목까지 올라오는 스웨터를 입어서 너무 더웠다. 메리는 창가에 서 있고 카터는 어깨가 축 처진 채 소파에 앉아 있었다.

"오, 어서 오렴, 얘야." 메리는 돌아서서 미란다를 보고 안도하며 말했다. 그리고 찻잔을 받으려고 미란다에게 다가갔다. "시오반, 맞지?"

카터가 벌떡 일어나 미란다 곁으로 갔다. "엄마, **미란다**라고요." 이렇게 말하는 그의 목소리에 날이 서 있었다. "미안. 헷갈리시나 봐." 그가 낮은 목소리로 미란다에게 말했다.

"괜찮아." 미란다가 두 사람에게 미소 지으며 말했다. "차 한 잔 더 가져올게."

"내가 잘못 말했니?" 미란다가 거실에서 나가자 메리가 물었다. "조지프, 내가 잘못 말했느냐고."

시오반

"그 남자랑 잤지?" 시오반이 아파트에 들어서기가 무섭게 피오나가 물었다.

피오나는 시오반이 탄 공항 택시가 도착하기 3분 전이 되자 차를 준비했다. 두 사람은 언제나 휴대폰으로 위치를 공유했는데, 처음에는 안전 때문에 취한 조치라고 했지만 사실상 술을 미리 주문하거나 데이트 진척도를 몰래 엿보는 수단으로 사용되었다.

"그래, 잤어." 시오반이 한숨을 쉬고 식탁 의자에 털썩 주저앉으며 말했다. "그리고 그 남자가 호텔 방을 떠나고 나서 나 자신에게 화가 정말 많이 났어. 하지만 그 남자가 앞에 있으면 똑바로 생각할 수가 없는걸."

"그래서 둘이 어떻게 하기로 했는데?" 피오나가 시오반에게 차를 건네며 물었다.

시오반은 그날 아침을 떠올렸다. 침대 시트에 함께 뒤엉켜 있던 일, 헝클어진 채 눌려 있던 그의 머리카락, 그가 길 아래 카페에 가서 커피를 사 오겠다고 고집부린 일까지. "꼼짝 말고 있어." 그가 문간에서 말했다. "아직 당신에게 보상하기 위해 해야 할 일이 많으니까."

"어라, 너 지금 웃고 있어." 조리대를 닦던 피오나가 어깨 너머로 흘끔대며 말했다. "그럼, 그 남자를 용서한 걸로 이해하면 되는 거야?"

"아니야! 그건 아니야. 그 사람이랑 자는 게 아니었어."

"안 잘 거라고 했잖아. 그것도 여러 번." 피오나가 온화하게 말했다. "내가 듣기로는 맹세 수준이었는데."

시오반은 양손으로 머리를 감쌌다. "피오나, 불난 집에 부채질하지 마. 자존심 상하니까."

피오나는 차를 들고 맞은편에 앉으며 웃음을 터뜨렸다. "알겠어, 알겠다고. 그게 마지막인 거지?"

"당연하지. 진짜 마지막. 다시는 그 사람이랑 안 자."

이 말은 피오나가 굳이 지적할 필요조차 없는 뻔한 거짓말이었다. 피오나는 의자에 기대어 눈을 비볐다. '피곤한가 보네.' 시오반은 인상을 찡그리며 생각했다. 올리브색 피부에 눈이 크고 속눈썹이 길어서 몽환적인 분위기를 풍기는 피오나는 정말 예뻤지만, 입가에 희미한 주름이 보였고 미간에는 그보다 더 깊은 주름이 눈에 띄게 자리 잡았다. 피오나는 모레 오디션이 있어서 발랄하고 에너지 넘치게 보여야 했다. 연기 학교를 갓 졸업한 젊고 예쁜 배우 지망생들을 맞닥뜨릴 것이기 때문이다.

시오반은 이제 자신이 피오나를 보살펴줄 수 있다는 생각에 다행스러웠다.

"그 남자 이야기는 충분히 했어. 이제 마스크 팩 하자." 시오반이 쾌활하게 말했다. "그러면 기분이 좋아질 거야."

다음 날 아침, 시오반은 중요 고객사 직원들과 일대일 화상 코칭이 세 건 잡혀 있었다. 시오반의 회사는 라이프 코칭으로 사업을 시작했고, 지금도 라이프 코칭이 주요 소득원이었다. 킬리언이 떠나고 암흑기가 오자 시오반은 일에 자신을 온전히 내던졌다. 새롭게 성공을 거둘 때마다 그녀는 바로 이런 쾌감이 필요했다고 강하게 확신했기에, 더 치열하게 경쟁하고 더 많이 일했다. 고객들을 설득할 때 자주 언급하는 진리를 실행에 옮겼다. 무언가를 간절히 원하면, 그 목표를 위해 최선을 다하면, 세상을 쉽게 손에 넣을 수 있다는 것이었다.

시오반의 블로그 트래픽이 증가했고 인스타그램도 커졌다. 그녀는 라이프 코치를 뛰어넘어 사람들에게, 특히 젊은 여성들에게 본보기가 되었다. 인플루언서와의 협업, 인기 여성 블로그 칼럼 기고, 지역 라디오 쇼 코너 진행 요청이 들어왔다. 이제 시오반과 담당 탤런트 에이전트는 그녀의 직책을 '임파워러Empowerer'*라고 쓰기로 했다. 물론 시오반은 이게 약간 웃기다고 생각했고, 술

---

*   '힘과 능력을 제공하는 사람'을 뜻한다.

에 취하면 자신을 '엠퍼러Emperor'*라고 부르기는 했지만.

시오반의 사업은 무서울 정도로 빠르게 성장했다. 그렇게 갑작스럽게 성장했다는 건 매우 빠르게 추락할 수도 있다는 뜻이었다. 그래서 시오반은 땅이 그녀를 넘어뜨리려고 기다리기라도 하는 듯 쉼 없이 달리는 와중에도 계속 발밑에서 모래가 빠져나가는 것 같은 느낌이 들었다.

그녀에게 일대일 화상 코칭은 일종의 안전망이었다. 이 일을 계속하는 한, 나머지가 모두 무너져 내리더라도 안전할 것 같았다.

첫 번째 고객은 개인 비서로 일하지만 진로를 바꾸고 싶어 하는 사람이었다. 시오반은 그녀를 '보브 걸'**이라는, 혼자만 아는 별명으로 불렀다. 시오반은 부모님의 낮은 기대치가 자기 발목을 잡았다는 보브 걸의 이야기를 참을성 있게 들었다. 이제 보브 걸은 날아오를 준비가 거의 끝났고, 오늘 시오반은 **"저는 그보다 더 나은 대접을 받을 가치가 있다고 생각해요"**라는 그녀의 말에 만족스러운 미소를 참을 수 없었다.

다음 고객은 '블루 스틸'***이라는 별명으로 부르는 사람이었다. 그의 이름은 리처드였고 눈을 반짝이는 매력적인 중년 남성이었는데, 외도 때문에 이혼당했다고 알려졌다. 시오반은 리처드가 이 사실을 그녀에게 비밀로 하고 있다고 확신했다. 그는 말을 번지르르하게 했고, 여자들이 **'질척댄다'**고 하면서도 어느샌가

---

*   '황제'라는 뜻으로, '임파워러'와 발음이 비슷한 것을 이용한 말장난이다.

**   '보브bob'는 '단발머리'라는 뜻으로, 고객이 단발머리라서 붙인 별명이다.

***   차갑고 파란 눈동자 때문에 붙인 별명이다.

같이 시시덕대게 되는 그런 남자였다. 시오반은 그가 무엇 때문에 그렇게 행동하는지 알아내기로 마음먹었다. 호기심 때문이기도 했지만, 그것이 그를 도울 유일한 방법이었기 때문이다. 리처드는 승진에서 두 번이나 누락되었는데, 시오반은 그 이유를 도저히 이해할 수 없었다. 답은 그의 내면 어딘가에 있었고 시오반은 그가 마음을 열고 털어놓기를 바랄 뿐이었다.

그래서 리처드가 코칭 첫머리에 "개인적인 이야기를 해도 될까요?"라고 물었을 때, 시오반은 너무 들뜬 것처럼 보이지 않으려고 아주 열심히 노력해야 했다.

"물론이죠. 지금은 당신을 위한 시간인걸요." 그녀가 말했다.

사무실 책상에 앉아 있는 리처드의 모습이 시오반의 노트북 화면에서 약간 깨진 이미지처럼 보였다. 그의 뒤쪽 선반에는 권위 있어 보이는 두꺼운 책과 문진, 지구본, 상패를 비롯해 학사 학위 소지자의 사무실에 있을 법한 갈색과 크롬 소재 물건이 가득했다. 시오반은 사람들이 이런 물건을 어디에서 구해오는지 궁금했다. 45세가 넘은 돈 많은 싱글 남자를 대상으로 모든 물건을 낡은 갈색 가죽으로 만들어 파는 상점이라도 있는 걸까?

"오늘 내가 판단을 잘못한 것 같아요."

시오반은 공감하면서도 관심 있다는 표정으로 참을성 있게 기다렸다.

"내 비서와, 그녀와 내가, 그러니까 우리 사이에… 그동안 함께 일하면서 약간 성적인 긴장감이 도는 장난 같은 게 있었어요. 하지만… 절대 선을 넘지는 않았죠." 리처드가 갑자기 카메라를 통해 눈을 똑바로 쳐다보는 바람에 시오반은 깜짝 놀랐다. 그는 렌즈를 정면으로 보았는데, 눈동자가 은색에 가까울 정도로 차갑고 연한 파란색이었다. "어제까지는요."

"오늘 무슨 일이 있었는데요?" 시오반이 재촉했다.

리처드는 한 손으로 입을 문지르며 한숨을 쉬었다. "그녀가 제 사무실로 들어왔어요… 손바닥만 한 회색 원피스를 입고요. 허리끈이 있고 엉덩이에 딱 붙는 옷이었어요."

'빌어먹을.' 시오반은 아침 일대일 코칭 시간에 '엉덩이'라는 말을 들을 줄은 몰랐다. 잠시 걱정하는 동안 웃음이 터질 것 같았지만, 리처드가 다시 그녀를 똑바로 쳐다보는 바람에 웃음기가 사라졌다.

"그녀가 내 책상 뒤로 왔어요. 원래 내게 뭔가를 건넬 때 그냥 손을 내밀어서 주는데… 내 얼굴에 뭐가 묻은 걸 봤는지, 아니면 내가 그녀를 이상하게 쳐다봐서 그랬는지 모르겠어요. 그녀는 가까이 와서 나와 한 걸음 거리에 섰어요. 난 지금처럼 의자에 앉아서 그녀를 올려다보았고요. 이미…" 그는 후회하는 표정이었다. "음, 어쨌든. 우린 키스했어요. 그러고 나서…"

리처드는 시오반의 반응을 기다렸다. 시오반은 어느새 이야기에 몰입했다. 부드럽고 깊이 있는 그의 목소리가 듣기 좋았다.

"계속하시겠어요?" 시오반이 물었다. 그녀는 완벽하게 높낮이 없는 목소리를 유지했다. 그러면서도 평소와 다름없이 예의 바르게 전문가로서 관심을 표현했다. 리처드의 눈동자가 약간 떨린다는 것을 알아차린 그녀는 직접 마주 앉아 있으면 좋겠다고 생각했다. 노트북 화면 속의 사진 같은 모습을 보는 게 아니라면 미세한 표정까지 해석할 수 있었을 텐데. 리처드와 직접 만나서 코칭을 진행한 지 꽤 되었다. 시오반이 더블린으로 돌아가자 리처드의 회사에서 가능한 고객에 한해 화상 코칭으로 전환해도 좋다고 허락해주었다. 지금도 시오반은 고객들을 되도록 직접 만나려고 노력하는데도 리처드를 본 지는 몇 달이 지났다.

"섹스했어요. 책상에서." 리처드가 말했다.

시오반은 눈썹을 치켜올리지 않으려고 무진장 애썼다. 솔직히 사실이라고 하기에는 남자들의 성적 판타지와 너무 닮아 있었지만, 지금껏 리처드가 거짓말하는 성향을 보인 적은 없었다. 어쩌면 리처드 같은 남자에게는 이런 일이 일어나는지도 몰랐다.

"리처드, 이 일을 두고 판단을 잘못했다고 말했잖아요." 잠시 후 시오반이 말했다. "그 말을 좀 더 자세히 설명해줄래요?"

리처드는 조금 기다린 뒤 대답했다. "음, 아닌가요?" 그가 말했다. "그녀는 내 비서잖아요."

시오반은 말없이 앉아 있었다. 잘잘못을 따지는 것은 그녀의 일이 아니었다. 사실 그런 걸 따졌다면 이 일을 하고 있지 않을 것이다. 그녀가 고객에게 이래라저래라 말하는 건 그들 스스로 깨칠 기회를 빼앗는 것이니까.

"난 그녀보다 힘 있는 자리에 있기도 하고요." 리처드가 천천히 말했다. "부적절한 일이에요."

그는 시오반을 보며 대답을 기다렸다. 그녀의 허락을 구하는 걸까? 아니면 잘못이 아니라는 말을? 그래서 아침부터 그녀에게 이런 이야기를 한 걸까? 하지만 그런 느낌은 아니었다. 그렇다고 하기에는 이 이야기를 하는 내내 리처드의 말투에 즐거움이 묻어 있었다.

"리처드." 시오반이 말했다. "지금 기분은 어때요?"

리처드는 생각에 잠겨 잠깐 화면에서 시선을 뗐다.

"어려진 기분이에요." 마침내 그가 대답했다. "어리고 멍청해진 것 같아요. 그리고 재미있어요. 해서는 안 되는 짓을 해본 적 있어요?" 리처드는 이렇게 묻고 나서 웃음을 터뜨렸다. "미안해요. 이런 걸 묻는 게 아닌데."

시오반은 엷게 미소 지었다. "그렇죠. 그런 건 물어보면 안 되겠죠." 하지만 그녀는 조지프와 보낸 밤을, 그 늦은 밤의 기분 좋은 나른함을, 그의 살결의 맛을 떠올렸다. 조지프가 커피를 사러 나가고 나서 베개에 묻혀 미소 짓던 자신을, 돌아온 그를 보고 쿵쾅대던 심장을 떠올렸다.

오디션 전에는 늘 똑같은 의식을 치렀다. 시오반은 피오나를 위해 욕조에 물을 받고 목욕용 라벤더 오일을 떨어뜨렸다. 한 병에 50유로나 하는 제대로 된 오일이었다. 물을 받는 동안 두 사람은 리허설을 한 차례 했다. 시오반은 피오나에게 지금까지 본 중 최고의 오디션 연기였다고, 다들 그녀에게 매료될 거라고, 올해가 가기 전에 올리비에상*을 받을 거라고 말했다. 그런 다음 시오반은 욕조에 있는 피오나에게 꿀차를 타서 갖다주었다(서로에

---

*　　영국의 로런스 올리비에상Laurence Olivier Award은 그해 가장 뛰어난 연극, 오페라, 배우에게 주는 상이다.

게 알몸을 보여주는 것이 부끄럽다는 느낌은 수년 전에 사라졌는데, 시오반이 아주 경솔한 성 경험을 한 뒤 피오나가 그녀의 엉덩이에 박힌 가시를 빼준 무렵부터였다. 그즈음 피오나는 알몸 출연이 포함된 공연 오디션을 앞두고 '익숙해져야 한다'는 명목으로 2주 동안 상의를 벗은 채 아파트를 돌아다니기도 했다).

"말도 **안 돼**. 블루 스틸이 비서랑 잤다고?" 시오반의 이야기를 들은 피오나가 말했다.

이런 수다를 위해 욕조 옆에는 의자가 하나 있었다. 시오반은 욕조 옆에 발을 올렸다. 피오나는 할머니가 사주었다는 이유로 지나치게 좋아하는 우스꽝스러운 보라색 샤워 캡을 쓰고 있었다.

"흔해빠진 이야기 아니야?" 시오반이 손톱을 살피며 말했다. 손톱 관리를 다시 받을 때가 되었다.

"시오반, 조심해." 피오나가 말했다. "비서랑 자는 남자가 라이프 코치와 자는 데 양심의 가책을 느낄 리 없어."

"양심의 가책을 느껴야 해?"

"이런, 입 다물어." 피오나가 거품을 튕기며 말했다. "말이 그렇다는 거야."

"거짓말은 하지 않을게. 그 남자에게 분명 그런 느낌은 있어. 하지만 아무한테나 추파를 던지는 타입 같은데."

"그래도. 잘 살펴봐."

"스카이프로는 날 유혹할 수 없지 않을까?"

피오나는 예리한 눈길로 그녀를 보았다. "그 남자한테 끌려?"

"뭐래, 열 살도 아니고."

피오나는 눈썹을 치켜올린 채 계속 쳐다보기만 했다. 시오반은 눈을 굴렸다.

"그 사람 매력적이긴 해. 아버지와의 관계에 문제가 있는 여자가 끌릴 만한 타입이랄까. 하지만 난 아니야. 그 사람에게 끌리지 않아. 혹여 끌린다 해도 아무 짓도 하지 않을 거야. 내 고객인걸."

"음." 피오나가 말했다. "조지프도 고객 아니었나?"

"아니야!" 시오반이 지나치게 큰 소리로 외쳤다. "아니야, 조지프는 고객이 **아니었어**. 그래, 우리 회사에서 진행하는 적극성 훈련 프로그램에서 만난 건 맞지만 절대…" 그녀는 피오나의 표정을 살폈다. "뭐야, 그 표정 저리 치워." 시오반이 발로 피오나의 어깨를 찌르며 말했다.

피오나는 웃음을 터뜨리고는 턱을 까딱거리며 시오반을 피해 거품 속으로 들어갔다.

제인

제인은 조지프와의 저녁 독서 모임에 20분 늦었다. 지난번에 잠옷을 입고 나타났던 빨강 머리 애기가 마감 시간 직전에 들러서 아침이 되기 전에 아주 독특한 옷을 몇 벌 찾아야 한다고 했다. 애기가 떠날 때가 되자 제인은 그녀가 너무 튀는 모자를 몇 개 사는 것 이외에 분명 다른 목적이 있다고 느껴졌다. 애기는 자선 상점에 자주 들렀다. 외로워서 그랬을 수도 있지만 꼭 그렇지만은 않았다. 때때로 제인은 애기가 자기를 보러 오는 게 아닐까 생각했지만 가능성은 낮아 보였다. 왜 굳이 그렇게 귀찮은 일을 하겠는가?

제인은 늦어서 허둥지둥했고, 어쩌다가 스카프에 머리카락이 엉켰다. 그녀는 레스토랑으로 가면서 엉킨 머리카락을 푸느라 씨

름했다. 평소에는 머리를 아래쪽으로 묶는데 상점을 나서는 순간 무슨 허영이 들었는지, 창문에 비친 모습을 확인하며 머리 끈을 풀고 손가락으로 머리카락을 쓱쓱 빗어 내렸다. 허리까지 딱 떨어지게 내려오는 검은색 머리카락도 특징 없기는 마찬가지였다. 예전에 그녀는 컬이 잘 나오지도 않고 올림머리를 했을 때 형태가 유지되지도 않는 머리카락 때문에 좌절하곤 했다. 그래서 이제 그런 머리는 꿈도 꾸지 않았다. 하지만 머리를 풀면 이목구비가 부드러워 보였고 큰 눈이 벌레처럼 보이지 않았으며 광대뼈가 덜 두드러졌다. 그녀는 조지프를 만난다는 생각에 문득 약간… 예뻐 보이고 싶었다.

조지프는 그들이 늘 독서 모임을 하는 음식점 파이카람바의 김 서린 창문에 기대어 있다가, 제인을 보자 몸을 펴고 똑바로 서며 환하게 웃었다. 그는 모직 모자를 쓰고 장갑을 꼈는데, 일기예보가 좋지 않았고 하늘은 꾸물꾸물하고 낮은 것이 벌써 어두워지고 있었다. 제인은 풍선에 매달려 올라가는 것처럼 마음이 한껏 들떴다. 그녀는 조지프에게 다가가다가 잠시 머뭇거렸다. 두 사람은 원래 포옹하지 않지만 이번에 제인은 그의 품에 뛰어들고 싶은 생각뿐이었다.

잠시 후 조지프가 팔을 뻗어 뒤엉킨 스카프와 머리카락을 다정하게 풀어주었다. 그의 손가락이 목에 스치자 제인은 그가 장갑을 끼고 있었음에도 닿는 느낌에 놀라서 헉하고 숨을 들이마셨다.

"늦어서 미안해." 제인이 그를 따라 안으로 들어가며 말했다.

"아, 전혀 걱정할 것 없어. 나 어떤지 알잖아. 내 기준에서는 정시에 도착한 거야."

그건 사실이었다. 조지프는 약속 장소에 도착하기 직전까지 언제나 아주 많은 일을 한꺼번에 하곤 했다. 이메일을 처리하거나 전화 통화를 하거나 누군가에게 잠깐 들르거나 아주 먼 친척의 부탁을 들어주는 일 같은 것들이었다.

"어머니는 어떻게 지내셔?" 자리로 가면서 제인이 물었다.

파이카람바에는 대중문화와 관련된 수집품이 가득했다. 벽에는 헐크 포스터가 붙어 있고 창턱에는 오래된 만화책과 피규어가 넘어지지 않게 잘 놓여 있었다. 제인은 포스터 대부분이 무엇을 나타내는지 몰랐지만, 그곳의 분위기와 온기와 모든 사람을 환영하는 느낌이 좋았다. 그리고 조지프는 피규어를 좋아했다. 그는 제인이 피규어를 아무렇지 않게 '인형'이라고 부르자 그렇게 부르지 말라고 단호하게 말했고, 그 덕분에 제인은 이제 적어도 배워가는 중이라고는 할 수 있었다.

"오늘은 아주 괜찮으셨어." 조지프가 의자를 빼고 코트를 벗으며 말했다. "당신은?"

제인은 미소 지었다. 조지프는 관심을 밖으로 돌리는 습관이 있었다. 이게 그의 매력 중 하나였지만, 가끔 제인은 그의 이런 카리스마 있는 행동이 새의 깃털처럼 주의를 산만하게 하려는 건 아닐까 하는 생각도 들었다.

"나야 잘 지내지." 제인이 대답했다. "어머니 돌보느라 많이 힘들지?"

조지프는 안경 너머에서 눈을 빠르게 깜빡였다. "아, 그렇지 뭐." 그가 환하게 웃으며 말했다. "할 수 있는 일을 하는 거지. **당신**은 그렇게 어린 나이에 어머니를 잃었으니 얼마나 힘들었을지 상상이 안 가. 난 어머니가 곁에 있어서 무척 운이 좋다고 생각해. 비록 예전 같지는 **않지만** 어쨌든 아직 함께 계시잖아. 하지만 당신은 너무 많은 걸 잃었어."

"또 내 얘기를 하고 있네." 제인이 말했다. 그 말은 무심결에, 무례한 투로, 빠르게 새어 나갔다. 제인은 말을 하자마자 얼굴이 뜨겁게 달아올랐다.

"이런, 잠깐만. 누가 할 소릴. 제인 밀러, 지금 **나한테** 얼버무린다고 하는 거야? 난 당신만큼 비밀스러운 여자를 만난 적이 없는데!"

제인은 정말 알고 싶다는 표정으로 그를 바라보았다. "난 비밀스러운 게 아니라 지루한 거지. 계속 같은 것만 하니까. 같은 옷을 입고. 우리가 여기 올 때마다 같은 음식을 주문하지. 늘 똑같이 일하고 책 읽고 자고."

"그건 사실이야." 조지프는 고개를 갸웃하며 인정했다. "어떤 면에서는. 그런데 비밀스러운 건 그 **이유가** 뭐냐는 거야."

제인은 머리카락을 귀 뒤로 넘기며 자리에서 약간 들썩거렸다. "난…." 그녀는 머뭇거렸다. "난 그저 반복되는 일과를 좋아하는 것뿐이야."

"흠." 조지프는 즐거운 듯하면서도 진지한 표정으로 생각에 잠겼다. 제인은 그가 자신을 놀리는 게 아닐까 싶었다. 대부분의 사람은 그녀의 반복되는 일과와 습관을 재미있어 했다. "늘 그랬다고? 그러니까, 그런 반복되는 일과를 언제나 좋아했다고?"

제인은 슬며시 시선을 돌렸다. 윈체스터에 온 지 얼마 안 됐을 때가 떠올랐다. 그때는 기회라는 것에 절대적인 공포를 느꼈고 **선택해야 할 일**은 끝이 없었다. 그녀는 정말 두려웠다.

"응." 제인이 대답했다. "하지만… 여기로 이사 오기 전에는 **그렇게 사는 데 익숙하지 않았고**…" 제인은 적당한 말을 찾으려 애썼다. '**더 자유롭게 살았다**'고 말할 뻔했지만 그건 전혀 사실이 아니었다. "매일 똑같이 생활하는 게 편해." 그녀는 결국 이렇게 말했다. "그럼 매일 결정을 내릴 필요가 없거든. 뭘 입고 어디에 가고 뭘 먹어야 할지 정확히 알고 있게 되지."

"책은 얼마나 빨리 읽어?" 조지프가 눈썹을 치켜올리며 물었다.

제인은 침을 삼켰다. 조지프의 질문은 일주일에 책을 한 권씩만 읽는 그녀의 규칙에 대한 것이었다. 그는 이 규칙 때문에 난처해했고 가끔은 독서 모임에도 지장이 생겼다. 요전 주만 하더라도 두 사람은 책을 앞의 몇 개 장만 읽고 서로 바꿔 읽기로 했는데, 제인은 그다음 주가 돼야 다른 책을 골라 읽을 수 있다고 설명해야 했다. 조지프는 비용 문제가 아니라는 것을 알았다. 그들은 이미 도서관 카페에서도 오래 만났기 때문에 조지프는 제인이 도서관을 애용한다는 걸 알았고, 그 후로 그는 한 주가 끝나기 전에 첫 번째 소설을 다 읽으면 추가로 읽을 책을 한 권 더 빌리라고 넌지시 찔러보았다.

"일주일에 책 한 권은 처음 런던을 떠나왔을 때 정한 보상이야.” 제인이 말했다. “나 자신에게 허락하는 소중한 선물이라고.”

“그럼 이제 추가 보상을 허락할 수는 없는 거야? 당신은 책을 너무 빨리 읽어서 일주일에 한 권은 어림도 없잖아.”

제인은 긴장하며 인상을 썼다. “그건… 난 그렇게는 못 해.”

“나도 반복되는 일과에 매력이 있다는 점은 이해해.” 조지프가 다정하게 말했다. “난 피시 앤드 칩스를 정말 좋아해서 저녁에 다른 걸 먹어야 하면 진짜 슬프거든. 하지만… 일주일에 책을 한 권만 읽는다는 규칙은 좀 억압적이지 않아?”

제인은 가슴이 철렁했다. 이건 사람들이 늘 하는 말이었다. **억압적이다. 이상하다. 지루하다.**

“그게… 그게 단순하잖아.” 제인은 약간 방어적으로 말했다. “윈체스터에 처음 왔을 때 내겐 그게 필요했어. 단순함.”

조지프는 그녀를 향해 편안하고 마음 놓이는 미소를 지어 보였다. “오, 아주 작은 진실을 알게 되었군.” 그는 제인을 향해 몸을 숙이며 말했다. “제인 밀러가 실제로 어떤 사람인지 알려주는 **단서지.**”

“그러지 마.” 제인은 이렇게 말했지만 표정이 약간 밝아졌다. 조지프가 미소 지을 때 따라 웃지 않기란 참 힘들었다. “정말이지 꿰맞추고 말고 할 게 없다니까. 난 그다지 흥미로운 사람이 아닐 뿐이야.”

“그게 전혀 사실이 아니라는 걸 이제 겨우 알게 됐는데.” 조지프가 말했다.

제인은 조심스레 조지프를 흘끗 보았다가 재빨리 탁자로 시선을 내렸다. 조지프가 그녀의 기분을 좋게 해주려고 그러는 것이라면 효과가 있었다. 제인의 마음이 다시 편해지기 시작할 무렵 조지프가 고개를 갸웃하며 말했다.

"런던에서 무슨 일이 있었는지는 영영 말 안 해줄 거야?"

제인은 침을 삼켰다. 이건 그녀의 잘못이었다. 먼저 조지프의 방어벽 뒤를 엿보려 하며 이렇게 친밀한 순간을 만든 사람은 그녀였다. 하지만… 상황이 이렇게 되었고, 지금이야말로 솔직하게 털어놓기 딱 좋은 때였다. '사실 우리 브레이 앤드 켐브레이Bray & Kembrey에서 같은 시기에 근무했어. 내 얼굴은 기억 못 하겠지만 목소리는 들어봤을 거야.' 제인은 이렇게 말하면서 조지프에게 솔직하게 털어놓을 수도 있었다.

"밸런타인데이에 무슨 일이 있었는지 말 안 해줄 거야?" 대신 제인은 이렇게 물었다. 밝은 톤을 유지하며 조지프가 떨리는 목소리를 알아차리지 못하길 바랐다.

조지프는 약간 인상을 쓰며 무슨 말을 하려는 듯이 입을 벌렸다가 다시 다물었다. 검은색 옷을 입어서 작고 둥근 안경 너머 눈동자가 더 짙은 초록빛을 띠었다. 제인은 그 안경이 좋았다. 조지프는 옷을 세련되게 잘 입는 남자였지만, 안경을 보면 그가 다른 사람들의 시선에 신경 쓰지 않는다는 것을 알 수 있었다. 게다가 그 안경은 귀여웠다. 실용적인 데다가 진지하고 이성적인 느낌도 주었다.

"카터!" 목소리는 식당 맞은편에서 들려왔다.

제인과 카터는 자리에 앉은 채 고개를 돌렸고, 정장을 입은 남자가 파이 가게 문을 열고 들어왔다. 그의 반질거리는 검은 머리카락은 이마를 가로질러 교묘하게 흘러내렸고, 입고 있는 옷은 제인의 눈에 아주 비싸 보였다. 또 그의 미소는 좋게 보면 유들유들했고 나쁘게 보면 거만했다.

"이야, 스콧!" 조지프는 그와 포옹하려고 일어나며 말했다. "이쪽은 제인이야. 제인, 이쪽은 스콧."

스콧은 제인을 유심히 보았다. 제인은 떨리는 눈동자로 그를 보았다가 다시 탁자로 시선을 돌렸다. 조지프의 친구를 만난 적은 거의 없었다. 그들은 대부분 런던에 살았다. 하지만 제인은 스콧에 대해 들어본 적이 있었는데, 그는 주로 밤에 나가서 신나게 놀았다는 이야기에 등장했다.

"만나서 반가워요, 제인." 스콧이 말했고 제인은 그의 목소리에서 느긋한 미소를 느꼈다. 그는 조지프에게 고개를 돌렸다. "카터, 어떻게 지내? 우리 진짜 술 한잔해야 하는데. 안 그래?"

두 사람은 잠시 이야기를 나누었고 제인은 스콧의 부모님이 홍콩에서 또 언제 오는지, 지금 조지프가 일하는 법률사무소의 근무시간이 얼마나 형편없는지를 비롯해 그들이 나누는 대화를 하릴없이 들으며 메뉴를 살폈다.

"그런데… 피피는 어때?" 스콧이 물었다.

제인은 늘 먹는 파이 말고 다른 것을 주문하겠다는 듯이 매우 신중하게 저녁 식사 메뉴를 계속 읽었다. 하지만 그녀의 귀가 실제로 쫑긋 세울 수 있는 것이었다면 그렇게 했을 것이다. 조지프가 피피라는 이름을 언급한 적은 한 번도 없었기 때문이다.

"스콧…." 조지프가 조심하라는 듯이 말하자 스콧은 웃음을 터뜨렸다.

"그래, 알았어. 안 물을게." 스콧은 조지프의 어깨를 툭툭 치며 말했다. "다음 주에 술 한잔하자."

"좋아." 조지프가 자리에 다시 앉으며 말했다. "잘 지내."

"피피가 누구야?" 스콧이 포장 상자를 들고 음식점에서 나가자 제인이 물었다.

조지프는 눈썹을 한껏 치켜올렸다. "재미있군."

"뭐가?"

조지프는 웃음을 참고 있었다. "물 갖다줄까?" 그는 의자를 밀고 일어나서 물을 두 잔 가져왔다.

"뭐가 재미있느냐고?" 조지프가 돌아오자 제인이 다시 물었고 그는 이번엔 미소를 숨길 수 없었다. 미소는 눈에서 시작해 점점 번져나갔다.

"전에는 여자에 대해 물어본 적이 없잖아. 그래서 그래." 조지프가 말했다.

"물어본 적 있어!"

"아니야, 정말 한 번도 없었어." 조지프가 물을 마시며 말했다. "믿어줘. 내가 기억한다고. 당신은 내 데이트 이야기를 한 번도 꺼낸 적이 **없어**. 당신 데이트 이야기도 그렇고."

제인은 다시 허둥지둥했다. "내가 데이트 안 하는 거 알잖아."

"하지만 왜 안 하는지는 몰라." 조지프가 놀리듯이 한쪽 눈썹을 씰룩대며 꼬집어 말했다.

제인은 침을 삼키고 가방에서 《소년이 되지 않는 법How Not to Be a Boy》을 꺼냈다. "음식 주문할까? 난 정했는데, 당신은?"

"있잖아. 가짜 남자 친구로서 당신의 연애사를 조금 더 알 자격이 있다고 생각해." 조지프가 말했다.

제인은 눈을 깜빡였다. "이젠 내 가짜 남자 친구 안 해도 돼." 그녀가 말했다.

조지프는 침울한 표정을 지었다. "나 방금 잘린 거야?"

그 말에 제인은 웃음이 났다. 비록 긴장한 탓에 무릎 위에서 두 손을 꽉 잡고 있었지만. 오늘 조지프는 뭔가 느낌이 달랐다. 평소에는 예의를 차리며 돌려 말하던 이야기를 꼬치꼬치 캐물어도 된다고 제인에게 허락받기라도 한 것 같았다. 제인이 그런 의도를 내비친 적이 있었던가?

"가짜 남자 친구 노릇을 하러 하루 늦게 나타났잖아." 제인이 쾌활한 목소리를 내려 애쓰며 말했다.

조지프는 웃음을 터뜨렸다. 평소 같았으면 제인은 호탕한 조지프의 웃음에 마음이 편안해졌겠지만, 오늘은 뱃속에서 기분 좋은 긴장감을 느꼈다.

오, 이런. 제인은 그를 좋아하고 있었다. 조지프를 **좋아했다.** 그 순간, 조지프가 웃는 가운데, 제인은 만화 속 등장인물이 걷다가 절벽에서 떨어질 때처럼 한 발 내디뎠으나 아래에 아무것도 없는 기분이었다.

그다음 한 달 동안 제인은 반복되는 일과로 도망쳤다. 파이카람바에서 나올 때의 계획은 조지프를 완전히 밀어내는 것이었다. 그게 가장 안전한 선택이었다. 그러나 하루 이틀 정도 괴로워하며 그의 메시지를 무시하고 나자, 어느새 제인은 휴대폰을 들고 조지프의 이름을 찾고는 '**미안해. 요 며칠 바빴어! 다음에는 스티븐 킹의 최근작을 읽을까?**'라고 메시지를 쓰고 있었다.

너무 우유부단한 것 같았지만 어쩔 수 없었다. 그래서 제인은 조지프를 보고 싶은 마음과 싸우기를 포기하고 그녀가 가장 잘하는 것을 통해, 즉 체계를 세워서 타협했다.

제인은 일주일에 한 번 조지프와의 만남을 허용했다. 전화 통화도 한 번. 메시지는 적당히 보내되 최소한 한 시간 간격을 두고 답장할 것. 조지프에 대해 공상하지 말 것. 그를 책을 좋아하는 동료로, 독서 이야기를 나눌 수 있는 사람으로만 생각할 것. 그 이상은 안 된다. 이게 규칙이었다.

이 규칙들은 혼자 세울 때는 그럴듯해 보였지만 3월 말이 된 지금, 제인은 믿기지 않을 정도로 규칙을 자주 어겼다.

자선 상점에 틀어박혀 조지프가 그녀의 볼에 입 맞추는 상상을 하고 있을 때 모르는 목소리가 뒤에서 그녀를 불렀다.

"제인? 제인 밀러?"

제인이 돌아보았다. 흐리고 비가 오는 날이라 뒤쪽의 여자는 큰 비옷을 입고 있었다. 제인은 그 여자가 비옷에 달린 모자를 벗고 나서야 누구인지 알아보았다. 브레이 앤드 켐브레이에서 임원 비서로 일한 루 새비지였다.

제인은 루를 보자 그때로 돌아간 것 같아서 아찔했다. 루는 변하지 않았다. 비옷 안에는 회색 정장을 입었고 굽이 8센티미터는 돼 보이는 하이힐을 신었으며, 금발 단발머리는 가르마를 따라 뿌리에 검은 머리가 넓게 자라 있었다. 제인이 브레이에서 일한 초창기에 루는 언제나 퇴근 후 술을 마시자고 제인을 초대했다. 두 사람은 친구가 될 수도 있었다.

"맞구나!" 루가 미소 지으며 다가왔다. "세상에, 어떻게 지냈어요?"

"자… 잘 지냈어요." 제인은 침을 꿀꺽 삼키며 가까스로 대답했다. 손에서 땀이 나기 시작했다. 루의 모든 것이 그 당시를 떠올리게 했다. 말끔한 외모, 목소리 톤, 직업적인 느낌이 드는 환한 미소까지. "난 이만… 집에 가봐야 해요."

"오, 그래요." 루가 웃음을 거두며 말했다. "알겠어요. 미안해요."

"아니, 미안해할 것 없어요. 무례하게 굴려던 건 아니었어요." 겨우 대답한 제인은 호흡이 가빠졌고 자선 상점 열쇠가 손바닥을 파고들 정도로 꼭 쥐었다.

루의 표정이 부드러워졌다. "괜찮아요. 그런데 귀신이라도 본 듯한 표정이군요. 그런 느낌이 들 수도 있겠지요. 너무 오랜만이기도 하고, 당신이 브레이 앤드 켐브레이를 떠날 때 약간…" 루는 한 손을 빙빙 돌리더니 눈을 크게 떴다. "미안해요. 어쩌면 당신… 무슨 일이 있었는지 내가 알지는 못하지만…" 그녀는 약간 말을 흐렸다. "사람들이 뭐라고 얘기했는지 알잖아요."

루는 제인이 기억하는 것보다 더 인간적이었다. 요란하게 떠들었지만 이상하게 차분했다. 제인은 루도 사람일 뿐이라고, 뭔가를 뜻하는 게 아니라고, 무섭지 않다고, 매일 아침 일어나 이를 닦고 가끔은 문 잠그는 걸 잊어버리는 사람일 뿐이라고 되뇌었다.

"그럼, 요즘 이 동네에서 사는 거예요? 정말 멋진 곳이에요! 윈체스터는 아름다워요. 지금은 무슨 일을 해요?" 루가 비옷의 축축한 모자를 매만지고 자선 상점 창밖을 보며 물었다.

"여기에서 일해요." 제인이 말했다.

"오, 여기 직원이라고요?"

문득 제인은 가슴팍에 달고 있는 작은 '**자원봉사자**' 배지가 무척 신경 쓰였다. 루의 얼굴에 호기심이 스쳤지만, 그녀는 곧바로 깨끗이 지워냈다.

"음, 성취감을 주는 일을 찾았다니 정말 잘됐어요!" 루가 말했다. 그녀는 침묵이 길어지자 입술을 깨물었다. "저기. 난 항상 약간… 음, 아무도 당신을 제대로 배웅해주지 못한 게 마음에 걸렸어요. 우리가 비겁했어요." 루는 주머니를 뒤지더니 명함을 내밀었다. "자. 필요한 게 있거나 이야기하고 싶으면 전화 줘요. 부탁이에요." 그녀가 말하는 동안 제인은 명함을 물끄러미 보기만 했다. "받아요." 루가 미소 지었다. "내 기분 생각해서라도 받아줘요."

제인은 명함을 받아 들었다. 그리고 도토리 모양의 작은 로고를 보았다. 그 아래에는 단정한 공식 서체로 '**브레이 앤드 켐브레이**'라고 쓰여 있었다. 제인은 뒤쪽에서 자선 상점의 온기가 느껴지는데도 불구하고 런던으로 돌아가 다른 여자가 된 기분이었다. 그 비참함 때문에 갑자기 숨이 막혔다.

"그 남자가 떠들고 다닌 이야기를 모든 사람이 믿지는 않았어요.” 루는 돌아서서 걸어가며 나지막이 말했다. “들으면 놀랄 거예요.”

시오반

시오반의 하루 일정은 분 단위로 나뉘어 있었다. 골든 데이스 라디오Golden Days Radio 스튜디오에서 기차역까지는 13분 만에 가야 했다. 그곳에서 아일랜드 리머릭Limerick까지는 2시간 6분이 걸렸다. 도착하면 5분 만에 커피와 몸에 좋은 간식거리(이렇게 말하지만 사실은 쿠키)를 산 다음, 예약해둔 차를 타고 상업 지구로 가서 콜센터 직원 150명에게 자기만의 방식으로 성공을 정의해야 한다는 내용의 강연을 할 예정이었다. 4시에는 런던행 비행기를 타야 했다. 탑승하라는 방송을 기다릴 필요도, 뛰어갈 필요도 없도록 완벽하게 시간을 계산해놓았다.

하지만 시오반은 비행기에서 잠이 들어 옆자리에 앉은 노부인의 어깨에 침을 흘리고 말았다.

"괜찮아요." 시오반이 카디건을 입은 부인의 어깨에서 고개를 들자 부인이 시오반의 손을 다독이며 말했다. "대신 내가 아가씨 간식을 먹었어요."

"비행기에서 블로그에 글을 쓰려고 했어요." 시오반은 착륙을 준비하라는 안내 방송이 나오는 동안 어리둥절한 채 앞에 놓인 노트북의 시커먼 화면을 보며 말했다.

"아가씨 몸은 생각이 다른 것 같군요." 부인이 냅킨으로 축축해진 어깨를 문지르며 말했다.

비행기가 착륙하자 시오반은 시간을 낭비한 자신을 욕하며 내렸다. 그리고 빠른 걸음으로 공항을 질주해 그녀보다 먼저 비행기에서 내린 사람들을 앞지른 다음, 그들이 커피를 마시고 짐수레와 아이들을 챙기느라 정신없는 사이에 택시 승차 줄 맨 앞으로 미끄러지듯 들어갔다. 시오반에게는 쉬운 일이었다. 그녀는 혼자였으니까.

하루는 이렇게 분 단위의 작은 덩어리로 흘러갔고, 하루를 다 보낸 시오반은 어지러울 정도로 피곤해져서 템스 뱅크 호텔 방으로 향했다. 그녀는 창가에 놓인 2인용 소파에 앉아서 하이힐을 잡아당겨 벗고 발가락을 꼼지락거렸다. 물집이 새로 생겼다. 내일은 통증을 느낄 새도 없이 바쁘다는 것을 알기에 물집을 우두커니 바라보았다.

습관적으로 휴대폰을 집어 든 시오반은 이메일과 트위터와 인스타그램을 차례로 살펴보았다. 전에는 이런 것들을 아무 때나 했지만 지금은 일의 일부가 되었기 때문에 요즘 그녀의 집중력을 요구하는 다른 모든 일들과 마찬가지로 신중하게 공략했다. 댓글을 단 사람들에게 최대한 많이 답글을 남긴 다음, 휴대폰 화면을 끄고 소파 등받이에 머리를 기대어 눈을 감았다.

오늘 저녁은 그녀만의 시간이었고 시오반은 이 시간을 어떻게 보낼지 이미 알고 있었다. 피오나에게 다시는 조지프 근처에 얼씬도 하지 않겠다고 거듭 맹세한 뒤로도 시오반과 조지프는 네 번 같이 잤다. 지난 두 달 사이에 시오반은 평소보다 런던에 자주 갔고, 솔직히 조지프와 거리를 둘 수 없었다. 사실 '거리를 둘 수 없었다'는 말은 안타까울 정도로 뻔한 변명이었다. 이건 나약한 사람들이 나쁜 짓을 정당화하기 위해 하는 말이니까. 그리고 이 말은 시오반의 충동을, 그녀가 조지프를 갈망하는 마음을, 그를 생각하기만 해도 딱 알맞은 온도의 따뜻한 물에 몸을 담그는 것 같은 느낌을 조금도 표현하지 못했다.

나 지금 런던이고 시간도 있는데 혹시….

조지프가 곧바로 메시지를 확인했는지 파란색 체크 표시 두 개가 깜빡였고 잠시 후 그가 답장을 입력했다. 시오반은 식사를 못 했다는 것이 생각났지만 이내 잊어버렸다. 조지프가 이렇게 답했기 때문이다.

안녕! 아까 보낸 메시지에 왜 답장 안 했어? 나 지금 라스트 아웃Last Out 에 있어. 이따가 갈 수 있어. 아니면… 여기로 와서 한잔할래?

라스트 아웃은 음악가들이 〈해피Happy〉나 〈발레리Valerie〉 같은 곡을 묵직한 색소폰 버전으로 연주하는, 재즈 바를 흉내 내는 술집이었다. 음악이 너무 작위적이고 이게 진짜 재즈라고 생각하는 사람들로 가득해서 시오반이 좋아하는 곳은 아니었지만, 화장실에 줄 서 있는 사람까지 포함해 모든 사람이 춤을 추는 곳이었고 시오반은 춤추는 걸 좋아했다. 그녀는 복작거리는 댄스 플로어에서 조지프와 몸을 맞댄다고 생각하자 기대감에 가슴이 두근거렸다.

누구랑 같이 있는데?

오랜 친구의 생일 파티야. 당신이 오면 좋겠어.

오늘 밤에 시오반은 외출해서는 안 됐다. 너무 피곤했다. 요즘 자신을 너무 심하게 몰아붙였다. 하지만… 따뜻한 목욕물에 몸을 담근 그 느낌, 조지프만이 주는 그 느낌 때문에 거부하기가 정말 힘들었다.

시오반은 메시지를 입력하기 시작했다.

40분 뒤에 도착해.

❖ ❖ ❖

시오반이 도착했을 때 조지프는 술에 잔뜩 취해 춤을 추고 있었다. 그녀는 그가 움직이는 걸 보고 알았다. 팔꿈치를 지나치게 흐느적거렸고 발이 음악에 박자를 맞추지 못했다(시오반이 옳았다. 〈해피〉가 흘러나왔다).

조지프의 머리는 뻗치고 땀에 젖은 셔츠는 등에 달라붙어 있었다. 시오반은 셔츠 소매 위로 선명하게 드러난 그의 팔뚝을 보았다. 그가 고개를 젖히고 눈을 감자 턱선을 따라 까칠하게 자란 수

염도 눈에 들어왔다. 그녀가 곧장 다가가서 몸을 밀착하자 조지프가 눈을 떴다. 시오반의 얼굴을 본 그의 눈동자는 뭔가 야하고 그녀를 가슴 깊이 즐겁게 해줄 일을 할 것처럼 빛났다.

"오, 왔네." 그는 이렇게 말하고는 시오반에게 진하게 키스했다. 두 사람은 몸을 딱 붙이고 춤추기 시작했다. "나 취했어." 조지프의 솔직한 매력에 시오반은 웃음을 터뜨렸다.

"그래, 그러네."

"난 취했고 난, 난…" 그는 눈을 가늘게 뜨고 잠시 주위를 둘러보았다. "여기 있네." 약간 놀란 말투였다. "당신과 함께."

"이런." 시오반은 웃음을 참으려 애썼다. "당신이 나한테 메시지 보냈잖아."

"그래, 내가 그랬지." 그가 다시 키스했다. "안녕, 안녕."

시오반은 이미 배 아래쪽에서 은근한 온기를 느꼈다. 조지프가 허리를 안고 가까이 끌어당겨 한 손으로 그녀의 머리카락을 어루만지자 그 온기는 점점 뜨거워져 온몸으로 천천히 퍼져나갔다. 조지프에게는 뭔가가 있었다. 세상이 그를 중심에 두고 그를 향해 돌아가게 하는 듯한 자석 같은 끌림이 있었고, 시오반은 그 소용돌이에 휘말렸다. 그렇게 그의 몸이 전하는 열기에 눌린 채 숨이 가빠질 정도로 열심히 춤을 추고 있자니, 오히려 내면이 차분해지는 느낌이었다. 그녀의 배에서 언제나 끓어오르는, 그 다급하게 휘몰아치는 절박함은 조지프가 안는 순간 고요해졌다. 이런 생각이 들자 시오반은 불안해서 몸을 약간 뗐고, 그제야 땀을 흘리고 있다는 것을 의식했다.

"그런데 누구 생일이야?" 시오반이 주위를 둘러보며 물었다.

조지프는 시오반의 어깨 너머로 그녀에게 보이지 않는 누군가를 향해 씩 웃었다. "엄청나게 끔찍한 셔츠를 입고 있는 저 남자." 그 말에 시오반은 그의 손가락이 가리키는 곳을 보았다. "스콧! 와서 시오반과 인사해!"

스콧은 반쯤 빈 잔을 든 채 사람들을 헤치고 왔다. 검은색 머리카락이 조명 때문에 은빛으로 빛났고 누군가가 가슴팍에 생일 배지를 달아놓았다. 시오반은 '문제의' 그 셔츠가 돌체앤가바나의 이번 시즌 옷이라는 걸 알아보고 코웃음이 났다. 조지프는 이런 쪽으로는 귀여울 정도로 아무것도 몰랐다.

"아, 그 유명한 시오반!" 스콧도 술에 취했고 시오반을 너무 뚫어지게 쳐다보았지만, 그런 눈빛이 어울릴 정도로 섹시했다.

"네, 그게 나예요. 생일 축하해요!" 시오반은 음악에 묻히지 않게 소리쳤다. "난 술 가지러 갈 건데, 뭐 좀 갖다줘요?" 그녀는 너무 맨정신이었고 발이 아팠다. 그리고 조지프와 춤을 과하게 열심히 춰서 힘들었다.

"나도 같이 가요." 스콧이 말했다.

두 사람은 춤추는 사람들을 헤치고 바에 가서 나란히 섰다. 스콧의 왼쪽에는 은색 스팽글 옷을 입은 여자가 음악에 맞춰 엉덩이를 흔들고 있었다. 스콧은 여자가 얼마나 취했는지, 싱글인지 아닌지 파악하는 데 능숙한 남자들 특유의 노련한 눈길로 여자를 흘끔댔다. 시오반도 그런 게임에는 꽤 능숙했는데, 여자는 분명 술에 취했고 싱글이었다. 하지만 놀랍게도 스콧은 시오반에게 다시 집중했다.

"시오반, 무슨 일 해요?" 그가 물었다.

"라이프 코치로 일해요."

이렇게 대답하면 흔히 보이는 반응이 몇 가지 있었다. 상당수의 사람은 '라이프 코치'가 사실상 '사기꾼'을 칭하는 다른 말이라고 생각했다. 이런 사람들은 대개 시오반이 얼마를 받는지 묻는 것으로 대화를 시작했다. 한편 무료 코칭을 원하는 사람들도 있는데, 이들은 곧바로 자존감 문제를 장황하게 늘어놓았다. 끝으로 시오반에게 정확히 무슨 자격이 있어서 다른 사람의 인생에 대해 조언하느냐며 따져 묻고 싶어 하는 사람들이 있었다. 이런 사람들은 대부분 남자였다.

스콧이 이 중 어느 부류에도 해당하지 않자, 그에 대한 시오반의 평가는 눈에 띄게 상승했다. 스콧은 이렇게 말했다.

"정말 힘든 일이 틀림없어요. 하루 종일 온갖 사람의 문제를 다뤄야 하잖아요."

"네, 가끔은요." 시오반은 그를 보며 미소 지었다. "무슨 일 해요?"

"펀드레이징* 쪽에서 일해요." 그의 말에 시오반은 '**그렇지, 좋았어. 딱 어울리는 분야로군**'이라고 생각했다.

"조지프와는 어떻게 알게 됐어요?" 스콧이 시오반에게 줄 피노 그리지오 와인을 한 잔 주문하는 동안 그녀가 물었다.

"윈체스터에서 학교 다닐 때 만났어요." 그가 말했다. "잘 알겠

---

*　　　주로 개인의 이익이 아닌 공익 등 특정 목적을 위해 자금을 모으는 일.

지만, 조지프는 구제 불능의 범생이 덕후였죠. 사실 우리 둘 다 그랬어요." 스콧은 음모라도 꾸미는 듯이 목소리를 낮추며 씩 웃었다. "조지프에게는 내가 이렇게 말했다고 하지 말아요."

시오반은 웃음을 터뜨렸고, 스콧과 너무 오래 눈을 마주 보는 동안 궁금증이 들었다. 그는 잘생기고 옷을 잘 입고 섹시함이 묻어나는 자신감을 풍겼다. 잠시 시오반은 조지프가 아니라 스콧과 함께 돌아가면 어떨까 상상하며 재미있어했고, 그러면 조지프가 어떻게 할까 생각했다. 불같이 화를 낼까? 모든 걸 끝내자고 할까? 아니면 아무런 신경도 쓰지 않을까?

"뭐 좀 물어봐도 돼요?" 스콧이 말했다.

시오반은 '말해봐요'라는 뜻으로 눈썹을 찡긋했다.

"조지프가 다른 여자들도 만나는 거 알고 있죠?"

밴드가 〈아직 당신을 못 만났을 뿐Just Haven't Met You Yet〉을 빠른 박자로 연주하기 시작했다. 연주의 울림은 바를 통해 시오반의 팔꿈치까지 전해졌고, 그녀는 심장 소리를 들을 수 있다면 지금 이 박자보다 빠르리라는 것을 알았다.

"우린 서로 구속하는 관계는 아니에요." 시오반이 말했다. 이건 사실이었지만 그녀가 손톱으로 손바닥을 꽉 누르고 있는 이유를 설명할 수는 없었다.

"다행이군요." 스콧이 장난기 어린 매력적인 미소를 지으며 말했다. 하지만 그의 질문에 시오반은 흥이 식어버렸다. 그녀는 댄스 플로어를 돌아보았고, 그곳에서 조지프는 춤을 추며 메시지를 보내고 있었다. 눈을 가늘게 뜬 그의 얼굴이 휴대폰 불빛에 빛났다.

"만나서 반가웠어요, 스콧." 시오반은 이렇게 말한 다음 사람들을 헤치고 조지프에게 갔다. 그가 휴대폰을 치우자 두 사람의 눈이 마주쳤고, 그는 또다시 놀라면서도 기쁜 표정을 지었다. 그걸 본 시오반은 가슴이 아팠다.

조지프가 손을 내밀었다. "같이 춤추자!" 그가 전염성 강한 미소를 지으며 말했다.

시오반은 그의 손을 잡았다. 늘 그랬듯이.

다음 날 아침, 시오반이 알람을 껐을 때 조지프는 이미 깨어 있었다. 그는 시오반 옆에 똑바로 누워 녹갈색 눈을 뜨고 있었는데, 오늘따라 수염이 약간 더 짙어 보였다.

"나 말이야." 그가 말했다. "숙취가 엄청나."

시오반이 웃음을 터뜨리자 조지프가 고개를 돌렸다. 그의 눈가에 잔주름이 잡혔다.

"잘 잤어?" 그가 말했다. "어떻게 아침부터 그렇게 예쁠 수가 있어?"

'자기 전에 화장을 절반만 지웠지.' 시오반은 생각했다. '눈 화장만 지운 다음에 픽서를 뿌렸거든.'

"타고난 거야." 그녀가 등을 젖혀 가슴을 쭉 펴며 말했다.

시오반의 바람대로 조지프의 시선이 그녀의 몸을 따라 춤을 추듯 내려갔다.

"어젯밤에 와줘서 고마워." 그가 옆으로 누워 한 손으로 시오반의 허리와 가슴과 골반을 어루만지며 말했다. 시오반은 그의 손길에 몸이 깨어났고 전율을 느꼈다. "어제… 그래. 당신과 함께 거기 있어서 좋았어."

조지프의 손이 엉덩이를 스치자 시오반은 한쪽 눈썹을 치켜올렸다. "댄스 플로어에서 함께 몸을 비비적거릴 사람이 있어서 좋았던 게 아니고?"

"당신이랑 같이 나가서 좋았어. 당신이 내 친구들을 만나는 게 좋았고." 조지프는 한 손을 뺨에 댄 채 머리를 받치고 있었음에도, 들어 올린 나머지 한쪽 팔로 붉게 물든 얼굴을 완전히 가릴 수는 없었다.

시오반은 고개를 기울였다. 얼굴이 빨개지다니 정말 매력적이었고 그걸 가리려고 하다니 더 매력적으로 느껴졌다. 그녀는 어젯밤에 스콧이 했던 말을 떠올렸다. "**조지프는 구제 불능의 범생이 덕후였죠.**" 그러면서 '그래, 그게 무슨 말인지 알겠어'라고 생각했다. 조지프는 어른이 되면서 외모가 더 나아진 쪽인 듯했다. 10대 시절의 그는 키가 커서 흐느적대고, 어깨는 너무 넓고, 곧게 뻗어 강한 인상을 주는 눈썹은 그 나이대 얼굴에 좀 버거웠을 것이다. 시오반은 그가 똑똑하다는 것을 알았다. 그는 수상작 최종 후보 목록에 오르는 종류의 책을 읽었다. 책이 그의 코트 주머니 밖으로 비죽 나온 것을 본 적도 있고, 샤워하고 나온 뒤 그가 침대 반대 방향으로 누워서 헤드보드에 발을 올리고 책을 읽는 걸 본 적도 있었다.

그가 얼굴을 붉히는 모습을 보자 시오반은 원해서는 안 될 걸 원하게 되었다. 그의 다리 위로 올라가 그가 정신을 못 차릴 때까지, 그의 심장에 닿을 때까지 키스하고 싶어졌다. 지금 그의 손은 아래로 내려가 시오반의 허벅지 위쪽을 만지고 있었다. 시오반은 그 느낌에 집중했다. 겉모습 안의 진짜 조지프가 누구인지 생각할 필요가 없었다. 그는 침대에서 훌륭했다. 지금 상관있는 건 그뿐이었다.

"재미있었어." 시오반은 조지프의 손가락이 그녀가 원하는 곳으로 점점 다가가자 숨을 몰아쉬며 말했다. 그리고 잠시 후, 왜 그랬는지 몰라도 그녀는 참지 못하고 이렇게 말했다. "스콧도 귀엽더라."

조지프의 손길이 멈췄다. 시오반은 그럴 줄 알았어야 했다. 아마 알고 있었을 것이다. 그건 누가 들어도 바보 같은 말이었다. 조지프를 몰아세우고 그를 화나게 만들고 싶은 마음이 들다니. 시오반이 그에게 느껴서는 안 될 감정을 느끼고 있다는 확실한 신호였다.

"응, 언제나 여자들에게 인기가 많았지." 조지프가 말했다. 그의 목소리는 밝았지만 긴장감이 뚜렷하게 느껴졌다. 시오반이 원한 게 질투라면 그걸 얻었는데도 그녀는 초조하고 불안했다. 그녀가 몸을 살짝 돌리자 조지프는 뜻을 알아차리고 손을 배에 올렸다.

"오늘 일정은 뭐야?" 그가 머리를 받친 손으로 헝클어진 머리를 매만지며 물었다.

시오반은 잠시 눈을 감고 하루 일정을 쭉 떠올렸다. "언론사 일정이 몇 개 있고, 고객 사정으로 시간이 조정된 일대일 화상 코칭이 있어.”

“일대일 코칭을 아직도 해?” 조지프가 물었다.

그는 시오반의 배에서 손을 떼더니 몹시 익숙한 몸짓으로 침대 옆 탁자로 손을 뻗었다. 그리고 그녀를 제대로 보려고 더듬거리며 안경을 찾았다. 시오반은 침을 삼켰다. 그가 이런 모습일 때, 숙취에 빠져 졸린 눈을 하고 있을 때 그와 아주 쉽게 사랑에 빠졌다.

“비용이 맞으면.” 시오반의 말에 조지프는 진지하게 미소 지었다.

“시간을 낼 수 있다는 게 놀라운데.” 그가 안경을 쓰며 말했다. “당신 일정표를 본 적이 있어. 일주일 내내 꽉 차 있더군. 화장실 가는 시간까지 적혀 있던데.”

시오반은 발끈했다. 그가 아픈 곳을 찔렀기 때문이다. 그녀의 친구들도 바쁜 일정을 두고 계속 뭐라고 했다.

“그래, 빽빽하지. 하지만 내가 뭘 어떻게 할까? 기회를 다 거절해?” 그녀가 몸을 일으켜 침대에 앉으며 말했다. 옷이 바닥에 우스꽝스러운 모양새로 흩어져 있었다. 브래지어는 끈이 아래로 늘어진 채 탁자 위에 있었고, 소파 위 두 개의 쿠션 사이에 신발 한 짝이 끼어 있었다.

조지프가 시오반의 팔을 잡았다. 시오반이 밀어내는데도 집요하게 다시 잡자 결국 그녀는 고개를 돌려 그를 보았다.

“난 힘들 때도 있겠다고 말하고 싶었을 뿐이야.” 조지프가 말했다. 그의 표정은 평소보다 훨씬 진지했다. “그뿐이야. 당신을 비난할 의도는 없었어. 당신이 지금 하는 일을 아주 잘해내고 있는 게 분명하니까.”

시오반은 그가 자신을 속속들이 이해하는 것 같아서 불안했다. 대개 그녀는 함께 잔 남자들이 이렇게까지 자신을 꿰뚫어 볼 정도로 그들을 곁에 오래 두지 않았다. 시오반은 조지프에게 불안하게 미소 지었지만 그는 그걸로 만족하지 않았다. 그녀 옆에 일어나 앉더니 손을 깍지 껴 잡았다. 머리를 정리하려던 그의 노력은 딱히 성공적이지 않았다. 한쪽은 완전히 납작하고 반대쪽은 뻗쳐 있었다. 그는 우스꽝스럽지만 귀여운 작은 안경 너머에서 나른하게 눈을 깜빡였다. 그러자 시오반은 뱃속의 뜨거운 느낌이 사라졌고 가스레인지의 불을 조절해 작아진 가스 불처럼 화가 가라앉았다.

"날카롭게 말해서 미안해." 잠시 후 그녀가 말했다. "약간… 피곤해서 예민했나 봐."

조지프는 시오반의 손을 입술에 갖다 댔다. "휴식이 필요한 게 아닐까?"

시오반은 다시 화가 끓었다. "그럴 순 없어. 그렇게 간단하지 않아."

"알겠어." 조지프가 편안하게 말했다. "그럼 틀림없이 마사지가 더 필요하겠군."

조지프는 시오반이 짜증 나기 시작할 때 그녀의 기분을 기가 막히게 잘 풀어주었다. 어느새 시오반은 미소 지으며 몸을 비틀어 그에게 키스했다. 이는 (두 사람 다 양치질하기 전에는 아침에 키스하지 않는다는) 그녀가 세운 신성불가침한 유혹의 규칙 중 하나를 어기는 것이었지만, 위험할 정도로 사랑스럽게 느껴졌다.

시오반은 침대에서 일어나 휴대폰을 들고 욕실로 향했다. 조지프와의 관계가 너무 깊어지고 있었다. 누가 다치기 전에 끊어야 했다.

시오반은 샤워기를 틀고 따뜻한 물이 나오기를 기다리며 알림을 확인했다. 생리 주기 기록 앱에서 알림이 하나 와 있었다. 생리 예정일이 하루 지났다는 내용이었다.

조지프와 시간을 보낸 뒤로 약간 불안한 마음이 들었는데, 이제는 가슴이 내려앉는 기분이었다. 시오반은 날짜를 확인했다. 4월 7일이었다. 앱이 옳았다. 생리 예정일이 지났다. 그녀의 생리 주기는 시계태엽처럼 규칙적이었다. 예정일이 하루 지나도록 생리를 하지 않은 적은 딱 한 번뿐이었는데, 그때 임신했기 때문이다.

"안 돼, 안 돼, 안 돼." 시오반은 문을 등지고 소리 내어 말했다. 갑자기 몹시 추웠다. 피부를 타고 뭔가가 기어오르는 느낌도 들었다.

"뭐라고 했어?" 문밖에서 조지프가 외치는 바람에 시오반은 깜짝 놀랐다. 닫힌 문밖에, 이 끔찍한 일이 아직 벌어지지 않은 그녀의 삶의 일부에 조지프가 있다는 사실을 잊었다.

시오반은 나가서 임신 테스트기를 사 와야 했다. 하지만 이 생각을 하자 속이 메스꺼웠다. 임신 테스트 결과가 어떨지 확신이 들었다. 시오반은 첫 번째 선 옆에 두 번째 선이 서서히 나타나는, 자신이 말도 못 하게 멍청했다는 것을 끔찍하리만치 확실히 알게 되는 그 3분간의 기다림을 떠올리자 견딜 수 없었다. 조지프와는 항상 피임했지만 콘돔만 사용했고, 그것은 완벽한 피임법이 아니었다. 조지프와 섹스하는 횟수가 한 달에 한 번이 넘어가기 시작했을 때 피임약을 다시 복용해야 했다. 시오반은 배에 손을 대고 꾹 눌렀다. 이런 **바보**를 봤나. 그녀가 이 남자를 받아들인 결과, 최악의 상황이 벌어졌다. 그녀는 이제부터 무엇을 해야 할지 정확히 알았다. 그저 **알기만** 했다.

"괜찮아?" 조지프가 외쳤다.

"괜찮아! 지금 가면 안 될까? 그러니까, 부탁인데 방에서 나가주겠어?"

갑자기 조지프 카터가 그녀의 호텔 방에서 반드시 나가야 할 상황이 되어버렸다.

"뭐라고? 나가라니, 무슨 뜻이야?" 조지프가 문으로 다가왔다. "괜찮은 거 맞아?"

곧 눈물이 날 것 같았다. 시오반은 눈물이 고여 눈 뒤쪽이 시큰했다. 그녀는 이를 악물었다.

"그냥 지금 가주면 좋겠어."

"나보고 가라고? 무슨 일 있어?"

"난 **괜찮아**. 그냥 좀 **나가줘**." 시오반의 목소리가 점점 커졌다. 그녀는 더 이상 눈물을 참을 수 없었다. "**나가줘**, 조지프. 가라고."

긴 침묵이 흘렀다. 그 침묵 속에서 시오반은 과거가 반복되는 소리를 들었다. 자신이 버림받고 망가지는 소리를 들었다. 모든 일은 매우 필연적으로 벌어진다. 시오반은 그저 임신이 두려워서 이러는 게 아니라는 걸 이미 알고 있었다. 그녀는 한계에 도달했고 이 일로 넘어질 것만 같았다. 통제 불능 상태일 정도로 몹시 화가 났다. 전에도 한 번 이렇게 내면이 무너져 내린 적이 있었고, 앞으로 얼마나 끔찍해질지 아는 지금은 그때보다 끔찍했다.

"이유가 뭔데?" 조지프가 물었다. 그는 정말 마음이 쓰이는 듯이 걱정스러운 목소리였지만, 시오반은 그가 곧 나가리라는 것을 잘 알았다. "시오반, 내가 뭐 잘못 말했어?"

시오반이 눈을 꼭 감자 눈물이 뺨을 타고 흘러내렸다. "아니." 그녀의 목소리가 가라앉았다. "그냥 당신이 갔으면 좋겠어. 알겠어? 가라고."

또다시 침묵이 흘렀다. 시오반의 손톱이 손바닥을 파고들었다. 한참 뒤 조지프가 욕실 문을 열려고 하자 시오반은 문을 잠갔는데도 움찔했다.

"나가라고 했지!" 그녀가 소리쳤다.

"알겠어. 미안해. 그럼… 그게 당신이 원하는 거라면 갈게." 조지프가 문을 사이에 두고 말했다. "하지만 필요한 게 있으면 내게 전화하겠다고 약속해줄래?"

시오반은 대답하지 않았다. 그에게 아무것도 약속하지 않을 생각이었다.

"좋아. 그럼 잘 있어. 내 도움이 필요하면 전화해줘."

잠시 후 그가 나가고 호텔 방 문이 닫히는 소리가 들렸다. 시오반은 주저앉아 욕실 문에 기댄 채 흐느꼈다. 문 닫히는 소리가 계속 들리는 것만 같았다.

미란다

카터는 창문으로 들어오는 봄 햇살을 막으려고 손으로 눈을 가리며 미란다의 침대에 털썩 누웠다.

"아이고." 그가 말했다.

미란다는 씩 웃으며 그의 옆에 누웠다. 그녀는 방의 가구 배치를 또 바꿨는데, 풍수지리 같은 것을 들먹이며 몇 주에 한 번씩 하는 일이었다. 아주 작고 모퉁이에 습기가 차는 방이었지만 **그녀의 방**이었고, 낡아빠진 블라인드부터 목재를 재활용해 직접 만든 책꽂이까지 구석구석 마음에 들었다. 이번에는 창문으로 들어온 4월의 햇살이 삼각형을 그리며 침대를 레몬색으로 따뜻하게 비추도록 가구를 배치했다. 미란다는 고양이처럼 햇살을 쪼이고 싶었다.

"술 많이 마셨어?" 그녀가 카터에게 물었다.

그는 어젯밤에 스콧의 생일 파티에 갔다. 밤에 이모가 어머니와 함께 있을 예정이라서 파티가 끝나고 미란다의 집에 오겠다고 했지만, 미란다는 밤 10시 30분쯤에 잘 알아볼 수 없는 메시지를 받았다. 대략 술을 너무 많이 마셔서 스콧의 집에서 잔다는 내용이었다. 미란다는 그가 술에 취해서 집에 와도 상관없었고, 솔직히 스콧의 집에서 자는 것보다 이쪽으로 오는 편이 더 좋았다. 미란다는 스콧이 괜찮은 사람인지 확신이 들지 않았다. 그는 무례한 말을 해놓고는 '농담이야, 농담'이라고 하면 그 무례한 말이 없어지기라도 하는 듯이 말하는 그런 사람이었다. 그리고 한번은 미란다가 양 갈래로 머리를 땋았을 때, 땋은 머리를 잡아당기고는 '너무 귀여워서' 그랬다고 하기도 했다.

"사슬톱을 들고 있는 날 봤어야 하는데요." 미란다가 이렇게 말하자 스콧은 웃음을 터뜨렸다.

"응. 정말 많이, 아주 많이." 카터가 말했다. 목소리가 약간 쉬었다. "이리 올래?" 그가 가슴팍을 두드리자 미란다가 다가가 그의 가슴을 베고 누웠다. "훨씬 좋군." 그가 숨을 길게 내쉬며 말했다. "미란다 로소, 당신의 존재만으로도 내 영혼이 치유되는 기분이야."

미란다는 미소 지었다. 카터에게서 미란다의 샤워 젤 향기가 났다. 오늘 아침 그는 미란다의 집에 도착하자마자 씻었다. 스콧은 매일 아침 샤워를 한 시간씩 하는 모양이었고, 카터는 욕실을 쓸 수 있을 때까지 굳이 기다리지 않았다.

지난 몇 달 동안 미란다와 카터는 잘 지냈다. 미란다는 몇 주에 한 번씩 윈체스터로 갔고, 그가 어머니와 함께 병원에 갈 때 같이 가기까지 했다. 두 사람은 이전 남자 친구와 여자 친구 관계에서 훨씬 더 발전했다. 희한하게도 그 이상했던 밸런타인데이 덕분에 더 가까워진 것 같았다.

"날 숙취 해소제로 팔겠다는 거야?" 미란다가 그의 품을 파고 들며 말했다.

카터는 웃음을 터뜨렸다. "내가 너무 이기적이었군. 내 숙취 해소제." 그는 미란다의 머리에 입 맞췄다. "이렇게 속이 안 좋을 때 날 웃게 할 수 있는 사람은 당신뿐이야."

"속이 전부 타들어가는 것 같은 숙취야? 내장 기관이 당신에게 화가 나서 벌주는 것 같은?"

"정말 생생한 묘사로군." 카터가 말했다. 미란다는 그를 웃게 했다는 걸 알 수 있었다. "숙취를 **구체적으로 설명**하는 게 실제로 도움이 되려나?"

"브런치 먹어!" 프래니가 문밖에서 외쳤다.

카터는 약간 낑낑대는 소리를 냈다.

"카터는 숙취에 시달리고 있어!" 미란다가 외쳤다.

"오늘만큼은… 로소 자매들이 목소리를 좀 낮춰줄 수 없을까?" 카터가 하소연했다.

미란다는 웃음이 났다.

"아, 그래서 프리타타* 못 먹는대?" 프래니가 외쳤다.

---

*　　　잘게 썬 채소나 고기 등을 넣고 달걀물을 부어 만드는, 오믈렛과 비슷한 이탈리아 요리.

"프리타타라고? 언제부터 프리타타를 만들 줄 알았지?"

"새로운 걸 시도하는 중이야!" 프래니가 외쳤다. "소시지 피망 프리타타!"

"제발. 둘 다 프리타타라는 말을 다시 안 했으면 좋겠는데." 카터는 눈을 비비며 일어나 앉았다. "달걀을 생각만 해도… 윽." 그때 그의 전화가 울렸다. 휴대폰을 확인한 카터는 표정이 굳으며 신음했다. "젠장. 사무실에 들러야 해."

"토요일인데?" 미란다는 생각할 겨를도 없이 불쑥 물었다.

카터는 울상이었다. "변호사들은 주말을 따지지 않지."

"아휴. 알겠어. 그런데 정말 안 먹어도…."

"미란다, 조심하라고 했을 텐데." 카터의 근엄한 목소리는 언제나 미란다를 웃게 했다.

"프리타타!" 미란다는 어깨에 가방을 메고 문으로 향하는 그를 향해 외쳤다.

"술 깨고 나면." 카터가 돌아서서 그녀를 손가락으로 가리키며 말했다. "방금 그 말 때문에 인정사정없이 간지럼 태울 거야."

카터는 코트를 두고 갔다. 미란다는 침대 밑에서 신발을 꺼내다가 그의 코트를 발견하고 미소 지었다. 그녀는 지난번 생일에 엄마에게 선물 받은 청바지와 브이넥 스웨터를 입고 있었다. 오후에는 3월에 특히 실적이 좋았던 것을 축하하기 위해 제이미를 비롯한 동료들과 맥주를 마시러 나갈 계획이었다. 미란다는 카터의 코트를 집어 들어 어깨에 슬쩍 걸치고는, 파티에서 남자 친구의 후드 재킷을 걸친 소녀가 된 기분에 혼자 들떠서 씩 웃었다.

방에서 나가니 프래니는 소파에서 휴대폰으로 시시콜콜한 이 야기가 올라오는 웹사이트를 살펴보고 있었다. 집 안에는 아직도 프래니가 태운 프리타타 냄새가 진동했다. 아델은 알 수 없는 심 부름을 한답시고 나가서 없었는데, 제 몫의 프리타타를 먹지 않 으려고 꾸민 작전 같았다.

"이런. 나 진짜 해리와 메건에게 중독된 듯. 이거 읽는 걸 못 끊 겠어." 휴대폰을 보고 있던 프래니가 고개를 들고 말했다. "오, 그 거 새로 산 코트야?"

"카터 거야." 미란다는 새어 나오는 미소를 감출 수 없었다. "오 늘 아침에 두고 갔네. 마음에 들어."

"언니 빨간 마시멜로 같아." 프래니가 모욕을 주려는 의도로 말 한 것 같지는 않았다. "주머니 뒤져봤어?"

미란다가 눈을 깜빡였다. "뭐? 왜 그래야 하는데?"

"왜 그러면 **안 되는데**?" 프래니는 이렇게 되물으며 소파 등받 이에 기댄 채 가까운 쪽 주머니를 뒤졌다. "오, 껌이다!"

"어이구, 하지 마!" 미란다가 말했지만 프래니는 그새 껌을 씹 으며 다른 쪽 주머니까지 뒤졌다.

"영수증!" 프래니는 영수증을 들고 휘두르다가 미란다가 낚아 채려 하자 피했다.

"카터의 주머니를… 뒤지면 안 돼!" 미란다가 말했다.

"지금은 언니 주머니잖아." 프래니가 말했다. "언니 남친이 오 늘 아침에 코번트 가든 발타자르에서 해장을 거하게 하셨네! 내

맛있는 소시지 프리타타를 거부한 게 당연했어!"

"이리 줘." 미란다가 영수증을 잡아채 다시 주머니에 넣으며 말했다.

가슴속에서 미란다의 심장이 쯧쯧 혀를 차듯이 뛰었다. 미란다의 표정을 눈치챈 프래니는 이내 얌전해졌다. 이것이 프래니와 아델의 차이였다. 프래니는 상대가 자기 때문에 화났다는 사실을 알아차렸다.

"왜 그래? 언니? 뭔데?"

"아무것도 아니야."

"얼굴이 창백하고 축 처졌는데. 왜 그래?"

미란다는 침을 삼켰다. 스콧은 투팅Tooting에 살았다. 오늘 아침 카터가 강 북쪽에 있을 이유가 전혀 없었다. 왜 그는 스콧의 아파트에서 런던 한복판으로 혼자 아침을 먹으러 갔다가 미란다와 토요일을 보내러 서리로 온 걸까?

미란다는 프래니가 쳐다보는 가운데 영수증을 다시 살펴보았다.

구역질이 났다. 붕대를 풀거나 뾰루지를 짜는 것처럼 몹시 불쾌하지만 거부할 수 없었다.

카터는 음식을 1인분만 주문한 것 같았다. 바나나 팬케이크와 커피였다. 어쩌면 다른 사람과 각각 계산했는지도 모른다. 카터가 깜빡하고 말하지 않은 업무 회의일 수도 있었다.

하지만 카터는 업무용으로 아멕스 카드를 썼다. 이것이 업무 회의였다면 분명 그 카드를 썼을 것이다. 그러나 영수증에는 그가 비자 체크카드로 결제했다고 되어 있었다. **게다가** 오늘은 토요일이다.

"언니…?" 프래니가 눈을 동그랗게 뜨고 말했다. "무슨 생각해?"

"아무 생각도 안 해." 미란다가 말했다. "카터가 코번트 가든에 혼자 아침 먹으러 갔나 봐. 이상해할 것 없어. 아무 뜻도 없는 거야."

그렇지만 좀 더 의심해본다면, 카터가 어젯밤 스콧의 집에 있지 않았을 가능성이 아주 조금이라도 있다는 뜻이었다. 그리고 카터가 어젯밤 스콧의 집에 있지 않았다면….

실제로는 어디에 있었던 걸까?

미란다는 땀을 흘리며 초조한 상태로 술집에 도착했다. 버스를 타고 오는 내내 그 망할 영수증만 생각났다.

미란다는 사람을 너무 잘 믿었다. 밝고 솔직한 얼굴인 데다가 사람들의 좋은 면만 보고 싶어 했기 때문에 사기 치기 딱 좋은 여자였다. 더군다나 상대는 카터였다. 미란다는 늘 그가 현실에 존재하는 게 믿기지 않을 정도로 좋은 사람이라고 마음 깊이 생각했다. 그래서 그녀의 바람대로 영수증을 합리화할 수도 있었지만, 의심은 이미 자리 잡았고 점점 더 커져만 갔다.

"로소!" 미란다가 술집에 들어서자 제이미가 외쳤다.

맨 먼저 냄새가 그녀를 덮쳤다. 카펫에 맥주를 수없이 엎지른 곳에서 나는, 마음이 편안해지고 의지가 되는 냄새였다. 미란다는 뒤쪽 부스에 자리 잡은 팀원들을 발견했다. 제이미가 그녀의 주의를 끌려고 팔을 흔들었는데, 벌써 술을 몇 잔 마셨다는 걸 알 수 있었다. 미란다는 그들에게 다가가며 미소 지었다. 술집이나 전형적인 평범한 남자들은 미란다를 편안하게 했다. 이곳은 그녀가 마음 편히 있을 수 있는 곳이었다.

"로소, 뭐 마실래? 맥주? 와인? 이름이 희한한 저 알록달록한 거?" 바에 가려고 일어나 있던 제이미가 물었다.

"라거 아무거나요." 미란다가 말했다. "작은 잔으로요."

"작은 잔이라고!" 제이미는 멈춰 서서 다시 확인했는데, 미란다가 그의 밑에서 일하는 젊은 여성이라는 점을 상기하는 듯했다. "그렇지." 그가 말했다. "알겠어. 작은 잔."

미란다는 에이제이와 트레이와 스파이크스를 보았다. 에이제이는 느긋한 자세로 앉아 있었는데, 널브러져 있다는 표현이 알맞아 보였다. 다리를 쩍 벌린 그는 넓은 어깨를 쿠션에 기대 한쪽 긴 의자의 대부분을 차지하고 있었다. 트레이는 그 옆에 웅크리고 앉아 술을 물끄러미 바라보았는데, 그 모습은 마치 아침 10시에 술집에 있는 아저씨 역할을 맡기 위해 오디션에 참가하려는 사람 같았다. 스파이크스는 덩치에 비해 너무 작은 스툴에 앉아서 벌이 날아가는 경로를 추적하기라도 하듯이 고개를 앞뒤로 까딱거렸다. 미란다는 그의 시선을 따라간 뒤에야 그가 술집 창밖으로 지나가는 여자들을 보고 있다는 것을 알았다.

"음. 또 이렇게 한 주를 잘 보냈네." 미란다는 스파이크스를 보고 웃지 않으려 애쓰며 말했다.

"참나무가 진짜 골치 아팠지." 스파이크스가 말했다. 그는 방금 한 말에서 뭔가가 생각난 듯이 장난스러운 미소를 지었다. "그래도 최소한 참나무에서 누군가를 구조할 일은 없었잖아.”

에이제이가 눈썹을 치켜올리며 미란다를 보았다. 트레이마저 술잔에서 서서히 고개를 들었다.

미란다는 웃음을 터뜨렸다. “괜찮아. 수치심은 이미 극복했다고.” 그녀가 말했다. “에이제이가 참나무에서 날 빼내준 지 거의 두 달이나 지났잖아. 그러니 마음껏 놀려. 난 준비됐으니.”

“아, 우린 이미 충분히 놀렸어. 당신이 못 듣게 했을 뿐.” 트레이는 이렇게 말하더니 한참 뒤에 처진 입꼬리 한쪽이 약간 씰룩대며 올라갔다.

“고맙군.” 미란다가 심드렁하게 말했다. 그녀는 트레이가 꽤 마음에 들었다. 그는 약간 이요르* 같았다. 침울하고 사교성이 떨어지지만, 어찌 된 노릇인지 같이 있으면 재밌었다.

“그래도 나무에서 떨어지진 않았잖아.” 스파이크스가 기네스를 홀짝이며 말했는데, 그렇게 덩치 큰 남자가 놀라울 정도로 우아하게 맥주를 마셨다. “트레이는 나무를 탄 첫날에 떨어졌는걸.”

트레이는 평소에 잘 짓는 찡그린 표정으로 돌아갔다. “아니거든.” 그가 스파이크스를 노려보며 말했다.

“그럼 그걸 뭐라고 할 건데?” 스파이크스가 물었다.

“그냥 약간, 미끄러진 거지.” 트레이가 말했다. “내 생각보다 속도가 빨랐을 뿐이야.”

“트레이는 플라타너스 몸통에 자기 몸 앞쪽 전체를 치즈 강판

---

*   〈곰돌이 푸〉에 등장하는 당나귀 캐릭터.

에 갈 듯이 갈아버렸어.” 에이제이가 몸을 숙이며 미란다에게 말했다. “그 일이 있고 나서 저 녀석의 거시기를 봤어야 해. 씹다 만 페퍼로니 스틱 같았다니까.”

트레이와 스파이크스는 너무 놀라서 말문이 막혔다. 그들은 미란다와 함께 있을 때 이런 이야기를 한 적이 **한 번도 없었다.** 에이제이는 ‘난 당신을 속속들이 안다’는 그 특유의 표정을 하고 미란다를 지켜보며 기다렸다. 미란다는 그의 눈을 보고 씩 웃었다.

“에이제이, 날 놀라게 하려는 거라면 말이지.” 미란다는 자리로 돌아온 제이미에게서 술을 받아 들며 쾌활하게 말했다. “트레이의 거시기보다 나은 걸 해야 할걸. 트레이, 기분 나빠하지 말고.”

에이제이가 소리 내서 웃었다. 목 깊은 곳에서 나오는, 듣는 사람에게 떨림을 주는 굵직하고 낮은 웃음이었다. 미란다는 자주 그랬듯이 그가 얼마나 쉽게 여자들을 낚을까 하는 생각에 놀랐다. 이들과 함께 일하는 동안 많은 이야기를 들었다. 에이제이의 스리섬 이야기, 그가 금발을 좋아한다는 이야기, 다른 사람이 트럭을 몰고 국토를 횡단하는 동안 그 트럭 뒤에서 섹스했다는 말도 안 되는 이야기 같은 것들이었다.

“살라미였어.” 트레이가 뿌루퉁하게 말했다. “페퍼로니가 아니었다고. 큰 살라미였어. 아주 두툼한 살라미.”

에이제이가 남은 맥주를 마저 마시고 바에 가려고 하자 미란다는 손을 뻗어 그를 막았다.

“내가 살게.” 그녀가 말했다. “내가 술 사야 하잖아.”

두 사람의 시선이 마주치자 미란다는 거의 두 달 전, 참나무 가지를 뚫고 내려와 숨도 고르지 못했을 당시 에이제이가 같이 술 한 잔하자고 했던 때가 떠올라 얼굴이 뜨거워졌다. 에이제이는 눈썹을 약간 꿈틀거렸지만 별다른 말을 하지 않고 미란다를 따라 바에 갔다. 영문을 모르겠다는 미란다의 표정에 그는 이렇게 말했다.

"들고 오는 거 도와줄게. 그 손으로 3,000밀리리터나 되는 술을 들 수 있을지 미덥지가 않아서."

미란다는 눈을 굴렸지만 씩 웃었다. 솔직히 놀림당하면 마음이 놓였다. 사람들은 상대를 정말 바보라고 생각할 때는 장난을 치지 않았고, 이렇게 동료들이 그녀를 편하게 놀리기까지 시간이 오래 걸렸다.

"그런데, 에이제이." 시끌벅적하게 술을 기다리는 사람들 틈에 섞이며 미란다가 물었다. 그녀는 바에 팔을 얹고 기댈까 말까 고민했다. 술을 흘린 자국이 길게 나 있어서 틀림없이 아주 끈적거릴 것 같았기 때문이다. "내일은 아침 일찍 작업이 없는 날이잖아. 그럼 오늘 밤에 뭐 해? 소나무에 반쯤 올라가서 섹스하기? 아니면 체리 수확용 사다리차에서 넷이 하기?"

에이제이는 대답하지 않았다. 미란다가 돌아보았을 때 그의 표정은 어두웠다. 잠시 미란다는 그를 화나게 한 게 아닌가 싶었지만 그런 어두움은 아니었다. 그는 화가 났다기보다 강렬한 표정으로 미란다를 뚫어지게 쳐다보았다.

"다른 동료들이 당신을 남자와 똑같이 대하길 바란다면 그건 좋아." 에이제이는 나지막이 말하며 미란다에게 아주 조금 다가

갔다. "하지만 난 무슨 일이 있어도 그렇게는 못 해."

미란다는 숨이 멎는 것 같았다. 에이제이는 지난 6주 동안 꽤 점잖게 행동했다. 대놓고 드러내지는 않아도 계속 흘끔댄다든가 지나가면서 미란다의 허리에 손을 스친다든가 하는 식으로 가끔은 묘하게 유혹하려는 듯이 행동하기는 했지만, 미란다가 대놓고 화를 내야겠다는 생각이 든 적은 없었다. 미란다는 그에게 익숙해지고 있었다. 그녀가 파악한 바에 따르면, 에이제이는 평소에도 누군가를 유혹하는 듯이 행동했다.

그랬기 때문에 지금처럼 불타오르는 표정이나 가까이 다가오는 행동은 약간 뜻밖이었다. 미란다는 살갗이 뜨거워지는 느낌이 들자 돌아서서 바 쪽을 향했다.

"단순히 남자와 똑같이 대접받으려는 게 아니야." 미란다가 밝은 목소리로 말했다. "팀의 일원이 되고 싶은 거야. 내가 여자인 게 그것과 무슨 상관이 있는지 모르겠지만."

미란다는 이 말을 들은 에이제이가 풋 소리를 내는 걸 들었다. 웃음일 수도 있고 놀라서 낸 소리 같기도 했다. 그는 말이 없었다. 미란다는 바텐더의 시선을 끌어 그들이 마실 술을 주문했고, 마침내 돌아서서 에이제이를 보자 그는 궁금하다는 듯이 미란다를 보고 있었다. 그녀를 속속들이 다 아는 건 아닐지도 모르겠다는 표정이었다.

"그 남자랑 있을 때도 이래?" 에이제이가 바에서 파인트* 맥주

---

*   1파인트는 약 570밀리리터다.

잔 두 개를 들며 물었다.

"누구랑 있을 때 뭐가?"

"남자 친구랑 있을 때. 그때도 이렇게 자신만만하고 섹시해? 있는 그대로를 보여줘?"

"에이제이. 그만해." 미란다가 경고했다.

"있는 그대로를 보여준다고 말하면 안 되는 건가?"

"당신은 모르잖아. 내가 어떤… 나한테 집적대지 마."

자리로 돌아가려 할 때 에이제이는 희미하게 미소 지으며 고개를 저었다. "미란다… 내가 당신을 섹시하다고 생각하는 게 싫으면, 내가 당신을 가질 수 없다는 말을 그만해야 할 거야. 난 튕기는 사람을 잘 대하지 못해. 그건 뭐랄까… 순도 높은 유혹 같거든."

"난 그게 매력이라고 생각하는데." 바에서 떠나 붐비는 술집을 가로질러 자리로 가는 동안 미란다가 말했다.

"마음대로 생각해." 에이제이는 탁자 사이를 지나가는 동안 미란다를 스치며 말했다. "하지만 내가 당신을 원하는 이유가 가질 수 없어서라면, 차라리 데이트 한 번 하는 게 낫지 않겠어? 이 모든 걸 잠재우기 위해서?"

"에런 제임슨, 당신 정말 뻔뻔하기 짝이 없는 색마로군." 미란다가 힘주어 말했다. "바에서 당신 쪽을 흘끔대던 여자들이 스무 명은 되던데 그중 한 사람이나 꼬셔봐."

"바에 있던 여자 스무 명을 원하는 게 아니야." 에이제이는 이렇게 말했고 두 사람은 자리에 도착했다.

"내 기억이 맞다면 그 스무 명 중에 너와 잔 여자가 적어도 둘은 있을걸." 제이미가 눈을 가늘게 뜨고 에이제이를 향해 몸을 돌리고 서 있는 여자들을 보며 말했다. "그러니까 마음이 안 내킬 만도 하겠네."

시오반

시오반은 일대일 코칭을 간신히 취소했지만, 언론사 인터뷰를 모두 취소할 수는 없었다. 인터뷰에서 무슨 말을 했는지 하나도 기억나지 않았다. 저녁이 된 지금, 블로거들과 소규모 언론사 기자들과의 대화는 이미 그녀의 머릿속에서 도무지 이해할 수 없는 빈 곳이 되어버렸다. 〈월간 더블린 비즈니스 저널〉의 뉴스 편집자에게 꺼지라고 말했는지도 몰랐다.

시오반은 어둠을 뚫고 더블린 공항의 택시 승차장으로 걸어가는 동안 다른 사람이 된 기분이었다. 추상적인 기분이 아니라 아주 현실적이고 실재적인 느낌이었다. 그녀는 라이프 코치 시오반이 아니었다. 임파워러 시오반도 아니고 이름 자체가 브랜드인 여성 사업가도 아니었다. 심지어 피오나의 룸메이트 시오반도 아니었다. 오늘 아침 이후로 그녀는 그저… 떠다니는 존재일 뿐이었다.

그녀는 한 발을 다른 한 발 앞으로 뻗으며 계속 앞을 향해 걷고 있는 것이 놀라웠다. 주변 사람들도 진짜처럼 보이고 땅을 딛고 있는 발도 진짜 같았지만, 누군가에게 이렇게 묻고 싶은 강한 충동이 들었다. "내가 지금 현실 세계에 있나요? 확실한가요? 이게 정말 나인가요?"

지난번에는 이렇지 않았다. 그때도 시오반은 무너져 내렸지만 적어도 자신이 누구인지는 알았다. 차라리 모르기를 바랐던 것도 같지만.

"괜찮아요?" 시오반이 택시 옆에 서서 창문만 물끄러미 바라보자 택시 기사가 물었다. 유리창에서 시오반의 얼굴이 그녀를 쳐다보았다. 일그러지고 이상한 얼굴이었다. 시오반은 손톱이 손바닥을 파고들 정도로 주먹을 꽉 쥐었고, 아팠지만 그렇게 하면 자기 존재를 인식할 수 있어서 위로가 되었다. 그녀는 자신이 실제로 존재한다는 것을 일깨우려고 계속 그렇게 손바닥 살을 손톱으로 찔렀다.

"네." 시오반이 대답했다. "네, 괜찮아요."

그녀는 택시에 탔다. 택시는 더블린을 통과했다. 시오반은 창밖의 얼굴들을 보면서 그녀가 지나갈 때 누군가가 고개를 돌려 봐주기를 바랐다.

"세상에." 시오반이 아파트 현관문을 열자 피오나가 말했다.

시오반은 초인종을 눌렀다. 가방에서 열쇠를 찾는 일이 콘크리트를 헤집어야 하는 일처럼 어렵고 불가능하게 느껴졌다.

"세상에, 시오반, 너…."

시오반은 가까스로 미소 지었다. 피오나는 평소와 다름없어 보였다. 아무것도 달라지지 않은 듯이.

"나 개떡 같지?" 시오반이 말했다.

"응, 그래." 피오나는 시오반을 꽉 잡고 안으로 데리고 들어가며 말했다. "예쁜 개떡 같아. 그게 너니까. 하지만 개떡이긴 해. 앉아봐. 차 좀 끓여 올게."

차가 어찌나 뜨거운지 시오반의 찬 손으로 쥔 머그잔은 불타는 것 같았다. 바늘로 콕콕 찌른 듯한 손톱자국이 손바닥의 다른 곳보다 약간 더 뜨겁게 느껴졌다.

시오반은 울기 시작했다. 오늘 이미 많이 울었다. 혼자 있을 때면 언제나 저 너머를 멍하니 바라보거나 눈물 젖은 얼굴로 주먹을 꽉 쥔 채 웅크리고 있었다.

"넌 일을 너무 많이 해서 자신을 갉아먹고 있어." 피오나가 시오반 옆자리 소파에 앉아 둘의 다리를 담요로 덮으며 말했다. "스트레스를 많이 받아서 그런 것 같은데."

시오반은 뜨거운 머그잔을 쥐고 고개를 저었다. "생리를 안 해." 그녀가 목멘 소리로 말하자 피오나의 눈이 휘둥그레졌다.

"아." 피오나가 손을 내밀어 시오반의 손목을 잡았다. "시오반, 괜찮을 거야. 테스트는 해봤어?"

시오반은 고개를 저었다. 차에 눈물이 떨어졌다. "나 너무…."

그녀는 오로지 홀로 표류하는 무서운 기분을 설명할 적당한 말을 찾으려 했다. "조지프를 받아줬어." 시오반의 목소리는 어린아이가 칭얼대는 것 같았다. 그녀는 자신이 누구인지 인식할 수 없었다. "그리고 지금 봐. 내 꼴을 보라고. 세상에, 그런 엄청난 실수…."

"조지프와 사랑에 빠진 실수?" 피오나가 말했다.

"아니!" 시오반이 고개를 홱 들며 말했다. 눈물이 앞을 가려 피오나가 흐릿하게 보였다. "아니야, 그런 건 아니었어. 아니었다고. 그럴 리 없어."

"바로 그거야. 그렇게 다 털어놔." 피오나가 말했다.

그제야 시오반은 자신이 만신창이가 된 채 꺽꺽대며 흐느끼고 있다는 것을 알았다. 갑자기 다리가 아팠다. 그리고 손과 얼굴에 진동이 느껴지는 것 같았다. 따끔따끔한 느낌은 아니었다. 그건 너무 약했다. 살갗 아래로 심한 정전기가 요란하게 흐르는 것 같았다.

"자, 그렇게까지 쏟아내지는 않는 게 좋을지도 몰라." 피오나가 눈을 약간 크게 뜨고 말했다. 그녀는 떨고 있는 시오반의 손에서 차를 가져갔다. "시오반, 호흡해. 숨 쉬라고. 날 봐."

시오반은 그렇게 했다. 피오나는 피오나로 보였지만 시오반의 뇌가 그녀를 명확히 인식하지 못하는 것 같았다. 머릿속에 드는 생각은 '**내겐 힘이 충분치 않아. 이걸 다시 해낼 순 없어. 이걸 다시 겪어낼 순 없어**'뿐이었다. 이 생각이 너무 지배적이어서 머릿속의 모든 공간을 잡아먹었기 때문에 그 밖의 다른 것을 생각할 여지가 없었다. 심지어 피오나까지도.

"들이마시고 내쉬고, 들이마시고 내쉬고." 피오나가 시오반의 등을 쓸어내리며 이렇게 말했지만, 시오반은 들은 대로 숨을 쉬지 못했다. 호흡이 가빠졌고 입안 가득 머금은 공기가 무엇인가 단단한 것이 되어 목구멍 뒤쪽을 때렸다.

"수… 숨이…." 시오반이 가까스로 말했다. 이걸 어떻게 멈출까? 어떻게 해야 이걸 중단할 수 있을까?

"과호흡이야." 피오나가 말했다. "날 보면서 호흡을 안정시키려고 해야 해. 명상을 시작할 때처럼. 알겠지?"

하지만 호흡은 진정되지 않았다. 시오반은 허벅지까지 고개를 떨구고 어깨를 들썩이며 눈을 꼭 감았다. 조지프가 호텔 방 문을 닫고 나가는 소리가 아주 잠깐 떠오르자 호흡이 더욱 가빠졌다. 시오반은 더 이상 몸을 통제할 수 없었고 어딘가에서 추락하는 기분이 들었다. 그녀는 눈이 많이 부을 것 같다는 생각에 좌절했다. 내일 아침 첫 번째 일정 전까지 어떻게 가라앉히지? 내일 그녀는 학교에서 발표해야 한다. 많은 사람 앞에 설 테고 그들 모두 종잇장처럼 마르고 무력한 그녀의 모습을 보게 될 것이다.

"테스트를 해봐야겠어." 시오반이 계속 고개를 숙인 채 무릎에 대고 말했다.

"그래. 해보자."

"못 하겠어. 진짜 못 하겠어."

"내가 옆에 있을게. 나랑 같이 해. 전부 다."

시오반은 무릎에서 고개를 들 수 없었다. 감정이 파도처럼 밀려왔는데, 매번 앞선 것보다 더 끔찍한 감정이 몰려왔다. 온몸에 극심한 혐오감이 가득 차고 그 혐오가 혈관을 타고 잉크처럼 번져나가는 것 같았다.

"일단 좀 씻자." 마침내 피오나가 말했다. "가자. 몸 좀 담가."

시오반은 피오나의 팔에 기대 순순히 따라갔다. 두 다리가 몸을 지탱해줄지 전혀 확신이 들지 않았다. 그녀에게 끔찍한 일이 벌어지고 있었다. 시오반은 부서지고 있었다.

"오늘은 뭐든지 한 번에 5분씩만 할 거야." 피오나가 떨고 있는 시오반의 몸에서 땀에 젖은 셔츠를 벗겨내며 말했다. "네 업무 일정처럼. 하지만 이건 쉬워. 전부 다 쉬운 거야. 앞으로 5분 동안은 이 욕조에 들어갈 거야. 내가 그 5분 동안 한시도 떨어지지 않고 있을게. 그리고 우리는 〈루폴의 드래그 레이스RuPaul's Drag Race〉* 새로운 시리즈에 대해 이야기할 거야. 머리는 감아도 되고 그냥 둬도 되고 좋을 대로 해."

시오반은 따뜻한 물속에서 다리를 끌어안아 몸을 웅크리고 젖은 손으로 얼굴을 가린 채 흐느꼈다.

"정말 미안해." 그녀가 겨우 말했다. "너도 일이… 할 일이 있는데…"

"시오반." 피오나가 욕조에 라벤더 오일을 뿌리며 말했다. "네가 날 챙겨준 적이 얼마나 많았지?"

'그래. 하지만 그건 달라.' 시오반은 생각했다. 원래 둘의 관계에서는 시오반이 해결사 역할이었다. 그녀가 모든 일에 개입해

---

* 여성으로 분장한 남성인 드래그 퀸drag queen을 선발하는 미국의 리얼리티 경연 프로그램.

서 해결했다. 누구에게도 이렇게 **약한** 모습을 보여준 적이 없었다. 피오나조차도.

"넌 이 정도로 엉망진창인 적이 없었잖아." 시오반이 눈에 댄 주먹을 꽉 쥐며 말했다. 또다시 손톱으로 손바닥을 찌르며 택시 밖에 서 있을 때 느낀 기분을, 아무도 모를 고통에서 전해지는 찰나의 만족감을 찾았다.

"그거 하지 마." 피오나가 시오반의 손을 잡으려고 손을 뻗으며 날카롭게 말했다. "시오반, 그만해."

시오반은 피오나가 손을 비틀어 펼치도록 놔두었다. 인조 손톱에 찍혀 둥글게 패인, 손바닥을 가로지르는 상처가 네 개 있었다. 그중 두 군데에서 피가 나기 시작했다. 시오반은 제 몸이 아닌 듯, 솟아오르는 피를 보며 기쁨을 느꼈다.

피오나는 스펀지를 가져와 시오반의 양손을 차례로 부드럽게 닦아냈다.

"제발 다시는 이러지 마." 피오나가 나지막이 말했다.

시오반은 친구를 쳐다보았다. 자신이 한없이 작게 느껴졌고 어찌할 바를 몰랐다. 완전히 망가진 것 같았다.

"시오반, 나랑 약속해. 다음에 또다시 이렇게 네 몸에 상처 내고 싶은 마음이 들면, 어디에 있든지 날 찾아."

"내 몸에 상처 낸 게 아니야." 시오반이 눈을 깜빡이며 말했다.

피오나는 시오반의 왼쪽 손바닥에서 피가 방울져 솟아오르는 것을 보고 눈썹을 치켜올렸다.

"좋아." 피오나가 말했다. "이걸 뭐라고 부르든지 간에."

"아…" 피오나가 새로 나오는 피를 닦아내는 동안 시오반이 입을 열었다. "미안해. 이렇게 하니까 기분이… 나아지길래. 피를 보려고 한 건 아니야."

"기분이 나아지게 하는 더 좋은 방법이 있어." 피오나가 말했다. "우리 같이 그걸 찾아보자. 하지만 먼저 머리부터 감을까?"

시오반은 뒤로 누워 물속으로 들어갔다. 그리고 눈을 감았다. 한 번에 5분씩. 그건 할 수 있었다. 틀림없이.

"피오나." 시오반이 퍼뜩 눈을 뜨고 물속에서 고개를 내밀며 말했다. "피오나, 나 진짜야? 내가 정말 여기에 있어?"

피오나는 시오반의 머리카락 뿌리에 샴푸를 펴 발랐다. "시오반 켈리, 넌 실제로 존재해. 네가 누군가가 상상한 허구의 인물이라면 욕을 덜 했을 테고 내 신발을 그렇게 많이 빌리지도 않았겠지."

시오반은 이 말에 눈물 나게 웃었다. 그녀와 피오나는 놀라서 서로 쳐다보았다. 시오반이 그렇게 웃을 수 있으리라고는 둘 다 생각지 못했다. 피오나는 미소 지으며 몸을 숙여 시오반의 두피에 샴푸를 문질렀다.

"이렇게 하기로 약속하면 어떨까?" 피오나가 물었다. "네가 실제로 존재하지 않게 되면 내가 알려줄게. 알았지? 네가 정말 여기에 있는 게 아니라면 내가 가장 먼저 알려줄게."

시오반은 다시 눈을 감고 고개를 살짝 끄덕인 다음 물속으로 미끄러져 들어갔다.

제인

봄이 여름으로 접어들자 제인은 다시 마음이 편안해지기 시작했다. 루의 명함은 벽난로 위 선반에, 말린 꽃을 꽂아둔 잼 병 뒤에 잘 치워두었다. 제인은 아버지와 통화할 때 선의의 거짓말을 하고 혹스턴 빵집까지 걸어가서 아침을 먹는 생활을 계속했으며, 낡은 갈색 신발을 내리 신고 목요일에 입는 카디건 팔꿈치가 닳자 천을 덧대어 수선했다. 일주일에 책을 한 권 읽고 커피에는 크림을 조금 넣었다. 꼼꼼하게 계획된 아름다운 단순함이었다. 제인이 자신을 위해 쌓아 올린 삶이었다.

그런데 그 삶에 조지프가 나타났다. 분명 아름답지만 전혀 단순하지 않았다.

제인은 다시 조지프를 친구로 보려고 애썼지만, 불을 켜고 나서 끄는 스위치를 찾을 수 없을 때와 같았다. 빛을 흐리게 하는 스위치도 없었다. 그를 향한 제인의 감정은 매주 점점 밝아졌고, 이따금 제인은 가슴속에서 환하게 빛나는 그 불빛을, 그 안에서 자라는 사랑이라는 매우 크고 강렬한 덩어리를 조지프도 틀림없이 보았으리라고 생각했다.

조지프는 이 상황에 전혀 도움이 되지 않았다. 그는 다정하고 똑똑하고 매력적이었다. 이야기를 귀 기울여 듣고 제인에게 중요한 일들을 기억했다. 절대 선을 넘는 법이 없었고 추파를 던지는 것과 비슷한 말조차 하지 않았다.

그리고 제인에게 책을 갖다주었다.

제인의 현관문 앞에 도서관에서 추가로 빌린 책 한 권이 놓이기 시작한 건 5월부터였다. 쪽지 같은 건 없었지만 제인은 조지프가 두고 갔다는 걸 알았다. 그녀는 책을 가지고 들어왔고 엄청난 유혹을 느꼈다. 다른 **사람**이 집으로 책을 가져다주는 경우에 대한 규칙이 명확하지 않았고, 솔직히 독서 모임에서 이야기할 스릴러를 수요일에 다 읽었기 때문에 목요일 저녁이 너무 길고 허전했다.

조지프는 매주 책을 두고 갔다. 제인이 이 일을 따지거나 그가 솔직하게 털어놓을 기회가 딱히 없었다. 어느 날에는 그가 제인에게 《오루노코》에 대해 어떻게 생각하는지 물었고, 《나를 찾아 줘》가 문 앞에 놓여 있던 날에는 제인이 그에게 메시지를 보내기도 했다. 그래서 이렇게 현관문 앞에 둔 책을 읽는 것이 제인의 일과가 되었다.

6월과 7월에 걸쳐 제인과 조지프는 적나라한 범죄소설부터 관능적인 로맨스 시대물까지 모든 책을 앞다투어 읽었다. 조지프가 특정 장르를 철저히 외면하지 말고 **모든 것**을 시도해보자고 독서 모임 과제를 정한 덕분이었다. 7월 중순,《멋진 공작 유혹하기 Seducing the Dashing Duke》를 이야기하려고 만났을 때 제인은 토요일 의상이자 좋아하는 원피스를 입었다. 그리고 크림색 치마를 다리 양옆으로 펼친 채 성당 마당 잔디밭에 누워 있었다. 실크 치마라서 풀을 거의 꺾지 않았다. 선글라스를 통해 본 햇살은 따뜻한 안개처럼 빛났다. 제인은 책을 펼쳐 배에 올려두고 조지프를 기다렸다. 곧 그가 와서 옆에 눕는다고 생각하자, 책 아래로 나비가 나는 듯한 흥분과 떨림이 느껴졌다.

"내가 늦었네! 또!" 조지프가 털썩 앉으며 기운차게 말했다. "하지만 아주 그럴듯한 핑곗거리가 있지."

제인은 여전히 선글라스를 쓰고 눈을 감은 채 미소 지으며, 눈을 뜨고 조지프를 보게 될 순간을 아껴두었다. "당신은 항상 그래."

조지프는 제인 옆에 길게 누우며 기분 좋게 앓는 소리를 냈다.

"일광욕보다 더 좋아하는 게 있어?" 그가 물었다.

'당신이 길 건너에서 날 보고 짓는 미소.' 제인은 생각했다. '우리 손이 스칠 때의 느낌. 삼나무와 레몬이 섞인 당신의 향기.'

"난 여름이 좋아." 제인이 나른하게 말했다. "하지만 봄은 더 좋아. 모든 게 희망적이고 다시 살아나기를 기다리잖아."

제인은 눈을 감고서 조지프가 아주 가까이에 있고 몸을 돌려 그의 품에 곧장 안기는 상상을 했다. 해가 구름 뒤로 숨었다가 다시 나타나자 나른한 열기가 그녀의 살갗을 스치고 지나갔다.

"어디 보자. 당신도 크리스마스보다 크리스마스이브를 더 좋아해?" 조지프가 물었고 제인은 그의 목소리에서 미소를 느꼈다.

제인은 입술을 꼭 다물었다. 지난 몇 해 동안의 크리스마스는 끔찍하고 어색했다. 제인과 아버지는 고모 가족과 함께 크리스마스를 보내러 갔지만, 아버지는 명절을 싫어했고 제인은 거짓말을 많이 해야 한다는 게 싫었다. "네, 런던은 아주 좋아요. 네, 일도 잘하고 있어요⋯."

"오늘 지각에 대한 변명은 뭔데?" 제인은 크리스마스 이야기를 별로 하고 싶지 않아서 조지프에게 물었다. 하지만 그의 말처럼 언제나 크리스마스이브에 느껴지는 기대감을 좋아했다. 그리고 토요일보다 금요일을 좋아했고, 가끔은 펼치지 않은 새 소설의 갈라지지 않은 책등을 엄지손가락으로 쓸어내리는 게 너무 좋아서 1장을 읽고 싶지 않다는 생각까지 들었다.

"오늘 독서 모임에 딱 맞는 간식을 사 왔지."

제인은 종이봉투 부스럭거리는 소리를 들었다. 옆으로 돌아눕자 《멋진 공작 유혹하기》가 잔디 위로 미끄러져 떨어졌고, 눈을 뜨자 조지프가 봉투에서 간식을 꺼내기 시작했다. 오늘 그는 늦어서 면도할 시간이 없었는지 수염이 더 짙어 보였다. 그래서 얼굴이 달라 보였는데, 다정하고 좋은 남자라는 느낌에 날카로움이 새롭게 추가되었다. 반바지와 흰색 티셔츠를 입었고 목이 브이자로 파여서 가슴 털이 약간 보였다. 제인은 가슴 털에서 매력을 느끼리라고는 상상도 못 했지만, 눈을 뗄 수 없었다.

"빅토리아 샌드위치야." 조지프가 근엄하게 말했다. "왕비와 만나는 장면에 나오잖아. 그리고 공작의 생식기를 기리는 의미에서 남근 모양의 소시지 빵이야." 제인은 웃음이 터졌고 조지프는 그런 그녀를 보며 기뻐서 씩 웃었다. "아이싱과 설탕에 절인 체리를 가운데에 얹은 이 둥근 빵 두 개를 고른 이유도 아주 분명하지." 그는 빵 두 개를 나란히 내려놓고 환하게 웃었다. "당신을 웃게 하려고!"

"성공했네." 제인은 팔꿈치를 바닥에 대고 머리를 받치며 말했다.

"쉽지 않은 일이야." 조지프는 이렇게 말하고는 소시지 빵을 한입 가득 베어 물었다. "음. 아름다운 빵집 직원의 말처럼 맛있는데. 그래, 책은 어땠어? 재미있지 않았어?"

그의 뻔뻔함은 전염성이 있었지만, 제인은 그가 어색한 분위기를 깨려고 남근 페이스트리로 장난칠 준비를 한 게 아닐까 생각했다. 전에는 이만큼 성행위 장면이 많은 책을 모임에서 읽은 적이 없었다. 그걸 고려하여 상황을 좀 더 편안하게 만들 방법을 찾은 것이라면 정말 조지프다운 행동이었다.

"**정말** 재미있더라." 제인이 둥근 빵을 집으려 손을 뻗으며 말했다. 설탕에 절인 체리를 곧장 먹는 게 좀 남부끄럽기는 했지만 어쨌든 그걸 제일 먼저 먹었다. "하루 만에 다 읽었어. 공작이 형편없는 사람일 줄 알았는데 당당하고 공작다웠어. 생각과 달리 완전히…"

"찌질하진 않다고?" 조지프가 소시지 빵을 마저 다 먹으며 거

들었다. "진짜 그래. 내 예상과 전혀 달랐어. 보통 책에 성관계 장면이 나오면 오그라들잖아. 안 그래? 뭐가 어디로 갔다는 둥, 방향을 바꿨다는 둥, 밀물과 썰물처럼 움직였다는 식의 직유뿐이라 둘이 뭘 하고 있다는 건지 알 수가 없지. 하지만…" 조지프는 자기 책을 집어 들고 엄지손가락으로 훑어 접어놓은 곳을 찾았다. "여기. 공작이 오랫동안 꿈만 꾸다가 드디어 하녀를 만지는 걸 묘사한 장면 말이야. '공작은 실크처럼 부드러운 그녀의 배를 어루만지자 숨쉬기가 힘들어졌다. 뼛속까지 달콤해질 것만 같은, 세상에서 가장 진한 꿀을 맛본 것처럼 감당하기 힘든 감각이었다. 고개를 숙여 그녀의 가슴으로 입술을 가져가자 두 사람의…'"

조지프는 책에 시선을 둔 채 목소리를 가다듬었다. 제인의 심장이 요동쳤고 그에 응해 아랫배에 은근한 긴장이 느껴졌다. 제인은 다음 장면이 어떻게 이어지는지 알았기에, 공작이 하녀의 젖꼭지에 입 맞춘다는 내용을 조지프가 읽는다는 **생각만으로도** 그녀의 몸은 욕망으로 달아올랐다. 그녀는 계속 무표정하게 있으려고 신경 썼지만, 분명 조지프는 둘 사이의 긴장감 넘치는 분위기와 태양이 두 사람에게 강한 햇살을 비추기라도 하는 듯한 농밀한 열기를 느꼈을 것이다.

"흠, 아무튼." 조지프가 말했다. 그의 광대뼈는 분홍빛으로 물들었고, 그 모습은 제인의 뱃속에서 피어나는 감각을 다스리는 데 도움이 되지 않았다. "난 이 장면이 완벽하게 앞뒤가 맞는다고 생각해. 공작의 의도를 정확히 알겠거든. 그래서 그 장면을 상상할 수 있었고, 뭔가가 떠오르기도 했고." 조지프는 당황한 표정으로 고개를 들었다. "이런, 섹스 장면을 잘 쓰기 어려운 게 당연하네. 난 말도 제대로 못 하고 있으니 말이야."

제인은 미소 지었다. "무슨 말인지 알겠어. 그런 장면을 정말, 그러니까 뜨겁게 만드는 건 기다림인 것 같아. 안 그래?" 제인은 '**뜨겁게**'라고 말하면서 시선을 내렸다. 매우 제인답지 않은 말이었지만 다른 단어가 생각나지 않았다. "두 사람이 서로 닿지 않은 그 모든 시간이 의미하는 건, 그들이 서로를 만졌을 때…"

"맞아." 조지프가 헛기침하며 말했다. 그는 빅토리아 스펀지케이크를 집어 들고 포장을 풀기 시작했다. "기다릴 가치가 있는 사람이 있는 것 같아."

제인은 조지프와 헤어지고 나서 이 말을 계속 곱씹었다. 빵과 케이크는 각자 나눠 가졌다. 그녀는 딴생각할 때마다 돌아가고 싶지 않은 곳을 떠올리는 대신 잔디밭에서의 그 달콤하고 뜨거운 순간으로, 조지프가 '**기다릴 가치가 있는 사람이 있는 것 같아**'라고 말한 그 순간으로 돌아갔고, 그 상상은 절대 질리지 않았다.

제인은 조지프의 이 말을 몇 주 뒤에 다시 떠올렸다. 잉글랜드가 적도와 더 가까운 어딘가로 옮겨간 기분이 들 정도로 더운 8월 초의 어느 날이었다. 제인과 콜린은 자선 상점 바깥에 접이식 의자를 놓고 앉아 햇볕을 쬐고 있었다. (상점에서 판매하지 않는 자외선 차단제를 찾던) 마지막 손님이 다녀간 지 두 시간이 지났고, 모티머를 대신해서 운영자로 일하는 콜린은 애인보다 훨씬 관대했다. "**기증품 가방은 기다려주지만 날씨는 기다려주지 않아**." 콜린은 이렇게 말하며 제인을 햇살로 내보냈다.

"있잖아, 제인." 콜린이 모자를 고쳐 쓰며 말했다. 그는 머리카락이 하나도 없기 때문에, 모티머는 해가 쨍한 날에는 그가 모자를 써야 한다고 고집했다. 콜린은 모티머의 말을 들었지만, 모자의 **종류**에 대한 발언권은 그에게 없다고 주장했다. 오늘 콜린은 앞쪽에 '**신경 안 씀**'이라고 크게 적힌, 창 넓은 검정 야구 모자를 썼다. "모티머에게 청혼할까 생각 중이야."

제인은 선글라스를 쓴 채 고개를 돌려 그를 보았다. 두 사람은 아이스티를 마시고 있었다. 며칠 전에 제인이 아이스티를 만들었는데, 콜린은 그 아이스티에 **중독됐다**면서 그가 상점에 올 때마다 만들어달라고 했다. 제인은 주방 한쪽에서 레몬이 담긴 망을 보고 가슴이 두근거렸다. 레몬 망에는 '**우리 제인의 특제 아이스티 재료! 손대지 말 것!**'이라는 쪽지가 붙어 있었다.

"멋져요." 제인이 말했다.

"난 늘 모티머가 청혼할 거라고 생각했어. 몇 년 전에는 그럴 거라는 말까지 들었고. 모티머가 청혼은 자기가 하고 싶다고 했어. 하지만 그가 뭔가를 기다리는 것 같은데 그게 뭔지 모르겠단 말이지." 콜린은 아이스티를 홀짝거렸다. "그리고 뭔지는 몰라도 기다릴 가치가 있다는 건 굳게 믿어. 물론 **모티머 자체**도 기다릴 가치가 있는 사람이고. 그렇지만 내가 용감하게 나서서 문제를 직면하고 나 자신에게 질문하면 안 되는 건지 정말 궁금해."

제인은 입술을 깨물고 콜린이 어머니에게 거짓말해서 속상하지 않은지 모티머에게 물어본 일을 떠올렸다. "난 그가 언젠가 사실대로 말할 거라고 생각해. 시간이 좀 더 걸릴 뿐." 그때 모티머는 이렇게 말했다.

"결혼식은 크게 하고 싶으세요? 가족들 모두 초대해서요?" 제인이 물었다.

"당연히 성대하게 해야지." 콜린이 킥킥대며 말했다. "분명 모티머도 결혼식에 지인들을 많이 부르고 싶어 할 거야. 하지만 지금 문제는 우리 엄마야. 엄마는, 음, 우리가 에든버러에서 결혼하지 않으면 오실 수가 없거든."

제인은 모티머가 콜린에게 청혼하기 전에 마지막으로 기다리는 사람이 콜린의 어머니일 줄은 **몰랐다.** 하지만… '블루벨' 이야기를 할 때 모티머의 목소리에 뭔가가 있었다. 다소 이해하기 어려운 거짓 밝음이었다. 제인은 아버지와 마지막으로 나눈 대화가 언뜻 떠오르자 마음이 아파 눈을 감았다. 그때 그녀는 런던에 있는 리젠츠 파크Regent's Park에 있는 척했다.

"결혼식에 오시길 바라세요? 어머님 말이에요. 모티머도… 그러길 바랄까요?" 제인이 조심스레 물었다.

영리한 콜린은 그녀의 말을 곧바로 알아들었다. 그는 제인을 날카롭게 쳐다보았다. "모티머가 무슨 말이라도 했어?"

제인은 이 일에 끼어들지 말아야 했다. 이건 그녀가 상관할 일이 아니었고 지금 그녀는 두 사람과 꽤 괜찮은 관계를 유지하고 있었다. 괜히 간섭해서 관계를 망칠 수는 없었다. 하지만 날이 선 콜린의 목소리에서 상처가 느껴졌고 그가 경계하는 태도를 보이자 이상하게도 제인은 잠시 콜린의 팔에 손을 얹고 싶었는데, 이는 아주 오랫동안 느껴보지 못한 충동이었다.

"어머님이 두 분 사이를 모르신다는 말만 들었어요." 제인이 다정하게 말했다. "사실 이 말도 아버지에게 거짓말하고 기분이 안 좋던 저를 위로하다가 나온걸요. 아버지한테 런던을 떠났다는 얘기 안 했거든요. 도저히 실망을 안길 수 없어서요." 제인은 시선을 피하며 묶은 머리를 꽉 조였다. "그러니까 제가 하려는 말은, 우리 모두 가끔은 사랑하는 사람에게 거짓말을 하고 전 그걸 이해한다는 거예요. 하지만 그게 모티머가 기다리는 잃어버린 마지막 조각이 아닐까 정말 궁금하기는 했어요."

콜린이 고개를 숙여 아이스티를 바라보자 그의 얼굴에 모자 그림자가 졌다.

"있잖아." 그가 작아진 목소리로 말했다. "나도 그걸 이미 알고 있는 것 같아. 정말로."

제인은 말없이 앉아 있었다. 거리는 쇼핑백을 잔뜩 들고 지나가는 사람들로 가득해 붐볐지만 자선 상점 쪽으로 오는 사람은 아무도 없었다. 제인과 콜린은 아이스티를 들고 햇살이 내리쬐는 그들만의 작은 세계에 앉아 있었다.

"고마워, 제인." 콜린이 말했다.

곧 부서질 듯한 탁자 위 두 사람 사이에 놓인 제인의 휴대폰이 요란하게 진동했다. 콜린은 깜짝 놀라서 가슴을 부여잡았다.

"이런. 난 저 빌어먹을 것이 정말 싫어." 그는 질색하는 표정으로 휴대폰을 보며 말했다.

제인은 미소 지으며 이메일을 열었다. 페이퍼리스 포스트Paperless Post* 청첩장이었다. '마틴 왕과 콘스턴스 홉스, 그리고 가족 일동이 당신을 결혼식에 초대합니다…'

제인은 심장이 내려앉았다. 심장이 돌이 되어 배 속으로 떨어지는 끔찍한 느낌이었다. 그녀는 결혼식에 가야 한다. 더욱이 2월에 열린 약혼 파티에 참석했기 때문에 결혼식에 참석하지 않는 것은 무례한 일이다. 하지만 뭘 입지? 누구와 이야기하지? 사람들 틈에 혼자 있거나, 더 나쁘게는 낯선 사람들과 재미있는 척 이야기를 나눠야 하면 어쩌지? 제인은 콜린에게 **"잠시만요"** 하고 중얼거리고는 서늘한 상점 안으로 들어갔다. 별안간 건조하고 뜨거운 햇살을 감당하기 버거워졌기 때문이다.

안에는 아무도 없었다. 제인은 조용하게 서 있다가 문득 뭔가를 하고 싶은 충동에 사로잡혔다. 유치하게 심통을 부리며 기분을 풀고 싶어진 제인은 계산대 옆에 둔 대형 북극곰 인형을 향해 휴대폰을 던졌다. 전화기는 곰 인형의 귀에 맞고 튕겨 쭉 뻗은 앞다리를 지나 무릎에 떨어졌다.

"저 불쌍한 녀석을 엉덩이를 바닥에 대고 세워서 앉혀놓다니 이상하고 웃기군요." 계산대 오른쪽 책꽂이에서 목소리가 들려왔다.

제인이 깜짝 놀라서 돌아보니 거대한 책 더미에서 어떤 여자가 나타났다. 자세히 살펴보니 잠옷을 입고 왔던 애기였다.

---

*   초대장, 카드, 전단 등을 온라인으로 제작하고 배포하는 회사.

"오랜만이에요." 애기가 쿵 소리를 내며 계산대에 책을 내려놓고 말했다. "놀라게 했다면 미안해요. 당신을 잘 모르긴 하지만 북극곰 인형을 저런 자세로 앉혀놓은 건 본 적이 없어서요. 그렇다고 북극곰 인형을 많이 본 것도 아니지만요. 아무튼 내가 하려던 말은, 당신이 왜 휴대폰이라도 던져서 저 불쌍한 녀석을 고통에서 구해주고 싶어 하는지 알겠다는 거예요."

제인은 멋쩍어하며 북극곰 인형 무릎에 떨어진 휴대폰을 가져왔다.

"방금… 별로 내키지 않는 일로 연락을 받아서요." 제인이 휴대폰을 주머니에 넣으며 말했다.

"항상 운 나쁜 날에 나를 우연히 만나는 것 같네요." 애기가 웃으며 말했다. "자, 같이 차 한잔 마시면서 무슨 일인지 얘기해줄 수 있어요?"

제인은 눈을 깜빡였다. 이런 식의 질문을 받았을 때 늘 하는 대답인 '**정말 친절하시군요. 하지만 지금은 너무 바빠서요**'를 말하려는 찰나 애기가 다시 말을 시작했다.

"더 좋은 아이디어가 있어요. 사장님이 몇 분 시간 내는 걸 허락해주실까요?"

"오, 난 누구의 사장도 아니랍니다." 안으로 들어온 콜린이 대수롭지 않다는 듯이 말했다. '**신경 안 씀**' 모자를 계속 쓰고 있었다. 제인은 애기의 존경 어린 눈빛을 눈치챘다. "제인, 쉬고 싶으면 잠깐 쉬어."

"괜찮아요." 제인이 재빨리 말했다. "고맙지만 분류할 게 있어서…."

"5분만요." 애기가 말했다. 그녀는 잽싸게 눈치를 보았다. "괜찮다면 3분이라도요. 3분은 누구나 낼 수 있잖아요."

이번에는 말씨름하기가 힘들었다. 게다가 애기에게 무슨 일이 있어 보였다. 말도 안 되는 생각일지도 모르지만 제인은 애기를 보면 조지프가 떠올랐다. 애기도 조지프처럼 집중해서 이야기를 들었는데, 다음에 할 말을 생각하는 대신 상대방의 말을 듣는 데 온전히 몰입하는 느낌이었다.

"내가 당신의 아침을 기분 좋게 해주지 못하면 앞으로 영원히 말 걸지 않겠다고 맹세할게요." 애기가 가슴에 손을 얹고 말했다. "장담하는데 내게 3분만 내주면 당신을 웃게 할 수 있어요."

'왜 이렇게 귀찮게 굴어요?' 제인은 묻고 싶었다. '왜 그렇게까지 애쓰는 거죠?' 두 사람 사이에 침묵이 흘렀다. 제인은 무슨 말을 해야 할지 몰랐다. 애기는 한숨을 쉬었다.

"이봐요, 제인. 실은 우리가 친구가 될 수 있을 것 같은 느낌이 들었다고요." 잠시 뒤 애기가 약간 화가 나서 말했다. "난 열두 살 이후로 누구에게 친구 하자고 말한 적도 없고 버스 옆자리에 같이 앉을 사람이 필요하다고 생각하지도 않아요. 당신이 눈치채지 못하는 것 같아서 솔직하게 말하는 거예요."

제인은 눈을 깜빡였다. "아." 그녀가 놀라서 말했다. "정말이에요?"

"그다지 멋진 열두 살은 아니었죠." 애기가 심드렁하게 말했다.

"아니, 내 말은…." 제인은 말끝을 흐렸다.

"친구가 되고 싶다는 말이 그렇게 믿기 힘들어요?" 애기가 물었다. 농담이었지만 제인의 표정을 본 애기는 진지해졌다. "아, 맞아요. 자, 그럼 이제 대답해봐요. 안 된다는 대답은 사양해요."

애기는 계산대에 책을 쌓아둔 채 제인을 데리고 상점 밖으로 나갔다.

"난 뼈를 물고 있는 개처럼 집요하다고요." 애기가 상점에서 왼쪽으로 꺾어 집이 모여 있는 아래쪽 강가로 향하며 쾌활하게 말했다. "당신이 승낙할 때까지 꽉 물고 안 놔줬을 거예요. 이게 나예요." 애기는 붉은 벽돌로 지은, 말끔하고 작은 아파트 건물의 공용 현관문을 열었다. 문 양쪽에는 파란 제라늄 화분이 놓여 있었다.

두 사람은 계단을 올라가서 4호로 들어갔다. 현관 너머로 보이는 공간은 환했다. 예술에 안목이 있는 사람이 꾸민 것이 틀림없었다. 거실에 들어서자 공작무늬 쿠션으로 장식된 긴 황토색 소파가 놓여 있었다. 굽도리 널*은 새까만 색이었고, 마루는 광택제를 발라서 반질반질했다. 제인은 이 모든 것을 둘러보다가 뒤쪽 벽을 채운 거대한 작품을 보고 웃음이 터졌다.

벽에는 밝은 분홍색 캔버스가 걸려 있었는데, 색이 어찌나 짙은지 빛이 나는 것만 같았다. 분홍색으로 칠한 겉면을 가로질러 검은색 네임 펜으로 쓴 것 같은 글귀가 있었다.

대부분의 사람은 지랄맞다. 그러니 뭘 어찌하리?

"마음에 들어요?" 애기가 소파에 가방을 던지며 물었다. 그녀

---

* 　　　장판과 접한, 벽지 아랫부분에 대는 좁은 널빤지.

는 손목시계를 보았다. "대답 안 해도 돼요. 우리 벌써 1분 30초나 지났어요. 이리 와요."

애기는 제인을 발코니로 데려갔다. 특별히 가슴 설레는 경치는 아니었다. 아래쪽으로 차고가 늘어선 주차장이 있었는데, 차고의 철문은 슬퍼서 질끈 감은 눈처럼 굳게 닫혀 있었다.

"자." 애기가 제인의 손에 무언가 무겁고 물컹한 것을 쥐여 주었다.

물 풍선이었다. 발코니 한쪽 구석에 물 풍선이 가득한 양동이 하나가 있었다. 풍선은 저마다 색과 크기가 달랐고 주둥이 부분이 말끔하게 묶여 있었다.

제인은 손에 든 물컹하고 미끈거리고 애들에게나 어울리는 물건을 물끄러미 바라보다가 애기를 보았다.

"내가 보여줄게요." 애기는 이렇게 말하고는 크리켓 선수가 공을 던질 때처럼 팔을 말도 안 되게 높이 들더니 물 풍선을 아래쪽 아스팔트로 내던졌다.

풍선이 바닥에 부딪혀 터지자 밝게 빛나는 물줄기가 터져 나왔다.

"당신 차례예요." 애기가 말했다.

"나보고… 이 발코니에서 물 풍선을 던지란 말이에요? 바닥으로?"

"그래요." 애기가 참을성 있게 말했다. "어서 해봐요."

"바닥이 엉망이 될 텐데요?" 제인이 물었다.

"이따가 치울게요. 항상 그래요. 그러니까 어서 하기나 해요."

물 풍선은 제인의 손에서 이리저리 울렁거리며 미끄러졌다. 제인은 오른손으로 풍선을 잡은 다음 발코니에서 아래를 내려다 보았다. 아래에는 애기가 던진 풍선의 잔해가 흩어져 있었는데, 밝은 초록색 고무가 아스팔트 여기저기에 튀어 있었다.

제인은 손에 든 풍선을 던졌다. 의도했던 것보다 훨씬 세게 던 졌다. 팔을 움직이기 시작하자 점점 힘이 들어가면서 문득 풍선 을 터뜨리고 싶었고 손에 든 이 공 모양 해파리 같은 것이 폭발하 는 것을 보고 싶었다.

풍선이 터지자 뭔가를 털어낸 기분이었다.

제인이 돌아보기도 전에 애기는 풍선을 하나 더 건넸다. 이번 에는 강렬한 짙은 빨간색이었고 크기가 좀 더 컸다. 제인은 발코 니 너머로 몸을 숙이고 풍선을 높이 들어 올렸다가 떨어뜨렸다. 그리고 하나 더. 또 하나 더. 엄청난 만족감을 느낀 제인은 어느새 웃고 있었고, 애기도 풍선을 던지고 있었다. 누군가가 창문을 열 고 궁금하다는 듯이 밖으로 몸을 내밀었다가 성인 여자 둘이 함 성을 지르며 발코니 너머로 물 풍선을 던지는 광경을 보고는 창 문을 닫았다.

물 풍선을 모두 던지고 나자 제인은 숨이 가빴다. 애기를 보자 그녀는 이마에 빨간 머리카락이 달라붙은 채 제인을 향해 씩 웃 었다.

제인의 친구 애기.

그래, 안 될 거 없잖아? 제인은 아무도 자신과 친구가 되고 싶 어 하지 않을 거라고 오랫동안 믿어왔다. 런던에서 지내는 동안 얻은 교훈이었다. 하지만 이렇게 그녀에게 친구가 되어달라고 **부탁하는** 여자가 있고, 길 아래쪽 상점에는 '우리 제인'을 위한 레몬망이 있다. 그리고 제인의 휴대폰에는 그녀가 마지막으로 보낸 메시지 때문에 웃음이 났다는 조지프의 메시지가 도착해 있었다.

'어쩌면 난 좋아하기 힘든 사람이 아닐지도 몰라.' 제인은 애기와 시선이 마주치자 이런 생각이 강하게 들었다. '어쩌면 난 그렇게까지 별나고 불편하고 까다로운 사람이 아닐지도 몰라. 그 남자가 전부 다 틀렸는지도 몰라.'

"기분 좋죠?" 애기가 말했다.

"그러네요." 대답하는 제인은 미소 짓고 있었다. 정말 놀랍게도 그녀는 행복했다.

이 기분은 행복이었다. 이렇게 다시 느끼기 전까지는 사라진 줄도 모르고 있었던.

"그럼, 그 남자에게 데이트하자고 해요." 애기가 와인 병을 향해 손을 뻗으며 말했다.

애기는 황토색 소파에 누워 있었고 제인은 안락의자에 앉아 공작무늬 쿠션을 끌어안고 있었다. 제인은 이런 일이 벌어졌다는 사실이 아직도 믿기지 않았다. 애기가 부추기는 바람에 콜린에게 메시지를 보내 자선 상점에 돌아가지 않아도 되는지 물어보았다. 콜린은 답장 대신 전화를 걸더니, ("내 손가락으로는 이 물건에 글자를 입력할 수가 없어"라면서) 지난 네 시간 동안 물건을 하나도 팔지 못했으니 제인이 올 필요는 없지만 열정에 불타는 손님들이 갑자기 몰려들면 전화하겠다고 했다.

그리고 밤 10시가 되었고 제인은 여전히 애기의 아파트에 있었다.

"데이트하자고 말할 순 없어요." 제인이 말했다.

다른 사람과 어울리고 이야기만 하면서 이렇게 긴 시간을 보내는 것은 무척 오랜만이었다. 제인은 진이 빠지기도 했지만 동시에 매우 들떴다.

"당연히 할 수 있어요." 애기가 말했다. "전에 말한 적이 있다면서요."

"그땐 상황이 달랐어요. 하지만 지금은…"

요즘 제인은 조지프가 현관 앞에 두고 간 책의 의미를 알아내려고 애썼다. 왜 그가 《이성과 감성》을 두고 갔을까, 왜 《잘못은 우리 별에 있어》를 골랐을까 궁금해하며 몇 시간씩 생각에 빠졌다. 이렇게 떨어져 있을 때면 제인은 그가 늘 그러듯이 막판에 허둥지둥하면서도 기운차게 나타나주길 간절히 바랐고, 그의 웃음소리를 듣고 싶었고, 그의 따뜻한 녹갈색 눈동자를 보며 시선이 마주칠 때의 두근거림을 느끼고 싶었다. 이제 제인은 그를 사랑하고 있었다.

"그냥 데이트 신청하면 어때요?" 애기가 말했다. 애기의 눈 밑 주름 사이로 화장이 번졌고 둘둘 말려 올라간 치마는 허벅지 아래에서 엉망으로 구겨져 있었다. 하지만 제인은 애기가 이런 것들에 전혀 신경 쓰지 않는다는 것 정도는 알았다.

"안 돼요." 제인은 안고 있던 쿠션 가장자리를 만지작거렸다.

가슴이 두근거렸다. "난 데이트 같은 거 잘 못해요."

"데이트를… 잘… 못한다니요?"

"난 좋은 여자 친구가 될 수 없어요." 제인이 말했다.

한동안 침묵이 흘렀다.

"그것참 이상한 말이군요." 잠시 후에 애기가 말했다. 그녀의 말투에서는 비난이 아닌 호기심이 느껴졌다.

제인은 애기를 보았다. "아, 이성을 잘 못 사귄다는 뜻이었어요. 남자들이… 얼마 안 있다가 떠나더라고요. 언제나 내가 망쳤어요." 제인은 한쪽 어깨를 으쓱했다. "난 관계에 지나치게 집중해요. 누군가에게 빠지면, 그 사람과 함께하면, 늘 잃어요…." 제인은 '나 자신을'이라는 말을 속으로 생각만 했다. "균형을요." 대신 그녀는 이렇게 말했다.

"흠." 애기가 고개를 갸웃하며 말했다. "내가 듣기에 '난 좋은 여자 친구가 될 수 없어'는 다른 누군가가 머릿속에 주입한 생각 같은데요? '관계에 지나치게 집중한다'고요? '언제나 내가 망친다'고요? 제인, 누가 그런 얘길 했어요?"

제인은 애기를 바라보았다. 두 사람은 이렇게, 애기는 솔직하게 감정을 드러낸 표정으로, 제인은 충격받은 표정으로 말없이 앉아 있었다.

"아." 제인이 말했다. "음."

"못돼먹은 전 남친이?" 애기가 안타깝다는 듯이 말했다. "그 사람이 전부 다 당신 탓을 했어요?"

제인은 빨갛게 달아오른 뺨에서 심장이 뛰는 것 같았다.

"내가 보기엔 당신이 정말 멋있다고 말해주면 도움이 될까요? 난 당신이 친구가 되는 걸 허락할 때까지 반년 동안 쫓아다닌 셈 이잖아요." 애기가 와인을 마시며 말했다. "게다가 자선 상점 사람들은 모두 당신이 귀여운 손녀라도 되는 듯이 말하던걸요. 제인, 사람들은 당신을 좋아해요. 당신이 무슨 말을 들었든지 간에."

제인은 뭐라고 말해야 할지 몰랐다. 가슴속에서 언제나 펄펄 끓고 있는 끔찍한 슬픔에 애기가 시원한 걸 부어서 단번에 꺼뜨린 것 같았다. '제인, 사람들은 당신을 좋아해요.'

부끄럽게도 제인은 눈물이 차올랐다. 그녀는 안고 있던 쿠션을 내려다보았다. 뭐라고 말해야 할지 몰랐다.

"고마워요." 제인이 속삭였다. "정말 다정해요."

애기는 피식 소리를 냈다. "음, 난 솔직한 사람이에요." 그녀가 말했다. "그리고 솔직히 당신은 그 조지프라는 친구와 반쯤은 사랑에 빠진 게 분명해요. 당신은 행복할 자격이 있어요. 그러니 그 남자에게 데이트하자고 말해야 해요. 그럼 적어도 그 사람이 당신 감정은 알게 되겠죠. 당신은 그 사람을 사랑하는데 그 사람은 그걸 알지도 못하는 쪽이 훨씬 더 괴롭지 않겠어요?"

"맞아요. 더 괴롭겠죠." 제인이 눈물을 삼키며 말했다. "하지만 더 안전해요."

5일 뒤, 평소 즐겨 찾는 조시스 카페에서 조지프와 마주 앉은 제인은 어느새 이렇게 말하고 있었다.

"당신이 나한테 가짜 남자 친구 역할에서 잘렸냐고 물어봤던 거 기억나?"

"응. 그런데?" 조지프가 티셔츠로 안경을 닦으며 말했다. 오늘 그는 눈이 반짝거리고 기운이 넘쳤다. 조금 전에 축구를 하고 샤워를 마친 탓에 머리카락이 젖어 있었다. 카페에 도착한 제인을 본 그는 환하게 웃으며 **"제인, 오늘 예쁜데"**라고 말했고, 이에 제인은 '**나와 결혼해, 나와 결혼해, 나와 결혼해**'라고 생각하다가 '**제인, 그만해. 그만 좀 하라고**'라며 생각을 바꾸었다.

"음, 혹시 그 역할을 다시 맡을 생각이 있는지 궁금해서. 말하자면 마지막으로 업무를 처리하러 회사에 잠깐 다시 나가는 셈이지."

제인은 분위기를 가볍게 만들려고 애썼지만 '**회사**'라는 말은 하지 말 걸 싶었다. 조지프는 제인이 브레이 앤드 켐브레이에서 일했던 것을 아직 모르기 때문에 제인은 그 말을 하면서 약간 움찔했고, 이제 조지프는 고개를 갸웃한 채 눈에 궁금증이 가득한 얼굴로 그녀를 보고 있었다.

"다시 데이트 상대가 필요해진 거야?" 잠시 후 그가 물었다.

제인은 메뉴판을 내려다보았다. 왜 이런 대화를 시작했을까? 왜 허공에 떠다니는 단어를 주워 담을 수 없는 걸까?

"9월 말에 콘스턴스의 결혼식이 있어. 꼭 가야 하는데 난 그런 큰 행사를 싫어하고, 정말이지… 당신이 꼭 같이 가주면 좋겠어."

"가짜 남자 친구로?" 조지프가 물었다.

"아, 못 들은 걸로 해줘. 너무 바보 같았어. 이런 부탁을 하는 게 아닌데." 제인은 이렇게 말하며 양손으로 얼굴을 가렸다.

"괜찮아." 곧 조지프가 말했다. "난 그냥 확실히 해두고 싶어서."

당연히 그랬을 것이다. 조지프에게는 데이트 앱 같은 곳에서 만난 매력적이고 아름다운 여자가 있을 것이다. 어쩌면 여자 친구가 있을지도 몰랐다. 두 사람은 조지프의 연애 이야기를 한참 동안 하지 않았다. 스콧이 그 말을 한 뒤, 그러니까 그가 '피'였나 '피피'였나 하는 여자 이름을 언급한 뒤로 하지 않았다. 이후 조지프는 그 이름을 말한 적도, 여자 친구 이야기를 한 적도 없었고 제인도 물어보지 않았다.

"못 들은 걸로 해줘." 제인은 주문을 했는데도 다시 메뉴판을 내려다보며 말했다. "난 정말… 그런 곳에 혼자 가는 게 정말 싫지만 용기를 더 내야겠어. 내게 좋은 도전이 될 거야."

제인은 이럴 생각이 아니었다. 벌써 결혼식에 가지 않을 핑계를 구상 중이었다. 식중독에 걸렸다고 할까? 거짓말은 하지 않는 편이 나을 것 같다. 이미 거짓말을 많이 했으니까. 하지만 닭을 요리할 때 덜 익히거나 상해서 몽글몽글해진 우유를 마신다면?

"당신이 원하면 기꺼이 할게. 곁에 있을 누군가가 필요하다면." 조지프가 말했다.

"아, 아니야." 제인이 말했다. "괜찮아."

제인은 조지프가 고개를 약간 숙여 그녀의 눈을 찾으며 시선을 마주치려 하는 걸 느꼈다. 심장이 너무 거세고 시끄럽게 뛰어서 조지프에게도 들릴 것만 같았다. 마치 카페 안에 격렬한 드럼 소리가 고동치는 듯했다.

"제인." 마침내 조지프가 말을 꺼냈다. "괜찮아. 내가 필요하면 옆에 있을게." 그는 잠시 말을 멈추었다. "그게 친구잖아." 그의 말에 제인은 울 것만 같았다.

"그래." 제인이 말했다. "그게 친구지."

미란다

8월 25일. 미란다의 생일이자 그녀가 1년 중 압도적으로 가장 좋아하는 날이었다.

크리스마스를 비롯해 좋은 뜻을 기리고 가족이나 다른 사람들과 축하하며 즐기는 날을 더 좋아해야 한다는 건 미란다도 잘 알았다. 하지만 어린 시절, **온종일** 원하는 모든 것을 할 수 있는 날 아침에 눈을 떴을 때 느낀 흥분은 절대 잊히지 않았다. 생일에는 모든 사람이 친절을 베푼다. 친구들에게 축하 메시지도 많이 받고 깜짝 놀랄 일이 생기기도 한다. 이번 생일처럼. 오늘 아침, 카터가 메이플 시럽을 듬뿍 뿌린 팬케이크가 담긴 커다란 접시를 들고 미란다의 아파트에 나타났다.

"윈체스터에서부터 들고 온 거야." 그는 주방 조리대에 접시를 내려놓으며 뿌듯하다는 듯이 말했다.

카터가 종종 브런치를 먹으러 가는 조시스 카페에서 사 온 것이었다. 미란다는 그를 향해 환하게 웃었다.

"저걸 들고 기차를 타고 온 거야?"

"당연하지. 당신에겐 제일 좋은 것만 주고 싶으니까." 카터가 분홍색 무늬 잠옷을 입은 미란다의 허리를 뒤로 젖히고 키스하는 바람에 미란다는 뒤로 넘어질 뻔했다. 그들이 소파 팔걸이에서 부둥켜안고 키스하는 동안 아델이 나왔다.

"윽." 아델이 하품을 하며 말했다. "언니, 생일 축하해. 저거 다 같이 먹는 거야?"

아델은 이미 어딘가에서 포크를 꺼내 의도를 분명히 내비치며 팬케이크를 향해 다가갔다.

"그건 오직 미란다를 위한 거야." 미란다가 입을 벌리고 동생에게 쏘아붙이기 전에 카터가 말했다. "나눌 필요가 없는 것. 그게 생일의 특권이지."

"고마워." 똑바로 서서 옷매무새를 다듬으며 미란다가 그의 귓가에 속삭였다.

"안녕." 네글리제*라고밖에 설명할 수 없는 옷을 입은 프래니가 미란다의 슬리퍼를 신고 소리 없이 걸어 나오며 말했다. "그래서 우리 오늘 뭐 하는데? 파티 시작 전에 말이야."

"**우린 오늘 런던에서 데이트할 건데.**" 미란다는 이렇게 말하고

---

*   레이스나 주름 장식이 달린 실내복이나 잠옷을 말한다.

는 프래니가 방금 서랍에서 꺼낸 포크를 가로챘다. "팬케이크 먹지 마! 네 아침 식사 만들어 먹어!"

프래니는 입술을 부루퉁하게 내밀었다. "생일 여신 납셨네. 우리는 안 데려가고?"

"응. 너희는 안 데려가." 미란다가 말했다. "너희는 오늘 밤 파티 손님이 도착하기 전에 방 정리 좀 해줘."

"왜 우리 방을 정리해야 해?" 아델이 상자에서 콘플레이크를 한 움큼 집어 먹으며 말했다. "방에 아무도 안 들어갈 거잖아. 안 그래? 나도 귀중품이란 게 있다고."

"뭐가 있는데? 없잖아." 미란다가 말했다. "그리고 누가 들어갈지도 모르지. 파티잖아. 그냥 정리해. 알겠지?"

"예전의 언니는 재밌었는데." 프래니가 말했다.

"아니거든." 미란다가 쾌활하게 말했다.

"그 말이 맞아." 아델이 말했다. "언니는 날 때부터 이성적이었어."

아델의 말에 카터는 웃음을 터뜨리더니 미란다를 향해 미안한 표정을 지으며 그녀가 싫어하는지 확인했다. 미란다는 그에게 미소 지었지만, 사실 그가 이런 식의 대화를 듣지 않는 편이 낫다고 생각했다. 아델과 프래니는 언제나 미란다를 볼품없고 부족해 보이게 만들었다. 직장 동료들의 놀림은 얼마든지 감당할 수 있었지만, 어찌 된 노릇인지 여동생들이 신경을 건드리면 항상 화가 났다.

미란다의 휴대폰이 울렸다. 부모님의 영상통화였다. 부모님은 오스트리아의 캠핑카에서 휴가를 보내는 중이었다. 쌍둥이가 독립한 뒤로 부모님은 배낭여행을 떠나는 10대들에게 더 어울린다고 할 수밖에 없는 다양한 모험을 시작했는데, 미란다의 할머니를 모시고 가겠다고 고집부린 뒤로 유독 더했다.

미란다는 팬케이크와 포크를 들고 자기 방으로 가서 침대 헤드보드에 기대어 앉으며 전화를 받았다. 어머니, 아버지, 할머니가 화면에 잠시 나타났다가 사라졌다. 엄마가 휴대폰을 들고 있는 것 같았는데, 늘 그렇듯이 얼굴에 제대로 맞춰서 들지 못하는 듯했다. 그들은 아랑곳하지 않고 불협화음을 내며 생일 축하 노래를 불렀다.

"미란다! 우리 딸!" 엄마가 필요 이상으로 큰 소리로 말했다. "정말 다 컸네! 네가 아주 작은 아기였을 때가 생각나. 그 주먹 하며 작은 발 하며. 처음 내 품에 안겼을 때 죽어라 하고 악을 쓰며 울었는데…"

생일마다 나누는 전형적인 대화였다. 사실 대화라기보다 미란다의 어머니가 지금까지의 미란다의 삶에 대해 늘어놓는 독백이었다. 할머니와 아버지도 이따금 참여했지만, 미란다의 엄마가 무대 중앙을 지키고 싶어 했기 때문에 두 사람은 자주 끼어들지 못했다. 독백이 끝날 무렵, 페니 로소는 남편과 시어머니를 화면에 잡으려고 노력하는 척조차 하지 않았다.

작별 인사할 때가 되자 미란다는 계속 활짝 웃고 있어서 뺨이 아팠고, 2인분이 틀림없어 보였던 팬케이크 한 상자를 다 먹어치웠다. 주방으로 다시 나가자 아델은 소파에 누워 소리를 켠 채 휴대폰으로 영상을 보고 있었고, 카터는 식탁에서 몸을 숙이고 뭔가를 쓰고 있었다. 그는 고개를 들더니 쓰고 있던 것을 무릎에 내려 숨겼다. 미란다는 미소 지었다. 크리스마스에 그는 크리스마스트리에 올라간 미란다를 직접 그린 카드를 주었는데, 작게 사슴톱까지 그려넣었다. 그림을 잘 그리지는 못했고 그림이 미란다와 닮지도 않았지만, 그건 중요하지 않았다. 그가 노력했다는 게 중요했다.

생일 카드까지 직접 그리다니 정말 사랑스러웠다. 물론 미란다가 데이트하러 나갈 준비를 하는 동안이 아니라 미리 그렸다면 조금 더 사랑스러웠겠지만. 뒤늦게 마지막 순간이 되어서야 뭔가를 하는 카터의 성격은 매력적이었지만, 계속 늦는 사람을 절대 이해하지 못하는 미란다에게는 약간 거슬리기도 했다. 왜 그런 사람들은 언제나 시간을 더 여유 있게 잡아야 한다는 걸 깨닫지 못할까?

"생일 아가씨, 2분만 더 기다려줘." 그가 손으로 종이를 가리며 멋쩍은 듯이 말했다. "그럼 내가 당신을 모험의 세계로 데려갈게."

미란다는 오늘의 일이 엄청난 추억이 되리라는 생각이 들었다. 카터와 보낸 이 순간들이 자려고 침대에 누웠을 때나 언젠가 런던 도심으로 가는 기차를 탔을 때 떠오를 것 같아서 번지는 미소를 참을 수 없었다.

요즘 카터와 함께하는 시간은 뭐랄까… 평온했다. 미란다는 동생들이 시끄러운 음악을 튼 채 고데기를 하고 큰 소리로 끝없이 수다를 떨면서 아파트를 돌아다녀서 힘들었다(미란다는 '대체 왜 둘은 절대 같은 공간에서 대화하지 않는 걸까?' 하는 궁금증이 들었다). 하지만 카터와 손을 잡고 여름 가랑비를 맞으며 큐 왕립 식물원Kew Gardens을 거닐자, 그리고 돌아다니다가 만난 나무와 관목에 대해 그녀가 흥분해서 장황하게 떠들어대는 걸 카터가 가만히 들어주자… 둘의 관계가 다시 완벽하게 느껴졌다.

집으로 돌아가는 기차에서 카터는 이모의 점잔빼는 스코틀랜드 억양을 완벽하게 흉내 내가며 그녀와 엄마가 주고받았던 대화 중 유독 웃기는 대목을 들려주었는데, 미란다가 콧방귀가 나올 정도로 크게 웃는 바람에 통로 맞은편에서 졸고 있던 할아버지가 깜짝 놀라서 깼다. 카터가 어머니의 병을 숨기지 않고, 거기에 더해 별일 아닌 듯 가볍게까지 이야기하는 걸 듣자 미란다는 마음이 몽글몽글해졌다. 그녀는 눈물을 닦고 카터의 손을 꼭 잡았다. 힘든 일을 잘 이겨내고 늘 웃고 항상 **그녀를** 웃게 해주던 예전의 카터가 돌아온 기분이었다.

두 사람은 예정보다 늦게 아파트로 돌아갔다. 7시 30분에 손님들이 도착할 예정이었는데 이미 6시가 훌쩍 넘었다. 프래니는 아직도 네글리제를 입고 있었고, 아델이 이상한 천으로 주방을 닦는 바람에 활 모양의 젖은 자국이 남아서 더러웠던 이전보다 더 지저분해 보였다.

"언니, 내가 화장해줄까?" 미란다가 7시 30분에 파티용 의상을 입고 방에서 나오자 아델이 다정하게 물었다.

"뭐라고?" 미란다는 거실 벽에 기대어놓은 거울을 흘끗 보았다. "화장한 건데?"

프래니와 아델이 눈빛을 교환했다. 쌍둥이끼리 비밀스럽게 의견을 교환하는 눈빛이 아니라, 누구에게나 의도가 훤히 보이는 눈빛이었다. 둘의 눈빛은 '도저히 손쓸 수 없어'라고 말하고 있었다.

미란다는 이들의 눈빛을 지켜본 뒤에야 트레이, 에이제이, 스파이크스가 아파트 현관에 서 있고 그 뒤에서 카터가 문을 닫고 있다는 것을 알았다. 미란다는 갑자기 얼굴을 붉히며 자세를 바르게 했다. 이들을 한자리에서 보다니 기분이 이상했다. 그녀의 두 가지 삶이 서로 겹쳐 흐릿한 장면을 만들어내는 것만 같았다.

"화장 예쁜데." 카터가 말했고 그와 동시에 에이제이가 "예쁜데"라고 했다.

순간 모두 조용해졌다. 정적이 흐르는 가운데 프래니가 주방 바닥에 병뚜껑을 떨어뜨리고는 깜짝 놀라서 작게 꺅 소리를 냈다. 에이제이는 당황해서 괜히 큰 소리로 떠들지 않았고 카터를 쳐다보지도 않았다. 그저 미란다를 보며 미소 지었다.

"에이제이, 그렇죠?" 카터가 뻣뻣하게 말했다. 치노 바지와 셔츠를 입은 그는 매력적이었다. 산뜻하고 세련된 그는 빠져들지 않을 수 없는 남자였다.

에이제이는 카터와 악수했다. 에이제이도 오늘 밤을 위해 나름대로 노력을 기울였다. 헐렁한 후드 티셔츠와 그의 옷 중에서는 찾기 힘든, 찢어지거나 얼룩이 묻지 않은 청바지를 입었다. 사실 에이제이의 차림새는 '자랑스레 내보일 만하다'고 할 수 없었지만, 그 정도면 그로서는 말쑥하게 차려입은 셈이었다.

"앰브로즈라고 해요." 스파이크스가 카터와 악수하며 말했다.

"뭐?" 다시 정신을 차린 미란다가 말했다. "'**앰브로즈**'라고?"

스파이크스는 멋쩍어했다. "왜?" 그가 말했다. "성은 내가 선택할 수 있는 게 아니잖아."

"난 진심으로 당신이 날 때부터 그냥 스파이크스라고 생각했어." 미란다는 스파이크스가 그녀를 향해 내민 여섯 개들이 맥주팩을 받아 들며 의아하다는 듯이 말했다. "고마워. 이건 냉장고에 넣어둘게."

"자." 카터가 그녀를 따라 주방으로 가며 말했다. 그는 몸을 숙여 냉장고를 열고 선 미란다의 귀에 대고 중얼거렸다. "저 문신한 덩치 큰 직장 동료가 당신을 좋아한다는 말은 안 했잖아."

"이런, 쉿." 미란다가 아델이 반쯤 먹다 남긴 요거트 용기 여러 개를 옮겨 맥주 넣을 공간을 만들며 차분하게 말했다. "에이제이는 말썽 일으키는 걸 좋아하는 것뿐이야."

"흠." 카터가 말했다. "내가 아주 난폭하게 엉덩짝을 걷어찰까?"

"방금 엉덩짝이라고 했어?" 미란다가 그를 보며 물었다.

"응." 카터가 진지한 표정으로 대답했다. "완전 무섭지?"

미란다는 웃으면서 그의 목을 끌어안고 입 맞췄다. "부탁인데 누구의 엉덩짝이든 아무 짓도 하지 마."

"로소, 선을 확실히 그어두는 게 좋을 거야." 레드 와인이 가득 든 플라스틱 컵을 들고 지나가던 트레이가 말했다.

미란다는 카터의 어깨에 이마를 기대며 한숨 섞인 웃음을 터뜨렸다. "미안." 그녀가 말했다. "내 동료들이 당신 동료들과 좀…

다르지."

"이런." 카터는 미란다가 다시 고개를 들도록 어깨를 위로 올렸다. "당신이 저들을 좋아하면 나도 좋아."

"언니! 언니의 중년 남자들이 또 왔어!" 아델이 외쳤다.

예전 직장 상사와 바로 전 직장에서 함께 일한 수목 관리사였다. 미란다는 카터의 품에서 나와 환히 웃으며 그들에게 가서 포옹하고 인사를 나누었다.

"이 파티에 오는 사람들은 **하나같이** 헐렁한 티셔츠와 청바지가 파티복이라고 생각하는 거야?" 병을 잔뜩 들고 주방으로 돌아온 미란다에게 프래니가 물었다.

"응." 미란다가 기분 좋게 말했다. "당연하지."

✦✦✦

파티는 긴 시간 이어졌고 모두 술을 잔뜩 마셨다. 밤은 이리저리 비틀거리며 나아가 거의 새벽이 되었고, 너무 피곤한 나머지 술에 취해 어지러운 것인지 진이 빠져서 어지러운 것인지 구분할 수 없을 지경이 되었다. 결국 미란다는 새벽 5시에 아델과 함께 소파에서 잠들었다.

에이제이와 트레이는 자정이 되기 전 어느 시점에 갔는데, 나이트클럽 같은 곳에 가는 것 같았다. 미란다는 저녁 내내 에이제이를 외면했다. 11시 반쯤, 그가 말을 걸려고 느릿느릿 다가오자 미란다는 "당신 때문에 난처해졌잖아"라고 말하며 그에게 병따

개를 건네고 카터를 찾으러 가버렸다.

미란다는 8시 30분에 일어났다. 잠든 시간을 생각하면 엄청나게 이른 시간이었다. 그녀는 절뚝거리며 주방으로 갔다(어젯밤 술자리 게임에 한창 열을 올리던 중 스파이크스가 그녀의 발을 밟았고, 그 후 한참 동안 그녀가 응급실에 가야 할지 토론이 벌어졌는데, 고작 발가락일 뿐이니 상관없다고 결론 내렸다).

"미란다." 카터가 미란다의 방에서 나오며 속삭였다.

미란다는 눈을 비볐다. "내 침대에서 잤어?"

카터는 미소 지으며 미란다의 허리를 안고 이마에 입 맞췄다. "침대를 비워두긴 그렇잖아. 자, 이제 생일 파티 후 숙취 해소용 아침 식사로 뭘 먹을 거야?"

그 말에 미란다는 뭔가가 퍼뜩 떠올랐다. 생일 파티 후 숙취 해소용 아침 식사. 지난 몇 달 동안 그녀는 코번트 가든에서 바나나 팬케이크를 먹은 구겨진 영수증을 완전히 잊고 있었다. 카터를 믿기 때문에 그에게 물어본 적도 없었고, 지금 이 순간이 되기 전까지는 떠올린 적도 거의 없었다.

하지만 카터의 졸린 눈과 헝클어진 머리를 보고 있자니 그 영수증이 생각났다. 잠깐 스친 생각이었지만 이렇게 말하기에는 충분했다.

"당신, 코번트 가든에 있는 발타자르 좋아하지?"

카터는 그녀를 똑바로 보려고 몸을 떼며 인상을 썼다. "뭐라고?" 그가 물었다.

"당신이 파티 다음 날 아침 먹으러 가기 좋아하는 식당 말이야."

카터는 말없이 그녀를 보기만 했다.

"스콧의 생일 파티 다음 날 갔잖아. 엄청난 숙취에 시달렸을 때. 여기 오기 전에 들렀던 곳 아니야?" 미란다는 침을 삼켰다. 약간 속이 울렁거렸다. 숙취가 모공까지 스며들어 두텁게 달라붙은 것 같았다.

카터는 얼굴을 더욱 찡그렸다. 그리고 미란다의 얼굴을 살폈다.

"그랬나?" 마침내 그가 말했다. "내가 그런 말을 했어?"

정확한 이유를 알 수는 없었지만, 미란다는 그의 말이 이상하다는 생각이 들었다. 탈수증과 과음 때문에 구역질이 났고 머리가 멍한 느낌이 온몸에 퍼졌다.

"그랬겠지." 그녀는 대수롭지 않다는 듯이 말했다. "안 그러면 내가 그걸 어떻게 알겠어?"

카터가 놀란 마음을 감추려고 애쓰는 중이라면 딱히 잘 해내고 있지 않았다. 그는 여전히 미란다의 허리를 안은 채 인상을 쓰고 있었고, 그때 프래니가 방에서 나와 달리기를 하러 가겠다고 했다.

미란다는 카터에게서 시선을 돌리며 인상을 찡그렸다. "**달리기를 한다고?**"

프래니는 발랄해 보이도록 길고 검은 머리카락을 높이 올려 묶었고, 우스꽝스러울 정도로 작은 반바지를 입었다.

"응, 당연하지." 프래니는 오늘 미란다가 너무 꾸물댄다는 듯이 말했다. "아침에 일어났는데 숙취가 약간 있더라고. 그래서 생각했지. 달리고 나면 나아질 거라고."

　"숙취가 뭔지 아직 모르나 본데." 현관문 밖으로 뛰어나가는 프래니를 함께 지켜보던 카터가 불길하다는 듯이 말했다. 그는 미란다를 보며 미소 지었다. "자, 기름진 음식을 먹을까? 모퉁이 카페에서?"

　"응, 좋지." 미란다는 안심한 듯 그의 품에 기댔다. 그녀는 '그 얘기가 끝나서 다행이야' 하고 생각했다. 그 대화가 어떻게 흘러가기를 원했는지는 모르지만, 조금 전 같은 방식이 아닌 것은 분명했다.

시오반

"난 그냥." 시오반이 커다란 홍학 튜브에 앉아 있는 친구 말레나 옆으로 둥둥 떠가며 말했다. "삶의 의미를 알아낼 필요가 있다고 생각했을 뿐이야."

그들은 그리스 아테네 외곽에 있었다. 피오나가 고른 이 호텔은 터무니없이 비쌌다. 수많은 직원이 종종걸음을 치며 따라다니고 수영장 옆에 누워 있으면 다가와서 공손하게 음료를 내미는 매력적인 5성급 궁전이었다.

지난 4월, 시오반은 임신하지 않았다는 사실을 알게 되었지만 예상대로 상태가 나아지지는 않았다. 그녀는 여전히 무너진 상태였다. 자신이 세상에 실제로 존재한다는 사실을 계속 확신하지 못했고 끔찍한 불안과 슬픔에, 자신이 철저하게 부족하고 무능하다는 생각에 끊임없이 시달렸다.

시오반은 긴 휴가를 떠났다. 소셜미디어에 접속하지 않았고 블로그에 글도 쓰지 않았으며 일대일 코칭 고객들은 다른 라이프 코치와 연결해주었다. 친구들에게 꾸준히 마음을 털어놓고 심리 상담도 심층적으로 받으면서 조각난 자신을 다시 이어 붙일 방법을 고심하며 여름을 천천히, 고통스럽게 보냈다.

"삶의 의미라고?" 말레나가 검은색 원피스 수영복을 정돈하며 물었다. 그녀는 튜브 목을 다리로 감싸고 있었는데, 수영장 언저리에서 남자들 몇 명이 홍학 튜브가 정말 부럽다는 눈빛으로 그녀를 쳐다보았다.

말레나는 예쁘다는 말보다는 언제나 아름답다는 말이 어울리는 여자였다. 피오나와 시오반의 절친한 친구로 연기 학교에서 만났고 7월에 더블린으로 다시 이사했는데, 이는 드디어 시오반과 피오나가 보고 싶은 만큼 말레나를 볼 수 있다는 뜻이었다. 현재 전업 모델로 일하는 말레나는 놀랄 만큼 예쁜 여자 친구와 팔짱을 끼고 다니는 일이 많았지만, 시오반에게 소개할 정도로 관계가 오래가지는 않았다. 말레나는 친구로서는 좋았지만 데이트 상대로는 형편없는 여자였다.

"그래, 그거." 시오반이 말레나의 등에 대고 말했다. "삶의 의미를 알아내면, 뭘 해야 할지도 알 수 있을 것 같아."

하늘은 구름 한 점 없이 푸르고 높았고, 더운 날씨에 물은 기분 좋게 시원했다. 그들은 일주일째 이곳에서 지내는 중이었다. 시오반은 평소보다 더 긴장을 풀고 편안해져야 했다. 임신에 대한 두려움이 그녀를 설명할 수 없는 광기로 몰아넣은 지 5개월이 지났다. 조지프가 그녀와 연락하려고 애쓰던 것을 마침내 포기한 지도 8주가 지났다.

처음에 시오반은 다른 남자들을 만나다가 잠수를 탈 때와 똑같이 조지프를 대했다. 그의 메시지를 무시했다. 사실, 정신 건강에 위기가 닥친 초반에는 조지프에게서 메시지 하나만 와도 울음을 제어하지 못하고 한참 동안 쥐어짜듯이 흐느꼈다. 그러다 결국 자신에게 회의를 느끼고 괴로워하며 소파에서 몇 시간이나 보냈다. 하지만 조지프는 대부분의 남자가 하는 짓을 하지 않았다. 화를 내거나 독선적으로 굴지 않았고 한두 주쯤 지나서 사라지지 않았다. 그는 계속 메시지를 보냈다. 압박을 느낄 정도로 자주 보내지는 않았지만, 그가 계속 시오반을 생각하고 있으며 그녀가 잘 있는지 알고 싶어 한다는 것을 알리기에는 충분할 정도의 횟수였다.

그러다가 결국에는 더 이상 메시지를 보내지 않았다. '3개월이 지났어.' 그는 마지막 메시지에 이렇게 썼다. '내가 떠나길 바란다는 당신의 그 말을 이제 받아들이는 게 좋을 것 같아. 시오반, 당신이 정말 잘 지내길 바라고 언젠가 우리의 길이 다시 한번 만나길 빌게.'

"무슨 할 일을 알아내겠다는 거야?" 말레나가 선글라스를 코끝에 걸치며 물었다.

"그러니까… 전부 다." 시오반은 괜히 허공에 대고 손을 내저었다. "일. 남자. 돈." 시오반은 '자녀'도 떠올렸지만 차마 그 말을 입

밖에 낼 수 없었다. 생각만 해도 마음이 아팠다. 이 주제는 그녀의 심신 쇠약을 두고 끝없는 대화가 이어질 때마다 반복해서 거론되었지만, 시오반은 고통스러워하지 않고 이 문제를 생각할 방법을 아직 찾지 못했다. "다른 중요한 일들 전부 다." 대신 시오반은 이렇게 덧붙였다.

"음, 가치 있는 일이라면 난 섹스라고 생각해." 말레나가 말했다. 그녀는 등을 뒤로 젖히고 기지개를 켜며 깊은 한숨을 내쉬었다. 수영장 언저리에서 그녀를 감탄하며 바라보던 사람들 중 하나는 곧 기절할 것 같았다.

"섹스가 뭐 어쨌다고?" 피오나가 아끼는 보라색 샤워 캡을 쓰고 헤엄쳐 오며 물었다.

"삶의 의미." 말레나가 말했다.

"아, 뭐야!" 피오나는 끔찍하다는 표정으로 물을 헤치며 말했다. "그건 너무 암울하잖아! 섹스가 목적이라면 난 뭘 위해 사는 건데?"

"솔직히." 말레나가 말했다. "한동안 널 보며 그런 생각을 하긴 했어."

피오나가 물을 튀기자 말레나는 꺅 소리를 지르며 재빨리 선글라스를 잡았지만, 균형을 잃고 홍학 튜브에서 미끄러져 물에 풍덩 빠졌다. 남자들 몇 명이 말레나를 구조해야 할지도 모른다는 희망을 품었는지 일광욕 의자에 누워 있다가 몸을 일으켰다. 하지만 잠시 후 말레나는 물을 첨벙거리며 몸을 일으켰고, 홍학 튜브는 수영장 반대편으로 유유히 헤엄쳐 갔다.

피오나와 말레나가 서로 물을 튀기며 피도 눈물도 없는 전쟁을 벌이는 동안, 시오반은 물을 찰박거리며 수영장 옆쪽 가방을 놔 둔 곳으로 가서 휴대폰을 꺼냈다. 새로운 메시지는 없었다. 답장을 보내고 싶은 충동이 몸에 상처를 내고 싶은 충동과 무서울 정도로 비슷하게 그녀를 엄습했다. 강하고 노골적인 그 끌림을 외면하려면 내장의 힘까지 모아야 했다.

휴대폰을 들고 있는 사이에 새로운 메시지가 화면에 떴다. 일대일 코칭 고객이었던 블루 스틸 리처드였다. 시오반은 놀라서 눈을 깜빡였다.

휴가 잘 보내고 있기를 바랍니다. 돌아와서 다시 코칭이 시작되길 고대하고 있습니다. 당신이 없으니 예전 같지 않네요.

"시오반 켈리!" 피오나가 소리쳤다.

시오반이 돌아보았다. 평소 피오나는 소리를 지르는 편이 아니었지만, 그녀의 표정이 돌연 매우 단호해졌다.

"우리 아가씨가 뭘 보고 있는 걸까?" 피오나가 말했다.

"이런, 안 돼." 피오나를 피해 수영장 한쪽 구석으로 도망간 말레나가 접영으로 다가오며 말했다. "시오반이 그랬을 리 없어. 그렇지?"

"이메일 확인 안 했어!" 시오반이 웃음을 터뜨리며 항변했다. "진짜야."

시오반은 지금의 이 회복 기간에 일을 완전히 놓기가 **조금** 어렵다는 사실을 깨달았다.

"너 지금 인상 쓰고 있잖아. 딱 보니까 일할 때 인상 쓰는 표정인데." 피오나가 엄하게 말했다.

"아니야. 정말로. 실은…." 시오반은 숨을 죽이며 약간 구시렁 댔다. "꼭 알아야겠다면 말이지, 실은 조지프의 메시지를 보고 있 었어."

"아." 피오나가 말했다.

"하지만 답장은 하지 않을 거야." 시오반이 재빨리 말했다.

"다시 말해줘… 왜 답장을 안 한다고 했지…?" 말레나가 수영장 모서리를 붙잡으며 물었다.

"너무 가까워져서. **진지하게 사귀는** 사이가 되어가는 것 같아 서. 그건 싫거든."

"그게 싫은 이유는…?" 말레나가 아까와 같은 말투로 물었다. "그러니까 내 말은, 너도 알다시피 난 개인적으로 독신으로 사는 삶에 전적으로 찬성하지만, 너 이 남자랑 만날 때 꽤 행복해 보였 는데."

"진지하게 사귀는 관계가 되면 스트레스받고 얽매이게 돼. 그 래서 그런 관계는, 뭐랄까, 그냥 가치가 없어."

피오나와 말레나는 고개를 갸웃하고 눈을 가늘게 뜬 채 똑같 은 표정을 지었다.

"지금부터 내가 할 얘기가 네 마음에 들지 않을 거야." 말레나 가 말했다. "시오반, 네 전 남친은 널 정말 나쁘게 대했어."

"킬리언 이야기는 하고 싶지 않아." 시오반은 약간 뒤로 물러나 물을 헤치고 가며 말했다.

"알아. 늘 그랬지. 하지만 그 남자는 네가 힘들 때 떠났고 그때 넌, 네가 **임신 중**이었다는 건 사실이잖아, 시오반…”

“그만해.” 시오반은 열이 올라 벌게진 얼굴로 쏘아붙였다. 이들이 이 얘기를 한 적은 없었다. **한 번도.** 피오나는 말레나가 배짱 좋게 그 이야기를 꺼냈다는 사실이 믿기지 않는다는 듯 휘둥그레진 눈으로 그녀를 보았다.

“올해 네가 겪은 일 중 일부가 그 트라우마를 처리하는 것과 관련 있다고 해도 과언이 아니지.” 말레나가 흔들림 없이 말했다.

“그래, 뭐. 그거야 우리 모두 생각할 수 있는 거잖아.” 시오반이 퉁명스럽게 말했다. “임신에 대한 두려움이 그때 기억을 불러왔다, 어쩌고저쩌고. 아주 훌륭한 의견이네.”

“임신뿐만이 아니야. 조지프도 마찬가지야.” 말레나가 말했다. “킬리언은 네게 상처를 줬지. 그래서 지금 넌 상대가 널 밀어내기 전에 먼저 밀어내는 거라고.”

시오반은 상처받은 듯 움찔했다. 물속에 있는데도 햇살 때문에 어깨가 너무 뜨거웠다.

“아니야.” 시오반이 말했다.

“맞아.” 말레나가 단호하게 말했다.

“젠장! 지금이 심리 상담 시간이야? 수영복을 입고 이럴 순 없어! 진정해. 그냥 좀 쉬자. 그러려고 휴가 온 거 아니야?”

“우리 자신을 보살피러 온 거잖아.” 피오나가 말했다. 그녀는 불편했다. 긴장이 감도는 대화와 시오반이 제 성질을 이기지 못하는 상황이 싫었다. 그럼에도, 아랫입술을 꽉 깨문 채 참고 있었다.

“우린 도와주고 싶어서 그래.” 말레나가 말했다. “그러려면 네가 우리에게 마음을 터놓아야 해. 조지프와의 일은… 그러니까 그 사람은 정말 **좋은** 사람 같았단 말이야. 함께 있을 때 널 행복하게 해줬잖아. 네게 보낸 메시지도 좋은 남자들이 보내는 메시지였고. 난 네가 자신을 망가뜨리는 게 아닐까 걱정돼. 스스로 행복하도록 허락하지 않을까 봐. 넌 네 인생이 충만하고 의미 있다는 걸 증명해야 한다는 듯이 열심히 일하며 자신을 몰아세웠어. 그리고…”

“그만해!” 시오반이 수영장 물이 튀기도록 양손을 번쩍 들어 올리며 씩씩댔다. “남자 친구가 없으면 내 인생이 충만하지 않고 의미가 없다는 말 들으려고 이 먼 아테네까지 온 게 아니야!”

두 사람은 단단히 마음먹은 듯 고집스럽게 시오반을 바라보았다. 아무도 물러나지 않았다.

“우리가 그런 뜻이 아니란 거 너도 알잖아.” 마침내 피오나가 말했다.

시오반은 씩씩대며 수영장에서 나왔다. “좀 가라앉혀야겠어.” 그녀가 말했다. “이따가 칵테일 마실 때는 **즐겁게** 보자. 트라우마 얘기 나오면 난 나갈 거야. 알겠지?”

피오나와 말레나는 남은 휴가 동안 시오반이 세운 규칙을 지켰다. 트라우마는 언급하지 않았다. 하지만 그들 사이에는 긴장감이 맴돌았고 시오반은 친구들의 말이 머릿속에서 떠나지 않았다. “네가 사람들을 밀어내는 거라고.”

그 말이 사실일까? 얼토당토않은 것 같았다. 시오반은 혼자 남겨지는 걸 가장 싫어하는데, 도대체 왜 그런 짓을 하겠는가?

제인

"완전… 다른 사람 같아." 제인이 거울 앞에서 이리저리 비춰 보며 말했다.

뒤쪽 침대에 걸터앉은 애기는 온라인 쇼핑몰 봉투를 무릎에 올린 채 거울에 비친 제인을 보며 환하게 웃었다.

"당신 같은데." 애기는 그녀를 안심시켰다. "잘 차려입었을 뿐."

제인은 자신이 이런 일을 하고 있다는 사실이 믿기지 않았다. 윈체스터로 이사 왔을 때 그녀는 너무도 상처 입은 나머지 곧 무너질 것 같았다. 그래서 살면서 선택해야 할 일이 갑자기 과하게 많아지자 완전히 짓눌리는 기분이었다. 런던을 떠나니 뭘 먹어야 하고 어디에 가야 하고 뭘 입어야 할지 알려주는 사람이 아무도 없었다. 그런 것들을 선택하느라 녹초가 되는 것 같았다.

그래서 제인은 하루에 한 벌씩 입을 수 있도록 외출복을 일곱 벌 샀다. 겹쳐 입어서 모든 계절에 활용할 수 있도록 꼼꼼하게 계획했다. 그러자 훨씬 단순해졌다. 덕분에 제인은 자유로워졌고 더 중요한 결정을 내리는 데 집중할 수 있었다.

하지만 얼마 전에 애기가 말했다. "목요일에 연두색 원피스 말고 다른 옷을 입어보면 어때? 그리고 같은 맥락에서, 아침 식사로 요거트 대신 시나몬 번을 먹으면?" 그 말에 제인은 이렇게 생각했다. '난 못 해. 할 수 없어.'

그때 벼락 맞은 것처럼 생각이 퍼뜩 떠올랐다. '이건 자유가 아니야.' 과거에 제인은 스스로 만든 체계 덕분에 평온해졌을지 모르지만, 이제 그 체계가 또 다른 족쇄가 되었다. 일주일에 책을 두 권 읽으니 더 좋았다. 그런데 왜 더 좋은 것을 허락하지 않는단 말인가?

그래서 제인은 쇼핑을 했다.

그녀는 선명한 다홍색 드레스를 입고 있었다. 바닥에 끌리는 길이에 치마 오른쪽 옆이 허벅지까지 트여 있어서 걸을 때마다 다리가 **전부 다** 드러나는 것만 같았다. 제인은 꽤 오랜 시간 동안 이렇게 다리를 내놓은 적이 없었다. 이런 식의 노출은 어쩐지 애들이나 하는 짓 같았고 괜히 무릎이 울퉁불퉁해 보이는 것이 어색했다. 반려묘 시어도어는 라디에이터 옆 따뜻한 곳에서 못마땅하다는 듯이 회색 털을 잔뜩 부풀린 채 그녀를 바라보았다.

"빨간색은 너무… 눈에 띄지 않을까?" 제인이 말했다.

"눈에 띄는 건 잘못된 게 아니야." 애기가 말했다.

'숨기고 싶은 게 있으면 잘못된 걸 수도 있어.' 제인은 생각했다. 몸을 돌려 뒷모습을 살피는 동안 가슴이 콩닥거렸다. 드레스 옷감이 엉덩이에 달라붙어 아까 보았을 때보다 더 쭈글쭈글했다. 요즘에는 주로 머리를 풀고 다녀서 머리카락이 아래로 흘러내렸는데, 애기가 끝부분을 다듬어주어서 덜 들쭉날쭉했다.

"이건 안 되겠어." 제인이 갑자기 안절부절못하며 말했다. "이런 옷은 필요 없어. 이걸 입고…."

"제인." 애기가 단호하게 말했다. "이 드레스 그냥 입으면 안 돼?"

"왜냐하면…." 제인의 머릿속에 떠오른 생각은 '난 이런 옷을 입을 자격이 없어'였다.

애기는 다 안다는 듯한 표정을 지었다. "무슨 말을 하려는지 모르겠지만, **어떤** 일 때문에 자신에게 벌을 주고 있는 거잖아." 그녀가 제인에게 말했다. "당신이 이런 걸 입을 자격이 없다고 생각하게 한 사람이 누군지는 모르겠지만, 그 사람은 멍청한 놈이야. 알겠지? 당신은 몇 년 동안 새 옷 한 벌 사지 않았어. 그리고 이건 플라스틱 병을 재활용해서 만들었으니 죄책감 느끼지 않고 입어도 돼. 게다가 정말 아름다워. 진심으로. 조지프가 깜짝 놀랄 거야."

다음 날, 조지프는 결혼식장에 일찍 도착했다. 정말이지 처음 있는 일이었다. 그는 재킷을 벗어 팔에 걸치고 늘 그렇듯 따뜻하고 편안한 미소를 머금은 채 성당 밖에서 제인을 기다렸다. 그는 짙푸른 색 정장을 입고 암적색 양모 타이를 매고 안경을 꼈다. 아주 느긋해 보였고 별다르게 꾸미지 않았는데도 멋있었다. 제인은 몸속에 둥근 실뭉치가 있는 것처럼 신경이 뒤엉킨 기분이었다. 조지프가 원래 저렇게 키가 컸던가? 정장을 입은 그를 보자 약간 위축되었다. 제인이 늘 보던 양모 스웨터를 입은 부드러운 눈빛의 남자와는 다른 버전 같았다.

제인이 가까이 가자 조지프는 눈이 휘둥그레졌다. "정말 끝내주는데." 그가 제인의 뺨에 입 맞추며 말했다. "와. 빨간색이라니!"

제인은 조지프의 신발을 내려다보았다. "애기 아이디어였어." 그녀가 말했다. 목소리가 평소보다 작아서 조지프는 그녀의 말을 들으려고 고개를 숙였다. "약간 후회하는 중이야."

"아니야, 정말 예쁜데." 조지프가 팔을 내밀며 말했다. "자. 내 여자 친구가 될 준비 됐어?"

제인의 심장이 위험하리만치 펄쩍 뛰었다. 방금 과속방지턱을 날아오른 것만 같았다.

"준비됐어." 이렇게 말하는 그녀의 목소리는 다행히 약간만 떨렸다. "다시 한번 고마워."

"천만에." 조지프가 쾌활하게 말했다. "그렇지만 이번에는 우리 둘의 이야기를 제대로 정리하는 게 좋을 거야. 약혼 파티 다음 날 오전에 당신 동료 키이라가 질문을 얼마나 많이 하던지, 내가 뭐라고 대답했는지 기억도 잘 안 나. 우리가 만난 게…."

"혹스턴 빵집." 제인이 성당 입구로 향하며 말했다. 화창하고 맑은 9월의 어느 날이었다. 아침 일찍 비가 내렸지만 지금은 해가 나서 자갈길 사이의 물웅덩이가 금빛으로 반짝였다. "우리 둘이 말을 맞춰야 해. 전에 당신이 했던 말이…."

"당신을 보려고 빵집에 드나들기 시작했다고 했지." 조지프가 말했다. "그래. 당신을 우연히 마주치고 정말 아름답다고 생각했고, 당신을 볼 수 있을까 기대하며 매일 그곳에 들르기 시작한 거야."

이건 너무 지나쳤다. 제인은 마음이 아팠다. 하지만 정말 기분 좋기도 했다. 잼이 잔뜩 든 도넛을 크게 한입 베어 물었을 때 갑자기 단 걸 많이 먹어서 목구멍 뒤쪽이 아픈 것 같은, 좋으면서도 나쁜 통증이었다.

"그럼 우리의 첫 데이트는?" 제인이 물었다. 너무 숨찬 목소리였다. 조지프는 뭔가 잘못됐다는 걸 확실히 알 수 있었다.

"처음에는 친구 사이였다고 하자." 잠시 후 그가 대답했다. "그냥 단순하게 어느 날 밤에 독서 모임이 끝나고…"

조지프는 제인이 끼어들어 문장을 마무리해주기를 기다렸지만, 그녀는 그럴 수 없었다. 도저히 그렇게 할 수가 없었다.

"상황이 달라졌다고." 성당 입구에 도착하자 조지프가 조용히 말을 이었다. "그리고 우리의 감정이 우정보다 더 깊은 무언가로 바뀌었다는 걸 깨달았다고."

두 사람은 성당으로 들어갔다. 이미 100명쯤 되어 보이는 사람들이 와 있었다. 제인은 냄새를 깊이 들이마셨다. 서늘한 바위 냄새와 희미한 인센스 향기가 났다. 물이 새는 지붕을 고칠 돈이 없었는지 건물에서 약간 축축한 사향 냄새가 났다.

그들이 자리를 찾아 앉자 곧바로 음악이 시작되었다. 콘스턴스가 등장해 아들의 팔짱을 끼고 복도를 걸어오자, 제인은 순도 100퍼센트의 부러움이 밀려들었다. 신부는 기쁨으로 빛났다. 제인은 나중에 아버지에게 보내려고 방명록에 서명한 사진을 찍었다. 이번 주말에 친구들과 함께 뭔가를 했다는 증거였다.

결혼식이 끝나고 제인과 조지프는 가까운 술집까지 걸어가서 축하연에 참석했다. 술집 안은 매우 붐비고 땀 냄새가 났다. 사람이 너무 많았다. 바에서 일하는 직원들은 스트레스에 시달리는 표정이었고 탁자가 많이 모자랐다. 제인과 조지프는 사람들 틈을 비집고 들어가 술잔을 내려놓을 수 있을 정도의 선반이 달린 기둥으로 갔다. 조지프가 술을 가지러 바에 간 10여 분 동안 제인은 홀로 서서 다가오지 말라는 분위기를 필사적으로 풍겼다. 당연히 키이라가 다가올 때의 이야기였다.

"이게 누구야! 제인!" 키이라가 제인을 아래위로 빠르게 훑어보며 말했다. "그래도 좀 꾸미려고 했다니 잘했네! 훨씬 나아."

키이라 뒤로 연분홍색 정장을 입고 모자를 쓴 콜린이 평소 입던 갈색 스리피스 정장에 특별한 장식을 더한 모티머와 함께 나타났다.

"정말 아름다워." 콜린의 말에 모티머가 확신에 차서 고개를 끄덕였다.

"제인, 너무 예쁘다." 모티머가 말했다.

"고맙습니다." 제인이 약간 안심하며 말했다.

"저 매력적인 남자를 또 데려왔네! 정말 잘됐어. 저 남자, 당연히 백작은 아니겠지? 로니처럼?" 키이라가 이렇게 물은 찰나 드디어 조지프가 양손에 술잔을 하나씩 들고 중년 남성 두 무리를 비집고 왔다. 그는 약간 땀을 흘렸고 술집 조명이 그의 이마와 윗

입술을 비췄다. 제인은 그 모습이 무척 매력적이라고 생각했다. 정장을 입고 땀 흘리는 모습을 봐도 그를 밀어낼 수 없다니, 새로운 깊은 수렁에 빠지는 기분이었다.

"물론 자기는 백작이 필요 없을지도 모르지만." 키이라가 제인의 옆구리를 찌르며 말을 이었다. "알다시피 우리 모두 자기가 그 돈을 다 어디서 구했는지 궁금해서 죽을 지경이잖아."

제인에게 화이트 와인을 건네고 콜린과 모티머와 인사를 나누던 조지프가 그녀를 흘끗 쳐다보았다. 제인은 가슴이 철렁했다. '안 돼, 안 돼. 안 돼.' 제인은 생각했다. '제발, 오늘은 안 돼.'

"그럼, 조지프!" 키이라가 갑자기 조지프에게 말을 걸자 제인은 안도했다. "다음은 두 사람 차례인가요?"

"실례지만 뭐가요?" 조지프가 공손하게 물었다.

"저 복도를 걸어 들어오는 거 말이에요!" 키이라가 제인의 뺨을 어루만지려고 손을 뻗으며 큰 소리로 외쳤다.

"아." 움찔하며 손을 피하던 제인은 걱정스러운 표정으로 조지프를 보았다. 다행히 조지프는 웃지 않으려고 애쓰고 있었다.

"서두르지는 않으려고요." 그가 능수능란하게 대답했다.

"자기, 몇 살이라고 했지?" 키이라가 제인에게 물었다.

"서른이요." 제인이 대답했다.

"아, 그럼 딱 좋을 때네!" 키이라가 말했다.

제인은 돈 이야기가 나온 뒤로 이미 긴장한 상태였다. 지난 몇 년 동안 키이라의 은근슬쩍 비꼬는 수많은 질문을 묵묵히 견뎌 왔다. 그러다가 문득 이런 생각이 들었다. '왜 내가 이걸 견디고

있지?'

　"그러니까 제 가임기가 얼마 남지 않았으니 서둘러서 결혼하는 게 좋다는 말씀이세요?" 제인이 말했다. "그건 좀 무례한 말인데요."

　제인은 참을 수가 없었다. 실은 버릇없어 보일지도 모른다는 생각에 움츠러드는 대신 생각을 소리 내어 말하고 나자 기분이 **좋았다.** 제인은 화가 났고, 화를 내면 안 될 이유가 없었다. 심지어 그녀가 아이를 **원치** 않을 수도 있었다. 사실 제인은 적당한 때에 아이를 꼭 낳고 싶지만, 키이라가 뭘 안다고.

　"음, 난 그냥 솔직하게 말한 거야!" 키이라가 고함쳤다.

　제인은 시뻘게지는 키이라의 뺨을 보며 새어 나오는 짓궂은 미소를 애써 참아야 했다. 벌써 기분이 한결 나아졌다.

　"당신의 임신 능력은 어떤데?" 제인이 조지프에게 물었다. "아기를 가질 수 있어?"

　조지프는 뭔지 알겠다는 웃음을 터뜨렸다. 제인이 정말 좋아하는 웃음이었다. 그 웃음에는 제인 때문에 놀랐다는 의미도 담겨 있었다. "알다시피 그런 질문은 자주 받아보질 않아서." 그가 말했다.

　"정말?" 제인이 키이라를 곁눈질하며 말했다. "정말 좋겠어."

　"앞으로는 당연하게 생각하지 않을게." 조지프가 엄숙하게 말하자 뒤쪽에서 콜린이 깔깔거렸다. "키이라, 콜린, 모티머… 괜찮으시다면 저희는 이만…"

　조지프는 제인을 데리고 아수라장을 뚫고 나아갔다. 사람이 정말 많았지만 제인은 마침내 키이라에게 당당히 맞섰다는 것에 의기양양했다. 하지만 사람들 틈으로 깊이 들어갈수록 누군가가 밀쳐서 조지프의 팔을 꽉 잡아야 했고, 문득 둘의 몸이 이토록 가까이 있다는 사실에 숨이 막혔다. 승리에 취한 기분은 모두 사라지고 조지프의 팔을 잡은 손이 긴장했다.

"어디 가는 거야?" 술집 마당으로 나가는 문이 보이자 제인이 물었다.

"당신에게 맑은 공기가 필요할 것 같아서." 조지프가 말했다. "사람 많은 거 싫어하잖아."

문을 지나 정원에 발을 내딛자 제인은 뒤쪽 실내를 흘끔대며 심호흡했다. "고마워. 키이라에게 그런 말을 하는 게 아니었어." 제인은 갑자기 조바심이 났다.

"정말 대단했어!" 조지프는 이렇게 말하며 눈에 잔주름이 잡히도록 웃었다. "그런 모습 처음이야. 독설가 제인, 마음에 들어."

제인은 잠시 그의 따뜻한 눈길을 바라보며 미소 짓지 않으려고 애썼다. "아, 어쨌든. 키이라가 그런 걸 자주 묻는 건 아니야. 적어도 의도적으로 그러지는 않거든."

"뭐 하나 물어봐도…." 지나가는 커플에게 길을 비켜주며 조지프가 물었다. "키이라가 했던 돈 얘기 말이야. 그게 무슨 말이야? 자선 상점에서는 급여를 안 받는 거야?"

제인은 잠시 눈을 감았다. 고통스러운 순간이었다. 조지프가 이 이야기를 꺼내지 않기를 바랐다. 제인은 수치심 때문에 살갗이 뜨거워지는 가운데, 와인 잔 손잡이를 잡고 앞뒤로 돌리며 은

은한 조명에 빛나는 와인을 바라보았다.

"응." 그녀는 와인을 보며 대답했다. "안 받아. 자원봉사자로 일하는 거야."

"아, 와." 조지프가 약간 인상을 찡그리며 말했다. "아, 그렇구나."

그는 "그럼 돈은 어디에서 나는데?"라고 묻기에는 너무 예의 바른 사람이었다. 하지만 그 말은 실제로 소리 내어 말한 것처럼 공기 중에 맴돌았다.

제인은 다시 한번 심호흡했다. 침묵이 깊어지자 둘 사이에 어둠이 감돌았다. 제인은 그에게 거짓말을 해야 했다.

"이전 직장을 그만둘 때 상사에게 그러니까… 일종의… 위로금 같은 걸 받았어. 그걸 아껴 쓰며 버티는 중이야." 제인은 수치심이 더욱 뜨겁게 타오르자 와인을 한 모금 꿀꺽 삼켰다.

"아, 알겠다. 명예퇴직 보상금 같은 거?"

"음." 제인이 와인 잔을 보며 말했다.

"전에 무슨 일을 했다고 했지?" 조지프가 물었다.

대화는 점점 악몽이 되어갔다. 제인은 이 이야기에서 빠져나갈 방법을 찾으려 애썼지만 찾지 못했다. 저지 소재의 부드러운 드레스 옷감이 불현듯 코르셋처럼 갑갑하게 느껴졌다. 이런 이야기를 나누느니 차라리 삶의 선택 문제를 두고 키이라에게 다그침 당하는 편이 나았다.

"대형 법률사무소에서 일했어." 결국 제인은 이렇게 말했다. 거짓말은 아니었지만 얼버무린 대답임은 틀림없었다.

"말도 안 돼." 조지프가 약간 놀라며 말했다. "내가 무슨 일 하는지 알잖아."

"그래, 알아." 제인은 더욱 필사적인 마음으로 주위를 둘러보았다. "춥지 않아?"

"아니." 조지프가 단호하게 말했다. "당신도 법률사무소에서 일했다는 얘기 왜 안 했어? 그 회사의 정보통신기술팀을 내가 알 수도 있잖아. 어쩌면 내가 일한 곳일 수도 있고. 이직을 꽤 한 편이라."

"그래." 제인은 목이 졸리는 듯이 새된 목소리였다. "어쩌면."

조지프는 한숨을 쉬었다. "제인…."

제인은 잠깐 눈을 감았다. "왜 이렇게 날 다그치는 거야?"

"미안해." 잠시 뒤 조지프가 말했다. "그냥 이해가 좀 안 돼서 그래. 이게 그렇게… 어려운 일인지. 당신은 숨기는 게 너무 많아. 왜 내가 당신에 대한 이런 사소한 일을 알 수 없는 걸까?"

"당신이 이해하는 줄 알았어. 내 말은… 그럼 난 왜 밸런타인데이에 무슨 일이 있었는지 알 수 없는 건데?"

조지프는 뺨이라도 맞은 듯이 충격받은 표정이었다.

"아." 그가 말했다. "난… 그건 다른 문제야." 그의 턱이 실룩거렸다. 평소 그는 표정이 매우 풍부하지만 지금은 얼굴이 굳어 있었다.

"왜?" 제인이 물었다.

"왜냐하면 그건…." 조지프가 갑자기 말끝을 흐렸다. "아. 이런. 모르겠어. 미안해. 당신이 말하고 싶지 않은 비밀을 이야기하라고 몰아세울 뜻은 없었어. 당신을 더 **알**고 싶은 마음을 어쩌지 못한 것 같아." 그는 들고 있던 빈 와인 잔을 보았다. "젠장." 그가 말했다. "더블 보드카라도 마시고 취해서 떠들어대는 말 같군."

정장을 입은 어린아이 둘이 달려와 그들 사이로 지나가는 바람에 제인은 술집 벽에 기대 균형을 잡았다.

"술 한 잔 더 갖다줄게." 제인이 조지프의 술잔을 잡으려고 떨리는 손을 뻗으며 말했다. "같은 걸로?"

"그럼 우리… 얘기 끝난 거야?"

"나한테 무슨 말이 듣고 싶은데?"

"다른 사람들한테 하지 않는 얘기를 내게 해주면 좋겠어." 조지프가 갑작스레 진지한 표정으로 말하며 다가왔다. 제인은 둘 중 어느 쪽이 움직였는지 확신할 수 없었다. 두 사람이 동시에 조지프의 빈 와인 잔을 잡았고, 잔은 일시 정지 버튼이라도 누른 듯한 두 사람 사이에 있었다. "당신이 내게 마음을 열길 원해. 그걸 원하면 안 되는데, 안 된다는 걸 나도 아는데 원하고 있어."

제인은 그의 목에 시선을 고정했다. 도저히 눈을 들어 얼굴을 볼 수가 없었다. 대신 그녀는 피부에 흩뿌려진 검은 모래처럼 까칠하게 자란 그의 수염을 보았다.

"왜 오늘 내게 같이 와달라고 부탁한 거야?" 조지프가 나지막이 물었다.

그가 제인을 건드렸다. 함께 들어 온기가 도는 와인 잔 위에서 손가락 하나를 움직여 그녀의 손가락에 닿았을 뿐이었다. 그런데도 그의 맨살이 제인의 맨살에 스치는 순간, 짜릿한 느낌이 그녀의 온몸에 퍼졌다. 아주 잠깐 조지프가 전기 충격을 준 게 아닐까 진심으로 궁금해질 정도였다.

"그건 당신을…" 제인은 목이 너무 말랐다. 가까운 곳에 있는 누군가가 너무 큰 소리로 웃었다. "당신을 원했기 때문이야. 그러니까, 여기 당신과 같이 오는 걸 원했기 때문이라고. 당신 없이 오고 싶지 않았어."

"그냥 친구가 필요했던 것이로군. 그런 거였어."

제인은 고개를 들어 잠시 조지프의 눈을 보았다. 확장된 동공은 잉크를 풀어놓은 웅덩이 같았다. 그의 시선에서 날것의 새로운 감정이, 간절한 바람이 느껴졌다. 두 사람의 시선이 마주치자 그 열망이 제인을 꿰뚫는 것 같았다. 그리고 얼마 안 가 두 사람은 어색해져서 허둥지둥하며 물러섰다. 키이라가 다시 나타났기 때문이다. 그녀는 거대한 가짜 속눈썹을 펄럭이며 무례한 행동에 대해 조지프에게 반쪽짜리 사과 비슷한 것을 하겠다고 했다. 조지프는 제인과 함께 잡고 있던 잔을 놓았다. 그의 눈동자는 평소처럼 따뜻하고 상냥하게 바뀌었다. 그렇게 그 순간은 끝나버렸다. 사라졌다. 마치 그 순간이 존재하지도 않았던 것처럼.

"술 한 잔 더 가져올게." 제인이 잔을 들고 빠져나가며 말했다.

키이라와 이야기를 나눈 직후에 그들은 식사 자리에 불려 갔다. 제인은 커플들이 서로 다른 탁자에 떨어져 앉은 것을 보고 실망했다. 다른 사람과 어울리는 걸 권하려고 그런 것 같았는데, 그건 제인이 정말 좋아하지 않는 일이었다. 제인 옆에 앉은 여자는 맨 위쪽 탁자에 앉은 어떤 사람의 여자 친구였다. 그녀는 어깨까지 늘어뜨린 머리를 계속 매만지며 제인이 들어본 적도 없는 텔레비전 리얼리티 쇼 이야기를 계속했다. 제인에게는 모든 것이 극심한 스트레스였다.

제인은 화장실로 빠져나갔다. 줄을 서서 기다리는데 휴대폰이 울렸다. 애기에게서 온 메시지였다.

그 사람에게 감정을 솔직하게 말했어?

제인은 잠시 입술을 깨물었다가 줄에서 빠져나와 애기에게 전화를 걸며 정원으로 나갔다.

"말 못 하겠어." 제인이 술집 벽에 붙어 있는 벤치에 앉으며 속삭였다. "애기, 난 못 해. 할 수 있다고 생각했는데… 말하고 싶었는데도 못 했어. 그 사람이 런던 이야기를 물어봤어."

"오." 애기는 동요하지 않았다. "잘될 조짐이 보이네."

"잘될 조짐이 보인다고?"

"제인, 그게 바로 친구와 애인의 차이점이야. 친구는 당신의 모든 것을 알고 싶어 하지는 않지. 당신이 날 만나기 전의 삶을 이야기하고 싶어 하지 않아도 난 전혀 신경 안 써. 난 지금의 제인을 좋아하거든. 안 그래? 당신의 현재 모습을 받아들이는 거지. 하지만 내가 당신을 사랑한다면 모든 걸 원할 거야. 그렇지 않겠어? 당신도 그 남자의 모든 것을 원하지 않아? 그의 비밀까지 전부 다. 조지프가 세상 사람들에게 보여주는 모든 모습을, 그가 일할 때나 어머니와 있을 때나 술집에서 친구들과 있을 때 함께하는 모든 사람을 알고 싶지 않아?"

"맞아." 제인이 가련하게 말했다. 왜 밸런타인데이 이야기만 나오면 조지프가 한 대 맞은 사람처럼 되는지 알고 싶었다. 치매를 앓는 어머니를 돌보는 그의 손을 잡고 싶었다. 그를 한 겹 한 겹 벗겨내 가장 깊은 곳의 알맹이를, 조지프의 핵을, 혼자 있을 때 그가 어떤지를 알고 싶었다. 이제 제인은 아주 멀리까지 가버려 쓰라리면서도 가슴 아픈 사랑에 빠져 있었다.

"그런데도 당신은 런던에서의 일을 그에게 말하고 싶지 않다고?" 애기가 몰아붙였다.

제인은 입술을 깨물며 머뭇거렸다. "그런 게 아니야. 우리가 같은 직장에서 일했어서 그래."

애기는 헉하고 숨을 들이마셨다. "이런, 농담이겠지. 조지프를 런던에서 만났다고?"

"그건 아니야." 제인이 허벅지 위로 빨간 드레스를 매만지며 말했다. "만난 건 윈체스터에서였어. 하지만 그가 전 직장 사람이라는 걸 알아봤지. 난… 그 사람이 나와 같은 직장에서 일했다는 사실을 계속 모를 것 같았어. 날 단번에 알아보지 못했거든. 게다가 이런 일이… 생길 줄은…."

전화기 맞은편에서 잠시 침묵이 흘렀다.

"여보세요?" 제인이 수신 상태를 확인하며 말했다.

"듣고 있어." 애기가 말했다. "당신 말이 사실일까 생각하느라. 그뿐이야."

제인은 살짝 기분이 상해서 멈칫했다. "무슨 뜻이야?"

"음. 런던에서 무슨 일이 있었는지 당신이 정확히 말해준 적이 없으니까 조금 추측해보자면, 내가 볼 때 당신은 꽤 오랜 세월 동안 남자가 5분 넘게 말 걸도록 놔둔 적이 없어. 그런데 그 남자에게는 왜 그랬을까?"

"당신 생각에는 내가… 조지프가 브레이 앤드 켐브레이에서 일했기 때문에 내가 일부러 그와 친구가 된 것 같아?" 제인은 고개를 저었다. "그런 게 아니야. 전혀 아니야."

"아니었을 수 있지." 애기가 말했다. "그렇지만 당신은 그게 위험 요인이 될 수 있다는 걸 알았던 것 같은데. 이런 일이 생기리라는 걸 알았던 것 같아. 그게 흥미롭단 말이지. 혹시 위험하다는 걸 알면서도 그와 가까워졌다는 건, 그 사실을 이야기할 마음의 준비가 된 게 아닐까?"

제인은 술집 이름이 적힌 파라솔을 쳐둔 야외용 벤치를 물끄러미 바라보았다. 파라솔 아래에는 쓰레기가 치워지기를 기다리고 있었다. 반쯤 마시다 만 맥주, 감자 칩 봉지, 재떨이였다. 벤치 아래에는 버려진 실크 스카프도 보였다. 어두워서 그 스카프는 얼핏 웅크린 작은 동물처럼 보였다.

"삶을 변화시킬 목적으로 은둔하고 틀에 박힌 일상을 고수한 건 아니잖아. 안 그래?" 애기가 온화하게 물었다. "그냥 상황에 대처하는 장치 아니야? 난 당신에게 뭔가를 위해 나아갈 시간이 필요한 게 아닐까, 그래서 조용한 삶이 필요한 게 아닐까 싶었는데, 이제는 그런 침묵이 더 이상 필요하지 않은 모양이군. 어쩌면 생각이 끝나고 말을 해야 하는 시점에 이르렀는지도 모르고."

제인은 말없이 앉아서 입에 머금은 와인을 마실 때처럼 생각을 곱씹었다. 자신이 뭔가를 위해 **나아가고 있다**는 생각은 한 번도 해보지 않았다. 윈체스터로 떠나기 전과 후의 그녀는 다른 사람이었다. 가진 것들을 내주고 기차에 탄 뒤로 다른 사람이 되었다. 제인에게 자신이 계속 발전하고 있다는 개념은 정말 충격적이었다. 그녀는 재킷을 안에 두고 오는 게 아니었다고 생각하며 불편한 듯 몸을 꼼지락거렸다. 날이 저물어 저녁이 되자 공기가 서늘해졌고, 추워서 맨살이 드러난 다리에 소름이 돋았다.

"아닐 수도 있고." 제인의 침묵이 길어지자 애기가 명랑하게 말했다.

"아, 아니야. 그 말이 맞는 것 같아." 제인이 목소리를 가다듬으며 말했다. "다만 좀… 엄청난 생각이라."

"음, 그럼 오늘 밤에는 생각하지 말고 잊어버려." 애기가 편안하게 말했다. "하지만 직감을 믿으라고. 조지프에게 터놓고 싶으면 그렇게 해. 나쁠 게 뭐가 있겠어? 그 남자를 잘 알잖아? 믿을 만한 사람이라는 걸 알잖아?"

제인은 머뭇거렸다. 조지프를 정말 **믿고** 있나? 비밀을 털어놓지 않는다는 이유로 그를 비난한 것은 위선적인 행동이었지만, 제인의 머릿속에는 '**그가 밸런타인데이에 무슨 일이 있었는지 말하지 않을 것이다**'라는 생각이 가장 먼저 떠올랐다. 이것 때문에 그는 믿을 만한 사람이 아닌 걸까?

그건 아니었다. 하지만 그의 비밀은 왠지 중요한 것 같았다. 제인은 그 비밀을 알기 전까지 조지프를 제대로 알지는 못할 것 같다는 생각을 지울 수 없었다.

결혼식 날이 제인의 생각과 똑같이 흘러가지는 않았지만, 신랑과 신부의 첫 번째 춤이 끝나고 나서 조지프가 그녀의 손을 잡고 댄스 플로어로 이끌던 순간은 모든 면에서 제인이 상상한 것만큼 아름다웠다.

"괜찮아?" 조지프가 그녀의 머리카락에 대고 속삭였다.

제인은 그의 품에 안겨 이리저리 왔다 갔다 하는 동안 잠시 눈을 꼭 감고 고개를 끄덕였다. 존 레전드의 〈내 전부를All of Me〉이 흘러나왔는데, 노래 가사가 너무 딱 들어맞아서 마음이 아팠다. 제인은 아주 오랜만에 처음으로 자신을, 자신의 모든 부분을, 그 모든 노력과 모순을 벗어던지고 싶었다.

"제인." 조지프는 이렇게 속삭이며 손을 허리 쪽으로 내려 제인을 더 가까이 끌어당겼다.

그의 몸이 전하는 온기가 느껴지자 제인은 마음이 약해졌다. 도저히 눈을 뜰 수 없었다. 두 사람은 발은 거의 움직이지 않은 채 이리저리 몸을 흔들었다. 제인은 머리카락에서 그의 숨결을, 깃털처럼 가볍고 사람을 취하게 하는 숨결을 느꼈다.

"제인, 아까는 몰아세워서 미안했어. 당신에겐 그저 친구가 필요했을 뿐이라는 거 이해해."

그가 오른손을 움직여 그녀의 손을 잡자 제인은 다시 한번 온몸에 전기가 통하는 것 같았다. 그와 조금만 닿아도 감각이 거세게 밀려와 어찌할 바를 몰랐다. 그와 키스하면 어떨까? 욕망에 뒤엉켜 그의 혀와 까칠하게 자란 수염과 꼭 껴안은 몸을 느낀다면?

"그래서 여기 같이 와달라고 한 거 아니야."

제인이 다급하게 말했다. 어딘가에 있는 어둡고 충동적인 마음에서, 기차역 플랫폼에 서 있다가 아주 잠깐이지만 선로로 발을 내딛는 상상을 한 그녀의 마음 한구석에서 나온 말이었다. 그 후 이어진 침묵 속에서 제인은 자신에게 정말 깜짝 놀랐다.

"아니라고?" 잠시 뒤 조지프가 춤을 추다가 얼굴을 더 바싹 들이밀며 물었다. 음악이 다른 곡으로 바뀌자 주변 커플들이 차츰 느리게 돌았다.

제인은 조지프의 얼굴을 보려고 몸을 약간 뒤로 젖혔다. 조지프가 그녀의 눈을 바라보자 태양의 열기 속으로 발을 내디딘 것 같았다. 제인은 모든 곳에서, 온몸 구석구석에서 그의 뜨거운 시선을 느꼈다.

"그럼 이건 뭐지?" 조지프가 가라앉은 목소리로 물었다. "우리 지금 여기서 뭐 하고 있는 거지?"

"모르겠어." 제인이 말했다. 이제 두 사람은 거의 움직이지 않았고, 제인은 그를 향해 고개를 들었다. 그에게 키스하고 싶은 충동을 참는 일과 위험을 무릅쓰고 한 단계 나아가는 일 중 뭐가 더 힘든지 가리기 어려웠다.

제인은 턱을 들었다. 아주 미세한 움직임이었지만 조지프의 동공이 커지고 턱이 긴장했다. 그래서 제인은 그 역시 두 입술 사이의 숨결을, 둘 사이에 내려지기를 기다리는 결정을 느끼고 있다는 걸 알았다.

키스를 하자 전기가 오르는 것 같았다. 미약한 속삭임이었고 입술이 아주 살짝 스쳤을 뿐이지만 이글이글 타오르는 무언가처럼 제인의 온몸을 불태웠다. 두 사람의 입술이 조금 더 깊게 한 번 더 스치자 뜨거운 불길이 제인을 훑고 지나갔다. 그녀는 조지프 위로 쓰러지지 않도록, 다리에 힘이 풀려 주저앉지 않도록 애쓰는 것 말고는 아무것도 할 수 없었다.

그런데 그때 조지프가 갑자기 물러나더니 양손을 제인의 어깨에 올린 채 고개를 숙였다. 제인은 비틀거리며 넘어질 뻔했다.

"미안해." 조지프가 목멘 소리로 말했다. "안 되겠어."

제인이 그 말을 이해하기까지는 시간이 좀 걸렸다. 아직도 입술에서 조지프의 입술이 느껴졌다. 키스도 제인처럼 한 박자 느린 모양이었다.

조지프는 양손으로 제인의 어깨를 꼭 잡고는 팔을 뻗어 거리를 벌렸다. 시선은 바닥에 고정하고 거칠게 숨을 쉬었다. 둘이 그렇게 꼼짝도 하지 않고 있자, 다른 사람들은 주변을 돌며 계속 춤추는데 둘만 그 시간대에서 벗어나 얼어붙은 듯이 서 있자, 뭔가 잘못됐다는 느낌이 들었다.

조지프의 말은 무슨 뜻일까? 안 되겠다니?

두려움이 서서히 번져 소름이 끼치듯 제인의 피부 전체로 퍼져나갔다.

"제인, 미안해. 그러지 말았어야… 정말 미안해."

역시 다른 사람이 있는 것이다. 그에게 아무렇지 않게 키스할 수 있는 사랑스럽고 아름다운 여자가.

"만나는 사람이 있다고 말하지 그랬어." 제인이 말했다. 차분한 목소리에 스스로 놀랐다. "왜 더 일찍 말하지 않았어?"

조지프가 대답하기까지 너무 오래 걸려서 제인은 그가 자기 말을 듣기나 했는지 궁금했다.

"미안해." 마침내 그가 고개를 들고 말했다. 그의 눈빛은 절망적이었고 몹시 지쳐 보였으며 약간 심란한 것 같기도 했다. "설명하기 힘들어. 난… 제인, 사실 난 지금 엉망이지만 노력 중이야. 더나은 남자가 되려고."

제인은 턱을 들지 말았어야 했다. 그 사소한 행동을 하지 않았더라면, 그냥 가만히 있었더라면 이렇게 가슴이 쪼개지는 듯한 아픔을 느끼지 않았을 것이다. 그녀는 언제나 일을 그르쳤다. 언제나.

"미안해. 그러는 게 아니었… 내가 더 분명히 했어야 했는데. 하지만 당신이 날 받아준다면 친구로 지내고 싶어." 그가 말했다. "아직도 날 친구로 받아준다면."

'아니. 안 돼. 안 되고말고. 난 당신의 전부를, 모든 부분을 원해. 그게 아니면 아무것도 소용없어. 이건 너무 아프거든.' 제인은 생각했다.

그러나 작별 인사만큼 아프지는 않았다.

그래서 제인은 조지프의 가슴에 머리를 기대고 말했다. "그래. 당연히 우린 친구지."

미란다

10월이 지나자 가을이 끝을 향하여 날씨가 나빠졌다. 미란다의 방수복 목덜미 아래로 빗물이 스몄고 종잇장 같은 화사한 나뭇잎이 떨어져 산더미처럼 쌓였으며 도토리와 마로니에 열매가 끝없이 나왔다. 미란다는 벌써 봄이 기다려졌다. 낮이 짧아질수록 기분과 몸 상태가 안 좋아졌다.

온통 축축하고 쌀쌀한 와중에 감사한 일이 하나 있다면, 카터와의 관계가 점점 좋아지고 있다는 점이었다. 늦여름쯤 되자 그는 뭔가가 달라졌다. 갑자기 미란다에게 더 집중했고 더 적극적이었다. 하지만 카터가 그렇게 달라지고 나서야 미란다는 자신이 그의 모든 것을 가진 건 아니라는 사실을 깨달았다.

핼러윈 다음 주 금요일이었고, 아주 사소한 일에도 흥분해서 파티를 곧잘 여는 스콧이 파티를 여는 날이었다. 카터는 퇴근하고 곧바로 미란다의 아파트로 와서 같이 파티에 갈 준비를 하기로 했다. 미란다가 현관문을 열어주러 나가자 조지프는 넥타이를 풀고 있었다. 미란다는 그의 이런 행동이 좋았다. 넥타이를 풀 때 고개를 한쪽으로 기울인 모습이 일하는 카터가 아니라 즐겁게 노는 카터로 변신하는 모습을 보여주는 것 같았다.

카터는 고개를 숙여 미란다에게 키스하고는 방금 감은 머리카락의 향기를 깊이 들이마셨다. "여름 냄새가 나는데." 그가 말했다.

"여름이면 좋겠다." 미란다의 아파트는 지독히 추웠다. 라디에이터가 충분하지 않기도 했고 그녀가 늘 난방 하는 걸 너무 늦게 떠올렸기 때문이다. "그거 파티에 입고 갈 옷이야?"

미란다가 조지프가 들고 있던 쇼핑백을 가리키자 그는 얼굴을 찡그렸다.

"응." 그가 말했다. "친구가 골라준 거야. 내가 왜 그녀에게 도와달라고 했을까."

미란다는 카터가 지금처럼 여자를 이름이 아닌 대명사로 언급한 순간을 마주하기 전까지는 그를 더 이상 의심하지 않는다고 거듭 확신했다. 그런데 그 순간이 또 찾아왔다. 밸런타인데이, 영수증, 그의 집에 처음 갔을 때 메리 카터가 미란다를 보고 '**이번엔 누구냐**'고 물었을 때 느낀 이상함에 이어.

"그래?" 미란다는 최대한 아무렇지 않은 듯이 말했다. "누가 골라줬는데?"

"이런, 세상에." 카터는 이렇게 말하며 거실 한가운데에 꼼짝도 하지 않고 서서 웃음을 터뜨렸다.

아델과 프래니가 핼러윈 의상을 입고 방에서 나온 것이다.

"네 말에 넘어가 이걸 입다니 **내가 미쳤지**." 프래니가 말했다.

프래니는 고양이 하반신으로 분장했다. 아델이 상반신이었다. 둘 중 하나를 고르라면 상반신이 훨씬 나았다.

"둘이 저녁 내내 붙어 있으려고?" 미란다가 말했다. "한 사람이 화장실에 가고 싶으면 어쩌려고?"

"화장실이 문제가 아니야. 우리 둘 중 한 사람이 섹시한 남자를 만나게 되면 어쩌지?" 프래니가 말했다.

"섹시한 남자는 없을걸?" 미란다는 문득 프래니와 아델이 열여덟 살이기는 해도 이들을 어른의 파티에 데려가는 건 어마어마하게 큰 실수라고 생각했다.

"걱정 마." 아델이 미란다에게 말했다. "프래니가 고양이 엉덩이 분장을 한 건 아니잖아. 안 그래? 그리고 이 옷은 지퍼를 내릴 수 있어. 봐."

아델이 몸을 비틀어 고양이 몸의 지퍼를 내릴 수 있다는 것과, 그래서 프래니가 저녁 내내 의무적으로 아델을 따라다니지 않아도 된다는 것을 보여주려 했지만, 지퍼에 손이 닿지 않았다. 프래니가 아델의 손을 찰싹 때렸다.

"자. 내가 해볼게." 프래니는 버벅거리기는 했지만 지퍼를 내렸다. 그러자 고양이가 절반으로 갈라졌다. 카터는 약간 무서워하는 표정이었고 **실제로** 좀 기괴하기는 했다. 의상 자체가 말도 안 되기도 했고 둘로 나뉜 고양이를 보고 싶어 하는 사람은 아무도 없을 테니까.

"이것 봐!" 아델이 말했다. "완벽하지."

"이제 프래니는 얼굴 없는 고양이가 되었네." 카터가 콕 집어 말했다.

"그리고 그게 뭐랄까, 가장 핼러윈다운 거 아니겠어?" 아델이 쾌활하게 말했다.

아델은 의상을 벗는 데 성공했다. 다리 뒤쪽으로 고양이 상반신 의상이 제멋대로 매달려 있기는 했지만. 사실 고양이 상반신 의상은 가슴이 너무 깊이 파였는데, 이를 알아차린 미란다는 인상을 썼다. 가여운 프래니의 의상은 목까지 검은 펠트 천으로 덮여 있었고, 지퍼를 내리고 나니 고양이 하반신 의상 절반이 앞쪽으로 튀어나와 임신한 수녀로 분장한 것 같았다.

"어서 준비해!" 아델이 카터와 미란다에게 미란다의 방으로 가라고 손짓하며 말했다. "프래니, 우린 가서 맥주 사 와야 해."

"이렇게 입고?" 프래니가 말하는 사이에 미란다는 방으로 들어가 문을 닫았다.

카터는 웃음을 쏟아냈다. "당신 동생들 참…"

"그러게." 미란다는 눈을 굴리며 말했지만 씩 웃고 있었다. "쟤들을 데리고 가는 걸 분명 후회하게 될 거야. 이제 당신 의상 좀 보자. 와, 정말 **마음에 들어!**"

모자와 부츠까지 딸린 카우보이 의상이었다.

"이걸 입으면 멍청이처럼 보일 거라고." 카터는 머리를 헝클어뜨리며 미란다의 침대에 놓인 의상을 내려다보았다.

"섹시해 보일 거야." 미란다가 카우보이모자를 쓰며 말했다. "아, 이런. 미리 말해주지. 그럼 내가 카우걸 의상을 준비했을 텐데!"

카터의 눈이 약간 커졌다. "그러게. **진짜** 그럴 걸 그랬네." 그는 다가가서 미란다의 허리를 끌어안았다. "그 모자 당신에게 너무 잘 어울려."

카터가 미란다의 몸 위에서 손을 움직여 그녀의 티셔츠를 들추고 맨살을 만지려 했다. 미란다가 그를 향해 고개를 들자 카터는 부드럽지만 열정적으로 키스했다. 다리에 힘이 풀리게 하는, 카터 특유의 능숙한 키스였다.

미란다는 방문을 흘끗 보았다. "시간 없어." 그녀가 속삭였다. "저 둘이 우릴 죽일 거야."

"준비하는 데 **진짜로** 얼마나 걸려?" 카터가 묻고는 미란다의 목에 키스하기 시작했다.

이것도 최근에 바뀐 점이었다. 원래 카터는 욕구가 왕성했다. 미란다만 괜찮다면 언제든 준비가 된 느낌이었다. 그렇지만 지난 두 달 사이에는 더욱 심해졌다. 그는 미란다를 점점 더 원했고, 미란다는 카터의 이 새로운 허기에, 그가 그녀에게 손을 떼지 못한다는 사실에 짜릿함을 느꼈다.

바깥에서 쌍둥이가 나가며 현관문 닫는 소리가 들렸다. 카터는 눈썹을 씰룩거렸다.

"주류 판매점은 걸어서 3분밖에 안 걸려." 미란다는 양손으로 카터의 가슴을 어루만지며 아쉬운 듯이 말했다. 그는 아직 정장

재킷을 입고 느슨하게 푼 넥타이를 목에 걸고 있었다.

"하지만 고양이 절반짜리 의상을 입었으니…"

"더 걸리겠지." 미란다가 인정했다. "5분."

"그리고 맥주를 고르느라…"

"아델은 **아주** 까다로워." 미란다는 모자를 내던지고 티셔츠를 머리 위로 벗었다.

"게다가 당신도 알다시피." 카터는 이렇게 말하며 미란다의 브래지어 버클로 손을 미끄러지듯 움직였다. "집 앞 건널목은 신호가 아주 길지."

미란다는 웃음이 터졌고 카터가 브래지어 끈을 어깨 아래로 내리자 흥분해서 가쁜 숨을 몰아쉬었다.

"음담패설이 제법인데?" 미란다가 말했다. 잠시 후 맨살에 카터의 정장 옷감이 느껴지자 숨이 턱 막혔다.

카터는 그녀에게 키스하다 말고 입술을 맞댄 채 웃음을 터뜨렸다. "술집 밖 보행로에 사람이 정말 많을지도 모른다는 이야기는 하지도 않았는데." 그가 말했다.

미란다가 엄청나게 빠른 속도로 준비했음에도 불구하고 그들은 파티에 늦었다. 미란다는 주류 판매점에서 돌아온 프래니와 아델을 상대로 시간을 벌기 위해 카터를 방에서 내보냈고, 헝클어진 머리를 매만져 가라앉히는 데 온 신경을 쏟았다. 침대 근처에는 가지도 않았는데 침대에서 방금 일어난 머리 모양이 되다니 정말 불공평했다. 카터는 방에서 나갈 때 카우보이 의상을 다 갖춰 입고 완벽하게 말끔한 모습으로 미란다에게 윙크했다.

"미란다, 내 휴대폰 거기 있어?" 몇 분 뒤에 카터가 외쳤다. 그즈음 미란다는 그나마 덜 허둥지둥했고 이상한 나라의 앨리스와 조금 더 비슷해져 있었다.

미란다는 주위를 둘러보았다. 카터의 휴대폰은 침대 위에 있었다.

"어, 있어." 미란다는 이렇게 외치고 자기 모습을 보았다. 그녀는 팬티와 흰색 타이츠만 입고 있었는데, 화장을 다 한 뒤에 원피스를 입을 생각이었다. "음…."

"일정만 좀 확인해줘." 카터가 외쳤다. "아델이 우버를 예약한다고 해서 주소를 찾고 있거든."

이건 아델이 미란다에게 서두르라고 재촉하는 방식이었다. 미란다는 눈을 굴리고는 카터의 일정표를 재빨리 열었다.

오늘 날짜가 떠 있고 '스콧 집에서 핼러윈 파티'라고 일정이 입력되어 있었다. 하지만 그 아래에 있는 다른 일정이 미란다의 시선을 끌었다.

나만의 밤 ;)

윙크하는 얼굴이라니. 카터는 이런 이모티콘을 쓰지 않았고 혼자 보려고 적어둔 일정에는 더더욱 쓸 리가 없었다. 이건 여자가 쓸 법한 것이었다. 카터의 일정표에 **여자**가 입력해놓은 것이 틀림없었다.

미란다는 아주 잠시 망설이다가 일정을 눌러보았다. 주로 장소를 입력하는 자리에 '조지프 카터, 매달 첫 번째 금요일은 내 거

니까 잊지 마'라고 적혀 있었다. 그리고 매달 반복되는 일정으로
설정되어 있었다.

"미란다?" 카터가 외쳤다.

미란다는 침을 삼켰다. 심장이 무겁고 거세게 뛰었다. 앞으로
넘겨 9월, 8월, 7월을 확인해 카터의 일정표에서 자신의 흔적을
찾아보았다. 미란다와 저녁 식사. 미란다 집에서 잠. 미란다와 윈
체스터.

미란다는 매달 첫 번째 금요일을 카터와 보낸 적이 없었다. 7월
과 8월에는 첫 번째 금요일 이전과 이후에 함께 보냈고 9월에는
두 번째 금요일을 함께 보냈지만, 매달 첫 번째 금요일을 함께
보낸 적은 없었다. 미란다는 6월, 5월, 4월까지 계속 넘겨보았다.
4월 첫째 주 금요일인 6일은 스콧의 생일이었다. 카터가 런던 도
심에서 아침을 먹었다는 사실을 알려준 영수증을 미란다가 발견
한 날이 4월 7일 토요일이었다.

카터는 스콧의 파티에 갔다고 하고 그곳에 있었던 걸까? 다른
여자와 함께?

방문이 달칵 열렸다. "괜찮아?"

미란다는 카터를 보았고 그는 미란다의 표정을 읽은 것이 분명
했다. 그는 이내 심각해진 표정으로 들어와 문을 닫았다.

"왜 그래?"

그는 미란다가 들고 있던 휴대폰을 흘끗 보더니 얼굴이 굳었다.

"당신이 확인해달라고 해서." 미란다가 불쑥 말했다.

"페이스북 말한 건데." 카터가 무표정하게 말했다.

그는 휴대폰을 향해 손을 뻗었다. 미란다는 그에게 휴대폰을 건넸고 화면에는 4월 첫째 주 금요일 일정이 떠 있었다. '**나만의 밤 ;)**'이 바로 거기에, 스콧의 생일 파티와 겹쳐 두 일정이 나란히 보였다.

카터는 잠시 휴대폰 화면을 바라보았다. 이번만큼은 그의 얼굴에 감정이 드러나지 않아 파악할 수가 없었다. 사실 지금 미란다는 그의 표정을 전혀 이해할 수 없었다.

"오늘도 그 일정이 있었어." 미란다는 목이 너무 말랐다. "그리고 내가… 이전 일정을 넘겨 봤어."

카터는 한참 뒤에야 고개를 들었다. 미란다는 입술을 깨물었다. 머릿속이 너무 복잡해서 그녀가 한 일이 피해망상에서 비롯되었는지 타당한 것인지 도무지 알 수가 없었다. 미란다가 느끼는 것이라고는 쿵쿵대는 심장과 목덜미를 오싹하게 만드는 땀뿐이었다. 그녀는 여전히 타이츠만 입고 상의를 입지 않은 상태였는데, 그 사실을 깨닫자 두 팔로 가슴을 가렸다.

"미란다." 모든 것을 집어삼킨 끔찍한 침묵 뒤에 카터가 입을 열었다. "그런 게 아니야."

다들 이렇게 말하지 않던가? 텔레비전에서 누군가가 바람피운 상대에게 따져 물으면 그 사람은 "**그런 게 아니야**"라고 말했다.

"그럼 뭔데?" 미란다는 진심으로 알고 싶었다. 완벽하게 이해할 수 있는 이유를 정말 듣고 싶었다. 당황해서 어쩔 줄 모를 때마다 그녀를 덮치는, 어서 빨리 **움직여야** 한다는 다급함이 온몸에 퍼졌다. 미란다는 뛰어나가서 나무에 오르며 근육이 타는 듯한 감각을 느끼고 싶었다.

카터는 아무 말도 하지 않고 침을 삼켰다. 그를 지켜보던 미란다는 그가 거짓말을 꾸며내려 한다는 것을 알았고, 문득 그가 그럴듯한 거짓말을 생각해내지 못할까 봐, 그래서 이상한 나라의 앨리스 타이츠를 벗고 잠옷을 입은 뒤에 결별을 슬퍼하며 침대에서 울게 될까 봐 겁이 났다.

"전 여친이야?" 그녀가 불쑥 물었다. "반복 일정으로 입력해놓은 사람이 전에 만나던 여자 친구냐고."

카터는 혀를 내밀어 아랫입술을 핥았다. 그리고 마침내 미란다를 보았다.

"응." 그가 대답했다. 그는 미소 지으려 애썼지만, 너무도 **가식적**이어서 분위기가 더 안 좋아졌다. 평소 그의 미소가 아니었다. 얼굴도 너무 창백했다. 그는 피곤하고 약간 충격받은 표정이었다. "그래, 맞아. 미안해. 지웠어야 했는데."

"왜 안 지웠어?" 미란다의 목소리가 점점 작아졌다. 그녀는 옷을 뭐라도 입고 있었더라면 싶었다.

"모르겠어." 카터는 손으로 입을 문질렀다. "생각 못 했나 봐."

"매달 보이는데 지울 생각을 못 했다고?"

카터가 얼굴을 찡그렸다. "미안해. 지운 줄 알았는데 아마… 반복 일정 전체가 아니라 하나만 지웠나 봐."

미란다는 그가 거짓말하고 있다는 걸 알았다. 4월 일정까지 살펴보았지만, 그 밤 데이트 일정은 계속 남아 있었다.

"지금 다 지울게. 지금 바로 할게." 카터가 미리 짠 듯이 말해서 미란다는 마음이 조금 아팠다. 그는 미란다가 지나치다는 것을 증명해 보이려고 하는 것 같았다.

"우리 매달 첫 번째 금요일에는 만난 적 없는 거 알아?"

카터는 약간 주춤하며 평소 그답지 않은 무표정한 눈빛으로 미란다를 보았다.

"그랬나?" 그는 마음을 다잡았다. "한 번도 없다고? 분명 있을 텐데."

"음, 지난 6개월 사이에는 없었어. 그 전은 확인 안 해봤고."

"미란다, 우연이야."

미란다는 자기 발을 내려다보았다. 잠시 후 카터가 그녀의 오른쪽 어깨에 살며시 손을 올렸다. 미란다는 피하거나 어깨를 움츠릴까 생각했지만, 그의 손길이 너무도 자연스러워서 실행에 옮기려는 시점에는 이미 늦어버렸다.

"미란다? 무슨 생각해?"

"4월 6일 금요일에는 어디 있었어?"

미란다는 지금 당장은 그의 눈을 볼 수가 없어서 다른 곳을 보았다.

"그게 무슨… 무슨 말이야? 일정표를 봐야 알지. 그걸 기억할 순…." 카터가 말을 멈췄다. "아, 잠깐만. 스콧 생일이잖아. 그럼 걔 생일 파티에 있었지." 그가 말했다. 목소리가 약간 낮아졌다. 그는 미란다가 그런 걸 물어봐서 짜증이 났고, 이런 그의 모습은 결국 애써 차분하게 가라앉힌 미란다의 성질을 돋우었다.

"음, 내가 어떻게 생각해야 할까?" 미란다는 그를 쏘아보며 말했다. "당신은 다음 날 아침에 런던 한복판에서 아침을 먹었어. 일정표에 따르면 그 전날 밤에 누군가와 데이트했고."

"그날 저녁 일정에 스콧의 생일 파티도 있었잖아." 카터가 꼬집어 말했다. "그리고 오늘만 해도, 그, 그 반복 일정이 일정표에 있었지만 난 여기 있잖아. 안 그래? 다른 누군가와 데이트하러 가지 않았다고. 우리 같이 핼러윈 파티에 갈 거잖아."

"좋아." 미란다가 말했다. 짜증 나지만 카터의 말은 꽤 합당한 지적이었다. "그래. 음… 좋아. 그러니까 전 여친이 휴대폰에 일정을 입력했고, 당신은 그걸 삭제할 시간이 없었고, 일정표에 그게 적힌 날에 나와 한 번도 데이트한 적이 없는 게 전부 다 우연이다?"

"지금 데이트하고 있잖아. 아니야?"

"정말 나 화나게 할 거야?" 미란다의 두 뺨에 열이 솟구쳤다. "일정표에 **다른 여자와 밤 데이트** 하기로 입력된 상황에서 나한테 **정말** 언성을 높이는 거야?"

"미란다." 카터는 몹시 화가 난 듯 한숨을 쉬며 말했다. "그 일정은 내 일정표에 오랫동안 입력되어 있었어. 알겠어? 약속해. 난… 더 이상 그 사람을 만나지 않아."

미란다는 그가 치밀하게도 상대의 이름을 말하지 않는다는 것을 눈치챘다. "음, 당신이 그 일정을 방금 삭제했지. 그래. 그래서 이제 그 일정이 언제부터 시작되었는지 확인할 길이 없어졌네." 그녀가 날카롭게 지적했다. 미란다는 이를 악물었다. 둘은 한동안 말없이 서로를 쳐다보았다.

카터가 침대로 몸을 숙여 그녀에게 원피스를 건넸다. "자." 이유는 알 수 없지만 그의 이 말에 미란다는 짜증이 났다. 뭐라도 좀 입고 가리라는 뜻으로 들렸다.

"화장 아직 안 끝났어." 그녀가 쏘아붙였다. "화장 다 하고 원피스 입어야 해."

카터는 일반적으로 남자들이 그러듯이 '**이런. 알았어. 그렇게 쏘아붙이지는 말고**'라는 뜻으로 양손을 들어 올렸다. 완벽한 카터의 빛나는 모습이 조금은 돌아왔다.

"둘이 뭐 하는 거야? 재미 보는 중은 아니어야 할 거야!" 아델이 문밖에서 외쳤다.

미란다는 잠시 카터의 눈을 보았다. 20분 전만 해도 카터는 그녀 안에 있었고, 카터의 손은 문에 기댄 그녀의 허벅지 뒤를 움켜쥐고 있었다. 이 낯설게 느껴지는 남자와 도저히 할 수 없는 친밀한 행위인 것 같았다.

그녀는 눈을 감고 머릿속을 비우려 애썼다. 4월 6일 밤에 스콧의 생일 파티에 있었는데 왜 다음 날 아침에 런던 한복판에서 아침을 먹었는지는 여전히 제대로 답해주지 않았지만, 카터의 해명은 앞뒤가 맞았다. 그렇다고 해도 미란다는 그가 거짓말했다는 것을 **알았다**. 그냥 알 수 있었다. 미란다는 그에게 전 여자 친구냐고 먼저 물으며 답을 제시하지 말 걸 그랬다고 생각했다. 미란다가 핑곗거리를 주었기에 카터가 그냥 그렇다고 대답한 것인지 아닌지 이제는 알 길이 없어졌다.

"당신과 이 여자 말이야. 얼마나 만났어?"

"미란다… 지금 꼭 이 얘길 해야겠어?"

미란다는 하고 싶지 않았다. 그가 다른 사람과 함께 있는 걸 생각하면 가슴이 아팠다. 마음 한구석에서는 '**나만의 밤**'이라고 입력한 사람이 **전 여자 친구**가 된 게 아니라고 확신했기 때문에 그어느 때보다 괴로웠다. 전에 사귀던 사람과의 일정을 일정표에 남겨두는 사람이 어디에 있을까?

카터는 한숨을 쉬며 어깨의 긴장을 풀었다.

"미란다." 그가 다정하게 말했다. "내가 다른 사람을 만나고 있다면 당신이 알지 않았을까? 나 좀 봐. 난 당신에게만 집중하고 있어. 정말이야. 당신뿐이야. 내겐 **당신뿐**이라고."

카터는 미란다의 턱을 손으로 받치더니 고개를 들어 그를 보게 했다. 그러자 미란다는 감정이 북받쳐 아랫입술이 떨렸다.

지금 그는 거짓말하는 것 같지 않았다. 그는 맑은 눈동자로 미란다의 눈을 계속 바라보았다.

카터가 미란다의 입술에 다정하게 입 맞췄다. "일정표에 그런 걸 남겨둬서 미안해. 내 삶이 얼마나 어수선한지 당신도 알잖아. 내가 얼마나 정리를 못하는지도. 하지만 이제 다 끝났어. 그리고 당신이 원한다면 앞으로는 금요일마다 만나자. 금요일은 전부 다 당신 거야."

"저기요?" 아델이 문밖에서 외쳤다. "저기… 요?"

"나갈게!" 미란다는 이렇게 외치고 카터에게서 돌아서서 거울을 보았다. "세상에. 화장할 시간이 없네. 나머지는 대충 해야겠다."

"지금도 예뻐." 카터의 말에 미란다는 웃음을 간신히 참았다.

지금 그녀는 옷을 반만 입었고 한쪽 눈만 화장해서 나머지 한쪽은 맨눈이었다.

"우리 괜찮은 거지?" 카터가 뒤로 다가와서 머뭇거리며 물었다. 거울에 비친 두 사람의 모습은 정말 좋아 보였다. 비록 미란다가 얼굴의 절반만 화장하긴 했지만. 미란다는 카터의 턱에 딱 닿는 키였다. 섹시한 카우보이 의상을 입은 카터가 넓은 어깨로 뒤에서 그녀를 안았다. 그는 환상 속에서 막 튀어나온 것 같았다.

거울에 비친 둘의 모습을 보는 동안 미란다의 화는 차츰 사라졌다. 화는 하수구로 물이 흘러 나가듯 사라졌고, 지금 그녀에게 남은 것은 피곤함뿐이었다.

"그래." 미란다는 달리 할 말이 없었고 그들은 핼러윈 파티에 가야 했다. "일단은. 일단은 좋아."

시오반

11월 초, 시오반은 산산조각 났다가 다시 붙여진 도자기 컵이 된 기분이었다. 갈라졌다가 새로 붙여진 부분을 모두 고통스럽게 인식했지만, 다시 완전해졌다고 망설이며 말할 정도는 되었다.

시오반은 정신 건강이 위태로워진 뒤로 런던에 두 번밖에 가지 않았다. 몇 달에 걸쳐 회복한 뒤에도 런던은 여전히 외국처럼 낯설게 느껴졌다. 그녀에게 다른 사람이 되라고 요구하는 냉담한 땅인 것만 같았다. 시오반은 굽이 높은 부츠를 신고 스키니진을 입었다. 그녀가 자신감을 얻고 싶을 때 입는 스타일이었다. 그녀는 아래로 늘어질 만큼 큰 후드가 달린 거대한 인조 모피 코트를 입었다. 런던 스트리트 패션 칼럼을 쓰는 〈보그〉 사진작가가 돌아다니고 있었다면 분명 멈춰 세웠을 것이다. 시오반은 쇼윈도에 비친 자기 모습을 보자 이제는 '**해리 장애**'라는 걸 알고 있는 약간 혼란스러운 느낌이 들었다. 멀리 떨어져서 자신을 관찰하는 듯한, 자신이 현실에 존재하는지 구분할 수 없는 느낌이었다.

시오반은 런던에 있을 때 사용할 목적으로 빌린 사무실로 향했다. 리처드를 비롯해 보브 걸, 포헤드Forehead, 타이 가이Tie Guy로 불리는 고객들과의 일대일 코칭을 다시 시작하기 위해서였다. 그녀는 임무를, 여전히 그녀의 손길을 기다리고 있는 일들을 조금씩 다시 시작했다.

시오반이 준비하고 있을 무렵 리처드가 도착했다. 이 사무실 건물은 복도에 인조 잔디가 깔려 있고 과일과 스무디가 가득한 자판기가 있었다. 시오반은 이곳이 새롭고 멋있는지, 지루하고 괴상한지 판단할 수가 없었다.

리처드를 직접 만나는 것은 몇 달 만이었다. 책상에 앉은 그녀는 온라인으로 만나는 리처드보다 실제 리처드가 매력이 덜했다는 사실이 생각났다. 그럼에도, 시오반에게 미소 지으며 악수하려 손을 내밀고 몸을 숙여 그녀의 뺨에 입 맞추는 리처드는 여전히 매력적이었다.

"리처드, 어떻게 지냈어요?" 시오반이 수첩을 무릎에 내려놓으며 물었다. 그녀는 옛날 방식을 좋아하는 사람들은 수첩을 사용하면 더 차분해진다는 사실을 알게 되었다. 그렇게 하면 코칭이 격식 있는 느낌이 들기 때문이다. 또 수첩을 쓰면 손으로 할 일이 생겨서 도움이 되기도 했다.

"지난 몇 달 동안 아주… 흥미로웠어요." 리처드가 셔츠의 넥타이를 고쳐 매며 말했다. 그는 의자에 기대앉은 다음, 다리를 들어 반대쪽 무릎에 발목을 올리고 손가락으로 윗입술을 만졌다. "업무적으로는 아주 잘나가고 있어요."

시오반이 리처드의 코칭을 시작했을 때 그는 '라이프 코칭을 통해 정확히 무엇을 얻고 싶은가'라는 중요한 의제를 가지고 참여했다. 그는 진급에 도움을 받고 싶고, 업무상 몇 가지 구체적인 문제를 다루는 데 조언을 얻고 싶고, 남자들이 자신을 더 좋아하게 만들 방법을 이야기하고 싶다고 했다. 그때 그는 약간 멋쩍은 듯 미소 지으며 "나는 여자들과는 잘 어울리는데 남자들은 대부분 나를 싫어하더라고요"라고 말했다.

"당신은요?" 리처드는 집중하는 것처럼 보이는 방법을 잘 아는 남자답게 시오반의 눈을 노련하게 보며 물었다. "잘 지냈어요?"

"잘 지냈어요." 시오반이 말했다. "내가 안식 휴가를 떠난 동안, 비서에게 다가갈 다른 방법을 생각해봤어요?"

"확실히 전과는 달라졌어요."

시오반은 예의 바르게 미소 지을 뿐 아무 말도 하지 않았다. 원래 시오반은 열성적으로 도움을 주려고 했기 때문에 리처드는 그녀가 반응을 보이지 않자 약간 놀란 것 같았지만 말을 계속했다.

"사생활 면에서… 내 비서와 난… 상황이 계속, 뭐랄까, 발전했어요. 솔직히 말하자면 우린 서로 건드리지 않으려고 안간힘을 쓰고 있어요. 그녀의 몸은, 그리고 그녀가 내게 하는 행동은… 그러니까, 세상에, 난 10대 소년으로 돌아간 기분이에요. 호르몬이 날뛰죠. 글쎄, 오늘 아침에는 사무실 의자에서 섹스했다니까요."

그는 이렇게 말하며 시오반을 보았고, 그녀는 문득 알게 되었다. 리처드의 이야기는 그와 시오반이 같은 공간에 있는 지금 상황을 넌지시 빗댄 말이었다. 화상으로 만날 때는 알 수 없었던 사실이 매우 노골적으로 드러났다.

리처드의 말은, 시오반에게 비서를 유혹하고 의자에서 섹스하고 호르몬이 날뛰는 성적 환상을 이야기한 것은 일종의 과시이자 관심 끌기였다. 그는 누군가에게 감정을 털어놓고 싶어서 이야기한 것이 아니었다. **시오반이** 그 말을 듣기를 원할 뿐이었다.

시오반은 피오나가 옳았다는 것이 정말 싫었다.

리처드는 섹시한 비서 이야기를 계속하는 동안 의자에서 몸을 들썩거리며 앉은 채로 다리를 넓게 벌렸다. 시오반은 대체 여기서 뭘 어떻게 해야 하나 싶었다. 분명 리처드가 딱히 부적절한 말이나 행동을 하지는 않았다. 그녀는 얼마 전에 리처드의 회사 인사팀과 갱신한 계약을 철회할 수도 있었지만, 이는 곧 일대일 코칭 고객을 모두 잃게 된다는 뜻이었다. 게다가 그녀가 그 회사에서 운영하는 자신감 향상 프로그램은 큰 돈벌이가 되었다. 리처드에게 직접 문제를 언급할 수도 있겠지만… 그는 너무 영악하고 미덥지 못했다. 시오반은 그렇게 해봤자 좋게 끝나지 않을 거라는 직감이 들었다.

하지만 어떻게 해서든지 리처드 윌슨의 삶에서 빠져나와야 했다. 시오반은 주먹을 쥐었지만 손톱이 너무 짧아서 손바닥 살을 파고들지는 못했다. 손목 살갗을 물어뜯는다든가 머리카락을 잡아당기는 등 그녀가 자기 몸을 상하게 하는 다른 틱은 정신 건강을 위해 노력하면서 모두 사라진 반면, 스트레스를 받을 때 떨쳐 버릴 수 없는 습관인 이 마지막 틱은 계속 남았다.

그리고 지금 이 상황은 단연코 스트레스였다. 시오반은 남자를 엄청나게 많이 만나봤다고 할 수 있을 정도는 아니었지만, 정말 나쁜 남자를 알아볼 정도로는 경험이 충분했다. 더욱 걱정스럽게도, 그녀가 가장 나약하고 스스로 부족하다고 느낄 때 리처드 같은 남자에게 끌린다는 것을 잘 알았다.

왜 그랬는지는 모르지만 오늘, 안개가 짙게 낀 11월의 냉기가 창문을 짓누르는 호텔 바에 홀로 앉아 큰 잔에 담긴 피노 누아 와인을 한 잔 마신 시오반은 결심을 깨기로 했다.

그녀는 조지프에게 전화를 걸기로 했다. 결국 전화하게 되리라는 걸 알았다. 전화하고 싶은 마음은 몸속의 피를 따라 낮은 소리를 내며 흘렀고 손가락을 찌릿하게 했다. 시오반은 바에 앉아서 전화하지 않겠다고 계속 중얼거렸지만, 레드 와인을 한 잔 주문하고 그걸 다 마시는 사이 어느 시점에, 그 일은 피할 수 없고 부정의 여지가 없는 사실이 되었다.

'피오나와 말레나가 옳은지도 몰라. 어쩌면 난 킬리언 때문에 남자에게 마음을 열지 못하는 건지도 몰라.' 시오반은 이렇게 생각하며 침울하게 와인 잔을 바라보았다. 그토록 우유부단했던 남자가 이토록 오래 그녀에게 영향을 미치다니 짜증이 났다. 시오반은 킬리언을 사랑했지만 그러지 **말았어야** 했다. 사실, 그 정도의 남자는 아니었다. '게다가 날 퇴짜 놓기까지 했지.' 시오반은 어느새 이런 생각을 하며 인상을 쓰고 있었다.

시오반은 조지프가 너무 그리워서 그를 떠올리면 마음이 **아팠다**. 그와 주고받은 문자와 그녀가 답장하지 않은 그의 모든 메시지를 셀 수 없이 많이 읽었다. 어느 날 밤에는 꿈에 조지프가 나오기까지 했다. 그 꿈에는 라마도, 잼 냄비를 머리에 이고 가만히 균형을 잡는 남자도 나왔다. 원래 누구와의 만남을 끝내도 이러지는 않았다.

오늘 리처드를 만나자 시오반은 왜 자신이 남자들을 멀리하는지 새삼 깨달았다. 남자들은 대부분 멍청하기 때문이다. 하지만 그 덕분에 조지프는 정말 달랐다는 사실도 떠올리게 되었다. 조지프는 시오반 스스로 섹시하고, 사랑받고, 안전하다고 느끼게 해주었다. 그녀를 행복하게 해주었다.

조지프는 세 번째 신호가 울린 뒤에 전화를 받았다. 200일 넘게 참았던 것이 5초도 안 되는 시간에 무너졌다.

"시오반?" 그가 말했다.

시오반은 와인 잔 손잡이를 움켜쥐고 눈을 감았다. 바 뒤쪽에서 어떤 여자가 농담하며 가장 웃긴 부분을 큰 소리로 말하자, 같은 자리에 있던 나머지 사람들이 웃음을 터뜨렸다. 다른 사람들의 인생은 왁자지껄하게 흘러갔고, 시오반은 이렇게 홀로 탁자에 몸을 웅크린 채 조지프의 목소리를 귀에 담고 있었다.

"응. 안녕." 그녀는 이렇게 말하고는 흠칫하며 잔뜩 인상을 찡그렸다. 몇 달을 기다려서 전화하고는 고작 첫마디가 "응. 안녕"이라니.

"당신이 전화를 하다니." 조지프는 어쩔 줄 모르는 목소리였다.

"당신은 전화를 받았고." 사실을 말했을 뿐이지만 말하고 나자 시오반은 기분이 약간 나아졌다.

"전화할 줄은… 오랜만이야."

시오반은 와인 잔을 흔들었다. 와인은 바닥에만 조금 남았을 뿐 마실 만한 양은 아니었다.

"내 번호 안 지웠네." 조지프가 느릿하게 말을 잇자 시오반은 그 목소리에서 미소가 느껴지는 것 같기도 했다.

'괜히 전화했어.' 시오반은 생각했다. 조지프가 그녀의 이름을 부른 순간부터 계속 이 생각이 들었다. 사실 그가 이름을 부르는 순간 시오반은 이미 끝났기 때문이다. 시오반은 조지프 카터의 입으로 불리는 자기 이름을 도저히 거부할 수 없었다.

"지금 런던이야?" 시오반이 가라앉은 목소리로 물었다.

"실은 이제 막 윈체스터로 떠난 참이야." 잠시 뒤 조지프가 말했다. "파티에 갔다가… 그래. 런던을 떠났어."

시오반은 시간을 확인했다. 11시 30분이었다. 그녀는 키트와 이탈리아 음식을 먹으러 나갔다가 디저트를 먹고 비케시, 캘빈과 함께 그들의 아파트로 갔다. 그런 다음 자기 전에 한 잔 마시려고 호텔 바에 왔으니… 당연히 늦은 시간이었다.

섹스를 목적으로 전화한 게 아니라면 남자에게 전화 걸기에는 부적절한 시간이었다.

'이제 어쩌지?' 시오반은 와인 잔을 만지작거리고 손톱을 보며 생각했다. 손톱은 참지 못하고 긁어대는 어린아이처럼 짧게 깎여

있었다. '시오반 켈리, 이 남자에게 왜 전화한 거야?'

"내가… 내가 그쪽으로 갈 수 있어." 시오반이 말했다. "그냥 얘기 좀 하고 싶어서. 정말로. 오늘 11월 첫째 주 금요일이잖아. 나만의 밤. 맞지?" 시오반이 나지막이 말했다.

침묵은 몹시 고통스러웠다. 시오반은 어느 쪽이 더 치욕적인지 판단이 서지 않았다. 한밤중에 조지프가 사는 외곽으로 가겠다고 한 것인지, '그냥 얘기 좀 하고 싶은' 척한 것인지.

"좋아." 시오반이 못 들은 걸로 해달라고 말하려던 찰나 조지프가 말했다. "그럼 정말 좋겠어, 시오반."

조지프가 또다시 그녀의 이름을 불렀다. 시오반은 잠시 눈을 감았다. 기차를 타고 윈체스터로 가는 매 순간, 이 결정에 대한 두려움과 의심에 시달릴 것임을 알았다.

"이따 봐." 시오반은 이렇게 말하고 전화를 끊었다.

기차가 베이싱스토크Basingstoke에 서자 시오반은 너무 겁이 나서 금방이라도 벌떡 일어나 기차에서 내릴 것 같았다. 그냥 런던으로 돌아가서 이 모든 일을 재미있는 에피소드 삼아 자신을 독립적인 여성으로, 한때 같이 잔 남자를 만나기 위해 한 시간이나 기차를 타고 가지 않은 여성으로 만들며 이야기를 마무리할 수도 있었다. 아니면 베이싱스토크에서 하룻밤을 보내거나. 베이싱스토크에 아는 사람이 없던가? 상담학 3급 자격증 과정을 들을 때 만난 여자? 아니면 키가 작고 털이 많던 키트의 전 남자 친구가 여기에 살았던가?

그러나 시오반은 옆구리에 핸드백을 꼭 낀 채 마비된 것처럼 가만히 서 있기만 했다. 잠시 후 신호음이 울리며 문이 닫혔고 기차는 다시 출발했다. 그리고 시오반은 새벽 1시에도 윈체스터행 기차에 계속 타고 있었다. 두려웠다. 그녀는 한계를 뛰어넘었다. 남자 때문에. 이런 상황이 익숙하지 않았다.

윈체스터에 도착해 기차에서 내렸지만 승강장에서 기다리는 사람은 아무도 없었다. 밤공기는 살을 에는 듯이 차가웠다. 술 취한 남자가 비틀거리며 〈넌 절대 혼자 걷지 않을 거야You'll Never Walk Alone〉*를 부르며 지나갔고, 15센티미터는 되어 보이는 하이힐을 신은 여자가 그에게 닥치라고 했다. 그녀는 그러면서도 씩 웃으며 그 구두를 신고 낼 수 있는 최고 속력으로 남자를 쫓아갔다. 시오반의 삶에는 많은 사람이 있었다. 그래서 그녀는 외롭다고 느낀 적이 거의 없었다. 하지만 이 순간, 하이힐을 신은 여자 친구가 따라올 때까지 기다리며 술에 취해 활짝 웃고 있는 남자를 본 순간, 외로움이 날카롭게 그녀를 파고들었다. 시오반은 누군가가 자신을 기다려주기를 원했다.

"시오반?"

코트 주머니에 손을 넣은 조지프가 다른 승강장 계단을 내려오고 있었다. 그는 똑같았다. 안경을 꼈고 갈색 머리는 헝클어졌으며 환하게 미소 지었다. 그를 보자 시오반은 기다리던 좋은 소식을 들었을 때처럼 기분이 좋았고 따뜻함과 안도감이 밀려왔다.

---

* 프리미어 리그 리버풀 FC의 응원가이기도 하다.

그녀는 어떻게 인사해야 할까 생각했지만, 조지프는 그녀의 뺨에 가볍게 입 맞추고 잠시 포옹할 뿐이었다.

그는 시오반을 자기 집으로 데려가지 않았다.

"역에서 너무 멀어." 그는 이렇게 말했지만 시오반과 눈을 마주치지 않았다. 그가 거짓말하고 있는 것 같아서 시오반이 그를 보았을 때 느낀 따뜻함은 달아나버렸다. 잠깐이지만 시오반은 이 자리를 떠나 역으로 돌아갈까 생각했다. 그때 조지프가 그녀를 끌어당겨 꼭 안았고, 몇 달이 지난 뒤에 다시 느낀 그의 향기와 닿은 몸이 전하는 느낌은 그녀를 붙잡아두기에 충분했다.

그들은 역에서 몇 분 걸어가 작고 귀여운 호텔에 체크인했다. 시오반은 저렴한 모텔이 아니라서 다행스러웠다. 왠지 그 덕분에 이 만남이 덜 초라해진 것 같았다. 호텔 주인은 조지프를 아는 듯했는데, 시오반은 그가 이곳에 다른 여자를 데리고 온 적이 있지 않을까 생각하자 심장이 내려앉았다. 그때 놀랍게도 조지프가 이렇게 말했다.

"바 영업 끝나기 전에 뭐라도 마실까?"

시오반은 곧바로 객실로 갈 줄 알았다.

"그래." 그녀가 대답했다. 조지프는 이미 코트를 벗으며 창가 자리로 향하고 있었다. 시오반은 별생각 없이 피노 누아 와인을 한 잔 주문했다. 다른 호텔 바에서 똑같은 레드 와인을 마시다니.

"그래." 조지프는 그녀를 보며 미소 지었지만 약간 경계하는 눈빛이었다. 아니, 상처받은 것 같기도 했다. "이야기하고 싶다고."

이 모든 상황이 점점 기이해지고 있었다. 원래 시오반과 조지프는 대화를 많이 나누지 않았다. 기차역에서 만난 적도 없었다. 탁자에 마주 앉아 술을 마시지도 않았다.

"음. 날 보고 싶다고 여러 번 메시지를 보냈잖아." 시오반은 절실해 보이기보다 장난스럽게 보이려고 한쪽 눈썹을 찡긋하며 말했다.

조지프는 유감스러워 보이기까지 하는 미소를 지으며 자기 맥주잔을 내려다보았다. 시오반은 무릎에 올려놓은 손을 꼼지락거렸다. 예감이 좋지 않았다. 조지프는 피곤해 보였다. 처음에 시오반은 그가 파티에서 왜 그렇게 빨리 나왔는지, 11시 30분밖에 안 됐는데 왜 벌써 집으로 가는지 궁금했다.

"정말 보고 싶었어." 그의 말에 나쁜 예감은 점점 커졌다. "정말로. 하지만…"

'아. 이런.' 시오반은 주먹을 꽉 쥐고 생각했다. '아. 이런. 그는 더 이상 날 원하지 않는구나.' 그녀가 이곳까지 기차를 타고 오는 동안 몇 번이나 상상해본, 최악의 시나리오였다. 시오반이 자신도 더 이상 그에게 관심이 있는 건 아니라고 말하려던 찰나 조지프가 말을 이었다. "난… 우리가 꽤 잘돼가고 있다고 생각했어. 그런데 당신이 완전히 잠수를 타버렸지. 대체 이유를 모르겠어."

"그래." 시오반이 와인 잔을 만지작거리며 말했다. "혼란스러웠을… 거야."

이래서 선을 긋겠다고 마음먹었을 때 진짜로 선을 긋는 것이 중요하다. 진짜 선을 긋지 않으면 빌어먹을 전화를 다시 걸고 새벽 1시에 그 사람이 사는 곳에 나타나게 되는 법이다.

"4월의 그날, 당신은 뭔가에 화가 나 있었어." 조지프가 말했다. "난 당신이 혼자 있고 싶다고 해서 그렇게 해줬고. 하지만… 뭔가 잘못된 것 같았지. 호텔로 돌아가서 당신이 잘 있는지 확인할까 하루 종일 생각했어. 그래야 할 것 같았어."

시오반은 천천히 숨을 내쉬었다. "그랬으면 아마 다시 내쫓았을 거야."

조지프는 입을 앙다문 채 생각에 잠겼다. "이유를 알아?"

질문 방식이 이상했다. 시오반이 코칭 고객에게 할 법한 질문이었다. 그리고 시오반 자신도 이유를 정확히 안다고 확신할 수 없었기 때문에 아픈 곳이 건드려진 기분이었다. 아니, 이유를 모른다기보다 나름대로 의심 가는 이유는 있지만 그걸 마주하고 싶지 않았다.

"난 원치 않았어… 알잖아. 남겨지고 싶지 않았어." 시오반은 인상을 찡그렸다. 지금은 자신의 비참한 사생활을 파헤치고 싶지 않았다. 그녀가 오랜 시간 동안 다른 사람의 사생활을 파헤쳤으므로 요령이 있다고 생각할지도 모르겠지만, 시오반은 이런 식으로 내면을 파고드는 걸 좋아하지 않았다. "그래서 때로 그런 일이 벌어질 것 같은 느낌이 들면, 난, 그러니까, 먼저 상대방을 떠날 수도 있다고 생각해."

"당신이 상처받지 않으려고." 조지프가 말했다.

"평정심을 잃지 않으려고." 시오반이 그의 말을 재빨리 정정했다. "나 자신을 계속 잘 다스리려고."

"그랬군." 조지프가 희미하게 미소 지으며 말했다. "이제 이해했어.”

“하지만 미안해.” 긴 침묵이 흐른 뒤에 시오반이 말했다. “내가 상처 줬다면 말이야. 아니다.” 시오반은 한 손을 들어 올렸다. “이건 정치인들이나 하는 진정성 없는 사과잖아. 당신에게 **상처 줘서 미안해.**”

잠시 후 시오반은 그의 진짜 미소를, 조지프다운 미소를 보았고 따뜻한 것을 한 모금 마신 느낌이었다. 그를 따라서 시오반 역시 점점 환하게 웃었다. 바로 지금 같은 조지프의 표정을 보고 있자니 시오반은 비굴하게 자존심을 삼킬 가치가 있었다는 생각이 들었다. ‘난 **가망이 없어.**’ 시오반은 생각했다. 공황 증상이 꿈틀댔지만 그녀의 얼굴은 몸의 나머지 부분에 무슨 일이 벌어지고 있는지 파악하지 못한 듯 조지프를 보며 계속 미소 지었다.

“사실, 당신이 날 삶에서 도려냈을 때 정신이 번쩍 들었어. 난 더 나은 사람이 되려고 노력했지. 좀 더 차분하게 지내고 술도 덜 마시고. 그리고… 진지하게 사귀지 않고 즐기는 관계는 더 이상 맺지 않고.” 조지프는 눈을 피했다.

“그래서 지금 우리가 위층 침대에서가 아니라 아래층에서 이야기하고 있는 건가?” 시오반은 쾌활하게 말했지만 심장이 거세게 뛰었다. 조지프가 그녀를 밀어내면 어떻게 해야 할지 몰랐다.

“응. 어느 정도는.” 조지프가 시오반을 슬쩍 보면서 말했는데, 그의 눈길에 시오반은 몸이 떨렸다. “그리고 우리가 지난번에 함께 있을 때 아래층에서 충분히 이야기하지 않은 것 같다는 생각이 들어서기도 해.”

'지난번에 함께 있을 때'라고 말하니 다음에도 함께할 수 있다는 뜻인 것만 같았다. 시오반은 허리를 펴고 앉아 다리를 꼬며 발로 그의 정강이를 스쳤다. 조지프는 약간 비난하듯이 눈썹을 씰룩거렸다. 시오반은 조금도 부끄러워하지 않으며 그를 오만하게 바라보았다.

"시오반." 조지프의 말투에 시오반은 시선을 돌렸다. "안 돼. 더 이상은. 나… 만나는 사람 있어."

이런. 시오반은 발을 거두고 무릎 위에서 두 손을 꽉 잡았다.

그렇군. 시오반은 마음을 추스르려고 애썼다. 상황이 나쁘긴 했지만 그렇게까지 나쁘지는 않을지도 몰랐다. 조지프가 그녀를 원하지 않는 것이 아니라, 그녀가 없는 사이에 잠깐 다른 누군가를 찾았을 뿐인지도 몰랐다.

"진지한 관계야?" 시오반이 침을 삼키며 물었다. 틀림없이 조지프가 여자에게 낚였을 것이다. 그를 보기만 해도 알 수 있었다. 방금 이 남자를 향한 시오반의 마음이 얼마나 깊은지 고통스러울 정도로 분명해졌다. 둘이 만날 때 시오반은 자신과 조지프의 관계가 가볍고 서로 구속하지 않아야 한다고 고집했으나, 이제는 그가 다른 사람 품에 안긴다고 생각하자 그 사람의 코를 부러뜨리고 싶었다.

조지프는 맥주잔을 만지작거렸다. "모르겠어. 아마도."

"나랑 만날 때와 비슷해? 우리 사이처럼 뜨거워?"

조지프가 얼굴을 붉혔다. 시오반은 이렇게 얼굴이 빨개진 그가 좋았다. 세련되고 잘생긴 남자의 내면에 있는 소년의 모습을 얼핏 본 것 같았다.

"시오반…"

"그래, 알겠어. 그건 묻지 않을게. 좋아."

시오반은 입술을 깨물었다. 마음을 냉정하게 먹을 수도 있고 필요하다면 부도덕한 짓까지도 할 수 있지만, 다른 사람의 남자를 빼앗을 수는 없었다. 그녀에게는 여자들끼리의 규칙이 중요했다. 어쩌면 가장 중요하게 여기는지도 몰랐다. 그녀는 살면서 같은 여자를 위해 못 할 일은 거의 없다고 생각했다.

이 말인즉, 조지프가 다른 여자와 사귀고 있다면 그걸 받아들여야 했다.

시오반은 정말 바보 같았다. 무엇을 위해 지난 몇 달 동안 조지프 없이 지냈을까?

"그럼, 친구 할까?" 시오반이 물었다.

조지프는 안도하는 표정이었고 넓은 어깨도 긴장이 풀렸다. "당연하지. 나도 좋아."

"음, 난 크리스마스 전 주말에 다시 런던에 갈 거야. 혹시 그때 런던에 있으면 볼 수 있을지도. 친구로서."

조지프는 눈을 약간 가늘게 떴다. 시오반은 그런 그를 보며 눈썹을 치켜올렸다.

"진심이야." 그녀가 말했다. "그냥 친구로. 다른 사람 일에 끼어들어서 말썽 일으키는 데는 관심 없어."

그렇지만 시오반은 조지프를 완전히 보내줄 준비도 되어 있지 않았다.

제인

제인의 엄지손가락이 조지프 카터의 이름 위를 맴돌았다.

그들은 결혼식 이후로 두어 번 연락했으나 지난 한 달 반 동안 만나지 못했다. 무의미한 메시지만 주고받았는데, 제인은 이런 알맹이 없는 대화를 정말 싫어했다. **잘 지내? 그럼, 잘 지내지. 고마워. 당신은 어때?**

두 사람은 친구 사이라고 말했지만 '잘 지내?' 같은 메시지만 주고받는 관계가 진정한 친구라고 할 수 있을까? 그런 게 친구라면 제인은 친구를 원하지 않았다. 그녀는 조지프의 모든 것을, 그의 향기를, 춤출 때 그녀를 감싸던 팔을 원했다. 이제 그녀는 이런 감정에 저항하기를 포기했다. 9월 결혼식에서 춤추며 느꼈던 고통으로 조지프 카터를 사랑하지 않으려고 애쓰는 일이 얼마나 무의미한지 증명되었다. 이 모든 고통을 받아들이자 묘하게도 안도 감이 들었다. "제인, 인간으로 살아가는 건 혼란스러운 거야." 얼 마 전에 애기가 말했다. "아무리 규칙을 세워도 그건 바뀌지 않 아. 때로는 뭔가를 느끼도록 자신을 놓아줘야 해. 아무리 추악할 지라도."

제인은 천천히, 신중하게 조지프의 이름을 눌렀다. 그녀가 써 놓은 메시지가 아직 있었다. 오늘 저녁 약속 아직 유효해?

그들은 결혼식 한참 전에 이 약속을 잡았다. 《사랑을 담아, 라 호르에게To Lahore, With Love》를 읽고 나서 함께 요리하면 어떨까 이 야기했고, 그때 제인은 위로가 필요할 때 만들어 먹는 특제 닭고 기 카레를 언급했다. 그 말에 조지프는 펄쩍 뛰며 좋아했다. "나한 테 만들어줘야 해." 그가 말했다. "지금 당장 날 저녁 식사에 초대 해. 휴대폰 줘봐." 제인은 열광하는 그를 보며 웃음을 터뜨렸고, 그 정도로 특별하지는 않다고 했다. 조지프는 몇 달 뒤로 날을 잡았 으니 연습할 시간이 많다고 했다. 제인은 안심했다. 11월은 아직 멀었으니까. 조지프에게 직접 요리해서 저녁 식사를 대접하는 것 은 그와 거리를 유지하기 위해 세운 규칙을 모두 깨는 행동이었 지만, 제인에게는 빠져나갈 핑계를 찾을 시간이 충분했다.

어쩌면 조지프는 날짜를 한참 뒤로, 제인이 안전하다고 생각 할 만큼 한참 뒤로 잡아야 그녀가 수락하리라는 것을 알았는지 도 모른다. 제인은 '조지프에게 특제 카레 만들어주기'가 일정표 에 입력된 뒤로 많이 달라졌다. 이제는 그에게 요리해줘야 한다 고 생각할 때보다 그와 함께 카레를 먹지 못한다고 생각할 때 기분이 훨씬 안 좋았다.

　제인은 별안간 숨을 들이마시며 화면 위에서 엄지손가락을 움직여 '전송'을 눌렀다.

　휴대폰을 쳐다보는 데 정신이 팔린 제인은 자선 상점 출입구 위쪽에 달린 종이 울렸는데도 5초는 족히 지난 뒤에야 쳐다보았다. 그곳에는 옛 동료 루가 서 있었다. 그녀는 발을 계속 좌우로 꼼지락거리며 안절부절못했다.

　"안녕하세요." 루가 미안한 듯이 말했다. "여기 찾아오는 것 말고는 달리 연락할 방법이 없어서… 우리 얘기 좀 해요."

　"아." 제인이 가게 뒤쪽을 흘끔대며 말했다. 모티머가 닳아빠진 책 무더기를 정리하고 있었다. "미안한데 혹시… 런던에서 온 거예요? 날 보려고요?"

　루는 입술을 오므리며 고개를 끄덕였다. "좀 조용한 데로 가면 어떨까요?"

　"난 여기도 좋아요." 제인은 갑자기 약간 겁이 나서 말했다. 모티머가 있으면 조금 더 마음이 놓였고, 그는 이야기가 들리지 않는 곳에 있었다.

　루는 입술을 일그러뜨리며 주위를 둘러보았다. "좋아요. 내가 온 건… 당신에게 미리 알려주고 싶어서예요. 브레이에 아직 아는 사람이 있는지, 당신에게 이야기해줄 누군가가 있는지 잘 모르겠지만, 회사에 소문이 돌고 있어요. 사람들이 당신이 회사를 그만둔 일을 이야기하고 있어요. 또다시."

　'제발 그냥 말해줘요.' 제인은 생각했다. 심장이 너무 거세게 뛰어서 팔과 다리에서도 심장박동이 느껴졌다.

"그 남자가 당신을 찾고 있어요." 루가 속삭였다. "미안해요. 당신이 알고 싶어 할 것 같아서."

두려움이 연기처럼 제인을 휘감았다. 제인은 손가락이 아플 정도로 계산대 모서리를 꽉 잡았다.

"괜찮아요." 제인이 떨리는 목소리로 말했다. "괜찮아요. 말해 줘서 고마워요."

"런던으로 올 수 있어요? 당신 방식대로 그 사람을 상대할래요? 혹시 도움이 된다면 내가 같은 편이 되어줄게요. 아, 미안해요. 당신은 날 잘 알지 못하니 그다지 의미는 없겠네요."

사실 루의 말은 지금 제인이 이해할 수 있는 것 이상으로 의미가 있었다.

"고마워요." 제인이 기어들어가는 목소리로 말했다. "하지만 난 그냥 여기 있을래요. 무슨 일이 일어나면 그때 해결할게요."

"실은 그것 때문에 여기 온 거예요." 루가 다시 미안한 표정을 지으며 말했다. "그러니까 이미… 해결해야 할 일이 **벌어진** 것 같아서요. 내 말은, 그 남자가 당신이 여기 있는 걸 알아낼 수 있지 않을까요? 런던에서 아주 멀지도 않잖아요."

제인은 인상을 썼다. 그건 최악의 상황이라고 할 것도 없었다. 제인을 잘 아는 사람이라면 누구나 윈체스터가 그녀의 고향이자 어머니가 돌아가신 곳이라는 사실을 알았다. 그래서 그녀는 정말 도망치고 싶었다면 고향에서 더 멀리 떨어진 곳으로 가야 마땅한데도 불구하고 이곳에 돌아왔다. 그녀는 언제나 고향에 마음이 끌렸다.

제인은 윈체스터에서 보낸 어린 시절을 기억하지 못했다. 그 녀가 아는 것이라고는 어릴 때 아버지와 함께 살았던 프레스턴 Preston 인근 마을뿐이었다. 아버지는 윈체스터 이야기를 하지 않았다. 제인에게 이 아름다운 도시는 금기의 대상이었고, 이곳에 카운트 랭글리 재단의 자선 상점이 있다는 사실을 알게 되자 운명이라고 느꼈다. 제인이 어머니의 삶에 대해 알고 있는 몇 안 되는 사실 중 하나는, 어머니가 죽음을 앞두고 있다는 것을 알았을 때 카운트 랭글리 재단의 도움을 받아 삶의 마지막을 계획했다는 것이었다. 10대 시절 제인은 아버지가 숨겨둔 서류를 발견한 적이 있는데, 거기에는 장례 절차 안내서도 있었다. 그녀는 한 번도 본 적 없는 어머니의 사진이 빼곡한 그것을 몰래 빼내 와서 어머니의 미소 짓는 얼굴에, 제인이 빼닮은 온화한 갈색 눈에 푹 빠져 몇 시간이고 바라보았다.

제인은 다시 도망칠 수도 있었다. 윈체스터를 떠날 수도 있었다. 그가 찾아낼 수 없는 곳으로 갈 수 있었다.

"안 돼." 제인이 소리 내어 말했다. 목이 메었다. "아직은 여길 떠날 수 없어. 아직은."

이곳에는 조지프가 있었고 그와 약속한 저녁 식사도 해야 했다. 아, 그리고 애기와 제인이 사는 작은 아파트도, 조시스 카페의 맛있는 팬케이크와 온기 가득한 파이카람바도⋯. 제인은 이 모든 것을 두고 떠난다고 생각하자 견딜 수 없었다. 그녀는 눈을 꼭 감았다. 떠나야 한다면 떠날 것이다. 하지만 아직은 아니었다.

❖❖❖

　예상대로 조지프가 늦게 도착했을 무렵, 아파트에는 뭉근히 끓인 향신료의 향긋한 냄새가 가득했다. 제인은 맨발 바람으로 토요일에 입는 크림색 실크 원피스를 입고 손으로 토닉 워터가 담긴 차가운 잔을 감싸고 있었다.

　"안녕." 조지프가 그녀의 뺨에 입 맞추며 말했다.

　제인은 엄청나게 노력한 끝에 겨우 기절하지 않을 수 있었다.

　"안녕." 그녀는 찬장에 딱 붙어서 말했다. "어서 와."

　"늦어서 미안해." 조지프가 몸을 숙여 시어도어와 인사하며 말했다. "엄마가 욕실 문과 씨름하고 계셔서. 그다음엔 USB 포트 문제로 회사에서 전화가 왔어. 솔직히, 어느 집 애가 포트에 껌을 끼워 넣은 것 같은데, 담당자에게 그렇게 말해봤자 안 믿겠지. 아, 이런. 당신이 이런 것까지 알 필요는 없는데. 미안해. 내가 좀…." 조지프는 허리를 펴고 냉장고에 한쪽 어깨를 기댔다. 그러자 냉장고가 약하게 소음을 내며 저항했다. 제인의 아파트에 있는 물건 대부분과 마찬가지로 냉장고도 낡고 형편없었지만 나름의 매력이 있었다. "긴장돼서. 요즘 우리 사이가 좀 묘하잖아?"

　"음, 그래. 약간 그렇지." 제인은 그의 시선을 피하려고 포크로 밥을 뒤적이며 말했다. 횡설수설하는 건 조지프답지 않았지만, 마음 아프게도 제인은 이런 모습마저 귀여웠다.

　"내 잘못이야." 그가 목덜미를 문지르며 말했다. 그의 손목시계가 주방 조명에 금빛으로 빛났다. "미안해. 처음부터 내가 더 분명히 했어야 했는데… 내가 해줄 수 있는 것에 대해서.”

“당신은 우리가 친구 이상의 관계가 될 수 있다는 식으로 말한 적 없어.” 잠시 후 제인이 조심스럽게 말했다.

그녀는 찬장에 있는 것 중 가장 좋은 그릇을 꺼냈다. 손이 떨리는 바람에 그릇끼리 부딪쳤다. 이런 이야기를 하는 것이 몹시 고통스러웠다. 제인은 내면으로 들어가 웅크리고 싶었고 차마 조지프를 볼 수 없었다. 그녀는 그릇 가장자리의 이가 나간 부분을 엄지손가락으로 쓸어내렸다.

“그러니까 내 말은, 우리가 처음 만났을 때 당신은 남자 친구가 있다고 했어.” 조지프가 말했다. 그의 목소리에서 이상한 기운이 느껴졌다. “그래서 당신도 아는 줄 알았어.”

“알아. 당신이 날 그런 식으로 본 적 없다는 거. 이해해.”

“아니, 제인. 내가 말하려는 건 그런 게 아니야.” 그는 침울한 목소리로 말하더니 제인의 팔을 잡으려는 듯이 손을 내밀었다가 다시 내렸다. “나도 친구로만 지내기 힘들었어.”

제인의 얼굴이 붉어졌다. 그녀는 음식을 차리는 동안 용기를 내서 조지프를 몰래 흘끔댔다. 그는 진지한 표정이었고, 열이 오른 광대뼈를 따라 불그스름한 자국이 나 있었다. 그가 말하지 않은 감정이 있다는 뚜렷한 신호였다.

“하지만 당신이 해줄 수 있는 건 친구뿐이잖아.” 제인이 천천히 말했다.

“그래. 내가 해줄 수 있는 건 그뿐이야.”

제인은 다른 여자가 조지프의 나머지 부분을 차지하고 있다고 생각하자 절망적이고 몹시 화가 났으며 그 여자가 미웠다. 조지프는 그 여자의 이름조차 말하지 않았다. 조지프가 이름을 말했다면 제인은 자제력을 잃고 그가 제인보다 더 사랑하는 여자를 찾아낼 때까지 소셜미디어를 샅샅이 뒤졌으리라는 걸 잘 알았다.

"괜… 괜찮은 거야? 제인, 이건 온전히 당신에게 달린 문제야. 우리가 친구로서 함께하는 게… 음, 너무 힘들면…"

"너무 힘들지는 않아." 제인은 재빨리 미소 지었다. 잠깐이지만 **"왜 이래. 당신이 그렇게 거부할 수 없을 정도로 매력적이진 않다고"**라고 말하며 놀려줄까 고민했으나, 거짓말할 수 있는 상황에서도 거짓말하지 않으려고 열심히 노력 중이었기 때문에 그 말을 삼켰다. "이렇게 당신을 보게 돼서 기뻐."

"진심이야?"

제인은 조지프가 고개를 이리저리 빼며 그녀의 눈을 보려 한다는 걸 알자, 심장을 쥐어짜는 것 같았다.

"그럼." 그녀가 말했다. "이제 음식을 차려도 될까?"

제인은 이상하게 행동하지 않고 저녁 식사를 무사히 마쳤다. 딱 한 번, 음식을 다 먹고 두 사람 몫을 추가로 가지러 갈 때 눈물이 차올랐지만 조지프를 등지고 있었다. 설령 그가 보았다고 해도 아무 말도 하지 않았을 것이다. 하지만 루를 만난 뒤로 제인의 감정 상태는 엉망이었다.

"제인?" 디저트까지 다 먹고 나자 조지프가 머뭇거리며 말했다.

디저트는 초콜릿 무스였다. 제인이 처음 만들어본 거라 달걀 흰자가 덜 익어서 식중독에 안 걸린다고 **장담할** 수는 없었지만 맛은 있었고, 사람들이 왜 초콜릿 디저트에 열광하는지 이해될 정도였다.

"괜찮아?"

'아, 이런. 그런 거 묻지 마.' 제인은 생각했다. 눈물이 다시 차올랐다.

그녀는 물을 한 모금 마셨고 손이 너무 떨려서 접시에 좀 흘렸다.

"왜 그래?"

조지프의 목소리는 다정했다. 그래서 상황이 더 안 좋아졌다. '왜 그냥 기분 나쁘게 행동하지 못하는 거야?' 제인은 생각했다. '왜 그냥 기분 나쁘게 행동하며 거짓말이나 하고 여자나 밝히는 바람둥이가 아닌 거야? 왜 내게 여자 친구 이야기는 한마디도 하지 않고 당신에게 나밖에 없는 것처럼 생각하게 만든 거야?'

제인은 현실을 받아들여야 했다. 하지만 지금 그녀는 아주 잠깐 '내가 당신의 다른 여자가 될게. 내게 거짓말하지 않아도 돼'라고 생각했다.

제인은 또 눈물이 나려 해서 식탁을 박차고 일어났다. 이게 그녀의 본모습이었다. 사랑에 너무 지독하게 빠지면 순식간에 도덕성이고 뭐고 다 잃는 여자.

"잠시만." 그녀는 이렇게 말하고 욕실로 갔다.

조지프는 뒤따라갔지만 다행히 손을 뻗어 제인을 잡으려 하지 않았다. 욕실로 들어가 문을 닫은 제인은 밖에서 조지프가 욕실 문에 기대어 스르륵 주저앉는 소리를 들었다. 그녀도 똑같이 주저앉은 다음, 무릎 사이에 얼굴을 묻고 욕실 타일을 물끄러미 보았다. 타일은 방금 흘린 눈물로 얼룩졌다. 제인은 눈물을 펑펑 흘렸지만 소리는 내지 않았다. 들키지 않고 우는 법을 잘 아는 사람의 훈련된 흐느낌이었다.

"제인, 정말, 정말 미안해." 조지프가 말했다. 문을 사이에 두고 있어서 그의 목소리가 작게 들렸다. "난 몰랐어. 당신이 얼마나 힘든지…."

"당신 때문이 아니야." 제인이 큰 소리로 말했다. 사실은 조지프 때문에, 그 때문에 **정말** 힘들었고 앞으로도 늘 그럴 것 같았지만. "다른… 다른 일이 좀 있어. 그게 좀 감당하기 힘들어져서 그런 것뿐이야." 제인은 두루마리 휴지로 코를 풀었다. "곧 괜찮아질 거야. 정말이야." 그녀는 떨리는 얼굴로 미소 지으려 애쓰며 말했다.

문밖에서 긴 침묵이 흘렀다. "정말, 정말 미안해." 조지프가 말했다.

그리고 침묵이 이어졌다. 맞은편 벽에서 욕실 환풍기가 쓸데없이 윙윙 돌아갔고, 환풍기 겉면에는 거미줄이 걸려 있었다.

"당신을 보려고 혹스턴 빵집에 갔다는 말은 거짓말이 아니었어." 조지프가 말했다.

제인은 왼손에 휴지를 뭉쳐 쥔 채 가만히 들었다.

"우리가 어떻게 만났는지 같이 지어냈던 이야기 기억나? 당신을 보려고 매일 같은 시간에 빵집에 갔다고 했잖아. 당신이 아름다워서."

제인은 주먹 쥔 손을 가슴에 갖다 댔다. 말 그대로 심장이 쪼개지는 듯 가슴이 너무 아팠고, 말도 안 되지만 머릿속 한구석에서 아픈 가슴이 열리지 않도록 꽉 붙잡아야 한다고 말했다.

"그건 거짓말이 아니었어. 차라리 거짓말할 걸 그랬나 하는 생각은 했어. 썩 자랑할 만한 행동은 아니었으니까. 하지만 어쨌든 거짓말은 아니었어."

"그래서… 그래서 내게 먼저 말을 건 거야?" 제인이 간신히 물었다. 눈물이 나서 목이 메었다. "내가 예쁘다고 생각해서?"

"사실, 난 당신이… 정말 매력적이라고 느꼈어. 그래서 쳐다봐서 나쁠 건 없지 않냐고 혼자 생각했지. 얼마 후에는 정중하게 말을 걸어도 나쁠 게 없을 것 같더라고. 그리고 당신이 남자 친구가 있다고 말했을 때 정말 안심했어. 그 말은 당신에게 이성으로서 접근할 수 없다는 뜻이었고, 그럼 내가 유혹에 빠질 걱정은 하지 않아도 됐으니까. 그런데 당신이 남자 친구에 대해 솔직하게 털어놓았을 때… 그때 우린 친구였고 난 그대로 지내야 한다고 생각했어. 그런 내가 정말 **대견했고**." 그는 목에 뭔가가 걸린 듯한 목소리였다. "난 내가 해냈다고 생각했어. 아름답고, 똑똑하고, 재미있는 여자와 친구가 되었고, 그 여자를 침대로 데려가려 하지 않았다고."

제인은 그와 함께 침대로 간다는 생각만으로도 몸이 떨렸다.

"하지만 지금 날 봐." 조지프가 말했다. "지금의 난 이 문을 열고서 당신을 안고 키스하고 싶은 마음뿐인걸."

제인은 쿵 소리가 나는 바람에 깜짝 놀라 뒤통수를 문에 부딪쳤다. 조지프가 주먹으로 바닥을 친 것 같았다. 그녀는 눈을 감고 천장을 향해 고개를 들어 서늘한 나무 문에 머리를 기댄 채 가만히 앉아 있었다. 이 모든 것을 소중히 간직하고 싶었다. 바닥 타일의 감촉과 원피스를 통해 느껴지는 냉기. 뺨에 흐른 눈물이 마르면서 축축한 가운데 당기는 느낌. 그녀를 원한다고 말하는 조지프의 목소리.

"제인, 난 자신과 약속했어." 그가 말했다. 제인은 그 역시 울고 있는 게 아닐까 싶었다. 목소리가 너무 둔탁하게 가라앉아 있었기 때문이다. "그런데 맙소사. 당신 때문에 그 약속을 깨고 싶어. 이게 왜 그렇게 **힘들까?**"

"나도 자신과 약속했어." 제인이 말했다. 그녀는 머리끝부터 발끝까지 떨고 있었다. "그리고 난 이미 그 약속을 깼어. 조지프, 난 다시는 사랑에 빠지지 않겠다고 했는데, 당신이… 난 이 짓 못 **하겠어.** 이 어중간한 상태를 못 견디겠어. 난 당신을 가질 수 없고 갖지 않을 거야. 당신을 다른 사람과 공유할 수 없어."

"제인, 그러지 마." 이제 그는 우는 게 분명했다.

제인은 잠시 문을 열까 생각했다. 그리고 조지프에게 안길까, 그들의 의지가 어디까지 견딜 수 있는지 알아볼까 생각했다.

"이제 우린 어떻게 해야 해?" 제인이 나지막이 물었다. "이제 어쩌지? 친구가 될 수 있는 거야?"

"지금도 친구 노릇을 잘하고 있진 않은데." 조지프의 말에 제인이 웃었다. "하지만 난 그러고 싶어. 정말로."

제인은 두 사람을 상상해보았다. 전처럼 독서 모임을 하고 조시스 카페에서 커피를 마시고 한 시간을 기다려 그의 메시지에 답장 보내는 모습을. 제인은 조지프의 친구였고 몇 달 동안은 그를 사랑했다. 왜 지금 그걸 바꿔야 할까?

하지만 달라져야 했다. 방금 제인이 고백해서 조지프가 알게 되었기 때문이다. 그들은 9월의 아주 짧았던 순간을, 키스라고 할 수도 없었던 키스를 되돌리지 못한다.

"조지프, 난 친구 못 할 것 같아." 제인이 눈을 뜨며 말했다. "못 하겠어. 미안해. 내가 당신과 친구로 지낸다면 우리 둘을 기만하는 거야. 난 계속 당신을 사랑할 테니까."

조지프가 한참 동안 말이 없자, 제인은 문득 욕실 바닥에 혼자 앉아 있는 것이 외롭게 느껴졌다. 혼잣말을 하는 듯했고 조지프가 바깥에 없는 것 같았다.

"그래." 마침내 그가 말했다. "알겠어."

조지프는 숨을 깊이 들이마셨고 제인은 그가 움직이는 소리를 들었다. 제인은 충동적으로 문을 향해 홱 돌았지만 문을 열지는 않았다. 이렇게 그를 보내주지 않으면 영영 그를 놓지 못할 것 같았다.

"안녕, 제인." 조지프가 말했다. "당신이 알아줬으면 해. 내가…" 그는 다시 한번 숨을 크게 들이마셨다. "언젠가 우리가 다시 만날 수 있기를 바랄게. 우리 둘 다 지금과 다른 처지에서. 더 나은 상황에서."

제인은 아무 말도 하지 않았다. 그들은 만나지 않을 것이다. 그녀는 내일 떠나기 때문이다. 제인은 '조지프, 난 친구 못 할 것 같아'와 '난 계속 당신을 사랑할 테니까' 사이 어느 시점에 떠나기로 결심했다.

아우터헤브리디스Outer Hebrides 제도나 멀리 웨일스Wales의 시골
마을로 갈 수도 있었다. 어디든 아무도 없는 곳으로 가고 싶었다.
그러면 당연히 제인이 사랑에 빠질 수 있는 사람도 없을 테니까.

미란다

미란다의 11월은 안개에 휩싸여 흐릿하게 흘러갔고, 몇 주 동안 다른 사람으로 산 것 같았다. 날씨가 좋지 않아서 팀이 일을 하기에도 힘들었다. 미란다는 필요 이상으로 오래 집에 머물렀고 아파트를 휘젓고 다니며 스스로 바쁘게 만들려고 애썼다. 카터는 변함없이 쾌활했고 평소보다 더 매력적인 것도 같았다. 그는 노력하고 있었다. 미란다는 술집 탁자에 마주 앉아 그를 볼 때나 침대에서 그의 맨가슴에 머리를 기대고 있을 때면 여전히 머릿속에 믿기지 않을 정도로 운이 좋다는 생각이 스쳤지만, 그러는 횟수가 줄어들었다. 싸구려 보석에 씌운 금박이 벗겨지듯이 그에게서 광채가 조금씩 퇴색했다.

12월이 되었고 날씨는 몹시 추웠다. 미란다의 아파트가 있는 거리의 플라타너스 사이에는 크리스마스 조명이 제멋대로 달렸다. 미란다는 경쾌한 분위기를 내보기로 마음먹고 아파트에 크리스마스 장식을 과하게 했다. 어느 날 오후, 크리스마스 쇼핑을 하고 집에 늦게 돌아온 미란다가 주방에서 물을 벌컥벌컥 마시는데, 냉장고 문에서 번쩍거리는 순록 장식이 떨어졌고 기분 좋게 반짝이는 뿔이 그녀의 발을 찔렀다.

"아… 이런 빌어먹을 새끼. 젠장!"

"언니!" 소파에 있던 프래니가 고개를 들며 말했다. "방금 욕했어?"

미란다는 깜짝 놀랐다. 프래니가 거기 있는 줄 몰랐다. "아니야." 미란다는 양심의 가책을 느끼며 대답하고는 울상이 되어 한쪽 다리로 깡충거렸다. "아니, 그럴지도. 욕을 많이 하는 남자들과 종일 있었더니. 무슨 말인지 알지?"

프래니가 빙그레 웃었다. "걱정 마. 언니 범생인 거 다 알아."

이유는 알 수 없지만 미란다는 그 말에 신경질이 났다. 셔츠 목덜미 아래로 겨울 추위가 스며서일 수도, 하루 종일 운동을 하지 않아서일 수도, 오른쪽 발의 날카로운 통증 때문일 수도 있었다. 하지만 어쨌든 미란다의 마음속에서 뭔가가 툭 끊어졌다.

"프래니, 그거 알아? 사실 난 범생이는 아니야. 솔직히 말하면 열두 살 넘은 사람 중에 범생이는 없어. 이 얘기를 하려는 게 아니라 내가 하려는 말은, 실제로 난 꽤 거칠고 기가 센 사람이라는 거야. 난 혼자 살지. 아니, 너희 둘이 불청객이 되어 나타나기 전까지는 그랬지. 그리고 내가 좋아하는 멋진 직업이 있고, 매일 아주 무섭고 용감한 일을 해. 게다가 귀여운 남자 친구도 있고." 미란다는 '남자 친구'라고 말할 때 목에 뭔가 걸린 것 같았다. 그녀는 말을 이었다. "난 부모님 집에서 함께 살 때의 내가 아니야. 알겠어? 이제 나만의 인생이 있다고. 프래니, 넌 열여덟 살이야. 방금 내가 말한 것 중 하나라도 이루려고 노력해야 할 것 같은데. 아델 꽁무니나 쫓아다니고 내 아파트에서 공짜로 살면서 빈둥대지 말고."

프래니는 놀라서 눈을 크게 떴다. 두 사람은 한동안 말없이 서로 쳐다보았다.

"미안." 프래니가 아주 작은 목소리로 말했다.

계속 한쪽 다리로 균형을 잡고 있던 미란다의 몸이 축 처졌다. "아니야, 내가 미안해. 내가 너무 형편없이 굴었어. 날씨 탓이야. 날씨 때문에 스크루지처럼 구두쇠가 됐나 봐."

프래니는 일어나 앉아서 쿠션을 끌어안고 미란다를 똑바로 보기 위해 몸을 비틀었다. "우리가 나가면 좋겠어?"

"아니! 그건 아니야. 미안해. 난 그냥… 가끔은 너희들이 잊고 있는 것 같아서. 그리고 너희들은 마치 내가…" 미란다가 발을 바닥에 내리며 손을 내저었다. "모르겠다. 찌질이? 등신? 아무튼 그런 사람인 것처럼 말하잖아."

프래니의 눈이 더 커졌다. "우린 그렇게 생각하지 않아. 조금도! 아델이 다른 사람들에게 언니 일 얘기하는 걸 들어봐야 하는데. '우리 언니는 전국에 한 명뿐인 여성 수목 관리 전문가라고요'라면서 언제나 자랑하는걸!"

미란다는 입을 벌린 채 동생을 멍하니 보았다. "정말?" 그녀는 잠시 멈추고 프래니의 말을 곱씹었다. "그나저나 그건 사실이 아니야."

"맙소사. 우리가 뭐, 청소라도 더 할까?" 프래니는 정말 당황한 것 같았다. "아니면 저녁 식사를 준비할까? 아니면…" 그녀의 두려움은 점점 커졌다. "월세라도 낼까?"

미란다는 웃음을 터뜨리지 않으려고 안간힘을 썼다. 그녀는 소파로 가서 프래니 옆에 앉았다.

"청소를 좀 하는 정도?" 미란다가 아픈 발을 살피며 말했다. 아쉽게도 피는 나지 않았다. "그리고 이곳이 내 공간이라는 걸 존중해주면 좋겠어. 가끔은 나도 방해받지 않고 남자 친구와 저녁을 먹고 싶거든."

"저녁이라." 프래니가 의미심장한 표정을 지었다. "알겠어. 언니네 커플은 저녁을 많이 먹지?"

미란다가 쿠션으로 프래니를 퍽 때렸다. "어이구." 그녀가 말했다. "넌 아직 어려서 저녁 식사 같은 건 몰라도 돼. 프래니, 내 머릿속에 넌 아직 열두 살이야."

"나도 누가 **같이** 저녁 먹고 싶다고 하면 좋겠다." 프래니는 이렇게 말해서 매를 벌었다.

두 사람은 밤늦도록 이런저런 이야기를 나누며 배를 잡고 웃었고, 미란다는 몇 주 만에 가장 유쾌한 기분으로 자러 갔다. 사실 프래니에게 소리 지르고 나자 약간 기분이 좋아졌다. 그리고 소파에 앉아 다리에 담요를 겹겹이 덮어가며 차를 마시고 비스킷을 먹고 수다를 떤 것뿐인데도, **즐거운** 뭔가를 함께 해서 기분이 좋았다.

미란다는 추위를 견디기 위해 모자를 쓰고 양모 스웨터를 입고서 11시에 침대에 누웠다. 그녀 기준으로는 늦은 밤이었고 내일 아침 일찍 일을 시작해야 했지만 잠이 오지 않았다. 어둠을 응시하며 생각하고, 생각하고, 또 생각했지만 아무런 도움도 되지 않았다.

요즘에는 이런 일이 너무 잦았다. 미란다 로소는 일단 행동으로 옮기고 보는 사람이었다. 무엇이든 재빨리 해치웠고, 겁내지 않고 덤벼들어 끝내는 편이었다. 누워서 **이런저런 생각**을 하는 사람이 아니었다. 하지만 조지프와의 관계는… 덤벼들어 따질 수가 없었다. 그와의 관계에는 덤벼들어 따질 문제가 없었다. 문제가 이미 해결되어 남아 있지 않은데도, 미란다는 그 영수증이 자꾸 생각났다. 그가 해명하지 않은 아침 식사. 일정표에 입력되어 있던 '**나만의 밤 ;)**'.

미란다는 잠을 자려고 눈을 꼭 감았지만 피곤한 기색조차 없었고, 침대에 누워 있으니 졸린 게 아니라 잠이 깨는 것 같았다. 요즘에는 불을 끄기가 무섭게 배 속에 전기가 흐르는 느낌이 들면서 뭔가가 불꽃을 일으켰다. 갑자기 미란다는 가만히 있는 것을 견딜 수 없었다.

그녀는 일어나서 불을 켰고, 아무것도 씌우지 않은 전구의 밝은 불빛 때문에 눈을 가늘게 떴다. 그러고는 침대 옆 바닥에서 충전 중인 휴대폰을 들고 웅크린 채 멍하니 이런저런 앱을 살폈다. 트레이와의 왓츠앱 채팅 창이 열려 있었다. 미란다는 그가 접속

중인 것을 보고 시간을 확인하며 인상을 찡그렸다. 새벽 3시가 넘었다.

미란다는 망설이다가 입력했다.

뭐 해?

지난 몇 달 사이에 트레이와 친한 친구가 되었다. 그는 믿을 만하고 상대를 편안하게 해주는 사람이었다. 미란다는 그의 비관적인 성격에 매력을 느꼈는데, 자만심 강한 작은 테리어 강아지가 시비를 거는 것 같았다. 팀을 들락날락하는 지상 근무자 한 사람이 미란다에게 '**멍청한 년**'이라고 했을 때, 트레이는 점심 먹는 그녀를 찾아와서 괜찮은지 물어봐주었다. 그리고 나무에 올라가서 일하고 싶을 때 에이제이가 아니라 그녀와 함께해서 감동을 주기도 했다.

에이제이와 또라이 짓 중.

미란다는 미소 지었다.

무슨 또라이 짓?

트레이는 답장으로 사진을 한 장 보냈다. 미란다는 사진이 너무 어두워서 알아보기 힘들었지만, 자세히 살펴보니 칠흑 같은 어둠 속 체리 수확용 사다리차 바구니 안에 서서 찍은 사진이었다. 사다리가 길게 올라가 나무 꼭대기에서 일하는 것처럼 보였다.

?! 어디야?

내 친구 리디네 집 마당.

혹시 체리 사다리차에 탄 이유가…?

리디가 생울타리 너머로 이웃집 정원을 보고 싶어 해서.

미란다는 콧김을 뿜으며 웃음을 터뜨렸다.

이렇게 캄캄한데?

밝을 때 할 순 없잖아? 누가 우릴 볼지도 모르는데.

사진이 또 왔다. 이번에는 헤드 랜턴을 몇 개 켠 듯했다. 사진 왼쪽 아래 구석에 빽빽한 쥐똥나무 생울타리가 보였고, 그 위로 에이제이의 다리로 추정되는 선이 보였다.

그런데 괜찮은 거야?

미란다는 잠시 머뭇거리다가 답장했다.

그냥 생각이 많아서. 잠이 안 오네.

기운 나게 해줄까?

평소 트레이가 할 법한 말이 아니었기 때문에 미란다는 놀라서 메시지를 멍하니 보았다.

응. 그럼 좋지.

그럼 기다려. 20분 내로 갈게.

뭐라고?

하지만 트레이는 사라졌다. 미란다는 그와 주고받은 대화를 다시 읽어보았으나, 역시나 트레이가 새벽 3시에 그녀의 아파트로 오겠다는 말이었다. 미란다는 옷을 갈아입을까 생각하다가, 스콧의 생일 무렵 카터가 런던 도심에서 의문의 아침 식사를 했을 때 그녀와 주고받은 대화를 다시 살펴보며 시간을 보내기로 했다. 그러자 미란다는 빨리 몸을 움직이고 싶고 자신의 작은 방에 갇힌 느낌이 들어서 다시 속이 울렁거렸다.

휴대폰 화면 상단에 트레이가 보낸 새로운 메시지가 나타났다.

커튼 열어봐.

미란다는 그의 말이 진짜라는 것을 깨닫고 벌떡 일어났는데, 커튼을 젖힐 때는 이미 웃고 있었다. 창밖에는 체리 수확용 사다리차 바구니에 탄 에이제이와 트레이가 있었다. 트레이는 맥주를 들었고 에이제이는 계기판을 보며 사다리차를 조종하다가 미란다를 보았다. 그는 길가에 사다리차를 세우고 미란다의 창문 바로 앞에 닿도록 사다리를 확장했다.

"세상에." 미란다는 낮은 목소리로 중얼거리며 창문을 활짝 열었다. 망가진 블라인드가 창틀에 부딪히는 소리가 나자, 그것을 한쪽으로 밀어놓고 몸을 앞으로 숙여 그들에게 말했다. "둘이 뭐 하는 거야?"

"뭐 하는 것 같아?" 에이제이가 말했다. 그는 청바지와 가죽 재킷을 입었고, 아무것도 하지 않는 한 손은 주머니에 넣었다. 미란다의 침실에서 비치는 불빛과 아래쪽 가로등이 전부였지만 미란다는 즐거워하는 그의 눈동자가 보였다. "맥주 마실래? 아니면 태워줄까?"

"난…" 미란다는 입고 있는 옷을 내려다보았다. 옷을 갈아입었어야 했다. 지금 그녀는 양모 모자를 쓰고, 털이 보송보송한 잠옷 바지에 낡은 스웨터를 입고, 거기다 내복도 입었다. "잠깐 기다려." 그녀는 이렇게 말하고는 후드 재킷과 코트를 가지러 방 안쪽으로 향했다.

침실 창문을 기어올라 밖으로 나가는 일은 영화에서 10대 아이들이 보여주는 것보다 훨씬 어려웠다. 미란다는 몸을 많이 써서 근육이 거의 항상 쑤시는 상태였고, 그걸 삶의 기정사실로 인정한 지 오래였는데, 그 정도로 몸을 쓰는 건 창문으로 나가는 데 도움이 되지 않았다. 이 일에는 상당한 유연성이 필요했다. 미란다는 사다리차 바구니의 가로대를 잡고 조금씩 움직여 바구니에 올라탔다.

셋이 바구니 안에 있는 것은 미란다가 생각했던 것보다 아늑했다. 방에 휴대폰을 두고 왔다는 것을 너무 늦게 깨달았지만, 실은 휴대폰 없이 나와서 상쾌한 밤공기를 쐬자 제법 즐거웠다. 현실을 뒤로 하고 떠난 기분이었다.

"안녕." 미란다가 에이제이와 트레이를 차례로 보며 말했다. "우리 어디 가는 거야?"

에이제이는 어깨를 으쓱하더니 이로 맥주병을 따서 그녀에게 건넸다. "어디로 가고 싶은데?"

미란다는 그의 눈을 보았다. 그가 미란다를 볼 때 자주 짓는, 호기심과 짓궂은 장난기의 중간쯤 되는 표정이었다.

"머릿속을 비우고 싶어." 미란다가 말했다.

에이제이가 고개를 끄덕였다. "알겠어." 이렇게 말한 그는 다시 조종 장치로 향했다. 사다리가 원래 길이로 줄기 시작하자 미란다는 균형을 잡다가 에이제이와 부딪쳤다. 그와 닿자 피부가 찌릿했다. 에이제이와 가까이에 있을 때면 언제나 그랬다. 미란다는 이 느낌을 외면하고 한쪽으로 치워두는 법을 터득했지만, 오늘 밤에는 반항심이 넘쳐 그에게 기댈까 하는 생각도 들었다. 고의적이고 도발적으로.

에이제이는 그녀가 그렇게 하도록 놔둘 것이다. 그리고 기회를 놓치지 않고 허리를 안을 테고, 그녀의 몸을 바싹 끌어당길지도 몰랐다. 미란다는 그가 그렇게 하리라는 것을 알았다.

"야밤에 웬 모험?" 미란다는 공간이 허락하는 한 최대로 에이제이에게서 떨어지며 물었다. 바람에 머리가 거세게 날리자 모자 안으로 머리카락을 더 단단히 밀어 넣었다.

"에이제이도 응원이 필요하대." 트레이의 말에 미란다의 눈썹이 치켜올라갔다.

"당신이?"

"왜, 멋진 남자에게는 감정이 없을 것 같아?" 트레이가 말하자 에이제이는 그를 쿡 찔렀다.

이제 체리 수확용 사다리차는 길을 따라 터덜터덜 가고 있었다. 미란다는 특수 자격증 같은 것 없이 길에서 사다리차를 운전하면 안 된다고 확신했고, 무엇보다 이렇게 셋이 한 바구니에 타고 있는 건 바보 같은 짓이었다. 그들이 나무에 올라갈 때 제이미는 언제나 하네스를 안전하게 고정했는지 확인했다. 하지만 맥주를 들이켜던 미란다는 그런 것들에 신경 쓰지 않는 자신에게 놀랐다. 미란다는 다시 활기가 넘쳐 살아 있는 느낌이었고, 기분이 **좋았다.**

미란다는 트레이의 질문을 곰곰이 생각했다. "그 사람에게도 감정이 있겠지." 그녀는 에이제이 쪽을 흘끔대며 말했다. "그게 주로 성적인 쪽일 것 같지만."

에이제이가 콧방귀를 뀌었다. "나를 아주 잘 안다고 생각하나 봐?"

"제법 알지." 미란다가 맥주를 홀짝이며 말했다. 맥주의 홉이 혀 뒤쪽을 치고 내려가자 어깨의 긴장이 풀렸다. 차가운 라거에는 뭔가가 있었고 그건 좋은 것과 연관되었다. 술집에서 보내는 밤, 마음을 터놓고 나누는 대화, 미란다가 가장 그녀다운 순간.

"음, 나도 여러 가지 모습이 있을지 모르지." 에이제이는 사다리차를 운전하며 미란다를 향해 눈썹을 치켜올렸다. "그나저나 당신은 뭐가 문제야? 왜 못 자는데?"

미란다는 금방이라도 그에게 말할 것 같았지만, 결국 그 이야기를 한다는 것을 견딜 수 없었다. 이 두 사람에게 영수증과 일정표에 입력된 내용을 말하고 나면, 더 이상 그런 일이 일어나지 않은 척하며 지낼 수 없을 것 같았다. 그리고 마음 깊은 곳에서는 그 이야기를 소리 내어 말하면 어떻게 들릴지 정확하게 알고 있었다.

"그런 날도 있는 거지 뭐." 미란다는 교외에 있는 에르스테드를 천천히 지나가면서 고개를 젖히고 장식용 꼬마전구를 바라보았다. 전구는 손을 뻗으면 잡힐 것처럼 아주 가까이에 있었다. 그들 뒤로 보이는 하늘은 잉크처럼 짙은 검은색이었고 별 하나 보이지 않았다.

"당신의 그 남자 때문에?" 에이제이가 조용히 물었다.

미란다는 그를 보았다. 그는 양옆의 가로등과 은은하게 빛나는 크리스마스 장식 불빛을 받아 금빛으로 물들었다. 불빛 때문에 그의 목에 있는 문신이 보였다. 나뭇가지 문신은 가슴을 향해 뻗어 내려갔고, 나뭇잎은 쇄골에 닿아 있었다. 그들이 크리스마스 장식 불빛 아래로 지나가는 짧은 시간 동안, 문신은 피부를 가로질러 덩굴을 뻗으며 자라는 것 같았다.

"당신, 요 몇 달 동안 말수가 줄었어." 에이제이가 말했다. 그는 고개를 한쪽으로 기울인 채 늘 그렇듯 필요 이상으로 오래 미란다를 쳐다보았다. "꼭… 다른 사람 같았다고."

"맞아." 트레이가 에르스테드에서 조심스럽게 운전해준 것에 감사하는 표지판을 지나 집들을 바라보며 말했다. "너무 풀이 죽어 있었어."

"내가?" 미란다는 두 사람을 바라보았다. 트레이는 계속 시선을 피했다. 미란다는 정말 놀랐다. 그동안 약간 침울했던 건 사실이지만 그들이 알아차릴 정도는 아니라고 생각했는데.

"느낌이 약간 뭐랄까…" 트레이가 두 손으로 뭔가를 누르는 동작을 하며 말했다. "짓눌린 것 같았어." 그는 말을 마무리했다. "약간 짓눌려 있었어."

"짓눌렸다고?"

"응." 트레이가 힘주어 말했다. "맞아. 그거야."

"그랬구나." 미란다가 아주 작은 소리로 말했다.

집이 조금 전보다 띄엄띄엄 보였다. 도롯가에서 들어간 곳에 홀로 서 있는 집은 진입로가 길고 뾰족한 금속 창살이 달린 울타리를 쳐놓았는데, 수목 관리 전문가들이 최악으로 꼽는 그런 집이었다. 바람이 불어와 얼음장처럼 차가운 바구니의 가로대를 움켜쥔 미란다의 뺨을 얼얼하게 때렸다.

"그런 모습, 별로였어." 에이제이가 말했다.

목소리에서 느껴지는 다정함 때문에 미란다는 그를 보지 않을 수 없었다. 가슴이 두근거렸다. 이제 이 두근대는 느낌과 그와 눈이 마주친 순간과 그와 함께 일한다는 이유로 대규모 벌목 프로젝트를 기다리는 마음을 외면하기 힘들어졌다. 그동안 미란다는 정말 조심했고, 절대 그를 받아주지 않았다. 그리고 앞으로도 그럴 것이다. 지금 이 순간조차도.

그냥 점점 힘들어지고 있다는 것뿐이었다.

"요즘 카터와 좀 힘든 시기를 보내고 있어." 미란다가 어깨를 으쓱하며 말했다. "다들 그럴 때 있잖아." 그녀는 웃어보려고 했다. "두 사람 다 누구든 진지하게 사귄 적이 있다면 이해할 거야."

둘 다 웃지 않았다. 에이제이의 시선은 조종 장치에 고정되어 있었다.

"나도 진지한 관계였던 적이 있어." 마침내 그가 말했다.

미란다는 눈을 깜박거렸다. "오. 그래?"

"그때 완전 꽉 잡혀 살았지." 트레이가 말했다. 그는 바구니가 덜컹거리자 가로대에 기댔다. 그들은 바람 때문에 목소리를 약간 키웠다. "우리가 같이 학교 다닐 때, 이 녀석과 미니는 늘 붙어 다녔어. 미니가 대학에 갈 때까지 둘은 함께였지. 미니가 얘를 떠난 이유는…"

"트레이." 에이제이가 나지막이 말했다.

트레이는 입을 다물었다. 미란다는 두 사람을 번갈아 보았다. 어두워서 표정을 도무지 파악할 수 없었다.

"그녀가 왜 떠났는데?" 미란다가 물었다.

에이제이는 씩씩댔다. 한숨인 것 같기도 하고 반쯤 화가 난 것 같기도 했다. 그는 마지막 가로등 너머로 펼쳐지기 시작한 들판을 바라보았다. 다른 차는 한 대도 없었다. 새벽 4시가 다 되어가는 시간에 차를 몰고 서리주 시골을 달릴 바보는 또 없을 테니까.

"미니는 똑똑하고 돈 많은 남자를 원했어. 대학에서 그런 놈을 찾았다고 생각했나 보지." 에이제이는 어깨를 으쓱했다. "결국 은행원과 결혼했으니 원하던 걸 손에 넣은 셈이고."

미란다는 에이제이의 뒤통수를 바라보면서, 어쩌다가 그가 늘 지저분한 청바지를 입고 이두박근을 과시하고 여자나 살피는 무례하고 거친 남자 노릇을 하게 되었을까 생각했다.

"그다음엔 어떻게 됐어?" 미란다가 물었다.

"그리고 난 바깥에 진짜 세상이 있다는 걸 깨달았지." 에이제이가 어깨 너머로 그녀를 향해 히죽대며 말했다.

하지만 미란다는 이제 그를 조금 더 잘 알게 되었다. 그가 다른 이야기로 넘어가고 싶을 때 히죽대며 웃는 경우가 많다는 것을 알았다.

"그 여자 때문에 마음이 아팠어?" 미란다가 물었다.

둘 사이에 있던 트레이가 자리를 옮겼다. 침묵이 길어졌다. 불안하고 부적절한 그 조용함은 인상이 찡그려질 정도였다. 미란다는 그런 질문을 해서는 안 됐다. 너무 개인적인 질문이었고 두 사람 사이에 아직 그 정도의 우정은 없었다. 미란다는 그렇다고 확신했다.

"그렇게 말할 수도 있겠지."

미란다는 에이제이가 마음 아파했다는 사실과 그가 이런 이야기를 했다는 사실 중 어느 쪽이 더 놀라운지 알 수 없었다.

"안타깝네." 미란다는 이렇게 말하고 침을 삼켰다. "그래서 그렇게 여러 여자와 자고 다니는 거야?"

"미란다." 에이제이의 목소리에 날이 서 있었다. "난 여자랑 잔지 거의 1년이 다 돼간다고."

그의 말에 미란다는 순간 침묵에 빠졌다.

"뭐라고?" 그녀가 물었다.

에이제이가 갑자기 모퉁이를 도는 바람에 세 사람이 한곳으로 쏠렸다. 트레이의 팔꿈치가 미란다의 배를 찔렀고, 에이제이의 등이 그녀의 옆구리에 닿았다. 그들이 몸을 추슬러 서로 떨어질 때쯤 에이제이는 관심 없다는 듯 무표정한 얼굴이었다.

"왜 한 번도… 당신은 언제나…" 미란다는 트레이를 쳐다보았다. "다들 당신이 엄청난 바람둥이라고 하던데!"

에이제이는 코웃음을 쳤다. "자주 확인해서 업데이트하지 않다니 **다들** 문제로군. 그래. 20대 초반에는 여러 여자와 자고 다녔어. 그런데 지금은 아니야. 그 짓은 끝냈어."

"하지만… 항상 내게 수작을 걸잖아!" 미란다가 말했다.

"그렇지." 에이제이가 입술을 씰룩대며 말했다. "듣고 보니 그러네."

"그럼 뭐야, 그냥… 장난치는 거야?"

트레이는 끙 소리를 내며 뒤로 기대어 밤하늘을 올려다보았다. "내가 이 대화를 직관할 정도로 술에 취하진 않았어."

미란다는 어쩔 줄 몰라서 그와 에이제이를 번갈아 보았다. 에이제이는 눈을 약간 굴렸다.

"아니야, 미란다. 장난치는 게 아니야."

"그래서… 미안한데, 나랑 자고 싶다는 거야, 아니야?"

에이제이가 웃음을 터뜨렸다. 미란다는 그를 보았다. 바구니가 꿀렁거리자 뒤쪽에 있는 시커먼 나무가 약간 아래위로 흔들리는 것처럼 보였다.

"같이 술 한잔하고 싶은 거지." 에이제이가 손등으로 입을 닦으며 말했다. 그는 미란다의 눈을 뚫어지게 바라보았다. 아주 노골적으로 유혹하는 눈빛이었다. 하지만 어쩌면… 그가 모든 사람에게 이러는 건 **아닐지도** 몰랐다. "난 데이트 한 번 하자는 것 말고는 요구한 게 없을 텐데?"

미란다는 뒤쪽의 바구니 가로대를 움켜쥔 채 입을 벌렸다가 다물었다. 트레이는 다른 곳에 있는 척하려는 듯이 계속 하늘을 보았고, 미란다는 그에게 '**왜 이 상황을 지켜보고만 있어?**'라고 물으며 어떻게 좀 해보라고 따지고 싶었다.

체리 수확용 사다리차의 속도가 느려지기 시작했다. 자동 주행 모드로 움직이며 바구니가 공기를 가르는 동안 세 사람은 한쪽에 모여 서 있었다. 마침내 에이제이가 길가에 사다리차를 세웠다. 헤드라이트를 끄자 그들은 벨벳처럼 두터운 완전한 어둠 속으로 빠져들었다. 가로등 불빛을 벗어나자 별이 보였다. 끝없이 이어진 작은 은빛 점들은 하늘에 뿌려놓은 빛나는 양귀비 씨

앗 같았다. 차가운 바람이 미란다의 목덜미를 훑고 지나가자 얼음을 삼킨 것 같았다. 이제 트레이와 에이제이는 그림자처럼 보였다. 미란다는 그들이 거기에 없고 혼자서 하늘을 떠다닌다고 상상할 수 있을 정도였다.

"괜찮아?" 에이제이가 물었다.

그는 미란다를 건드렸다. 손이 그녀의 팔꿈치에 닿은 것뿐이지만. 그것도 기껏해야 손가락 두 개 정도가. 그럼에도 퇴폐적이고 기분 좋은 느낌 때문에 미란다는 그의 손길에 기대지 않기 위해 자제력을 총동원해야 했다. 미란다는 하늘에 떠 있지 않았다. 그녀는 **이곳**에 있었다.

"응. 정말 좋아." 미란다는 그의 손에 기대지는 않았지만 피하지도 않았다. 손을 뗀 쪽은 에이제이였다. "그런데 여기가 어디지? 우리 여기서 뭐 하는 거야?"

"야간 등반." 에이제이가 대답했다. "당신에게 빌려주려고 여분의 등반 장비를 챙겨 왔어."

"무슨 그런 끔찍한 생각을." 미란다는 말은 이렇게 했지만 생각만으로도 심장박동이 빨라졌다. 밤에 나무를 타본 적은 없었다. "고정 지점은 어떻게 파악하려고? 라인 설치는 또 어쩌고?"

트레이가 헤드 랜턴을 켜자 미란다는 갑작스러운 불빛 때문에 움찔하며 팔로 눈을 가렸다.

"아차." 트레이가 말했다. "미안해."

그는 고개를 돌려 옆에 있는 나무들을 자세히 살폈다. 그의 머리에서 나오는 빛줄기가 헐벗고 축축한 나뭇가지 여기저기를 다급히 비추었다. 바람이 불어서 나뭇잎이 유산지처럼 바스락거렸다. 밝을 때라고 해도 나무 타기 좋은 날은 아니었다.

"그래서 올라가기 전에 꼼꼼히 확인하려고 체리 수확용 사다리차를 가져왔지." 트레이가 나뭇가지를 향해 헤드 랜턴을 끄덕이며 말했다. "전부 다 아주 튼튼하고 안전해."

미란다는 코웃음을 쳤지만 이미 손을 풀고 어깨를 돌리고 있었다. 갑자기 그 무엇보다 나무를 타고 싶어졌다. 바보 같은 짓일지도 모르지만 **흥미진진했다**. 이렇게까지 제대로 흥분한 건 오랜만이었다.

"여기." 에이제이가 그녀에게 헤드 랜턴을 건넸다. "일단 한번 보고 올라갈지 말지 결정해. 올라가고 싶으면 내 헬멧 쓰고."

미란다가 헤드 랜턴을 받아 들면서 두 사람의 손이 스쳤다.

"당신은?" 그녀가 물었다.

"난 머리가 단단하기로 유명하지." 그는 트레이의 헤드 랜턴 불빛이 정면으로 비추는 가운데 미란다를 향해 재빨리 미소 지었다. "게다가 위험을 무릅쓴 모험을 아주 좋아해. 당신의 두뇌가 마음에 들기도 하고."

에이제이는 한 손을 들다가 모자 아래 귓가로 흘러내린 미란다의 머리카락을 건드렸다. 그의 손은 순식간에 사라졌지만, 미란다는 계속 몸이 짜릿했다.

결국 미란다는 트레이의 장비를 빌렸다. 트레이는 먼저 올라가겠다고 우기더니 어둠 속에서 낮은 가지에 메인 라인을 고정하려고 여섯 번 시도했으나 모두 실패했다. 그러고는 '이런 걸 하기에는 너무 취했다'고 선언하며 볼품없는 모양새로 하네스에서 기어 나와 미란다에게 그것을 건넸다. 곧 그는 체리 수확용 사다리차 바구니에 자리를 잡고 미란다와 에이제이가 움직이는 곳을 따라 헤드 랜턴을 비추며 그들이 필요할 때 길을 조금 더 잘 볼 수 있게 해주었다.

미란다와 에이제이는 각자 반대편에서 같은 나무에 올랐다. 미란다는 고통스럽게, 천천히 올라갔다. 엉덩이에 사슬톱 무게를 느끼지 않으며 나무를 탄 건 오랜만이라, 처음 10분 정도는 눈을 반쯤 가린 것처럼 균형을 잡기 힘들었다. 게다가 맥주도 마셨다. 한 병뿐이었지만 손끝과 발끝이 둔해졌고, 분명 평소보다 반응이 약간 느렸다. 그러나 그 맥주를 마시지 않았더라면 분별력이 또렷해 어둠 속에서 나무에 오르는 시도 같은 건 하지 않았을 것이다.

문제는 고정 지점이었다. 머리 위 나뭇가지가 하늘을 배경으로 한 잿빛이 도는 시커먼 덩어리로 보이는 지금 같은 때가 아닌 낮에도 나뭇가지에 로프를 깔끔하게 고정하는 건 힘들었다. 모든 일이 평소보다 5분 더 걸렸다. 하지만 그 덕분에, 전과 다르게 황홀한 나무 타기를 즐길 수 있었다. 미란다는 무릎에 스치는 나무껍질과 손바닥에서 불타는 듯한 로프를 비롯해 모든 것을 더욱 예민하게 느꼈고, 나무가 들썩거리며 신음하는 소리와 나무가 전하는 친밀함에 귀 기울였다. 그녀는 오롯이 집중했다. 카터 생각도 나지 않았고 그에 대해 궁금해하지도, 그에게 집착하지도 않았다. 오직 나무만 탔다.

"그만 올라갈까?"

에이제이는 미란다의 예상보다 가까이에 있었다. 둘 다 나무 몸통 근처였다. 미란다는 얼마나 높이 올라왔는지 감을 잃었지만, 꼭대기에 거의 다 온 듯이 나무가 점점 가늘어지는 느낌이었다. 생각보다 시간이 늦었는지, 아니 이른 건지 나뭇가지 사이와 에이제이의 어깨 너머로 보이는 지평선에 가느다란 분홍색 빛줄기가 보였다.

"그래." 미란다는 가슴이 오르내리도록 가쁘게 숨을 쉬었다. 그제야 그녀는 팔다리가 까져서 따끔한 것을 느꼈다. 잠옷 바지는 하네스 안으로 말려 들어갔고 후드 재킷은 소매 한쪽이 올라갔다. 헤드 랜턴 불빛을 비춰보니 팔 앞쪽이 깊이 베여 소매에 피가 묻어 있었다. 미란다는 수평에 가깝게 뻗은 가지에 앉아 있는 에이제이 쪽으로 이동한 다음, 메인 라인을 고정해 체중을 약간 실을 수 있도록 했다. 그리고 플립 라인을 나무 몸통에 감아 최대한 안전을 확보했다. 그녀는 숨을 내쉬며 손을 뻗어 헤드 랜턴을 껐다.

에이제이는 이미 헤드 랜턴을 끄고 있었는데, 그 효과가 즉시 나타났다. 깜박이는 빛이 사라지자 잠시 아찔한 암흑에 파묻혀 아무것도 없는 듯했다. 미란다는 갑작스럽게 어둠 속에 떨어진 듯이 아무것도 보이지 않는 상태로 손을 뻗어 옆쪽의 나무 몸통을 잡았다. 잠시 후 눈이 어둠에 익숙해지자, 세상이 다시 보이며 현실이 스멀스멀 기어들었다. 그러자 생각만큼 캄캄하지 않았다. 하늘을 할퀴듯이 뻗은 시커먼 나뭇가지 사이로 부드럽게 빛이 번지는 수평선이 보였고, 순간 주위가 조금 밝아져 그들을 둘러싼 나무들이 잿빛을 띠었다.

"우리 내려가야 해. 일하러 가야지." 미란다가 말했다. 그녀의 목소리는 나무에 오르면서 에이제이에게 큰 소리로 말한 탓에 약간 쉬었다. "다른 건 몰라도 아드레날린이 솟구쳤으니 피곤하진 않잖아?"

에이제이가 미소 지었다. 미란다는 그의 모습이 보였는데, 수염 난 턱의 윤곽과 빛나는 눈동자 정도만 분간할 수 있었다.

"언제나 긍정적이군." 그가 말했다. "우리 모두 한숨도 못 잤는데?"

미란다는 웃음을 터뜨렸다. 밤을 새우고 일하러 간 적은 없으니 걱정해야 마땅했다. 그건 미친 짓이었고 절대 안전하지 않았다. 하지만 지금 미란다는 밤에 나무를 탔다는 쾌감에 취해 있고, 참나무에 오르자 몇 주 만에 가장 마음이 편안했다.

"제이미가 우릴 죽이려고 할 거야." 그녀가 말했다.

"장담하는데 제이미가 젊었을 때 했던 무모한 일들에 비하면 이건 아무것도 아닐걸. 그리고 내가 도와줄게. 가는 길에 커피 한 잔 마시면 평소와 다름없을 거야."

미란다는 동이 트는 하늘을 바라보는 에이제이를 보았다. '**내가 도와줄게, 평소와 다름없을 거야**' 같은 말이 빈말이 아닐지도 모른다는 생각이 들자 기분이 묘했다.

"난 내가 당신에게 노리개일 뿐이라고 생각했어." 마침내 미란다가 지평선을 바라보며 말했다. 연회색이던 하늘은 이미 겨울 느낌을 물씬 풍기는 하늘색으로 변했고, 지평선을 가로지르던 가느다란 분홍색 선도 색이 짙어졌다. "치근거리는 말과 행동 모두 당신이 도전을 좋아하기 때문이라고."

"처음에는 그랬는지도 모르지." 잠시 후 에이제이가 인정했다. "아닐 수도 있고. 처음부터 그런 게 아니었을지도 모른다고. 솔직히 난 당신을 만나자마자 특별한 사람이란 걸 알았거든. 당신은 뭐랄까… 자기 본모습을 속일 수 없는 사람이야. 자신을 온전히 드러내지. 당연히 매력적이라는 것도 한몫했고."

미란다는 다시 숨이 가빠졌다. 아래쪽 나무껍질을 손바닥으로 가볍게 문질러 피부에 거친 감촉을 느꼈다.

"하지만 이제 알겠어." 에이제이는 잠시 그녀를 곁눈질했다. 희미한 빛 때문에 그의 초록색 눈동자에 안개가 낀 듯 아련한 잿빛이 감돌았다. "난 그런 방식 말고는 어떻게 해야 할지 모르는 것 같아. 여자와… 진지한 이야기를 안 해서."

"지금 하고 있잖아." 미란다가 콕 집어 말했다.

"그럼, 지상에서 20미터 정도 올라오면 가능한가 보네."

'20미터라고?' 미란다는 아래를 흘끗 살폈지만 바닥의 땅이 보이지 않았다. 아무리 노련한 등반가라도 이렇게 아래를 내려다보는 느낌에는, 시점이 갑자기 바뀌어 뇌가 '이건 위험해'라고 말하는 순간에는 절대 익숙해지지 않았다.

"말도 안 돼." 미란다는 다시 지평선에 시선을 고정하며 간신히 말했다. "20미터 위에서도 개똥 같은 얘기 많이 했잖아."

에이제이가 웃음을 터뜨렸다.

"난 그게 더 좋은 건지 모르겠어." 미란다가 말을 이었다. "당신이 실제로 날 좋아해서 그렇게 치근덕댔다는 거 말이야. 내겐 남자 친구가 있어. 좋은 남자라면 내게 임자가 있다는 걸 알았을 때 행동거지를 조심했어야지."

"음, 글쎄." 에이제이가 말했다. "난 좋은 남자라고 한 적 없는데."

"그러지 마."

에이제이는 궁금하다는 표정으로 그녀를 보았다.

"에이제이, '난 그냥 나쁜 놈이야'라는 식의 행동은 모두 책임을 회피하는 거라고. 책임질 일이 있으면 책임져야지. 당신은 **정말** 좋은 남자야. 남자 친구가 있는 날 유혹해서는 안 된다는 걸 잘 알고 있어."

에이제이는 잠시 생각에 잠겼다. "어쩌면." 그가 인정했다. "어쩌면 알고 있을지도. 하지만 내가 선을 넘은 적은 없는 것 같은데."

미란다가 눈썹을 치켜올렸다. "없다고? 그럼 만약에 나와 사귀는 사이여도 다른 여자에게 그렇게 치근덕댈 건가?"

"그건 아니지." 에이제이는 곧바로 대답하고는 흠칫했다. "어, 음, 그게 같은지는 모르겠지만 어쨌든. 중요한 건, 남자 친구는 당신을 행복하게 해주지 못하지만 나는 그렇게 **해줄** 거라는 거야."

미란다는 나무껍질이 손바닥을 파고들 정도로 아래쪽 나뭇가지를 꽉 잡았다.

"에이제이." 그녀는 에이제이를 막을 기운이 없었지만 말을 꺼냈다.

"말해봐." 그가 가까이 오자 미란다는 옆에 있는 그의 몸에서 나는 열기를 느꼈다. "그 남자가 있는 그대로의 당신을 사랑해? 아니면 다른 사람이 되기를 원해?"

'**사랑**'이라는 말에 미란다는 뜻밖에도 머릿속이 혼란스러워졌다. 배를 한 대 맞은 듯 숨쉬기가 힘들었다. 물론 에이제이가 그녀에게 사랑한다고 말한 것은 아니었다. 하지만 그의 입에서 나온 그 말이 의미심장하게 느껴졌다. 미란다는 항상 에이제이가 그녀와 자고 나면 그녀를 버릴 거라고 생각했다. 미란다가 무엇을 상상하든, 사랑이라는 말이 떠오른 적은 거의 없었다. 미란다는 그의 옆모습을 보았다. 날이 충분히 밝아져서 꾀죄죄한 턱수염이 보였다.

"솔직히 난 카터가… 날 있는 그대로 좋아한다고 생각해." 마침내 미란다가 말했다. 어쨌든 그녀와 카터는 '**사랑**'이라는 것을 말한 적이 없었다. "그 사람이 날 전부 다 이해하는 것 같지는 않지만, 날 바꾸려고 하지는 않아." 미란다는 숨을 깊이 들이마셨다. 겨울 아침에 흔히 나는 희미한 연기 냄새가 났다. "사실, 문제는 나인 것 같아. 카터를 있는 그대로 받아들여야 하는데, 그러지 못하는 건지도 모르겠어. 내 머릿속에서 그가 어떤 사람이어야 하는지 너무 분명하게 규정했는지도 모르지. 내 남자는 정돈된 삶을 사는 어른이어야 한다고. 그런데 솔직히 그 사람은… 인간적인 것 같아."

미란다는 아래를 내려다보았다. 아침이라고 확실히 말할 수 있는 시간이 되었다. 그녀는 더 이상 카터를 믿지 못하겠다고, 잃어버린 신뢰를 어떻게 회복해야 할지 모르겠다고 모든 것을 털어놓기 전에 말을 멈춰야 했다.

"에이제이, 우리 가야 해." 그녀가 말했다. "내려가서 일하러 가야지."

"그래야지." 에이제이는 꼼짝도 하지 않고 편안하게 말했다. "하지만 난 여기 있고 싶어. 당신은 안 그래?"

미란다는 대답하기까지 한참 동안 말이 없었다. 그녀는 에이제이에게 여지를 준 적이 없었다. 한 번도. 그런 식의 말 한마디 한 적도, 눈길 한 번 준 적도 없었다. 그런데 지금 이렇게 세상을 발아래에 두고 숲 위로 떠오르는 태양을 보며 에이제이와 나란히 앉아 있자니, 그러고 싶은 마음이 간절했다.

하지만 미란다 로소는 그런 여자가 아니었다. 그동안 신뢰 문제가 있긴 했지만 그녀는 카터에게 충실했고, 에이제이를 인간적으로 좋아했기 때문에 그를 보험 삼아 곁에 둘 수 없었다.

"저, 에이제이." 미란다가 말했다. "우리 사이에 아무 일도 없을 거라는 거 알아둬." 그녀는 침을 삼켰다. "미안. 당신이 나타나지도 않을 나를 기다리며 서성대는 건 싫어서. 무슨 말인지 알지?"

"알아." 잠시 뒤 에이제이가 나지막이 말했다. "그럼 이걸로 끝낼게."

이게 옳은 일이었다. 미란다는 그렇다고 확신했다.

이게 완전히 옳은 일은 아닐지도 모른다는 느낌은 그저 **기분** 탓이었다.

❖❖❖

일은 **정말 힘들었다.** 세 사람 모두 10분 지각하자 제이미는 아주 인상적이라는 듯이 그들을 쓱 쳐다보았고, 곧 천둥이 칠 것 같은 표정이 되었다.

"다들 물 마셔." 그가 말했다. "500밀리리터 한 병씩 다 마시고, 누구든 그걸 토하는 사람이 가장 무거운 걸 들게 될 거야."

트레이가 입속까지 약간 올라온 듯한 표정을 지었지만, 다행히 세 사람 모두 토하지 않았다. 트레이의 상태가 가장 안 좋은 건 당연했다. 에이제이와 미란다가 나무를 타고 있는 동안에도 계속 마셨으니까. 일하던 와중에 그는 미란다의 발 바로 옆에 아주 위험하게 통나무를 떨어뜨렸고, 제이미가 그를 얼마나 큰 소리로 나무랐는지 고객이 웬 야단인가 싶어서 잠옷 바람으로 집에서 나오기까지 했다.

마침내 일을 마치고 아파트로 돌아간 미란다는 현관문 앞 계단에서 그녀를 기다리는 꽃다발을 발견했다. 붉은 카네이션, 로즈힙, 유칼립투스 잎을 다홍색 리본으로 묶은 꽃다발이었다. 쪽지에는 '**당신의 한 주를 환히 밝혀주길! 사랑을 담아, 카터**'라고 적혀 있었다.

미란다는 꽃다발을 가지고 들어가서 맥주잔에 꽂아 탁자 가운데에 놓은 다음, 느닷없이 울기 시작했다.

"언니!" 아델이 방에서 머리를 내밀며 말했다. "세상에. 우는 거야?"

아델은 미란다가 욕하는 것을 들은 프래니보다 훨씬 더 충격받은 표정이었다.

미란다는 황급히 얼굴을 문질러 닦았다. "아니, 아니야. 괜찮아." 그녀는 이렇게 말했지만 목소리가 가라앉아서 울었다는 것이 너무도 분명했다.

아델이 뒤로 다가와 미란다의 허리를 안았다. 미란다는 감동해서 한 손으로 아델의 손목을 잡은 채 가만히 있었다. 그러자 다시 눈이 따끔거려서 불만스러운 듯 탄식하며 아델의 팔에서 벗어나 얼굴을 닦을 키친타월을 가지러 갔다.

"프래니는?" 미란다가 물었다. 동생들 둘 다 그녀가 우는 걸 보았다면, 그 굴욕감은 하루에 감당하기 버거울 것 같았다.

"면접 보러 갔어." 아델의 말에 미란다는 돌아서서 그녀를 보았다. 미란다의 표정에서 무엇을 알아차렸는지, 아델이 갑자기 웃음을 터뜨렸다. "**그렇게까지** 놀랄 건 없잖아." 아델이 주전자를 가지러 가며 말했다. "우리 둘 중에 언제나 더 기운 넘치고 성공하고 싶어 하는 쪽은 프래니였잖아. 안 그래?"

"아니지 않아?" 미란다의 말에 아델이 키득거렸다. "아, 농담이구나."

"응, 장난이야. 그래도 프래니가 대단하다고 생각해. 전부 다 혼자 힘으로 해냈잖아!"

아델의 목소리에서 뭔가가 느껴지자, 미란다는 아델의 말이 전부 농담은 아닐지도 모른다고 생각했다. 지금까지 쌍둥이 중 모든 것을 먼저 해온 아델이기에, 앞서 치고나가 자신이 해보지 않은 일을 하는 프래니를 보며 틀림없이 기분이 이상했을 것이다.

"그런데 왜 울었어?" 아델이 물었다. "혹시, 차 마실래?"

미란다는 아델을 향해 '당연하지'라는 표정을 짓고는 소파로 향했다. 그리고 한숨을 쉬며 털썩 누웠다. 이렇게까지 피곤해본 적이 있었나? 독감에 걸렸을 때처럼 눈 뒤쪽을 사포로 문지르는 것 같았고 팔다리에 은근하게 몸살기가 돌았다.

"너무 긴 하루였어." 미란다가 말했다.

"그러지 말고 얘기해봐." 아델이 말했다.

미란다는 한 팔로 머리를 받치고 아델을 보았다. 아델은 차를 끓이느라 분주했지만, 평소에 아무렇지 않게 하는 행동이 좀 부자연스러워서 뭔가가 있는 것 같았다. 미란다는 어제 순록 장식이 발에 떨어진 뒤에 무너진 자기 이야기를 아델이 들었는지 궁금했다.

"고마워." 미란다는 다시 머리를 대고 누워서 프래니와 함께 웃었을 때 기분이 얼마나 좋았는지 떠올렸다. "내가 말하면." 그녀가 말했다. "다른 사람에게 말하지 않겠다고 약속해. 물론 프래니는 빼고. 프래니에게도 다른 사람에게 말하지 말라고 약속받아야 해."

"당연하지." 아델이 말했다. "진짜야. 나 이제 비밀 정말 잘 지켜."

미란다는 천장을 보며 쓴웃음을 지었다. 아델이 '이제'라고 말한 것은 어린 시절의 일 때문이었다. 당시 아델은 모든 사람에게 고자질했는데, 아빠가 집 뒤 계단에서 담배를 몰래 피운 것까지 일러바쳤다.

"난 카터가 정말 좋아." 잠시 후 미란다가 말했다. 아델은 차 두 잔을 탁자에 내려놓고 미란다의 발을 살짝 들어 그 아래에 앉은 다음, 허벅지 위로 미란다가 다리를 뻗게 했다.

"괜찮지?" 아델이 물었다. "편해?"

미란다는 이렇게 마음을 털어놓는 게 잘하는 짓일지 걱정스러웠다. 잠깐 눈을 감자 아프면서도 편안했지만 자고 싶지는 않았다. 지금 침대로 가면 다시 오만 가지 생각이 폭주할 것 같았다.

"카터를 정말 좋아하는데…?" 아델이 말했다.

"그런데." 미란다가 말했다. "그런데…."

"그런데." 아델이 너무 진지해서 미란다는 갑자기 웃음이 터졌다. '그런데'라는 말을 너무 많이 해서 우스꽝스럽게 들렸다.

"뭔데! 뭐야! 나 듣고 있다고." 아델이 외쳤다. "'엉덩이'라고 말한 게 아니라… '그런데'라고 말한 것뿐인데!"*

미란다는 발을 가슴 쪽으로 끌어 올리며 배를 잡고 웃었고 눈물까지 고였다. 아델이 그녀의 정강이를 찰싹 쳤다.

"집중해! 뭐 때문에 심란한지 말해봐. 내가 엄청나게 도움이 될 거야."

미란다는 마음을 가라앉히고 아델의 다리에 발을 다시 내려놓았다.

"난 카터가 정말 좋고, 그는 머리로 생각할 때는 내게 완벽한 사람이야."

"**머리로 생각할 때는.**" 아델의 말에 미란다는 얼굴을 찡그렸다.

"그렇다고 내가 〈러브 아일랜드〉**처럼 하겠다는 건 아니야."

---

*   '엉덩이butt'와 '그런데but'의 발음이 같다.

* *   남녀 참가자들이 별장에서 지내며 짝을 찾는 서바이벌 예능 프로그램.

미란다가 말했다.

"그래, 알아. 이해했어." 아델이 말했다. "그건 다행이네. 계속 얘기해봐."

"그런데 난 겁이 나. 그러니까… 머리로는 우리 관계가 완벽하다는 걸 알겠어. 그런데 사실 완벽하지 않아." 미란다는 숨을 내쉬었다. "이렇게 말하는 것조차 기분이 좋지 않아. 카터는 정말 좋은 남자인데." '좋은 남자인가? 아닌가?'

"그런데…?" 아델은 미란다의 얼굴에 미소가 번지자 못마땅하다는 듯이 쳐다보았다. "웃지 마! 나 지금 진지해. '카터는 정말 좋은 남자인데'가 끝은 아니잖아? 그가 언니에게 꽃다발을 줬을 때 울었던 이유도 아닐 테고."

"그는 정말 좋은 남자야. 그런데 난 그 사람을 제대로 알고 있는 것 같지 않아." 미란다는 한 손으로 이마를 짚었고 미소가 사라졌다. "이런. 정말 말도 안 돼. 우리가 그렇게 오랫동안 사귀었는데. 당연히 난 그를 알아. 하지만 뭐랄까… 잠긴 문이 있는 것만 같아. 그리고 때로 카터는 그 문을 닫아버리고. 하지만 에이제이는…" 미란다는 입술을 깨물었다.

"에이제이는?" 아델이 매우 의미심장한 말투로 따라 했다. "차 좀 줘."

미란다는 끙 소리를 내며 몸을 일으켰고 손을 뻗어 찻잔을 하나씩 집었다.

"언니 생일 파티에 왔던 사람 맞지? 문신한, 섹시한 나무꾼 말이야."

"아델, 여기 영국에서는 우릴 나무꾼이라고 부르지 않아. 우린…"

"나도 **알아**." 아델이 차를 후루룩 마시며 말했다. "언니가 하는 일을 뭐라고 부르는지 알고 있다고. 제발 좀. 그냥 그 사람에게 나무꾼이라는 말이 **어울린다고** 생각했을 뿐이야. 플란넬 옷을 입어서 그랬나."

미란다는 **플란넬 옷을 입은** 것이 무엇을 의미하는지 물어보려고 입을 열었다가, 그냥 넘어가기로 했다.

"음, 맞아." 미란다가 말했다. "그 사람이 에이제이야."

"그 사람에게는 미지의 잠긴 문이 없다." 아델이 미란다의 말을 대신했다. "이 말이야?"

미란다는 이 말을 생각해보았다. 꼭 맞는 말은 아니었다. 에이제이, 그러니까 에런 제임슨은 분명 속을 알 수 없는 사람이었다.

"그렇다기보다 에이제이와 함께 있으면… 그가 내게 열쇠를 주었다는 걸 알게 돼."

아델은 차를 또 한 모금 마시다가 멈칫했다. "그것참 심오하군." 그녀가 말했다. "그러니까, 카터는 언니를 못 들어오게 하고?"

"응." 미란다가 대답했다. "바로 그거야. 카터는 **적극적으로** 무언가를 숨기고 있어. 보여주지 않으려고 해."

"거짓말한다는 거야?" 아델이 물었다.

"응." 미란다가 느릿하게 말했다. "그런 것 같아. 아마도. 하지만… 이유를 모르겠어. 다른 여자를 만나는 것 같지는 않아. 정말이지 그런 생각은 안 들어."

"그렇군." 아델이 약간 의심스럽다는 듯이 말했다.

"그래. **가끔은** 들어." 미란다가 시인했다. "하지만… 진짜 그런 **느낌**은 아니란 말이지."

"그런데 진짜 그럴지도 모른다고 **생각하게** 만드는 일은 좀 있었던 거지?"

영수증. 일정표 목록. 미란다가 카터의 진짜 여자 친구가 아니라고, '**다른 여자**'가 있다고 우긴 메리 카터.

"응." 미란다가 대답했다. "몇 가지 있어. 그게 머리에서 떠나질 않아. 그동안 에이제이와 거리 두기를 잘 해왔는데, 카터에 대한 온갖 의심이 교묘하게 파고들고 난 지금은 거리 두기가 점점 힘들어지고 있어."

"음." 아델이 찻잔을 감싸며 말했다. "그럼 파헤쳐야겠네."

"파헤친다고?"

"정보를 더 캐내란 말이야. 몰래 알아보라고."

"**카터를?** 남자 친구를 염탐할 순 없어."

"무슨 소리야, 할 수 있어. 언니 손으로 문제를 해결해야 해. 내 생각에는 그래서 언니가 괴로운 거야. 언니는 뭔가가 그냥 일어나도록 놔두는 걸 싫어하잖아. 그러니까 **나서서 뭔가를 해야** 해."

미란다가 입을 벌리고 쳐다보자 아델은 우쭐한 채 말없이 앉아 있었다. **바로** 그거였다. 아델이 어떻게 알았을까?

"난 천재야." 아델이 말했다. "고맙단 말은 됐어. 괜찮으면 차나 한 잔 더 끓여주든지."

시오반

"너무 난잡해."

시오반은 부츠를 내던지고 다른 것을 향해 손을 뻗었다.

"그건 너무 과해."

"이게?"

"노골적으로 '오, 저 방금 배에서 내렸어요'라고 하는 것 같잖아."

"구체적이네. 좋아. 그럼 이건?"

"어린애들이나 신는 거야."

시오반은 한 손으로 가슴을 누르더니 화난 척하며 숨을 헐떡였다. 말레나가 키득거렸다.

"재미있어?" 시오반이 7센티미터 굽의 좋아하는 갈색 부츠를 집으며 말했다. 항상 이 부츠를 신게 되는 데는 이유가 있었다.

"당연하지." 말레나가 말했다. "보면 몰라?"

피오나가 김 나는 머그잔이 담긴 쟁반을 들고 휴대폰으로 〈크리스마스에 원하는 건 당신뿐All I Want for Christmas Is You〉을 요란하게 울리며 들어왔다. 그녀의 특제 베일리스* 핫 초콜릿이었다. 시오반은 그 냄새를 맡으며 눈을 감았다. 피오나의 핫 초콜릿만큼 크리스마스를 확실하게 알려주는 것은 없었다. 시오반은 크리스마스에 부모님 집에 갈 때마다 이걸 똑같이 만들어보려고 했지만, 한 번도 성공하지 못했다. 피오나만의 마법과 '절친'이라는 진액이 들어가는 모양이었다.

"아직도 짐 싸는 중?" 피오나가 시오반의 침대에 어지럽게 널린 옷 무더기를 빤히 보며 물었다. "이걸 다 가져갈 **수는 없어**."

피오나는 짐을 가볍게 챙기기로 유명했다. 화장품 종류를 새로 사기보다 작은 여행용 용기에 덜어가는 부류였고, 휴가 끝 무렵에는 가져간 옷을 적어도 두 번씩은 입었다. 반면 시오반은 옷 고르는 걸 좋아했다. 그리고 당연히, 입은 옷은 다시 입지 않았다.

"난 옷이 많이 필요해." 시오반이 핫 초콜릿 머그잔을 들고 침대 끄트머리에 앉으며 말했다. "이번 런던 여행에서 무슨 일이 생길지 도무지 모르겠어. 그의 친구들을 만날 때 입을 옷이 필요할 것 같기도 하고, 거의 처음으로 하는 제대로 된 밤 데이트에 입을 옷이 필요할 것 같기도 하고…"

"그래?" 피오나가 말했다. "이번 여행은 절대 데이트하지 **않는**

---

*   위스키, 크림, 초콜릿을 섞어 만든 향이 나는 증류주.

일정 아니던가?"

"음, 아직은 그래. 그때 말한 다른 여자와 아직 만나는 중이라면." 시오반이 침대에 쌓인 옷 무더기에서 원피스를 골라내며 말했다. "하지만 유비무환이지."

"바로 그거야!" 말레나가 음악에 맞춰 엉덩이를 흔들며 말했다. "시오반, 가서 네 남자를 잡아."

"말레나, 조심해. 흘리겠다." 피오나가 말했다.

말레나는 시무룩한 표정으로 피오나를 보았다. 그녀는 샴페인 잔을 들고 수영장에 뛰어들었을 때조차 한 방울도 흘리지 않았다.

"난 네가 그 남자에게 한 번 더 기회를 주는 게 좋다고 생각해." 말레나가 춤을 추다가 핫 초콜릿을 홀짝이며 말했다. "넌 킬리언 이후로 제대로 남자를 사귀어본 적이 없는데 그건 너무 이상하잖아. 넌 관계를 중요시하는 사람인데."

"말레나, 지적 고마워." 시오반이 심드렁하게 말했다. "엄밀히 말해 이 관계는 친구지만, 꼭 기억해야 할 게 있어. 난 '그 남자에게 한 번 더 기회를 주려는' 게 아니야. 그리고 피오나는 7년 정도 섹스를 안 했다고. 쟤한테 잔소리하면 안 될까?"

"아, 그건 걱정 마." 말레나가 핫 초콜릿을 입안 가득 물고 말했다. "다음 목표물이니까."

낮에 야외에서 조지프 카터와 함께 있자 매우 초현실적인 느낌이었다. 불이 다 켜진 나이트클럽에 들어가거나 자동차 운전석에 개가 앉아 있는 사진을 보는 것 같았다.

코번트 가든의 거대한 크리스마스트리에 다가가는 동안, 지나가던 관광객 무리가 두 번이나 그들을 밀치는 바람에 시오반과 조지프의 손이 스쳤다. 시오반은 셀 수 없이 다양한 방식으로 셀 수 없이 많이 이 남자를 만졌지만, 어쩐지 붐비는 광장에서 장갑 낀 손이 스친 게 침대에서 했던 그 어떤 것보다 은밀하게 느껴졌다. 시오반은 몸이 떨렸다.

"완전히 과대평가됐어." 시오반이 목소리를 가다듬고 조지프를 보며 말했다. 두 사람은 12월 31일에 대한 각자의 의견을 이야기하고 있었는데, 시오반은 28년 동안 살면서 그날이 완전히 쓰레기 같다는 사실을 알게 되었다.

"아니야!" 조지프가 두려움에 차서 외쳤다. 그들은 형광색 배낭을 똑같이 메고 학교에서 소풍 나온 아이들의 짧은 행렬을 피해 갔다. "누가 그날을 싫어한다고."

"음, 전부 다?" 시오반이 말했다. 추위 때문에 뺨이 얼얼했다. 얼굴이 흉한 분홍색으로 바뀌어 얼룩덜룩해졌을 것 같았고 그에 비해 파운데이션을 너무 가볍게 발랐지만, 그녀는 신경 쓰지 않았다.

멋진 하루였다. 크리스마스 선물을 사고 근사한 카페에서 뜨겁고 진한 커피를 마셨다. 벤치에 앉아 사람들을 구경하기도 하고, 걷다가 잠시 멈춰 서 길거리 가수의 크리스마스 노래에 귀 기울이기도 했다.

"당신은 축하할 일이 있을 때 뭘 해? 거기서부터 잘못됐을지도 몰라." 조지프가 말했다.

"전부 다 해." 지붕이 덮인 쇼핑몰로 들어서며 시오반이 말했다. 화려한 화장품 가게에서 계피와 사과 향기가 풍겨왔고, 그 옆 가게 쇼윈도에는 온갖 파스텔색 마카롱이 잔뜩 쌓여 있었다. "친한 친구들 몇 명과 집에서 저녁을 먹기도 하고, 엄청나게 큰 광란의 파티를 하기도 하고, 옥상에서 불꽃놀이를 하거나 집에서 파티를 하거나…."

"엄청나게 큰 광란의 파티?" 조지프가 약간 놀란 듯이 시오반을 살피며 그녀의 말을 반복했다.

"그럼. 나도 미쳐 날뛸 때가 있어." 시오반이 한쪽 눈썹을 찡긋하자 조지프가 웃음을 터뜨렸다.

"그거 보고 싶은데." 그의 말에 시오반은 '당신 운 좋은 줄 알아'라고 말하듯이 코웃음을 쳤다.

"그래서 당신은 어디에서 새해를 맞이할 거야?" 시오반이 물었다. 이렇게 그와 나란히 걷고 온종일 함께 있으니 말도 안 되게 기분이 좋았다. 초콜릿 아이스크림이나 값비싼 레드 와인처럼 순수한 탐닉이었다.

"스콧이 일하는 자선단체에서 주관하는 파티에 같이 가려고. 윈체스터 근처의 더 그레인지The Grange에서 열리는 대규모 행사야." 조지프가 말했다. 그들은 사람들 틈을 누비며 쇼윈도를 구경하고 어슬렁댔다. 시오반은 집중하지 않아도 되는 활동이 오랜만이었고, 별다른 목적이 없다는 것도 개의치 않았다. 조지프와 함께 여유롭게 돌아다니니 기분이 좋았다. "더 그레인지는 그리스 신전처럼 생겼어. 내부는 전부 다 노출 석고와 판자로 되어 있고. 정말 놀라운 곳이지. 작년 여름에 내 친구가 거기서 결혼했어.”

남자가 결혼이라는 주제를 꺼낼 때 늘 그러듯이, 시오반의 머릿속 한쪽에서 **‘우리가 결혼 이야기를 하다니!’**라는 소리가 들렸다. 결혼이라는 제도를 믿지 않는다고 수도 없이 되뇐 그녀였지만, 이 소리를 잠재울 수는 없었다. 이 특정 사회규범은 너무 깊이 뿌리박혀 있었다. 시오반은 이게 다 어린 시절에 인기 있었던 로맨틱 코미디 탓이라고 생각했다.

“대단하네.” 그녀가 말했다.

그들은 잠시 걸음을 멈추었다. 시끌벅적한 10대 아이들 무리가 지나갔는데, 카니예 웨스트에 대한 열띤 토론 중이었다. 아장아장 걷는 아기가 두 손을 치켜들며 큰 소리로 울자 아기 아빠가 안아 올렸다. 몇 걸음 앞에 핸드백을 판매하는 부티크 매장에서는 〈징글벨〉이 요란하게 울렸다. 시오반은 이 모든 소리보다 조지프가 말한 멋진 송년 파티에 초대받지 못했다는 사실이 훨씬 더 크게 울려 귀가 먹먹할 지경이었다. 그녀는 발을 내려다보며 쓴웃음을 지었다. 너무 흥분하지 말라고 다시 한번 일깨워준 유용한 소식이었다.

그날 밤, 두 사람은 소호Soho에 있는 어두컴컴하고 비싼 레스토랑에 저녁을 먹으러 갔다. 종업원이 시오반의 취향에 과하게 기뻐하기는 했지만 음식은 훌륭했다. 조지프는 평소와 달리 너무 크게 웃고 말을 좀 많이 하는 것 같았는데, 잠시 후 시오반은 사실 그가 약간 긴장했다는 결론에 이르렀고 심장이 말랑말랑해졌다.

시오반은 그와 정반대였다. 이유는 모르겠지만 둘의 관계에서 섹스가 빠지자 훨씬 더 편안해졌다. 그녀는 연애에 대한 압박을 느끼지 않고 호감 있는 남자와 어울릴 수 있다고는 생각지도 못했다. 성관계야말로 관계가 잘 굴러가도록 하는 가장 똑똑한 수단인 줄 알았다. (섹스라는) 좋은 점을 취하고 (그 밖의 모든) 쓸데없는 야단법석을 피할 수 있었기 때문이다. 오늘 그녀는 뜻밖의 발견을 했다.

"자, 그러지 말고." 시오반이 와인을 한 잔 반 마시고 말했다. "우린 친구니까 솔직할 수 있잖아. 안 그래?"

"난 전에도 솔직했어." 조지프가 온화하게 말하자 시오반이 웃음을 터뜨렸다. "아니, 안 그랬어. 누군가와 자고 싶을 때 솔직한 사람은 아무도 없어."

조지프는 우스꽝스러운 둥근 안경 너머에서 시오반을 보며 눈을 깜박였다. 시오반이 그 안경을 바꾸기 위해 조지프를 데리고 쇼핑하러 가지 않은 것만 봐도 그녀가 얼마나 그에게 푹 빠져 있는지 알 수 있었다. 이렇게 잘생긴 남자가 그렇게 잘못 고른 안경을 끼고 있다는 사실을 정말 이해하기 힘들었지만, 귀엽다는 건 부정할 수 없었다.

"내가 먼저 말할게. 난 잘 때 화장을 전부 지운 척했지만, 당신과 있을 때는 눈썹을 남겨뒀어."

조지프는 놀란 듯이 잠시 흠칫하더니 웃음을 터뜨렸다. "눈썹을?"

"응." 시오반은 얼굴을 향해 한 손을 흔들었다. "눈썹은 아주 치밀하게 계획된 사기야. 사실 난 눈썹이 거의 없거든. 2000년대 초반에 눈썹을 끔찍할 정도로 많이 뽑았어. 이게 다 브리트니 스피어스 탓이야."

"방금 당신이 한 말을 절반밖에 이해하지 못한 것 같아." 조지프가 말했다. "하지만 내가 보기엔 당신 눈썹 예쁜데."

시오반은 와인을 홀짝이며 눈을 굴렸다. "그래서 사기라는 거야. 이제 당신이 말해봐."

"글쎄. 음. 난 실제로 당신을 좋아하는 마음보다 덜 좋아하는 척했던 것 같아."

시오반은 이런 말을 예상하지는 않았다. 와인 잔 가장자리 너머로 조지프의 눈을 계속 응시하며 매력적으로 붉어지는 그의 뺨을 보았다. 그가 자신을 제대로 제어하지 못한다는 신호였다. 그런 그의 모습에 시오반은 탁자 너머로 몸을 굽혀 천천히 키스하고 싶었다. 이런 곳에서 하면 입방아에 오를 만한 그런 키스를.

"도대체 왜 그랬어?" 시오반은 대신 이렇게 물었다.

조지프는 메뉴판을 만지작거렸다. "당신이 가벼운 만남을 원한다고 분명하게 밝혔잖아. 너무 세게 밀어붙여서 당신이 겁먹고 달아나는 건 원치 않았거든."

시오반이 발끈했다. "나 그렇게 쉽게 겁먹지 않거든."

조지프는 희미하게 미소 짓고는 그녀를 보며 기다렸다. 시오반은 다시 눈을 굴렸다.

"그래. 약간 겁나긴 했어."

"당신은 우리 관계가 아주 좋아지기 시작할 무렵에 몇 달이나 잠수를 탔어.” 그가 말했다. 눈동자에서 느껴지던 연약함이 다시 사라지고 매력이 돌아왔다.

‘그건 당신이 날 너무 좋아했기 때문이 아니야.’ 시오반은 생각했다. ‘내가 당신을 정말 좋아하게 됐기 때문이야.’

“좋아. 다음으로 넘어가자. 사귀는 사이에 정말 싫어하는 건 뭐야?”

조지프는 잠시 생각에 잠겼다. “소리 내면서 먹는 거.” 그는 이렇게 말하며 고개를 저었다. “나한테는 칠판을 손톱으로 긁는 소리와 마찬가지야.”

“기억할게.” 시오반은 조금 전에 스파게티를 괜히 주문했다고 생각했다.

“좀 이상하게 들릴 수도 있는데…” 조지프는 입술을 굳게 다물고 생각에 잠겼다. “대부분의 여자는 나를 섣불리 판단하는 경향이 있어.”

시오반은 잔을 내려놓고 고개를 갸웃한 채 그를 보았다. 무척 흥미로운 말이었다.

“어떻게 섣불리?” 조지프가 말을 잇지 않자 시오반이 재촉했다.

“정확히는 모르겠어. 아마 내 인상이… 모르겠어. 내 인상이 어때?” 조지프는 멋쩍은 듯 미소 지으며 시오반을 보았다. “당신은 사람을 읽는 일에 전문가잖아.”

시오반은 전문가라고 불리기를 정말 좋아했다.

“당신은 아주 세련됐고, 성숙하고 책임감 있게 살아가는 사람이란 인상을 주지.” 시오반이 반대쪽으로 고개를 갸웃하며 말했다. "좋은 남자라는 인상. 단단하고 믿을 만한 좋은 남자."

"와." 조지프가 웃으며 말했다. "단단하고 믿을 만하다는 말보다 더 섹시한 표현은 없겠는데."

"없지, 없어. **정말** 섹시하지." 시오반이 힘주어 말했다. "솔직히 여자들은 그런 걸 좋아해. 세상엔 독사 같은 인간들 천지잖아. 여자가 임신하자마자 동굴을 떠나버리지 않을 남자를 원하는, 원시시대 때부터 이어진 무언가가 아직 있는 게 틀림없어." 그녀는 살짝 인상을 찡그렸다. "어쨌든 여자와 남자 모두 파트너에게 보호받는다고 느끼는 걸 좋아하잖아. 안 그래? 그 사람과 함께 있으면 나쁜 일은 하나도 일어나지 않을 것 같은 안전한 느낌을 주는 사람을 원하지."

음식이 나오는 바람에 한동안 두 사람의 주의가 흩어졌지만 시오반은 그렇게 쉽게 주제를 벗어나지 않았다.

"그러니까, 섣불리 판단되는 게 싫다는 거야?" 시오반이 포크로 스파게티를 말며 말했다.

"음, 모르겠어." 조지프가 주문한 피자를 보며 말했다. "여자들은 항상 내가 될 수 있을지 확신이 들지 않는 무언가가 되기를 바라는 것 같아. 당신도 알다시피 난 그렇게 완벽한 사람이 아닌데."

"그래?" 시오반이 말했다.

"**당신은** 내가 완벽하다고 생각해?" 조지프는 아주 잠깐 시오반의 눈을 응시한 뒤에 다시 접시를 보았다.

시오반은 환하고 자연스러운 그의 미소를, 모든 사람을 편안하게 해주는 그의 행동을, 모든 사람이 매력적으로 느끼는 그의 태도를 떠올렸다.

"당연히 그건 아니지." 그녀가 말했다. "그리고 사실 난 당신이 완벽해지려고 애쓰는 데 시간을 너무 많이 쏟지 말아야 한다고 생각해."

조지프가 미소 짓자 시오반은 놀랐다. 그가 화를 내리라고 예상했기 때문이다.

"시오반 켈리, 난 당신의 이런 점이 좋아." 그가 말했다. "나에 대해 솔직하게 말해주잖아."

결국 시오반과 조지프는 그 주 일요일에도 만나서 브런치를 먹었다. 브런치는 점심 식사로, 점심 식사는 다시 애프터눈 티로 이어졌다. 그들이 이렇게 잘 지낼 수 있다는 것은 실로 놀라운 발견이었다. 시오반은 늘 조지프가 카리스마 있는 남자라고, 함께 있는 시간이 즐거울 수밖에 없다고, 그는 다른 사람들도 모두 그렇게 느끼도록 만든다고 생각했다. 하지만 분명 지금의 관계는 거기에서 그치지 않았다. 두 사람은 마음이 맞았다. 시오반은 조지프 덕분에 자신을 잊었고, 마스카라가 뺨을 타고 흘러내릴 정도로 눈물을 흘려가며 웃었고, 세상은 생각보다 매우 환하다고 느꼈다. 그녀는 시간 가는 줄 몰랐다. 그러는 내내 크리스마스가 지나는 걸 원치 않는 아이처럼 시간이 되돌아가기를, 그와 몇 분만 더 함께 있기를 바랐다.

그가 떠나고 이러한 사실을 인식하게 된 시오반은 당연히 겁이 났다. 8개월 전에는 그녀의 것이었던 이 남자를 가질 수 없는 상황이라서 더했다.

"피오나." 시오반은 호텔 방 안 침대와 텔레비전 사이에 깔린 카펫 위를 서성이며 전화기에 대고 흥분해서 씩씩댔다. "피오나, **어제 정말 좋았어.**"

"잘됐네." 피오나는 이렇게 말하고 잠시 숨을 골랐다. "아니야?"

월요일 아침이었고 누군가에게 전화를 걸기에는 너무 이른 시간이었다. 피오나는 반쯤 잠든 목소리였다.

"응!" 시오반이 한 손으로 이마를 누르며 말했다. "나 완전…"

"허둥거렸어?" 피오나가 조심스럽게 물었다.

"윽, 그건 아니야." 시오반이 말했다. 그녀는 허둥거리는 여자가 아니었다. "그냥…"

"다리에 힘이 풀렸어?"

"그만 좀 할래? 난 그냥 **겁이 났어.** 피오나, 내가 그 사람을 받아들였어. 내 안에 들어왔다고."

"알겠어, 시오반. 그렇게까지 자세히 말 안 해도 돼." 피오나가 말했다. 시오반은 그녀가 웃지 않으려고 애쓰고 있다는 것을 알아차렸다.

"악! 그런 뜻이 아니야!" 시오반이 말했다. "지금 우린 그냥 친구야. 잊었어?" 이 말은 약간 씁쓸했다. "하지만 내가 그 사람을 친구 이상으로 좋아한다는 걸 그도 아는 것 같아. 내가 너무 쏟아부었어. 주말을 몽땅 그 사람과 보내는 게 아니었는데. 이제 그가 주도권을 쥔 거지? 게다가 그 사람에겐 여자 친구가 있으니, 난 영원히 친구로 있으면서 그가 날 차버릴 때까지 강아지처럼 쫓아다니겠지…."

"그럼?" 피오나가 물었다. "그럼 슬플 것 같아?"

"아니." 시오반이 날카롭게 말했다. "그럼 화가 나겠지."

"이런 말 해도 될지 모르겠지만." 피오나가 말했다. "이미 화가 난 것 같은데."

"하여간 도움이 안 된다니까!"

"시오반, 그건 네가 말도 안 되는 소리를 하고 있기 때문이야." 피오나가 다정하게 말했다. "네 계획은 그 사람을 친구로 알아가는 거였잖아. 그런데 그 관계가 더 발전하는 걸 가정하면…."

"쉿!" 시오반이 말했다. 그녀는 이 계획을 **구체적으로 설명한** 적은 없었지만, 막상 그걸 말로 들으니 자신이 매우 나쁜 사람이 된 것 같았다. "누군가에게서 그를 훔쳐오는 짓 같은 건 하고 싶지 않아. 그럴 계획은 없어. 없다고."

전화기 반대편에서 침묵이 흘렀다.

"여보세요?" 시오반이 말했다. "듣고 있어?"

"응." 피오나가 조심스럽게 말했다. "왜 네가 사랑하는 남자와 친구가 되려고 **애쓰는지** 궁금해하던 중이었어. 관계를 발전시킬 게 아니라면…."

"쉿!" 시오반은 한 손으로 이마를 찰싹 때리며 또 이렇게 말했다. "이런, 제길. 난 계획 세우는 걸 좋아하는 사람이야. 그렇지?"

"타고났지." 피오나가 공감해주었다. "네가 잘못했다는 게 아니야."

"맞아. 음, 이건 대실패야." 시오반은 침대에 앉았다. "내가 미친 짓을 할 것 같아. 내 뱃속에서 부글부글 끓고 있어."

"하지 마." 피오나가 말했다. "시오반, 진짜 하지 마. 그냥 침대에 누워서 비행기 타기 전에 몇 시간이라도 자. **제발** 널 망가뜨리는 짓은 하지 말고."

시오반은 입술을 깨물었다. 올해 피오나는 시오반을 보살피느라 애를 많이 먹었다. 원래는 이러지 않았다. 1년 전까지만 해도 시오반은 피오나가 지난 1년 동안 봐온 모습을 아무에게도 보여주려 하지 않았다. 아무리 가까운 친구일지라도. 오히려 시오반은 누군가를 보살피는 쪽이었다. 하지만 정신적으로 무너진 뒤로는 다른 사람에게 너무 편안하게 기댔다. 다시 강해져야 했다.

시오반은 휴대폰이 울리자 메시지를 힐끗 보았다.

시오반, 리처드 윌슨입니다. 연락해서 방해한 게 아니길 바랍니다. 오늘 코칭이 예약되어 있지 않다는 걸 알지만, 꼭 필요해서요. 혹시 저를 끼워 넣을 시간이 있나요? 너무 급하게 연락해서 미안합니다.

책상에서 섹스한 블루 스틸 리처드. 고객. 임자 있음. 그리고 시오반이 조지프를 만나기 전에 주로 침대로 데려가던 무신경하고 냉정한 남자. 이건 반짝반짝 빛나는 나쁜 소식이었다.

시오반의 몸에 낮은 울림이 퍼졌다. 공황 증상이, 그 끔찍하고도 익숙한 느낌이 몸속에 용암이 흐르는 것처럼 피부 속으로 슬며시 파고들었다. 이런 때에는 나쁜 결정을 내리기 몹시 쉬웠다.

시오반은 리처드에게 바로 답장을 보내면 절대 안 됐다. 그가 시오반을 라이프 코치 이상으로 보고 있다고 의심되는 상황에서, 시오반은 반드시 그와 일 관계로만 얽히도록 분명하게 선을 그었어야 했다. 지금 그녀가 집에 있고 옆방에 피오나가 있었다면 답장할 생각도 하지 않았을 것이다. 하지만 시오반은 이곳 런던의 호텔 방에 있었고, 조지프 카터는 다른 사람의 애인이었다.

　실은 지금 런던에 있어요. 만나서 아침 먹을래요? 시오반

　리처드는 시오반이 마지막으로 보았을 때보다 약간 야위어 보였는데, 그 모습이 잘 어울렸다. 파란색 맞춤 코트를 입고 체크무늬 스카프를 두른 그는 매력적인 중년 남성 그 자체였다. 그가 도착하자 시오반은 일어나서 악수했고 그는 몸을 숙여 시오반의 뺨에 입 맞췄다. 그에게서는 너무 여러 가지 향이 섞인 비싼 향수 냄새가 났다. 시오반은 그의 입술이 피부에 닿는 순간 답장하지 말 걸 하고 후회했다. 이건 따질 것도 없이 끔찍한 생각이었다. 시오반은 리처드를 보는 것조차 원치 않았다. 그런데 왜 그랬을까? 왜 이런 짓을 한 걸까?

　"만날 수 있어서 다행이군요." 리처드가 말했다. 그들이 물러설 때 리처드의 손이 시오반의 엉덩이를 스쳤다.

　시오반은 호텔에서 가까운, 별다른 특색 없는 카페를 약속 장소로 정했다. 낭만적인 분위기나 감성과는 거리가 먼 카페였다. 하지만 리처드가 이곳에 오자 평소의 코칭과 느낌이 달랐다. 시오반은 침을 삼켰다.

　"어떻게 지냈어요?" 시오반이 물을 마시며 물었다.

　오늘 아침은 이렇게 슬며시 사라져갔다. 시오반의 배에서는 조용한 진동이, 점점 커지는 공황 증상이 느껴졌다. 시오반은 나

이프와 포크 옆에 화면이 보이도록 놔둔 휴대폰을 흘끗 보았다. 피오나에게 메시지가 와 있었고, 새해 전날 더블린에서 런던으로 가는 항공편 스크린 샷이 보였다. 메시지는 '이건 어때?!'라는 내용이었다. 피오나를 떠올리자 시오반의 뱃속에서 느껴지던 두려운 울림이 더 거세졌다. 피오나는 그녀에게 정말 실망하겠지. 잠시 시오반은 그냥 일어나서 나갈까 생각했다. 지금까지 그녀는 해야 할 말은 무엇이든 다 하지 않았던가? 조지프가 그녀를 가지지 않았다는 것까지 확실히 보여주었으니.

"시오반." 리처드가 말했다. "회사에서 일이 좀 있었는데, 이 얘기를 꼭 해야 해서요."

시오반은 약간 긴장이 풀렸다. 이건 편안한 상황이었다. "말해 봐요." 그녀가 말했다.

"비서 얘기, 기억하죠?"

"잠자리를 했다던 비서 말이죠?" 시오반은 예의를 갖춰 물으며 웨이터를 부르려고 손짓했다. 아침 식사를 같이 하는 게 아니라 커피만 마시는 것으로 분명히 해두고 싶었다.

"맞아요. 그 비서. 음, 그녀가… 그녀가 서류를 하나 주더군요. 업무와 관련된 소송 서류였어요. 자세한 내용은 지루할 테니 요점만 말하자면, 그 서류에 내 서명을 받아서 정해진 날짜까지 반드시 제출해야 했어요. 하지만 우린, 그러니까 정신이 좀 없었고, 난 서명했지만, 솔직히 비서가 발송하도록 우편 발송함에 놔두지 않았어요. 그래서 결국 시간 내에 서류를 제출하지 못했고요."

"그래서 문제가 생겼나요?" 시오반은 이렇게 묻고는 웨이터에

게 "플랫 화이트 주세요"라고 했다. 오늘은 오트 밀크 플랫 화이트
를 마시는 날이 아니었다.

"아, 그게요. **그럴 뻔**했어요. 그럴 뻔. 하지만 내가 갈기갈기 찢
어버렸어요. 그 서류 말이에요. 그리고 비서에게 내게 그 서류를
준 적이 없는 거라고 했죠."

시오반은 전혀 납득이 안 되는 이 발언에 어떻게 해야 적당히
중립적이면서도 라이프 코치다운 반응을 보일까 고민하면서 그
를 물끄러미 보았다.

"음, 그래도 비서가 일자리를 잃지는 않을 거예요. 그건 확실히
해둘 거예요." 리처드가 말을 이어 시오반의 수고를 덜어주었다.
"어떤 면에서는 그녀가 내게 빚을 지게 만드는 게 합리적이지 않
을까요? 그녀와 나 사이가 더 복잡해질 때를 대비해서요. 보험 같
은 거죠."

가뜩이나 얄팍한 시오반의 인내심은 완전히 사라지고 말았다.
이런 상황이 라이프 코칭에서 가장 안 좋았다. 이 남자는 만날수
록 점점 더 자신이 짜증 나는 사람이라는 걸 보여주고 있었다. 그
는 같이 잔 비서를 해고하고 싶어질 때 자신에게 유리하도록 그
여자를 함정에 빠뜨리고 있는 게 아닌가? 그리고 그에게 푹 빠진
듯한 비서를 두고, 다른 여자에게 좋은 쪽으로 조금이라도 관심
을 얻어보겠다고 이곳에 왔단 말인가?

시오반이 일을 제대로 한다면, 리처드는 스스로 멍청이가 되
었다는 사실을 깨달을 것이다. 시오반은 리처드가 변화된 삶을
살게 할 유의미한 방법은 이것뿐이라고 굳게 믿었다. 하지만 그

와 동시에 그가 개자식이라는 사실도 **정말** 말해주고 싶었다. 잠깐이지만 시오반은 라이프 코칭 계약을 체결할 때 고객과의 코칭 내용을 완전히 기밀로 한다는 내용을 고집하지 말 걸 그랬나 생각했다. 그동안은 코칭 내용을 상급자에게 '보고'하지 않아도 되도록 확실히 해두어 코칭하는 개개인을 보호하고 싶었다. 하지만 지금처럼 일자리가 위기에 처한 불쌍한 여자가 생길 경우, 시오반이 스스로 정한 피 같은 계약 내용을 어기지 않고는 담당 인사팀에 리처드에 대해 보고할 수 없었다. 시오반은 앉은 자리에서 불편한 듯 자세를 바꾸었다.

"리처드, 그 결정에 대해서 어떻게 생각하나요?" 마침내 시오반이 물었다.

"음." 리처드는 대답이 분명하지 않겠냐는 듯이 약간 상처받은 어조로 말했다. 그는 《데일 카네기 인간관계론》을 너무 많이 읽은 남자에게 어울리는 특유의 노련한 눈빛으로 시오반과 시선을 맞추려고 했다. "당연히 복잡하죠. 내가 옳은 일을 했다는 말은 아니에요. 내가 여기 온 이유는 당신이 내 얘기를 잘 들어줄 거라고 생각했고, 또 우리는…."

시오반은 나쁜 일이 다가오는 느낌이, 피할 수 없는 불쾌한 무언가가 곧 닥친다는 예감이 들었다.

"우리는 통하잖아요. 아닌가요? 당신과 나 말이에요." 리처드는 희미하게 미소 지으며 시오반의 눈을 똑바로 바라보았다.

'올 게 왔군.' 시오반은 침을 삼켰다.

"리처드, 우리가 이렇게 사무실이 아닌 곳에서 만난 게 실수인 것 같군요." 시오반이 말했다. "앞으로는 미리 정한 코칭 시간과 장소를 반드시 지켜야 할 것 같아요. 알겠죠? 우리가 순수하게 일 때문에 만나는 관계라는 걸 분명히 해둘게요."

리처드가 인상을 썼다. "이러지 말아요."

"더 이상 선을 넘으면 어떤 관계로도 만날 수 없다고 말할 수밖에 없어요, 리처드."

리처드는 그녀를 평가하듯이 쳐다보았다. 시오반은 그런 눈빛이 싫었다. 고양이가 잡고 싶은 무언가를 바라보듯이 뭔가를 계산하며 느릿하게 움직이는 시선이었다.

"알겠어요, 시오반." 어린아이를 어르는 듯한 말투였다. 지금까지 시오반에게 그런 식으로 말한 적은 없었다. "오늘은 이만하죠. 하지만 곧 다시 만나기를 고대할게요. 어쨌든 이제 당신은 내 비밀을 알게 됐으니까요." 그는 슬며시 미소 지었다. "그게 우리가 코칭을 지속할 이유가 되고도 남는다는 걸 말해두죠. 당신 말고는 내게 내 모습을 제대로 보여줄 사람이 없으니까요."

크리스마스는 가족 모임과 강요된 수다라는, 다소 고통스럽고 희미한 기억으로 지나갔다. 시오반이 가족들과 사이가 좋지 않아서가 아니라, 가족이 가깝게 지낼 정도로 서로 이해하지 못할 뿐이었다. 부모님은 시오반이 하는 일에 관심 있는 척하려 최선을 다했지만 그들은 숫자를 좋아하는 수학자들이었고, 시오반은 마음 깊은 곳에서 부모님이 라이프 코칭은 죄다 헛소리라고 생각한다는 걸 알았다. 물론 이렇게 말한 적은 한 번도 없었지만 그게 더 안 좋았다. 시오반은 건강하고 적절한 방식으로 대립하는 편이 더 좋았다.

시오반의 오빠는 그녀보다 열 살 많았는데, 특별히 사이가 애틋한 남매는 아니었다. 하지만 시오반은 성 스테파노 축일Stephen's Day*을 오빠 집에서 보냈다. 조카들은 시오반의 팔다리에 매달려 목말을 태워달라고 졸랐는데, 그들의 작은 손과 환하게 빛나는 미소를 볼 때면 시오반은 심장이 아팠다. 그녀는 갑작스럽다고 여겨질 정도로 집에서 빨리 나왔다. 틀림없이 시오반이 또다시 자의식 과잉으로 괴짜 짓을 했다고 장대한 가족사에 새겨질 것이다.

시오반은 성 스테파노 축일 다음 날 더블린에 있는 아름다운 아파트로 돌아왔는데, 어쩌다 보니 그날이 그녀의 생일이었다. 그녀는 생일을 싫어했다. 나이 먹는 건 달갑지 않았고, 서른 살에 1년 더 가까워진 사실을 콕 집어 알릴 목적으로 치르는 축하 파티도 딱히 즐겁지 않았다(사실, 서른 살까지는 1년밖에 남지 않았다). 과거에 시오반은 다른 집중할 대상이 필요할 때마다 수없이 파티를 열었지만, 요즘에는 피오나와 말레나와 와인을 마시고 아이스크림을 먹는 쪽이 더 좋았다.

"얘들아." 시오반이 피오나와 함께 소파에 앉으며 말했다. 말레나는 와인 한 잔을 옆에 놓고 카펫 위에 누워 있었다. "내가 크리스마스 기간을 보내면서 생각해봤는데, 나한테 자기 파괴적인 성

*　기독교 최초의 순교자 스테파노 성인을 기리는 날로, 12월 26일이다.

향이 있는 것 같아.”

“안 돼!” 말레나가 놀란 체하며 말했다.

“하지 마.” 시오반이 말했다. “문제는 조지프를 어떻게 하느냐야. 내가 전부 다 완전히 망쳐버렸어.”

시오반은 손톱으로 손바닥을 찍고 싶은 충동을 참느라 와인잔을 양손으로 감싸고 입술을 물어뜯었다. 그녀의 정신 건강이 흔들리고 있었다. 손끝과 발끝에서 두려움과 자기혐오가 끌어당기는 느낌이 들었다.

그녀는 리처드를 업무 시간이 아닐 때 만났다는 사실이 믿기지 않았다. 그것도 의도적으로 그런 짓을 하다니 어처구니없을 정도로 멍청했다. 심지어 리처드가 보고 싶다는 생각조차 안 들었는데. 하지만 덕분에 시오반은 정신이 번쩍 들었다. 그녀에게는 이런 충격이 필요했다. 지난 4월에 그녀가 정신적으로 무너진 일은 어찌 보면 당연했다. 자신을 통제하고 싶은 절박한 욕구, 사람을 받아들일 수 없는 마음, 공황 증상을 느끼면 돌발 행동을 하는 성향… 그녀가 망가지지 않은 채 이 모든 것들이 불안하게 지속될 수는 없었다.

그녀는 천천히 숨을 들이마시고 내쉬었다. 변화를 주기에 너무 늦지는 않았다.

그러기를 바랐다.

“자, 시오반. 근본적으로 그 남자가 다른 여자와 사귀는 것에 네가 얼마나 신경이 쓰이는지를 파악해야 해.” 말레나가 말했다. “내가 너라면, 그리고 그 남자를 정말 사랑한다면, 적어도 그 사람에게 솔직하게 말하려고 시도는 해보겠어. 그 남자가 다른 여자와의 관계를 두고 진지한 **것 같다고** 말한 상황이라면 더욱."

"그건 잘못된 거라고 생각하지 않아?" 시오반이 물었다. "물론 우리는 그 여자를 모르지만, 어쨌든 같은 여자잖아. 그런 일을 당하면 안 되지."

"그 남자가 너와 함께할 운명이라면, 결국 그렇게 되겠지." 잠시 후 피오나가 말했다. "그 남자를 유혹하라는 게 아니야. 그냥 네 감정을 솔직하게 말해서 그가 선택할 수 있도록 정보를 주라는 거야."

"그 남자는 너희가 단순히 섹스하는 관계였다고 생각하는 거잖아. 안 그래? 게다가 자기가 널 좋아한 것만큼 네가 그 사람을 좋아하지 않았다고 생각하고." 말레나가 어깨를 으쓱했다. "시오반, 한번 해볼 만한 것 같은데."

시오반은 들고 있던 와인 잔을 커피 탁자에 내려놓고 아이스크림 통을 집어 든 다음 가장자리에 부드럽게 녹은 부분을 한 숟가락 펐다. 그녀는 설득당하고 있었다. 어쩌면 결국 이렇게 되리라는 걸 계속 알고 있었는지도 모른다. 조지프가 그녀의 감정도 모른 채 다른 누군가에게 정착한다고 생각하자 몹시 고통스러웠다.

"음… 송년 파티에서 말하면 어떨까?" 시오반은 피오나와 말레나에게 조지프의 새해 계획을 말해주었다. 반쯤 허물어진 고대 그리스식 저택이 아주 근사할 것 같았고, 조지프가 새해 전날을 정말 재미있게 보낼 것 같아서 구미가 당겼다. "어쨌든 우리 다 같이 런던에 갈 계획을 세워야 해. 여기에서 멀지도 않잖아. 그 사람을 놀라게 하고 싶어. 전부 다 쏟아부어서 제대로 보여주는 거야.”

“그러고서 그 사람에게 말하는 거지…?” 피오나가 물었다.

“사랑한다고?” 말레나가 마저 말했다.

“이런 젠장. 그래야 하나?” 시오반은 아이스크림 숟가락을 꽉 쥐며 어쩔 줄 몰라 했다. “젠장. 젠장. 말해야 하는 거야?”

나머지 둘은 웃지 않으려고 애썼다. 시오반은 소파 팔걸이에 머리를 기대며 괴로운 듯 신음했다.

“해야겠지.” 시오반은 생각만 해도 식은땀이 났다. “너무 겁나. 세상에. 하지만 난 좋은 사람을 밀어내는 일은 그만할래. 정말로.” 그녀는 다시 일어나 앉아서 차가운 아이스크림을 한입 가득 넣고 삼켰다. “내 인생을 스스로 망치지 말자. 새해 결심이야.”

“그 결심에 건배.” 말레나가 잔을 들며 말했다. “그럼 우리도 같이 가는 거야? 그 파티에?”

“그 사람이 다른 여자와 사랑에 빠졌다면, 산산조각 난 날 수습해야 하지 않겠어?” 시오반이 쓸쓸하게 말했다.

“음, 아니야. 우린 네 남자를 되찾는 기쁜 순간을 축하하러 갈 거야.” 말레나가 시오반의 말을 정정했다.

제인

제인은 눈이 내릴 것 같은 하늘을 향해 휴대폰을 들어 올리며 밝은 빛 때문에 눈을 가늘게 떴다.

"여보세요?" 그녀가 외쳤다. "이제 들려?"

휴대폰 안테나 표시가 나타났다 사라졌다 다시 나타났다. 전화기 맞은편 애기의 목소리가 가냘프게 더듬거렸고, 휴대폰을 든 제인의 손이 떨렸다. 너무 추웠다. 그녀가 머무는 포이스Powys의 시골 동네 오두막에서는 언덕 위로 올라가야 전화를 받을 수 있었다. 걸어갈 수 있는 거리 내에는 안테나 표시가 뜨는 곳이 여기뿐이었고, 아직 와이파이도 설치하지 않았다.

"들리는 것 같기도 해." 애기의 목소리가 들렸다.

애기는 큰 소리로 말하면 수신 문제 해결에 도움이 되기라도 하는 듯이 소리를 질렀다. 제인은 두 사람의 나이 차이가 실감 나는 순간이라는 생각에 미소 지었다.

"목소리가 달렉* 같아!" 애기가 외쳤다.

제인은 웃음을 터뜨렸다. 부츠 속 발가락이 얼어붙어서 감각이 없고 바람 때문에 뺨이 얼얼했지만, 지금의 이 대화가 제인이 이곳으로 이사 온 지난달 이후로 가장 즐거운 일이었다. 제인은 이렇게 좋은 친구가 있다는 사실이 그 어느 때보다 감사했다. 크리스마스는 우울하고 외로웠다. 제인은 프레스턴의 고모 집에서 3일을 보내며 자기 삶에 대해 또다시 거짓말을 해야 한다는 생각에 견딜 수가 없었다. 그래서 아빠에게 웨일스의 오두막을 빌려 친구들과 함께 있을 거라고 말했지만, 몹시 후회했다. 막상 크리스마스 당일이 되자, 전과 달리 아버지가 진심으로 그리웠기 때문이다. 아버지마저 잃은 듯한 기분이었다.

하지만 애기의 선물 덕분에 크리스마스가 조금이나마 밝아졌다. 분홍색 유화물감 터치가 돋보이는 윈체스터 풍경화인 그 선물은 로신 코티지Rhosyn Cottage의 낡은 금속 침대 프레임 위에 걸렸다.

"내일 밤에 여기 오는 거 생각해보겠다고 약속해." 애기가 소리쳤다. "재미있을 거야, 진짜!"

바람 때문에 제인은 귀가 떨어져 나갈 것 같았다. 머리를 목덜미에서 최대한 꽉 묶었지만, 머리카락이 느슨하게 풀려 나와 이

---

* 영국 드라마 〈닥터 후〉에 등장하는 외계인.

마와 뺨을 채찍질했고 가늘게 뜬 눈을 찔렀다.

"생각해볼게." 제인이 약속했다. "애기, 잘 있어."

"사랑해." 애기가 외쳤다. "따뜻하게 하고 지내!"

제인은 애기가 전화를 끊은 뒤에도 추위 속에 계속 있었다. 날씨는 잊은 채 휴대폰을 물끄러미 바라보았다. 눈이 얼얼했다. 애기가 '사랑한다'고 말한 건 처음이었다.

제인이 어깨 너머로 힐끗 보자 계산대 뒤의 젊은 남자가 재빨리 시선을 피했다. 그의 얼굴이 어찌나 빨개지는지, 제인은 피부에 색이 번져 완전히 다른 빛깔로 변하는 모습에서 눈을 뗄 수 없었다. 그 모습을 보자 붓으로 칠한 듯이 붉게 물들던 조지프의 광대뼈가, 그래서 세련되고 완벽한 얼굴이 더 매력적으로 변하던 모습이 떠올랐다.

제인 옆에서 누군가가 깔깔대며 웃었다. 전에 마을 상점에서 몇 번 본 적이 있는 나이 지긋한 부인이었다. 코가 공격적으로 보일 정도로 뾰족한 그녀는 험악하게 인상을 찡그리고 있었는데, 줄을 매달아 목에 걸고 있는 곰돌이 푸 그림 안경 덕분에 이미지가 다소 약해졌다.

"맬컴, 그냥 같이 저녁 먹자고 해, 응?" 부인이 계산대 뒤 남자에게 외쳤다.

맬컴의 얼굴이 더욱 새빨개졌다.

"아, 이런." 제인은 당근 한 다발을 장바구니에 넣으며 나지막이 중얼거렸다. "음…"

"글래디스!" 맬컴이 울부짖었다. "제발요! 전… 귀찮게… 하고 싶지 않아요. 저 멋진 아가씨를… 말이죠." 그는 '**저 멋진 아가씨**'라는 말을 취소할 수 있기를, 아니 자신이 아예 사라져버리기를 간절히 바라는 표정이었다.

"제인이에요." 제인이 한 손을 들며 말했다. "안녕하세요, 맬컴."

"어서. 내일이 새해 전날이잖아!" 글래디스는 이렇게 말하면서 아주 찬찬히 안경을 올린 다음 제인을 유심히 쳐다보았다. "흠." 그녀가 제인에게 말했다. "낭만적인 저녁 식사를 하기에 완벽한 날이죠! 별다른 계획 없죠? 로신 코티지에서 혼자 지내는 거 맞죠? 거긴 붉은 솔개 말고는 볼 게 아무것도 없어요. 내려와서 맬컴 집에서 저녁 먹어요. 아주 괜찮은 아이랍니다. 난 얘가 기저귀 찰 때부터 봤어요."

"글래디스!" 맬컴이 계산대 모서리를 움켜쥐고 다시 외쳤다. "제발 그러지 마세요! 난… 난 어른이라고요! 데이트 신청은 직접 할 수 있어요! 정말 미안해요." 그는 미소 짓지 않으려고 안간힘을 쓰고 있는 제인에게 말했다.

"괜찮아요." 제인이 말했다.

"그래?" 글래디스가 한쪽 팔을 흔들며 맬컴에게 말했다. "그럼 물어봐!"

맬컴은 땀을 흘리기 시작했다. 제인은 안타까운 마음이 들었다.

"미안하지만 다른 일이 있어요." 제인이 말했다. "친구를 만나기로 해서요."

글래디스가 눈을 가늘게 떴다. 제인은 노부인이 노려보는 눈빛에 약간 움찔했다.

"그 친구가 남자인가요?"

"아니에요." 제인은 이렇게 답하고 나서야 거짓말하는 편이 나았을 것 같다는 생각이 들었다. 제인은 방금 대답할 때 애기를 떠올렸다. 남자 친구가 있는 척해야 한 지 꽤 오래 지나서 그 버릇을 고칠 수 있었다. "여자 친구예요. 아, 그냥 친구요."

"그 친구가 여기로 오나요?" 글래디스가 믿을 수 없다는 듯이 물었다.

제인은 멈칫했다. 글래디스는 제인이 로신 코티지에 혼자 산다는 사실을 잘 아는 듯했다. 제인은 그녀가 그곳에 차가 한 대뿐이라는 사실도 알아차릴 것 같았다.

"사실." 제인이 말했다. "친구와 파티에 가려고요."

이 문장은 제인의 귀에도 터무니없이 들렸고, 글래디스와 맬컴에게도 그럴 것 같다는 느낌이 애매하게 들었다. 그들은 제인이 자진해서 파티에 가는 사람이 아니라는 걸 알 것 같았다. 제인은 거짓말에 중대한 실수를 저지른 셈이었고, 어떻게든 이어가야 했다.

"친구가 햄프셔의 아름답고 유서 깊은 저택에서 열리는 행사의 스타일링을 맡았어요. 고대 그리스가 되살아난 것 같은 곳이래요." 제인은 얼굴을 약간 찡그렸다. 글래디스는 더 그레인지가 건축학적으로 멋지다는 사실에 별 감흥이 없는 얼굴이었다. 그러는 사이 맬컴의 얼굴은 새빨간 색에서 하얀색으로 천천히 돌아왔다. "어쨌든, 친구가 보수의 일부를 무료 입장권으로 받는다네요.

분명 아주 멋진 행사일 테니 저도 같이 가보려고요." 제인은 억지로 미소 지었다. "원래 전 파티를 좋아하지 않지만, 어떤 건지 아시잖아요. 친구가 실망하게 하고 싶지 않아요."

이렇게 말하는 동안 제인은 양심의 가책을 느꼈다. 이 말은 사실인 것 같았다. 제인은 애기를 실망하게 하고 싶지 **않았다**. 애기는 실내에 배치한 나무, 곧 무너질 듯한 석조 저택 위쪽으로 쏘아 올린 보라색과 파란색 조명, 내일 행사를 위해 미리 달아놓은 반짝이는 담쟁이덩굴을 이야기하며 무척 뿌듯해했다.

애기는 늘 제인 옆에 있었다. 제인은 장바구니를 들고 맬컴이 있는 계산대로 가면서, 좋은 친구가 되는 데는 책임이 따른다는 생각이 들었다. 제인은 애기를 응원하는 마음을 보여주고 싶었다. 애기의 옆에 있고 싶었다.

제인은 파티가 정말 싫었다. 그 많은 사람과 엄청난 소음과 가식적인 웃음과 겉치레가 싫었다. 하지만. 하지만.

제인은 애기를 사랑했다.

차를 몰고 윈체스터로 돌아가는 길은 시간을 거슬러 가는 것 같았다. 짐을 챙기고 시어도어를 구슬려 이동장에 넣고 카운트 랭글리 재단 자선 상점 동료들에게 작별 인사를 한 지 5주 반이 지났다. 모티머는 제인이 그렇게 급히 떠난다는 사실에 놀라지 않은 것 같았지만, 작별 인사를 하며 포옹할 때 눈물을 보였다.

등이 아프도록 운전한 끝에, 마침내 제인은 애기의 차고 앞에 차를 세웠다. 차고는 전에 둘이 함께 물 풍선을 던졌던 주차장에 있었다. 차에서 내리자 애기가 벌써 건물 입구에 서 있었다. 창문으로 내다보고 있었던 게 틀림없다. 환하게 빛나는 애기의 익숙한 얼굴과 부스스한 빨강 머리를 보자, 제인은 마음이 따뜻해지다 못해 아릴 정도였다.

"왔네." 애기가 제인을 안으로 안내하며 말했다. 쨍한 라임 향기와 방금 진공청소기로 청소한 냄새가 섞인 애기의 아파트 냄새조차… 제인의 마음을 찡하게 했다. 제인은 윈체스터를 그리워하고 있었다. 고향을 그리워하고 있었다.

"입을 옷은 챙겨 왔어?" 애기가 제인에게 커피를 주려고 바삐 움직이며 물었다.

그녀는 냉장고에서 작은 크림 그릇을 꺼내고 있었는데, 제인이 팔을 잡는 바람에 중간에 멈췄다.

"왜 그래?" 애기가 놀란 표정으로 보며 물었다.

"기억하네." 제인이 크림 그릇을 보며 말했다.

애기가 씩 웃었다. "당신이 커피를 어떻게 마시는지? 당연하지, 이 바보야. 5주밖에 안 됐잖아. 떠나 있는 동안 내가 싹 다 잊었을 줄 알았어?"

그랬다기보다 애당초 제인은 이렇게 세세한 것까지 알아차릴 정도로 마음을 쓸 수 있는지 상상조차 하지 못했다. 제인은 약간 씁쓸한 미소를 지으며 애기의 팔을 놓고 즐겨 앉는 황토색 소파 자리로 향했다.

"아니. 그런데 특별한 날에 입을 만한 옷은 하나도 못 챙겼어." 제인이 말했다. "웨일스에 가져간 건 전부 다… 아주 실용적인 것들뿐이라."

내복과 양모 양말과 플리스 재킷은 무너져가는 저택에서 열리는 성대한 축하 행사에 어울리지 않았다. 제인은 가슴이 두근거렸다. 이곳에 오자 생각지 못한 이유로 긴장됐다. 윈체스터에 돌아오자, 떠나기 전 루에게 들은 말 때문에 위협당하는 기분이었다. 하지만 머릿속에 무슨 생각이 들든, 애기의 집에서는 안전했다. 이유는 모르지만 제인의 머릿속에 애기의 아파트는 난공불락의 요새로 각인되어 있었다.

사실 제인이 긴장되는 이유는 런던에서의 생활에 발목이 잡힐까 봐서가 아니었다. **파티**에 가는 것 때문이었다.

"좋아." 애기가 말했다. "어제 모티머와 콜린을 보러 잠깐 들렀는데, 당신에게 완벽하게 어울릴 옷을 급하게 찾아줬어. 두 사람 다 널 정말 보고 싶어 한다는 말을 전해달라고 콜린이 **어찌나** 신신당부하던지. 그리고 이런 말도 했어. 잠깐만. 먼저 이것 좀 하고…" 애기는 커피를 저으면서 입술을 오므렸다. "'**드레스 입을 때 푸시업 브라를 입어본 적이 없다면, 싫다는 말도 하면 안 되지**'라고."

"아, 싫은데." 제인은 애기에게서 커피를 받아 들며 울상을 했다. "콜린이 할 법한 말이 전혀…"

애기가 손가락 하나를 들어 보였다. "콜린이 그랬다니까!" 그녀가 말했다. "콜린의 말을 거역할 거야?"

제인은 고개를 숙였다. "아니, 당연히 그건 아니지."

두 사람은 커피를 마시며 그동안의 근황을 전했다. 제인은 말할 거리가 많지 않았다. 로신 코티지의 중앙난방 시스템 때문에 소소하게 이상한 사고가 일어난 일 말고는 별다른 일이 없었다. 하지만 애기는 글래디스와 맬컴 이야기를 정말 재미있어했다.

"그래서 오게 됐군!" 애기가 환호성을 질렀다.

"꼭 그런 건 아니야." 제인이 얼굴을 찡그리며 말했다. 이 말을 꼭 해야 할 것 같았다. "그렇다기보다… 그 사람들 덕분에 **와야 한다**는 걸 깨달았어. 당신을 만나서 응원하고 싶기도 했고…" 제인의 턱이 다시 떨렸다. 이런 감정이 전부 어디에서 솟아나는지 이해할 수 없었다. "미안. 난 그냥 당신에게 정말 고마워서."

"이런, 그러지 마." 애기가 말했다. 그녀는 제인의 다리를 토닥거렸다. "진정해. 커피 마저 마시고, 내가 신데렐라의 요정 대모처럼 변신시켜줄게. 제인 밀러, 그다음에는 무도회에 가는 거야."

짙은 초록색 실크 드레스는 목뒤에서 끈을 묶게 되어 있었고 무릎 바로 아래까지 내려가는 길이였다. 팔, 어깨, 큰 삼각형을 그린 가슴골까지 아찔할 정도로 맨살이 많이 드러났다. 콜린이 옳았다. 푸시업 브라의 효과는 좀 놀라울 정도였다. 제인은 이런 보정 속옷을 오랜만에 입어서, 고작 중고로 구매한 브래지어를 입었을 뿐인데도 너무 퇴폐적으로 느껴졌다.

애기는 굽이 높지 않은 스트랩 슈즈를 건넸다. 제인이 하이힐을 신고 얼마나 잘 걸을 수 있을지를 두고 콜린과 모티머가 현실적인 안을 제시한 게 틀림없었다. 제인은 구두를 신었고, 그동안 애기는 제인의 화장품 가방을 뒤지며 투덜댔다.

"여기 있는 화장품 대부분 너무 오래돼서 굳었어." 애기가 파운데이션 병을 들고 불빛에 비춰 보며 말했다. "내 화장품을 빌려줄 수도 없는데. 내 걸 쓰면 너무 창백해 보여서 병에 걸린 것 같을 거야. 화장 안 해도 피부에 광택이 나서 다행이지 뭐야. 그냥 마스카라 정도만 빌려줄게."

제인은 애기의 마스카라를 빌려서 겨우 칠했지만 양쪽 눈을 다 찔렀고 코 왼쪽 옆에 검은 줄을 그었다. 애기는 그 모습을 보며 무척 재미있어하다가 결국 마스카라를 넘겨받았다.

"좋아. 이제 다 된 것 같아. 마지막으로 투명 립글로스를 바를까?" 애기는 이렇게 말하며 제인에게 펄이 있는 분홍색 튜브를 건넸다. "자. 정말 아름다워."

제인은 마음을 단단히 먹고 거울을 흘끗 보았다. 거울 속 그녀가 진지한 표정으로 눈을 크게 뜬 채 쳐다보고 있었다. 제인은 거울을 잘 보지 않았고, 보더라도 지금 같은 모습은 아니었다. 애기가 옳았다. 제인이 보기에도 아름다웠다. 그러자 눈물이 다시 차올라 못마땅한 듯 숨을 내쉬며 눈을 들어 천장을 보았다.

"울면 안 돼!" 애기가 단호하게 말했다. "자, 행복한 걸 떠올려. 조랑말이나 강아지 같은 거. 거미를 보고 순도 100퍼센트의 공포에 떨며 비굴하게 똥을 지리는 시어도어라든지."

그녀의 말에 제인은 웃음이 났다.

"좋아!" 애기가 말했다. "이제 우리 가야 해. 일찍 가서 마무리 손질을 해야 하거든."

제인은 더 그레인지로 이어지는 자갈 깔린 널찍한 자동차 진입로를 지나는 동안 침을 삼켰다. 그곳은 그리스 신화의 한 장면을 그대로 옮긴 것처럼 정말 웅장하고 아름다웠다. 기둥 뒤로는 까만 밤하늘이 소용돌이쳤다. 날씨는 맑았고 눈물이 날 만큼 추웠다.

직원들이 저택을 분주히 돌아다녔다. 올해가 다섯 시간밖에 남지 않았다. 제인은 파티에 가야 하는 끔찍한 의무만 없다면 새해 전날에 담긴 의미를 좋아하는 편이었다. 새로움이나 새 출발 같은 것들에 마음이 끌렸다. 그녀는 한 해를 완전히 떠나보내고 싶지 않을지도 모른다는 생각이 아주 오랜만에 들었다.

"긴장하지 마." 애기가 기둥 아래에서 조명을 만지는 직원들에게 한 손을 흔들어 지시하며 힘주어 말했다. "지금 당신 정말 눈부시게 아름답고, 내가 계속 옆에 있을 거야. 재미있을 거라고."

"날 계속 보살펴주는 건 싫은데." 제인이 드레스를 매만지며 투정하듯이 말했다. 드레스에 어울리는 코트가 없어서 그냥 왔기 때문에 몹시 추웠지만, 언덕 꼭대기에서 한 애기와의 전화 통화로 잘 단련되어 있었다.

"내가 좋아서 그래." 애기가 아무렇지 않은 듯이 말했다. "왜 내가 당신이 친구 해주겠다고 할 때까지 쫓아다닌 것 같아? 난 결혼도 안 했고 자식도 없고 할 일이 필요한 여자라고. 당신이 없었으면 뜨개질이나 시작해야 했을걸."

제인이 콧김을 뿜으며 웃었다. 애기는 그녀를 향해 씩 웃은 뒤 돌아서서 입구의 보안 요원과 이야기를 나누었다. 애기가 뜨개질 이야기를 하며 농담했지만, 제인은 그녀가 스스로 일구어낸 삶에 매우 만족한다는 것을 알게 되었다. 이 점은 제인이 애기를 존경하는 여러 이유 중 하나였다. 제인에게는 싱글로 행복하게 지낼 수 있다는 사실이 무척 놀라웠다. 실제로 그녀는 같은 상황일 때 외롭고 마음 아프기만 했기 때문이다.

"할 일은 지금 이것만으로도 충분하지 않아?" 제인이 저택으로 들어가며 말했다. "와, 애기." 탄성이 절로 나왔다.

저택에 들어서자 어두운 동화로 들어간 기분이었다. 건물은 밖에서 보기에는 그나마 멀쩡했지만 안에 들어가자 금방이라도 무너져 내릴 듯했고 방치된 모습이 예술적인 장면을 연출했다. 회반죽이 벽에서 반쯤 떨어져 나와 붉은 벽돌이 보였다. 바닥 위로 뻥 뚫린 천장은 가장자리가 들쭉날쭉했는데, 한때 2층을 떠받치고 있던 보의 부러진 끄트머리가 그대로 보였다. 벽난로는 담쟁이덩굴과 주목나무로 만든 묵직한 리스로 장식되어 있었고, 주변에 배치된 나무들은 폐허 속에서 자라며 늘 그 자리에 있었던 것만 같았다.

"정말 대단해." 제인이 친구를 향해 돌아서며 말했다.

애기는 어깨를 으쓱하며 미소 지었다. "이런 캔버스에 작업하는 건 쉬워. 거의 아무것도 할 필요가 없거든."

애기는 제인에게 알아차릴 수도 없을 정도로 약간씩 물건을 이리저리 옮기고 촛불을 켜고 나뭇잎을 다시 배열하라고 시켰다. 사람들이 도착하기 시작할 무렵, 애기가 갑자기 직접 지어낸 특유의 욕을 내뱉었다.

"이런, 멍충방충이!" 그녀는 아래쪽으로 향했다. "빌어먹을 후원사 현수막!"

애기가 건물 깊숙한 곳으로 뛰어갔다. 제인은 약간 당황해서 쫓아갔다. 어느 방에 도착하자, 뒷벽을 따라 드리운 그림자 속에 은빛이 도는 흰색 현수막 세 개가 접힌 채 숨어 있었다.

"자, 이걸 어딘가에 걸어야 해. 장식을 망치겠지만 후원사에서 돈을 냈으니 어떻게든 해야 해. 안락의자를 놓아둔 곳에 걸면 사람들이 들어오자마자 받는 첫인상을 망치지 않을 거야. 잘 될지 모르겠네." 애기가 맨 위에 놓인 현수막을 펼치며 중얼거렸다.

제인은 그대로 굳어버렸다. 누군가가 등에서 어깨 위로 얼음 장 같은 액체를 쏟아부어 드레스 옷감을 타고 미끄러져 내려오는 것 같았다. 두려움이었다. 그 익숙하고도 끔찍한 감정.

현수막에는 도토리 모양 회사 로고 아래에 굵은 남색 글씨로 '브레이 앤드 켐브레이'라고 적혀 있었다. '오늘 밤 모금 행사의 통 큰 후원사'라는 문구도 있었다.

"애기." 제인이 뒷걸음치며 말했다. "난 여기 있을 수 없어."

"뭐라고?" 애기는 지친 표정이었고 말아 올린 머리가 흐트러져 있었다. "나머지 현수막 좀 들어줄래? 부탁해. 저쪽에 있는 것들만."

하지만 제인은 이미 돌아서서 달리고 있었다.

"제인!" 애기가 외쳤다.

"안 되겠어." 제인이 목메는 소리로 외쳤다. "정말 미안해."

그녀는 파티장으로 재빨리 돌아가서 사람들을 헤치고 나아갔다. 10분 전에 비해 이미 너무 많은 사람이 모여 있었다. 사람들이 고개를 돌려 그녀를 보았다. 애기가 설치한 보라색과 파란색 조명에 비친 그들은 모두 어둠을 뚫고 제인에게 다가오는, 악몽에나 나올 법한 끔찍한 존재 같았다.

제인은 어쩔 수 없이 속도를 늦추었다. 주먹으로 가슴을 팡팡 두드리는 것처럼 심장이 거세게 뛰었다. 그녀는 방향을 잘못 틀어 정문으로 가지 못했다. 하지만 그곳에도 문이 있었기 때문에 그 문으로 나가 끝없이 이어진 거대한 돌계단을 따라 내려갔다.

그녀는 발만 살피며 뛰기에 바빴다. 그래서 앞에서 누군가가 계단을 올라오고 있다는 사실을 너무 늦게 알아차렸다. 두 사람은 부딪쳤다. 제인은 부딪친 사람의 가슴팍을 힐긋 보며 숨을 헐떡였다. 그 남자는 제인과 부딪친 충격에 약간 비틀거리다가, 잠시 후 그녀의 팔 위쪽을 꼭 잡아 넘어지지 않게 해주었다.

제인은 그의 반짝이는 구두와 정장 바지 아랫단이 보였다. 시선을 계속 아래로 향한 채 미안하다고 중얼거리며 다시 내려가려고 했지만 남자는 팔을 더욱 꽉 잡았다. 제인의 심장은 가슴뼈 안에 갇혀 있지 않겠다는 듯이 계속 쿵쾅대며 뼈를 때렸다.

"제인 밀러." 남자가 말했다. 고급 위스키처럼 부드럽고 짙은 목소리였다. "믿을 수가 없군. 당신을 찾으려고 전국을 샅샅이 뒤졌는데 여기에서 찾다니. 그것도 이렇게 내 품에 떨어지다니."

미란다

"드디어 우리에게 이걸 허락하다니 **믿기질 않네.**" 프래니가 진심으로 신이 나서 메이크업 브러시를 휘두르며 말했다. "우리가 얼마나 오랫동안 언니를 변신시키고 싶었는지 알아?"

"변신 아니야!" 미란다가 손목시계를 흘끗 보며 저항했다. 8시가 다 되었다. 자매들은 카터가 살고 있는 그의 어머니 집에 있었고, 카터는 아래층에서 그들을 기다렸다. 무슨 이유에서인지 그는 이 파티에 썩 흥이 돋지 않는 듯했기에, 미란다는 그가 평소와 다르게 행동할 때면 늘 그러듯이 날이 서 있었다. "변신 같은 걸 할 시간이 없어! 잠깐 화장하고 내려간다고만 했단 말이야."

"아유, 그럼, 그럼." 프래니가 미란다의 말을 물리쳤다. "아델? 드레스 보고 있어?"

"잠깐만. 나 드레스 **골라놨는데**." 미란다가 따지며 일어서려 했다.

프래니는 놀라운 힘으로 그녀를 주저앉혔다.

"앉아." 프래니가 미란다 앞에 서며 말했다. "눈 감아봐. 긴장 풀고."

"어떻게 긴장을 풀어! 너희 둘을 믿을 수가 없는데."

프래니는 상처받은 듯이 헉 소리를 냈고, 잠시 후 미란다가 눈을 뜨자 머리를 찰싹 때렸다.

"감아!" 프래니가 말했다.

"착한 쌍둥이일 수는 없는 거야?" 미란다가 말했다.

"언니, 내가 몇 가지 선택권을 줄게." 아델이 윈체스터행 1박 여행용치고는 말도 안 되게 큰 가방을 뒤지며 말했다. "언니는 가슴과 다리를 드러내는 게 더 좋겠지?"

"봤지? **난** 쌍둥이 중 착한 쪽이라니까." 프래니는 우쭐해하며 말하더니 미란다의 얼굴에 작업을 시작했다.

미란다는 동생들이 잘 꾸며주었다고 마지못해 인정했다. 잠깐 긴장감이 흐르고 소리를 아주 많이 지른 뒤에 아델은 자신이 고른 드레스를 포기했고, 미란다는 아델의 클럽 의상이 아니라 편안한 옷을 입을 수 있었다. 아델이 고른 드레스는 미란다가 처음 보는 옷이었고 아델에게 다시는 입지 말라고 했다. 결국 미란다는 하이웨이스트 스커트에 실크 블라우스를 안으로 넣어 입은 다음 좋아하는 펌프스를 신었다. 호화 파티 의상으로는 다소 평범

했지만, 미란다는 격식을 갖춰 옷을 입으면 땀이 났다. 항상 꽉 끼고 불편해서 자리에 앉을 때마다 몸의 어느 부분이 보이지나 않을지 신경 써야 했다.

아델과 프래니가 어떤 클러치백을 들려 보내야 할지 옥신각신하는 동안, 미란다는 어지러운 카터의 책상을 천천히 둘러보았다. 카터는 다정하게도 동생들까지 송년 파티에 가게 해주었고 파티에 초대받은 동생들은 정말 **열광했다**. 그리고 지금 그들은 평소보다 훨씬 큰 소리로 흥분을 표출하고 있었다.

카터의 책상 뒤쪽에는 책이 쌓여 있었다. 책장에 자리가 없는 게 분명했다. 카터의 책은 모두 지저분했고 관리가 잘 되어 있지 않았다. 주로 코트 주머니에 쑤셔 넣고 다니는 걸 생각하면 놀랍지도 않았다. 책상 위에는 책등이 찢어진 《마음을 다스려라Manage Your Mind》가 놓여 있었고 기차표를 책갈피로 끼워놓았다. 《서쪽으로》는 다른 책들과 달리 깨끗했으나 그 아래에 놓인 책은 책등이 너무 갈라져서 제목을 읽는 데 시간이 좀 걸렸다. 《더 나은 내 모습 찾기Finding a Better You》였다. 미란다가 그 책을 집어 들고 '슬픔, 중독, 트라우마에서 벗어나기'라는 부제를 읽는 찰나 책 더미 아래에서 카드가 나왔다.

미란다의 피부가 뜨거워졌다가 싸늘하게 식었다. 봉투에 적힌 이름은 '시오반'이었다.

"시오반, 맞지?" 미란다를 처음 만났을 때 메리 카터는 이렇게 말했다. 그 후로 그 이름은 미란다의 머릿속을 떠나지 않았다. 카터는 단 한 번도 언급하지 않았지만.

미란다는 아델과 프래니를 힐끗 보았다. 둘은 크게 소리치고 있었는데, 로소 집안 사람들이 말다툼하는 소리에 매우 익숙한 미란다조차 인상을 쓰지 않을 수 없었다. 미란다는 《더 나은 내 모습 찾기》를 천천히 내려놓고 봉투를 집어 들었다.

봉투를 열어보면 안 된다는 것은 분명했다. 하지만 미란다는 파헤쳐야 한다던, 그녀의 손으로 문제를 해결해야 한다던 아델의 말을 떠올렸고, 그렇게 하리라는 것을 이미 알고 있었다. 봉투를 붙인 실 아래로 손가락을 슬며시 넣자 발이 밑으로 빠져 넘어질 것만 같았다.

봉투 안에는 카드가 있었다. 조지프가 직접 그린 카드였는데, '코번트 가든'이라는 명패가 붙어 있는 광장의 거대한 크리스마스트리 앞에 서 있는 남녀의 모습이었다. 둘은 서로 바라보고 있었지만 신체 접촉은 없었다. 카드 안에는 조지프가 엉망인 손 글씨로 쓴 글이 있었다.

시오반.

생일 축하해! 당신은 분명 멋지게 생일을 축하하겠지.

우리가 함께 보낸 크리스마스 주말을 자주 생각했어. 이걸 당신에게 보낼까 말까 고민 중이야. 그리고 당신에게 말을 할까…. 모르겠어. 난 우리가 친구 이상이라고 느꼈어. 예전 우리 관계도 뛰어넘는, 봄날의 불장난이나 섹스 이상의 무언가가 있다고 느꼈어. 당신도 그렇게 느꼈는지 정말 알고 싶어.

어쨌든 와인과 아이스크림 잘 즐기길. 다가올 1년 동안에는 틀

림없이 멋진 일이 많이 생길 거야, 시오반 켈리. ♡

"언니?" 프래니가 말했다. "괜찮아?"

카터의 손 글씨로 적힌 이런 말들을 보자 뭔가 단단히 **잘못된** 기분이었다. 다른 사람의 손을 잡은 그를 본 것만 같았다. 미란다는 자신의 생일날 아침, 큐 왕립 식물원에 가기 전에 생일 카드를 쓰던 카터가 생각났다. 그의 삶에 이런 카드를, 직접 그림을 그리고 이리저리 흔들려 엉망진창인 아이 같은 손 글씨로 쓴 카드를 주는 사람이 또 있다는 사실이 믿기지 않았다. 이건 너무… **친밀했다.** 그런 생각이 들자 미란다는 속이 울렁거렸다.

"언니?"

아델과 프래니가 뒤에 와서 섰다. 한 명이 어깨에 손을 올렸지만 미란다는 몸을 비틀어 계속 등을 돌린 채 눈앞의 카드에 그려진 크리스마스트리를 유심히 바라보았다. 시오반과 함께 있을 때의 모습일까? 아, **이럴 수가.** 미란다는 미칠 듯이 화가 났고 너무도 슬펐다. 온갖 나쁜 감정이 뱃속에서 내내 기다리고 있었던 것처럼 한꺼번에 풀려 나왔다.

카터가 계단을 올라오고 있었다. 미란다는 그가 카펫을 밟는 소리를 들었다.

"무슨 일이야?" 프래니와 아델이 동시에 물었다.

미란다는 그들의 팔을 떨쳐내고 카드를 책상 위 책 아래에 다시 끼웠다. 조심스럽게 문 두드리는 소리가 들렸다.

미란다는 쌓여 있는 책을 물끄러미 바라보았다. 아델과 프래니가 당황한 표정을 주고받으며 미란다의 눈을 보려고 하는 것 같았다.

"여러분? 들어가도 될까?" 카터가 외쳤다.

"들어오라고 해?" 프래니가 미란다에게 한 팔을 두르며 속삭였다. "언니, 무슨 일이야? 카드에 뭐라고 적혀 있었는데?"

"아, 이런." 미란다가 말했다. 그녀는 목소리를 가다듬고 책상에서 문으로 재빨리 시선을 옮겼다. "응, 그럼. 들어오라고 해."

"다들 별일 없는 거야?" 카터가 문을 열며 말했다. "와, 미란다. 정말 예쁜데."

미란다는 그를 보았다. 똑똑하고 정장을 입고 책을 좋아하며 단정하고 사랑스러운 안경을 낀 채 환하게 미소 짓고 있는 그녀의 남자 친구를. 좋은 남자를. 믿고 있는 남자를.

미란다가 가끔 욕을 하기는 해도, 나쁜 말을 떠올리기까지는 시간이 오래 걸리는 편이었다. 하지만 그녀는 카터를 보자마자 '이 망할 개새끼야'라는 말이 떠올랐다.

미란다는 그가 거짓말쟁이라는 걸 알았다. 이미 알고 있었다. 직감을 따라야 했다. 그녀의 눈을 바라본 카터는 표정이 약간 달라졌다. 조심스럽고 경계하는 듯했다. 그는 책상을 힐끔 보았다.

"언니? 괜찮아?" 프래니가 어울리지 않게 쭈뼛대며 물었고, 미란다는 카터에게서 애써 시선을 돌렸다.

미란다는 그에게 소리 지르고 싶었다. 책을 다 찢어서 그에게 던지고 싶었고, 정성껏 그린 그 카드를 구겨서 머리에 던지고 싶었다. 그를 밀치고 나가 얼어붙을 듯이 추운 12월의 거리를 달리고 싶었다. 근육이 타들어가 피부 아래에서 솟아오르는 분노의 아드레날린이 느껴지지 않을 때까지 달리고 싶었다.

하지만 동생들이 있었다. 이들은 송년 파티 때문에 들떠 있었다. 미란다는 아델과 프래니 앞에서 자제력을 잃을 수 없었다. 어른스럽게 행동해야 했다.

그래서 그녀는 이를 악물고 꾹 참았다. 미소까지 지었다. 정말이지 놀라웠다. 미란다는 자신에게 이런 면이 있다고는 한 번도 생각해보지 않았다. 그녀는 에이제이가 했던 말을, 그녀는 **본모습을 속일 수 없는** 사람이라는 말을 떠올렸다. 잠깐이지만 등반 장비를 갖추고 나무에 반쯤 올라가서, 스스로 원하는 모습 그대로 그녀를 바라봐주는 남자와 함께하고 싶은 마음이 간절했다.

집 밖에 택시가 기다리고 있었다. 메리 카터가 창가에서 그들을 향해 손을 흔들었다. 은발을 완벽하게 매만진 그녀는 아들이 어디에 가는지 잊어버리기라도 한 듯이 약간 걱정스러운 표정이었다. 어쩌면 아들이 누구와 함께 가는지를 잊었는지도 모른다.

카터는 미란다의 무릎을 힘주어 잡았고, 그 손을 찰싹 때려 뿌리치지 않는 것이 그녀가 할 수 있는 최선이었다.

"왜 그래?" 그가 낮은 목소리로 물었다.

아델과 프래니는 맞은편에 앉아서 택시 라디오에서 나오는 노래의 리듬에 맞춰 발을 까딱거렸다.

"나중에." 미란다가 말했다. 카터가 걱정스러운 듯 인상을 쓰는 것 같았다. 그녀는 카터를 아주 잘 알았다. 아니, 적어도 잘 안다고 생각했다.

파티는 미란다가 지금껏 본 그 무엇과도 달랐다. 우선, 이 말도 안 되는 시골집 내부는 폐허가 된 궁전 같은 모습이었다. 화분에 진짜 나무를 심어놓았고, 키가 3미터는 되어 보이는 올리브나무와 자작나무는 활짝 열린 천장 위로 뻗어 있었다. 보라색과 파란색 조명, 반짝이는 은빛이 도는 동화 같은 조명에 모든 것이 물들었고, 가능한 모든 공간에 주목나무와 호랑가시나무 가지가 늘어져 있었다. 영화 속 한 장면 같았다.

파티장에 도착하자 카터는 수많은 친구와 동료로 보이는 사람들 무리로 빨려 들어갔는데, 미란다는 그가 이 많은 사람을 어떻게 아는지 도무지 이해할 수 없었고 그도 딱히 설명하지 않았다. 카터는 후원사와의 문제를 처리하느라 잠시 사라졌다. 오늘 파티는 스콧이 일하는 인권 자선단체의 기금 조성 행사였는데, 카터는 이 사실 역시 미리 말하지 않았다.

그렇지만 일을 끝내고 돌아와서 약간 스트레스받고 난처해 보였음에도, 미란다의 등에 한 손을 얹고 "내 여자 친구 미란다야"라고 몇 번이나 말하며 모두에게 소개한 점은 높이 살 만했다. 게다가 그런 말을 듣고 있자니 지금은 그와 시오반이라는 여자가 그냥 친구일 뿐이고, 그래서 그가 미란다에게만 집중하는 편이 낫다고 생각하는 것 같았다. 어쨌든 그와 시오반이 지금 '봄날의 불장난'을 하는 건 아니었으니까.

"미란다!"

돌아보니 스콧이었다. 미란다는 그와 포옹하며 인사를 나누고 핼러윈 파티에서 잠깐 만난 적이 있는 동생들을 다시 소개했다.

프래니가 스콧보다 열 살 어린 사람치고는 지나치게 관심 어린 눈길로 그를 쳐다보자 미란다는 그녀를 노려보았고, 결국 프래니는 눈을 굴리며 아델과 함께 마실 것을 가지러 뛰쳐나갔다.

"자정이 거의 다 됐어요!" 스콧이 음악 소리에 묻히지 않도록 미란다의 귀에 대고 크게 말했다. "2019년을 맞이할 준비 됐어요?"

미란다는 사람들 틈으로 사라지는 프래니와 아델을 걱정스럽게 보았다. 물론 동생들 역시 성인이지만… 동시에 어린아이이기도 해서 미란다는 책임감을 느꼈다.

"뭐라고 했죠?" 미란다가 스콧을 돌아보며 말했다. 그는 미란다의 귀에 입을 더 가까이 가져가 했던 말을 반복했다. 파티 소음때문에 그의 말이 또렷하게 들리지는 않았지만 이번에는 알아들었다. "오, 그럼요." 그녀가 울적하게 대답했다. "새해맞이 준비 완료예요."

"그래요?" 스콧은 흥미롭다는 듯이 그녀를 보았다. 그는 라거 병맥주를 마시고 1990년대 옷과 소름 끼치게 비슷한, 은빛이 도는 푸른색 셔츠를 입었지만 사실 멋있어 보였다. "2018년이 계획대로 안 굴러갔나요?"

"시오반이 누군지 알아요?"

미란다는 이 말이 입에서 나가기 전까지는 이런 질문을 할 줄정말 몰랐다. 스콧의 눈이 커졌다.

"아." 그가 말했다. "그게… 카터가 얘기하던가요?"

"아직요. 하지만 곧 할 거예요."

미란다는 카터가 시끌벅적한 사람들과 함께 서 있는 쪽을 흘끗 보았다. 그는 고개를 숙인 채 가늘고 높은 하이힐을 신은 풍만한 금발 여자와 이야기하고 있었다. 미란다는 그를 보자 증오와 닮은 감정이 파도처럼 밀려왔다. 썩은 음식을 삼킨 것처럼 역겨웠다. 그녀는 누군가를 미워하는 사람이 아니었다. 하지만 그녀는 카터 때문에 다른 사람으로 변해갔다. 카터가 그녀를 이렇게 만들었다.

"음, 당신이 이해해야 할 게 있는데요…" 스콧은 말을 신중하게 골랐다. "시오반은 언제나 카터를 들어쥐고 있을 거예요. 카터는 그 여잘 못 놓을걸요."

"저런, 딱해라." 미란다가 비꼬는 투로 내뱉었다. "분명 전부 다 시오반 잘못이겠죠."

스콧은 얼굴을 찡그리며 맥주를 한 모금 마셨다.

"좋아요. 난 이 일에서 빠질게요." 그는 이렇게 말하며 다른 곳으로 가려 했다.

"올해 카터가 당신 생일 파티에 갔나요?" 미란다가 물었다.

스콧은 걸음을 멈추었다. 그러고는 재빨리 카터를 보았다. "음, 그랬죠?" 그가 말했다. "그럼요. 왔죠."

"파티 후에는 당신 집에 같이 갔고요?"

"그랬겠죠?" 스콧이 말했다.

미란다는 도무지 믿을 수가 없었다. 스콧이 친구를 위해 거짓말을 했는지도 몰랐다. 미란다는 분노가 온몸에 밀려들자 이를 악물었다. 그 생일 카드를 책상에 다시 놓아둔 순간부터 화가 점점 커졌다. 어쩌면 그 전부터일지도. 주전자에 석회가 쌓이듯 몇 달 동안 그녀 안에 쌓였다가, 그녀를 이렇게 무섭게 만든 것인지도 몰랐다.

"여어, 내가 좋아하는 두 사람!" 카터가 뒤쪽에서 다가오며 말했다. 그는 한 손으로 스콧의 어깨를 두드렸고 다른 한 손으로는 미란다의 허리를 안았다. 그녀가 뿌리치자 카터는 인상을 쓰며 그녀를 보았다.

"난 갈게." 스콧이 맥주병을 카터에게 기울이며 말했다. "행운을 빌어."

카터가 미란다의 손을 잡으려 했다. 하지만 미란다는 재빨리 피했다.

"미란다? 왜 그래? 오늘 밤에 계속 나한테 화가 나 있잖아."

미란다는 자리를 피했다. 밖으로 나가는 동안 케이티 페리의 〈불꽃놀이Firework〉를 요란하게 연주하던 밴드의 소리가 조금 작아졌다. 자정이 거의 다 됐다. 저택 앞 잔디밭에는 이미 사람들이 모여 있었다. 불꽃놀이를 한다는 소문이 돌았는데, 자정 직전에 연주한 노래를 들으니 깜짝 선물이 어느 정도 분명해졌다.

"말해봐." 카터가 그녀를 따라가며 물었다.

미란다가 돌아섰다. 그녀의 표정에 카터는 약간 주춤했다. 두 사람은 입구 근처 기둥 아래에 섰다. 파티장 내부에서 흘러나오는 빛이 카터를 절반만 비추었고 나머지 절반은 어두웠다.

"시오반에 대해 알게 됐어." 미란다가 말했다.

아주 중요한 말이었지만 별것 아닌 것처럼 들렸다.

카터는 꼼짝도 할 수 없었다. 밴드는 드럼을 둥둥 울리며 케이티 페리의 노래를 마무리했고, 미란다는 유리 깨지는 소리와 누군가가 놀라서 날카롭게 지르는 비명을 들었다. 카터의 가슴팍은 숨이 차기라도 한 듯이 빠르게 오르내렸다.

"스콧이 무슨 얘길 한 거야?" 마침내 카터가 물었다. 그의 목소리는 미란다의 예상과 달랐다. 그녀는 카터가 방어적인 태도를 보이리라고 생각했다. 하지만 그의 목소리에서는 두려움이 느껴졌다.

"아, 아무 얘기도 안 했어. 친구 걱정은 할 필요 없어. 당신 비밀을 지켜줬으니. 당신이 전해주려고 놔둔 그 여자의 생일 카드를 발견했어. 당신 책상에서."

카터가 한 손으로 얼굴을 쓸어내렸다. "이런." 그가 말했다.

"**아무 말도 안 할 거야?**" 미란다의 목소리가 커졌다. 파티장 안에서 밴드 보컬이 자정까지 1분 남았다고 알렸다. "조아리며 정말 미안하다고, 그 여자보다 내가 더 소중하다고 말 안 할 거야?"

카터는 다시 움찔했다. "뭐라고?"

"'**뭐라고**'라니 무슨 뜻이야? 당신이 내게 한 짓이 미안하지도 않아?"

"내가 한… 미란다." 카터가 한 손으로 얼굴을 문질렀다. "당신에게 말 안 해서 미안해. 됐어? 이게 나한테 듣고 싶은 말이야?"

"**이게 당신한테 듣고 싶은 말이냐고?**" 이제 미란다는 소리를 지르고 있었고 목소리가 갈라졌다. 안에서는 사람들의 함성이 들렸다. 밴드는 천천히 드럼을 울려 기대감을 조성해 사람들이 카운트다운을 준비하도록 했다.

카터는 미란다의 두 손을 잡았고 그녀가 빼려고 했지만 놓아
주지 않았다. 그의 얼굴은 격해진 감정 때문에 일그러졌다. 남자
들이 울까 봐 겁낼 때 보여주는 추악하고 기분 나쁜 가면이었다.

"미란다, 내가 뭘 어떻게 하길 바라는 거야?"

"당신이 인정하고 솔직히 말하기를 원해. 날 존중하지 않고 내
게 거짓말한 걸, 그리고 **바람피운 걸 사과하길** 원해."

카터의 손에 힘이 풀리자 미란다는 손을 확 뺐다.

"무슨 말을 하는 거야?"

미란다는 시끄러운 밴드 소리 때문에 카터의 말이 잘 들리지
않았지만 상관없었다. 그녀는 벌써 카터를 놔두고 기둥 아래를
걸어가고 있었으니까.

"2018년과 작별 인사를 할까요?" 밴드 보컬이 한 음절 한 음절
을 끌며 천천히 외치자 사람들의 환호가 더 커졌다.

"미란다, 난 당신을 두고 바람피운 적 없어." 카터가 그녀의 등
에 대고 외쳤다. "정말이야."

미란다는 돌아서서 옆구리에 손을 올리고 주먹을 꽉 쥐었다.
잠시나마 그를 한 대 칠까, 다가가서 얼굴에 주먹을 날릴까 진지
하게 고민했다.

"그럼 일정표에 입력된 건 어떻게 설명할 건데? 생일 카드는?
런던 시내에서 의문의 아침 식사를 한 건? 그것도 당신이 시오반
과 주말을 보낸 코번트 가든 바로 옆 음식점에서?"

카터의 얼굴은 울음을 참느라 뒤틀려 악마에 씐 것 같을 정도
였다. 너무 분명했다. '도대체 왜 그냥 울질 않는 거지?' 미란다는

평정을 되찾으려고 애쓰는 그를 보며 쓸쓸한 마음이 들었다. 그의 뒤쪽에 있는 문 사이로 불빛이 번쩍거렸다.

"미란다, 이 얘긴 할 수 없어." 마침내 그가 가까스로 말했다.

"장난해? 말할 수 없다고?"

카터는 뒷걸음질 치며 그녀에게서 멀어져 파티장 안의 이름 모를 사람들에게 향했다.

"거기 꼼짝 말고 있어, 이 비겁한 개자식아." 미란다가 외쳤다. 자기 목소리를 인식할 수조차 없었다. 평소 그녀는 이런 말을 **절대** 하지 않았다. 미란다는 흐느낌을 참느라 숨을 깊이 들이마셨다. "아직도 시오반에게 감정이 남았어?" 이번에는 불만에 찬 목소리였다.

카터의 표정은 아직 가면을 쓴 듯했고 형편없었지만, 화난 쪽에 가까워 보였다. 그는 미란다에게서 시선을 돌렸다. 묘한 순간이 한참 지난 뒤에 그는 다시 차분해져서 미란다의 눈을 보았다.

"응. 아직 남았어." 카터가 비통한 듯이 말했다. "잊으려고 애썼지만… 아직 남았어."

미란다는 그럴 줄 알았으면서도, 그래서 카터를 못살게 굴었으면서도, 어찌 된 노릇인지 이 사실이 그녀의 무의식을 생각보다 더 깊이, 날카롭게 파고드는 느낌이었다. 그녀는 카터의 말이 믿기지 않아서 손으로 얼굴을 가리며 생각했다. '정말 이럴 수 있는 거야? 정말 이런 일이 벌어진다고?'

안에서는 카운트다운이 시작되었다. 사람들의 함성은 점점 커졌고 이 모든 것을 배경으로 드럼이 계속 울렸다. **십, 구, 팔.**

"하지만 미란다. 당신이 오해했어. 난 시오반과 바람피운 게 아니야."

육, 오, 사.

"맞아. 내 일정표에 입력한 사람은 그녀였어. 내가 그녀에게 생일 카드를 쓴 것도 맞아."

삼. 이. 마침내 카터는 미란다에게 성큼성큼 다가와 그에게서 멀리 달아나려는 그녀의 팔을 잡았다.

"하지만 미란다. 미란다, 내 얘기 좀 들어봐."

일. 사람들의 함성이 터졌고 불꽃을 쏘아 올리는 소리 때문에 조지프 카터의 다음 말이 거의 묻혔다.

"그건 오래전 일이야. 전부 다. 시오반과 난⋯ 지금으로부터 2년도 더 된 일이야."

시오반

"안녕, 2016년!" 메인 보컬이 외치자 시끄러운 소리가 점점 커져 하나의 소리로, 쿵쿵대며 울리는 하나의 함성으로 들렸다.

시오반은 고개를 젖히고 사람들과 함께 소리 질렀다. 새로운 한 해를 맞이할 준비가 그 어느 때보다 잘 되어 있었다. 2015년은 **엉망진창**이었다. 2016년의 시오반은 행복하고 건강하자고, 스스로 앞길을 막지 말자고 마음먹었다.

"너 괜찮아?" 피오나가 귀에 대고 외쳤다. "바람 좀 쐴까?"

시오반은 이곳에서, 댄스 플로어 정중앙에서 스틸레토 힐을 신고 계속 빙빙 돌고 싶었지만 피오나의 얼굴이 무척 지쳐 보였다.

"그러자." 시오반은 이렇게 대답하고 피오나를 따라 밴드에서 멀리 떨어진 야외 잔디밭으로 나갔다. 더 그레인지의 기둥에 조명이 비쳐 웅장한 모습이 드러났다. 조지프가 이 파티를 두고 한 말이 옳았다. 정말 엄청났다.

"그 남자 아직 못 찾았어?" 피오나가 더위를 식히려고 목덜미의 머리카락을 올리며 물었다. 가늘게 이슬비가 내렸는데, 피부로는 거의 느낄 수 없을 정도였다.

"응." 시오반이 저택을 돌아보며 말했다. "파티장 어디에서도 못 봤어."

"그가 계획을 바꿨는지도 모르지." 피오나가 시오반의 얼굴을 살피며 말했다. 오늘 피오나는 아이라인을 그렸는데, 그녀가 이 자리를 파티로 인정한다는 작은 표식이었다.

"해마다 이 파티에 온다는 식으로 말했단 말이야." 시오반이 말했다.

시오반은 파티장에서 나오자 기운이 쭉 빠지는 것 같았고, 문득 신발에 까진 살갗의 날카로운 통증이 느껴졌다. 그녀는 침을 삼키고 고개를 꼿꼿하게 들었다. 그렇다. 조지프는 이곳에 없었다. 사실 그건 중요하지 않았다. 새해 전날이라고 해서 마법 같은 일이 일어나는 건 아니니까. 시오반이 감정을 고백하기까지 며칠 더 걸린다고 큰일이 나는 건 아니었다.

"하지만 넌 지난 사흘 동안 거의 그 생각만 했잖아. 안 그래?" 시오반이 생각을 솔직하게 털어놓자 피오나가 말했다.

시오반은 그녀를 째려보았다. "다른 생각도 했어." 절대 아니었다. "우리 같이 밤에 재미있게 놀기도 했잖아. 아니야?"

피오나는 예의상 긍정적인 표정을 유지했다.

"아, 이런. 싫었구나!" 시오반이 피오나를 안으려고 끌어당기며 말했다. "넌 그냥 집에 가서 크리스마스 영화나 보고 싶었구나. 그랬던 거지?"

"아니야! 나 파티 좋아해! 파티는 재미있잖아!" 피오나가 시오반의 허리를 안고 애써 말했다. "그래, 좋아. 사실 난 이렇게 규모가 큰 파티는 좋아하지 않아. 시끄러워서 아무것도 안 들리고 모두 술에 찌들어서 자정이나 돼야 헤어지잖아. 하지만… 난 널 정말 사랑하잖니? 그래서…."

"그리고 난 널 사랑하고. 그래서… 우린 이만 갈 거야." 시오반이 피오나에게서 몸을 떼며 말했다. "가자. 말레나가 지금 어떤 예쁜 여자와 설왕설래하고 있을지 모르지만, 가서 떼내오자."

"방금 '설왕설래'라고 했어?" 저택 안으로 향하던 피오나가 시오반에게 팔짱을 끼며 물었다. "진심?"

"난 2016년에 이 말이 다시 유행할 것 같아." 시오반이 말했다. "두고 봐. 2017년이 될 즈음에는 아무도 '프렌치 키스'라는 말을 쓰지 않을 테니까. 다들 '설왕설래'라는 말을 다시 쓸 거라고."

피오나가 웃음을 터뜨렸다. "그거 말고 또 2016년에는 무슨 일이 일어날 것 같은데?"

"음. 2016년은 우리가 모든 문제를 해결하는 한 해가 될 것 같아. 평화롭고 다정함이 넘치고 서로 이해하는 그런 해. 우리 모두 마음이 더 넓어지고 인정이 많아질 거야. 점프 수트는 이제 그만 입게 될 거고. 우리 모두 '저기요, 화장실 가고 싶을 땐 어쩌라고요?'라는 걸 깨닫게 될 테니까. 그리고…."

시오반은 말끝을 흐렸다. 피오나는 계속 낄낄대며 걷고 있었기 때문에 시오반의 표정을 뒤늦게 알아차렸다. 시오반의 얼굴을 본 피오나 역시 이내 즐거운 표정에서 흥미롭고 믿을 수 없다는 표정으로 바뀌었다.

"저 사람들 **말을** 타고 있는 거야?" 피오나가 물었다.

실제로 맞은편 자갈길에서 두 사람이 각자 커다란 흰색 말을 타고 더 그레인지 쪽으로 오고 있었다. 시오반은 그 말이 '**경주마**'라고 생각했고, 실제로 그랬다. 말은 덩치가 아주 크고 갈기가 풍성했는데, 자갈길이 마음에 들지 않는 듯이 걸으면서 자주 발을 높이 들어 올렸다.

하지만 시오반의 주의를 온통 사로잡은 것은 둘 중 한 사람이 조지프 카터라는 사실이었다.

그는 딱히 말을 잘 타지는 않았다. 시오반이 판단할 처지는 아니었지만 그의 몸은 이리저리 튀어 올랐다. 그럼에도 흰 말을 탄 잘생긴 남자가 주는… 어떤 **효과가 있었다.**

"조지프야." 시오반은 잔뜩 흥분해서 피오나에게 속삭였다. "그리고 그의 친구 스콧인 것 같아. 세상에."

시오반은 가슴이 두근거렸다. 조지프가 이곳에 있다는 건 그 일이 **일어나야** 할 때가 왔다는 뜻이었고, 시오반은 반드시 하겠다고 마음먹은 일을 할 수밖에 없었다. 시오반은 이 남자에게 사랑한다고 말해야 했다. 그녀는 이 엄청난 생각에 정신이 팔려서 다른 중요한 사실들을 파악하는 데 시간이 걸렸다.

"말을 타고 뭐 **하는** 거지?"

"모르겠어." 피오나가 말했다. "조지프가 말을 탔던가?"

"아닐걸?" 두 남자가 말을 타고 다가오는 가운데 시오반이 말했다. "평소에는 안 탈걸?" 그들은 생각보다 빠르게 다가왔다. 시오반은 가슴이 조였다. "젠장. 그래. 올 것이 왔군. 이럴 수가. 네가 스콧을 맡아줄래?"

"맡아달라고?" 피오나가 말을 보며 말했다. "정확히 어떻게?"

"나도 몰라. 하지만 넌 임기응변에 능하잖아." 시오반이 말했다. 이제 조지프가 또렷하게 보였다. 그의 헤이즐넛 색 머리카락이 바람에 날렸고 말을 타고 와서 두 뺨이 발그스름했다. '이런, 젠장.' 시오반은 생각했다. '난 끝났구나. 이 남자를 보면서 '왜 저 멍청이는 말을 타고 있지?'라고 생각해야 하는 거 아닌가?'

두 남자는 이제 아주 가까이 왔다. 조지프는 고삐를 가슴 위쪽으로 너무 높이 쥔 채 스콧의 말을 듣고 웃음을 터뜨렸다. 스콧은 함성을 질렀다. 더 그레인지의 입구 기둥 아래에는 이미 흥미를 느낀 구경꾼들이 몇 명 모여 있었다.

"시오반, 난 즉흥적으로 생각하는 거 못한단 말이야!" 피오나가 씩씩댔다. "알면서!"

"아니야, 할 수 있어! 넌 즉흥적으로 대처하는 데 정말 뛰어나!" 시오반이 드레스를 똑바로 펴고 머리를 매만지면서 말했다. 심장이 질주했다. 물론 이 순간이 그녀가 기대한 것과 똑같지는 않았다(이를테면 다른 사람이 너무 많았다). 하지만 조지프에게 감정을 솔직하게 말할 기회는 지금이었다. 시오반은 머릿속이 완전히 하얘졌고 손이 떨리도록 겁이 났다.

"아니야! 네 생각만 그런 거야! 네가 내 능력을 터무니없이 믿는 바람에 언젠가 이렇게 난처해질 줄 알았다니까! 오, 안녕하세요." 피오나는 말을 타고 지나가는 스콧과 조지프에게 절박하게 말했다. "나도 타볼 수 있을까요?"

시오반은 잠시 피오나를 미심쩍은 듯 쳐다보다가 조지프에게 관심을 집중했다. 그는 시오반을 보자 그야말로 잠시 멍해졌다가 움직였는데, 고삐를 너무 세게 당기는 바람에 말이 갑자기 멈춰서 앞발을 족히 1미터는 들고 뒷걸음질 쳤다. 조지프는 기적적으로 말에서 떨어지지 않았지만 시오반은 자신도 모르게 비명을 질렀다.

"빌어먹을." 조지프가 한 손으로는 안장 앞쪽을, 다른 한 손으로는 말갈기를 꽉 잡고서 가쁜 숨을 몰아쉬며 말했다. "떨어질 뻔했네."

한편 피오나는 스콧의 말에 타는 것 같았다. 스콧이 그녀를 끌어올려 앞에 앉히자 그녀는 시오반을 향해 '대체 이게 무슨 일이야'라는 눈빛을 쏘았다.

"으악!" 피오나가 외쳤다. "텔레비전에서는 훨씬 더 편안해 보이던데요. 좋아요. 이제 파티장으로 가자고요! 저 두 사람은 할 얘기가 있으니 기다리지 말아요. 스콧 맞죠? 난 피오나예요. 괜찮다면 피라고 불러요. 원래 처음 만난 남자 앞에서 이 정도까지 다리를 벌리지는 않지만, 지금은 비상 상황이라서요."

두 사람이 말을 타고 가자 피오나의 목소리가 차츰 작아졌다. 조지프와 시오반은 한동안 서로 바라보았는데, 시오반은 목을 뒤로 뺐고 조지프는 얼굴을 붉혔다.

"안녕." 시오반은 이렇게 말하고는 목소리가 몸의 다른 부분만 큼 떨리지 않자 안도했다. "멋진 말이네."

"스콧이 타자고 해서." 조지프가 계속 말에 매달려서 말했다. "스톡브리지Stockbridge에 사는 여자분 말인데, 그분이 자선 행사 때 추첨해서 당첨된 사람들에게 말을 태워주자고 제안했어. 그러면 서 우리가 빌린 말을 타고 가면 사람들이 상에 관심을 갖지 않겠 느냐고… 음, 사연이 길어. 정말 스콧다운 발상이지. 그런데 벌써 자정이 지난 건가?"

시오반은 웃음을 터뜨렸다. "응. 어쩌다 보니."

"젠장. 말이 생각만큼 빠르지 않더라고." 조지프가 아주 잠깐 바보처럼 씩 웃으며 말했다. 농담할 때 항상 짓는 표정이었다. "혹 시… 타보고 싶어?"

"별로." 시오반이 말을 아래위로 훑어보며 말했다.

말도 딱히 태우고 싶지 않다는 듯한 표정으로 그녀를 보고 있 었다.

"그럼 내가 내릴게." 조지프가 불안한 눈빛으로 땅을 살피며 말 했다. "음. 땅이 너무 멀리 있는데?"

시오반은 고개를 살짝 저으며 주위를 둘러보았지만 자신도 모 르게 미소 지었다. 송년 파티에 너무 늦어서 카운트다운도 다 놓 치고 **이렇게** 정성껏 변명하다니 조지프다웠다. 그는 어쩌다가 이 렇게 된 걸까? 그리고 시오반은 왜 이런 그가 사랑스러울까?

"저쪽으로 가자." 시오반이 정문 왼쪽으로 길게 이어진 계단을 가리켰다. 저택의 다른 구역으로 가는 계단이었다. 계단 가장자리에 낮은 담벼락이 있어서 그걸 디디면 말에서 내리기가 쉬울 것 같았다.

"좋아." 조지프가 발뒤꿈치로 말을 가볍게 찼다. "가자! 윽."

시오반은 조지프와 말 옆에서 걸어가며 어쩌다가 여기까지 왔을까 생각했다. 너무 겁이 나는 나머지 목구멍에서 맥박이 느껴졌다. 그녀는 양옆으로 내린 손의 긴장을 풀며 호흡을 가다듬었다. 담벼락에 도착하자 조지프는 아주 볼품없이 말에서 내린 다음, 얼굴을 찡그리며 등을 돌리고 재빨리 옷매무새를 다듬었다.

"있잖아." 시오반이 말을 꺼냈을 때 말이 맛있어 보이는 풀이라도 찾은 듯 움직이려고 하자 조지프는 다시 돌아서서 황급히 고삐를 잡았다. 시오반은 긴장하고 있었는데도 웃음이 났다. 조지프는 뭘 해도 귀여워 보였다. "어쩌다가 이런 반려동물을 맞이하게 되었는지 설명을 좀 더 들을 수 있을까?"

"우선, 당연하지만… 그런데 당신이 여기 왜 있지?" 조지프가 시오반을 향해 눈을 깜박이며 물었다. "내가 초대한 적이…."

"없다고?" 시오반은 쾌활하게 말했지만 자존심에 난 상처가 커지는 느낌이었다.

조지프가 얼굴을 붉혔다. "내 말은…."

"괜찮아. 친구들이랑 같이 왔어. 어차피 런던에서 새해 전날을 보내야 했고, 이 파티 입장권이 아직 판매 중이길래. 게다가 조금만 더 돌아가면 되더라고." 시오반은 입술을 앙다물며 이 정도로 끝낸 다음 차분하고 멋있는 척하고 싶은 충동을 억눌렀다. 그리고 숨을 깊이 들이마셨다. "하지만 여기 온 건 당신을 보기 위해서야."

조지프의 얼굴에 뭔가가 스쳤다. 희망일까? 아니, 그 희망이라는 것이 그저 시오반의 바람일까?

시오반은 마음을 단단히 먹고 침을 꿀꺽 삼키며 잔디를 가로질러 그에게 다가갔고, 둘은 손을 뻗으면 닿을 정도로 가까워졌다. 뒤에서 말이 히힝 소리를 내자 조지프는 깜짝 놀랐다.

"이해가… 미안해." 마침내 조지프가 먼저 입을 열었다. 그는 고삐를 잡지 않은 손으로 머리를 매만졌다. "성급하게 결론 내리지 않으려고 노력 중이지만, 너무 좋아서 믿기지 않으니까 왜 날 보러 왔다는 건지 정확히 알려줄 수 있을까? 당신이 내가 정말 바라는 이유로 여기 온 게 아니라, 혹시 내게 뭘 돌려주고 싶다거나 좋지 않은 소식을 직접 전하러 온 걸 수도 있잖아. 혹시 그 이유가… 음… 내가 용기를 냈다면 **당신을** 보러 더블린에 갔을 만한 이유와 같다면…"

조지프의 목소리에서 그가 쉽게 상처받는 사람이라는 것을 느낀 시오반은 지금 이 순간에 꼭 필요한 용기가 생겼다. 그래서 혼자 추측하거나 스스로 망쳐버리기 전에 입을 열고 이렇게 말했다.

"당신을 사랑한다고 말하러 왔어."

두 사람은 꼼짝도 하지 않은 채 서로 바라보았다.

시오반은 이렇게 말했다는 것이 믿기지 않았다. 킬리언 말고는 그 어떤 남자에게도 해본 적 없는 말이었다. 결과적으로는 킬리언 때문에 심각하게 무너져서 회복하는 데 5년이나 걸렸지만.

"아, 이런." 시오반이 침묵을 깨고 말했다. "젠장."

"아니야!" 조지프가 그녀의 손을 잡으며 말했다. "아니, 그런 게 아니야. 난…"

"충격받았어? 너무 놀라서 소름 끼쳐?"

"진짜 행복해." 조지프는 가장 기분 좋을 때의 환한 미소를 지었고 시오반도 그를 보며 환하게 웃었다. 시오반은 추위도 느껴지지 않았고, 이슬비가 내리기 시작해 머리가 망가질 거라는 사실조차 신경 쓰이지 않았다.

"이럴 수가. 정말? 정말 날 사랑해?" 조지프가 말했다.

"왜?" 시오반은 계속 미소 지은 채 이렇게 말하며 그에게 다가섰다. "당신도 날 사랑해?" 그녀는 장난치듯 짓궂은 목소리로 물었지만 대답이 너무 궁금해서 숨쉬기조차 힘들었다.

"그럼, 당연하지." 조지프가 대답했다. "4월의 그 끔찍했던 아침에 당신을 호텔 욕실에 두고 온 뒤로 쭉 알고 있었어. 1년 내내 당신을 잊으려고 애써보고 다른 사람들에게 집중하려고도 해봤지만, 윈체스터에서 당신을 본 날 난 여전히 가망이 없다는 걸 깨달았어. 당신이 날 사랑할 거라고는 상상도 못 했어. 정말이지 그런 것 **같았던 적도** 없었거든."

시오반은 그의 어깨에 머리를 기대며 웃음을 터뜨렸다. 점점 커지는 행복이 손가락 끝을 간질이더니 반쯤 얼어붙은 발가락까지 퍼졌다.

"나 연기 학교 출신 배우잖아. 잊었어?" 시오반이 그를 향해 얼굴을 치켜들며 말했다. 그녀는 조지프의 표정을 보고 흥분이 약간 가라앉았다. 그는 말투에서 느껴지는 것만큼 확신하는 얼굴이 아니었다. "그리고 미안해. 당신이 옳아. 당신에게 내 감정을 솔직하게 털어놨어야 했는데. 난 두려웠어. 그래서 당신을 밀어냈어. 난…" 이렇게 말한 시오반은 발그레하게 물든 그의 광대뼈부터 수염이 자란 턱선까지 살며시 쓰다듬으며 그 느낌을 즐겼고, 그와 살이 맞닿은 느낌을 **만끽했다.** "당신을 사랑해. 정말 사랑해."

조지프는 시오반을 보며 하얀 이를 모두 드러내고 입꼬리를 한없이 올린 채 매력적인 녹갈색 눈동자를 빛내며 환하게 웃었다. 시오반은 그와 이렇게 가까이 있으니 키스하지 않고서는 견딜 수 없었다. 그래서 까치발을 하고 그를 향해 얼굴을 들었다. 아무것도 억누르지 않은 그와의 **키스는** 퇴폐적이면서도 경이로웠다. 시오반은 자기 몸이 그의 몸에 녹아들도록 놔두었다. 아무것도 고민하지 않고 이렇게 하는 자신이 믿기지 않았다. 그녀는 조지프 카터가 1미터 이내에 있을 때면 늘 그렇듯 욕망이 들끓었다.

"아, 제길." 시오반이 갑자기 그에게서 몸을 떼며 말했다. "그 여자는?"

조지프는 흐릿한 눈으로 그녀를 보며 눈을 깜빡였다. "뭐라고?"

"다른 사람이 있다고 했잖아." 시오반이 조급한 듯 말했다. "다른 여자 만난다며?"

"아, 아니, 아니야." 조지프는 이렇게 답하고 다시 고개를 숙여 시오반에게 키스했다.

그러나 시오반은 그의 해명이 만족스럽지 않아 물러섰다.

"아, 내 말은 전에는 있었다고. 하지만 크리스마스 전에 런던에서 당신과 주말을 보낸 뒤로 내가 당신을 잊지 못한 게 분명해졌어. 그래서 롤라와 끝냈어. 사실, 당신 생일 카드에 우리가 친구 이상인 것 같다고 썼지만…" 조지프는 쑥스러워 보였다. "카드를 잃어버렸어. 그래서 당신에게 그 말을 하면 안 된다는 신호인가 보다 생각했고."

시오반은 눈을 굴렸다. "당신이 정리 정돈을 잘 해야 한다는 신호였겠지." 시오반이 말했다. 조지프는 그녀가 다시 키스하자 미소 지었다. 키스는 깊어졌고 시오반은 조지프가 그녀를 가졌던 때가, 그의 팔에 몸을 맡긴 채 마침내 온몸이 나른해지던 때가 떠오르자 배 아래쪽이 점점 뜨거워졌다.

"맙소사. 내가 여길 오다니 정말 다행이야." 시오반은 조지프에게서 입술을 떼지 않고 말했다.

"나이트호크도 못 만났을 테고." 조지프가 그녀를 더 꼭 안으며 말했다. 시오반은 그의 코트 속에서 거세게 뛰는 심장을 느꼈다.

"나이트호크?" 그녀가 조지프의 가슴팍에 대고 말했다.

때마침 말이 울었다.

"아, 말 이름이 나이트호크야?" 웃음을 터뜨린 시오반은 다시 고개를 치켜들고 조지프를 보았다.

"응. 내가 어릴 때 좋아한 만화책 캐릭터이기도 해." 조지프가 또다시 진하게 키스했고, 그의 혀가 시오반의 혀에 닿았다.

"조지프 카터." 입술을 떼고 나자 시오반이 그의 허리를 끌어안고 말했다. "당신 혹시 겉보기에는 운동을 좋아하는 섹시한 남자지만, 알고 보면 어마어마한 덕후 아니야?"

조지프는 그녀를 보며 활짝 웃었다. "당연하지. 이미 날 사랑한다고 했으니 무르기 없기야."

"그런데 나한테 그런 말 안 했잖아." 시오반은 이렇게 말해놓고는 제풀에 흠칫했다. "미안. 사실 나, 애정과 관심을 엄청나게 갈구하는 사람이야. 앞으로 알게 되겠지만. 지금까지는 그걸 잘 숨겨왔던 거고."

"애정과 관심을 갈구하는 사람이 아니야." 조지프가 그녀의 뺨에 입 맞추며 말했다. "게다가 그걸 잘 숨기지도 못했고."

"뭐라고!"

"내 말은, 당신이 누군가에게 상처받았다는 거야." 조지프가 좀 더 차분하게 말했다. "우리가 처음 만났을 때 알았는걸. 당신은 마음을 지키려고 계속 경계했어."

시오반은 불안했다. 이 모든 것이 미지의 영역이었고, 기쁜 와중에 두려움도 여전히 존재했다. 조지프는 차가운 손으로 그녀의 뺨을 어루만지며 미소 지었다.

"사랑해." 그가 말했다. "시오반 켈리, 당신을 사랑해. 아주 오랫동안 당신을 사랑했어. 사실, 당신을 떨쳐낼 수 없었어. 스콧에게 물어봐. 내가 당신 이야기를 계속해서 질려버렸으니까."

"스콧은 아마 피오나와 이야기하며 비교 중일 거야." 시오반이 조지프의 가슴에 이마를 대며 말했다. "피오나는 내가 당신 얘기를 계속 주절거려서 신물이 났거든."

시오반은 문득 너무 춥다는 것을 깨달아 깜짝 놀랐고, 그와 동시에 추위에 신경 쓰고 싶지 않다는 생각도 들었다. 안으로 들어가고 싶지 않았다. 이곳에서, 뒤에서 흰 말 나이트호크가 어울리지 않게 풀을 뜯고 있는 이곳에서 조지프의 품에 계속 안겨 있고 싶었다. 그동안 시오반은 현실에 존재하는 느낌을 되찾으려 안간힘 썼고, 지금 그녀는 그 어느 때보다 생생하게 **삶**에 존재하는 느낌이었다.

"세상에. 그럼 이제 우리… 사귀는 건가?" 조지프가 정말 놀랍다는 듯이 말했다. "당신이 내 여자 친구인 거야?"

"그런 것 같은데." 시오반이 그를 향해 미소 지으며 말했다. "우리가 하는 말치고는 좀 직설적인 것 같지 않아?"

"아니, 그러지 마. 너무 깊이 생각하지 마." 조지프가 눈을 크게 뜨고 겁먹은 체하며 재빨리 말했다.

"그럼 키스해줘." 시오반이 그의 입술을 바라보며 말했다. "그만한 약이 없어."

"기억해둘게." 조지프가 몸을 숙여 깊고 달콤하고 짜릿한 키스를 퍼부었다. 너무 좋아서 현실이라고 믿기지 않는, 그런 키스였다.

제인

그의 얼굴을 한 번 보기만 했을 뿐인데도 제인은 시간을 거슬러 과거로 떨어진 것 같았다. 그녀는 그 옛날의 제인이, 지나치게 주눅 들고 쉽게 고통받고 흔들리던 사람이 되어 있었다. 그는 마지막으로 보았을 때보다 관자놀이에 흰머리가 늘었고, 살이 빠졌다가 다시 찐 것처럼 약간 부어 보였다. 하지만 시선을 사로잡는, 파랗게 반짝이는 냉소적인 두 눈은 여전했는데, 그 눈동자가 제인에게 고정되었다.

리처드 윌슨은 눈을 아주 잘 맞추었다. 제인이 브레이 앤드 켐브레이에서 리처드의 비서로 일할 때 그에게 그렇게까지 푹 빠지게 만든 것도 바로 그 매력적인 눈 맞춤이었다.

"얘기 좀 하지." 리처드가 말했다. 그는 계속 제인의 팔을 잡고 있었다. 땀이 나지 않은 따뜻한 손이었다. 제인이 벗어나려 했지만 그가 너무 꽉 잡고 있었고 그들은 계단 중앙에 있었다. 아주 잠깐이지만 제인은 그를 밀어버릴까, 돌계단 아래로 밀어서 영원히 그녀의 삶에서 지워버릴까 생각했다.

"리처드, 놔줘요." 제인이 그를 피하려 하며 말했다.

"이번엔 안 돼." 그는 단호하게 말하고서 방향을 바꿔 제인의 오른팔만 잡은 채 범죄자를 경찰차로 호송할 때처럼 계단을 내려가기 시작했다. "어서 가자고. 당신은 이런 파티 싫어하잖아. 내가 집까지 태워줄게."

그와 함께 차에 타는 일만은 막아야 했다. 제인은 온몸에 소름이 돋았다. 그녀의 팔을 잡은 리처드의 손길이 뭔가 잘못된 것 같았다. 부적절하고 추잡한 느낌이었다.

"리처드, 놔줘요. 안 그러면 소란 피울 거예요." 제인이 최대한 차분하게 말했다.

리처드는 그녀가 반항해서 놀란 것 같았다. 그는 또다시 그 눈빛으로 제인을 뚫어지게 쳐다보았다. 눈썹은 치켜올라가고 턱은 잔뜩 굳어 있었다. 제인은 그 표정을 선명하게 기억했다. 그는 제인 옆에 가만히 서서 마음을 가라앉히고 눈에 띄게 애쓰며 미소지으려 했다. 제인은 시선을 내리고 자기 손을 노려보았는데, 잠시 후 리처드는 마지못해 손을 풀고 주머니에 손을 넣었다.

"알겠어." 그가 말했다. "미안해. 내가 좀 세게 나간 것 같군. 하지만 제인, 난 당신을 아주 오랫동안 찾았어."

"그래요?" 제인이 말했다. 제인도 마음을 가라앉혔고 목소리가 조금 더 침착해졌다. "별로 멀리 있지도 않았는데요. 정말 날 찾고 싶었으면 진작 찾았겠죠."

처음에 제인은 그가 찾아주기를 간절히 바랐다. 리처드가 찾아와서 용서를 구하고 그녀를 다시 삶의 일부로 받아주기를 바랐다. 런던을 떠나 처음부터 다시 시작하는 일은 정말 두려웠다. 홀로 남은 제인은 자신이 세운 규칙에만 의지해 살고 나서야, 비로소 리처드의 명령에 따라 사는 데 얼마나 익숙해졌는지 깨달았다.

리처드가 팔을 쭉 폈다. 두 사람은 잔디밭에 서 있었다. 근처에서 몇몇 사람이 담배를 피우며 낮은 목소리로 이야기를 나누고, 커플이 손을 잡고 강을 향해 걸어갔다. 파티장에서 흘러나오는 불빛이 서로 기댄 커플의 머리를 스쳤다.

"음, 아, 어떻게 이야기를 꺼내야 할지. 제인, 상황이 좀 달라졌어. 우리 몇 가지 확인할 사항이 있는 것 같은데. 너무 오랜만이기도 하고."

확인할 사항이라니. 업무 회의도 아니고. 둘 사이는 이런 경계가 늘 흐릿했다. 리처드는 제인이 매일 회색 정장 원피스를 입을 것을 고집했는데, 이것은 과연 상사로서의 요구였을까 아니면 사사건건 통제하려는 남자 친구로서의 요구였을까? 매 끼니 그가 음식을 고르고 제인에게 사무실로 배달시키라고 지시한 것은, 그가 제인의 상사였음을 고려할 때 합리적인 요구가 아니었을까? 제인은 너무 조심성이 없다면서 퇴근 후 다른 비서들과의 회식에 빠지는 게 좋겠다고 했을 때, 그는 제인을 직장 동료로서 살펴주려고 했던 것일까?

제인은 숨을 깊이 들이마셨다. 전부 다 시대에 뒤떨어진 낡은 생각이었다. 제인은 리처드가 틀렸다는 것을 증명했다. 시간이 좀 걸리기는 했지만 친구도 **사귀었고**, 그 친구들이 알아보는 그녀의 본모습을 스스로 알아가기 시작했다. 제인에게 '**사람들과 어울리지 못한다**'고, 그녀가 '**이상하고 특이해서 다른 사람들은 그가 하듯이 제인을 대하지 않을 거라고**' 한 리처드의 말이 틀렸다면, 그 밖의 다른 것도 그가 틀렸을 수 있다.

제인은 자신이 사랑할 수 없는 여자라는 것을 더 이상 믿지 않았다. 조지프 카터가 그녀를 사랑하지 않는데도 이렇게 생각한다는 것은 큰 성과였다. 제인은 고개를 약간 들고 리처드의 눈을 보았다.

"나한테 하고 싶은 말이 뭔데요?" 그녀가 물었다.

"좀 따뜻한 곳으로 가고 싶지 않아? 자." 리처드가 재킷을 벗어서 내밀었다.

제인은 물러섰다. 추워서 온몸이 떨렸지만, 리처드의 재킷 냄새만 맡아도 속이 뒤틀렸다.

"아니, 괜찮아요." 그녀가 말했다. "빨리 얘기 끝내죠."

리처드는 눈썹을 치켜올렸다. 그가 알던 제인이라면 재킷을 받았을 것이다. 그가 요구하는 건 무엇이든 했으니까.

"뭘 기대했는데요?" 제인이 나지막이 물었다. "아무것도 달라지지 않았을 거라고 생각했어요?"

"꼭 그렇진 않아." 리처드는 말은 이렇게 했지만 분명 그렇게 생각했다. "난 그저 몇 가지 이야기하고 싶은 게 있어서. 회사에서 약간 혼란스러운 실수가 있었고, 누군가가 당신과 연락을 취해서 당신이 브레이 앤드 켐브레이에서 일할 때의⋯ 우리 관계를 물어볼 수도 있을 것 같아서. 당신과 내가 여전히 입장이 같은지 확인하고 싶은 것뿐이야."

"혼란스러운 실수라고요?" 제인이 조용히 말했다. "당신이 날 해고하기 전에 있었던 일이 '**혼란스러운 실수**'였나요?"

리처드가 눈을 살짝 가늘게 떴다. 제인의 말을 제대로 알아듣지 못한 듯했다. "제인, 난 당신을 해고한 게 아니야. 당신을 보내줄 수밖에 없었던 거야. 기억할지 모르겠지만 당신은 이미 인사 기록에 경고가 있었고, 회사에 막대한 비용을 초래한 실수를 저질렀잖아."

"잊은 적 없어요." 제인이 차분하게 말했다.

그 인사 경고는 제인이 소송 진행 서류와 관련해 실수를 저질렀다고 리처드가 폭로하기 직전에 기록되었다. 제인이 리처드의 일정표를 엉망으로 관리해서 그가 중요한 회의에 빠지게 되었다는 내용이었다. 제인은 일정표에 회의 일정을 제대로 기록했다고 **확신했기** 때문에 혼란스러웠지만, 당시에는 징계를 받아들였다. 하지만 얼마 전부터 의문이 들기 시작했다. 리처드가 소송 진행 서류상의 실수만으로 제인을 해고할 수는 없었을 것이다. 다른 무언가가 필요했을 것이다.

그리고 그 시점으로부터 몇 달 동안, 리처드가 제인을 쫓아내고 싶어 한다는 것이 분명해졌다. 그는 제인과의 섹스에 관심이 시들었고, 회사에 두 사람에 대한 소문이 돌았다. 퇴근 시간 이후에 둘이 같이 회의실에 있는 걸 본 사람도 있었다.

"또 사내 성희롱으로 신고당했나요?" 제인이 말했다. "그래서 인사팀에서 이것저것 묻던가요?"

리처드는 매서운 눈빛으로 고개를 치켜들었다. "그런 건 없었어."

"아." 제인이 심드렁하게 말했다. "신고를 못 하게 만들었나 보죠?"

"신고 같은 건 없었다니까." 리처드가 그녀에게 다가서며 다시 말했다.

제인은 흔들리지 않고 태도를 고수할 수 없다는 생각에, 자신도 모르게 움찔하며 물러섰다. 그러고는 고개를 숙여 발을 쳐다보았고 자신감이 사라져버렸다. 하지만 분명 신고는 있었다. 눈물이 뺨을 타고 흘러내리는 가운데 책상을 정리하면서 그 서류를 보았다. 그때 리처드의 사무실 문은 굳게 닫혀 있었다.

"제인, 당신이 진실을 말할 거라고 믿어도 될까?" 리처드가 물었다.

"무슨 진실이요?" 제인이 말했다. 두 사람이 함께하던 시절에 물었다면 리처드가 꾸짖었을 법한 퉁명스러운 질문이었다. 리처드는 다정하고 온순한 제인을 좋아했다.

"우리 관계를 회사 동료로 초점을 맞추면 훨씬 단순해질 거야. 개인적인 관계를 굳이 자세히 말할 필요는 없어. 괜히 내 상황이 더 복잡해지기만 할 테니까."

잠시 후 제인은 그를 바라보았다. "우린 사귀는 사이였잖아요." 그녀가 말했다. "당신… 당신은 내 전부였다고요."

리처드는 눈을 잠시 치켜뜨며 한숨을 쉬었다. "너무 감상적으로 그러진 말자고."

제인은 그가 서로 운명이라고 말했던 때를 떠올렸다. 제인이 팀 회의에서 바보 같은 말을 하거나 회사의 큰 행사 때문에 허둥지둥하고 나면, 그가 무릎에 앉혀 끌어안고 머리를 쓰다듬으며 달래주던 일을 떠올렸다.

제인이 아무 말도 하지 않자 리처드는 다시 한숨을 쉬었다. "이봐, 제인. 이 얘길 꺼내고 싶진 않지만 당신 내게 빚졌잖아. 잘 알고 있을 테지."

맙소사. 그놈의 돈. 돈.

그때 제인은 그 돈이 그녀의 입을 다물게 하기 위한 것임을 알았을까? 다른 방식으로 그녀를 소유하는 것임을? 제인은 몰랐다고 생각하고 싶었다. 리처드가 헤어지자고 했을 무렵, 제인은 무엇이든 그가 돈을 내는 데 매우 익숙해져 있었다. 처음에는 적은 액수의 돈을 빌리기만 했다. 제인이 런던에 온 뒤로 몇 달 동안 월세 때문에 고생하고 있을 때였다. 그다음에는 저녁 식사와 선물이었다. 그러고 나서는 그가 원하는 방식대로 살기 위해 매달 정기적으로 돈을 받았다. 예쁜 옷을 입고, 제인이 처음 런던에 도착해서 구한 상자 같은 비좁은 집이 아니라 그가 좋아하는 아파트에서 살 돈이었다.

리처드는 둘의 관계가 끝났다고 말할 때도 무척 다정했다. 흐느끼는 제인의 손을 잡고 헤어지고 나서도 계속 그녀를 돌봐주겠다고 했다. 그러면서 서류상의 실수를 도저히 그냥 넘길 수 없어서 그녀를 브레이 앤드 켐브레이에서 내보낼 수밖에 없다고, 하지만 그녀가 혼자서 대처하기 힘들다는 걸 알기 때문에 반드시 잘 지내게 해주겠다고 했다.

제인은 계좌에 목돈이 입금되었을 때 한 줄기 희망을 느꼈다. 리처드가 그렇게 큰돈을 준 걸 보면 아직 마음을 쓰고 있는 게 틀림없다고 생각했다. 제인이 머릿속 어느 한구석에서 왜 그가 인사팀의 퇴사 면담을 거절하라고 말하면서 돈 얘기를 꺼냈을까 의문을 가졌다면, 그의 책상 위에서 성희롱 신고서를 보았을 때 1년 넘게 리처드와 남몰래 자는 사이였다고 밝히면 인사팀에서 어떻게 생각할까 의문을 가졌다면…. 그러나 그때 제인은 너무 지쳐 있었다. 언제나 그녀가 일을 망친다고 주장한 리처드 때문에 몇 달 동안이나 침묵했다. 그녀는 리처드의 일에 관여하면 안 된다고 생각했다. 이해하지 못할 거라고 생각했다.

"보아하니 그 돈으로 잘 먹고 잘 사는 것 같은데." 리처드가 그녀를 훑어보며 말했다.

"이 드레스는 자선 상점에서 산 거예요." 제인이 잔뜩 굳은 채 말했지만, 궁색한 변명이라는 걸 그녀도 알았다. 리처드의 말이 옳았다. 제인은 그 돈으로 잘 지냈다. 그 덕분에 자선 상점에서 무보수로 일했고, 윈체스터에 있는 하얗고 예쁜 아파트와 웨일스의 오두막을 빌렸다. 윈체스터에 갔을 때 제인은 제대로 된 일을 하기에는 자신이 너무 부족하다고 생각했다. 어떻게 사무실에서 일할 수 있겠는가? 사내 정치에 매우 서툴고, 아무도 그녀를 좋아하지 않고, 일을 망치기만 할 뿐인데. 그녀는 '나 혼자서는 해낼 수 없어'라고 주문을 외우듯 수없이 생각했다.

"제인, 돈이 모자라면 내가 도와줄 수 있어." 리처드가 갑자기 다정한 목소리로 말했다. 그는 고개를 한쪽으로 기울였다. "힘들어?"

가슴속의 무언가가 제인을 잡아당겼다. 아주 오랫동안 잠들어 있던 충동이 잠시 표면에 떠올랐다. '그래요. 당신 없이는 모든 게 다 힘들어요'라고 말하고 싶었다.

그때 제인은 바람에 머리카락을 흩날리며 물 풍선을 하나 더 건네던 애기가 떠올랐다. 콘스턴스의 결혼식 피로연에서 자신을 지켜냈을 때 본 키이라의 얼굴이 떠올랐다. "제인, 고마워"라고 말하며 아이스티를 마시던 콜린이 떠올랐다.

제인은 돈이 떨어져가고 있었다. 하지만 이미 애기에게 큰 프로젝트가 있을 때 프리랜서 개념으로 도와주면 정말 좋겠다는 제안을 받았고, 자선 상점에서 일한 경력을 살려 다른 소매상점에서 일할 수 있을지도 몰랐다. 제인은 무엇이든 할 수 있고 잘 헤쳐나갈 것 같았다.

그래서 대답은 '아니오'였다. 제인은 리처드에게서 다시는 돈을 받고 싶지 않았다. 그렇지만 그녀는 리처드가 얼마나 절박한지 꼭 알고 싶었다.

"얼마나 줄 건데요?" 그녀는 이렇게 묻고 나서 팔짱을 풀고 뒷짐을 졌다. 권위가 느껴지는 자세는 아니었지만, 그녀가 할 수 있는 최선이었다. "내 입을 다물게 하는 데 얼마를 쓸 거냐고요?"

리처드는 그녀를 찬찬히 뜯어보았다.

"내가 아는 당신이 아닌 것 같군." 그가 말했다. "상냥한 나의 제인은 어디로 간 거지?"

"사라진 지 오래예요." 제인이 살짝 웃으며 말했다. 이제 제인은 허벅지 높은 곳까지 갈라진 빨간색 드레스를 입는 여자라는 걸, 마음이 아플지라도 사랑하는 남자에게 키스할 만큼 용감하다는 걸 리처드가 안다면 어떨까 생각했다. "하고 싶은 말 해봐요."

두 사람의 침묵 사이로 파티가 이어졌다. 파티장에 가득 들어차 새 출발을 기다리는 사람들의 요란하고 시끄러운 소리가 들렸다.

"2만." 마침내 리처드가 입을 열었다. "흔적이 남는 걸 조심해야하니 한꺼번에 받지는 못할 거야."

제인은 생각에 잠긴 채 고개를 끄덕였다. "명함 줘봐요." 그녀가 말했다. 리처드의 안주머니에 명함이 있다는 걸 알고 있었다. 그는 명함 없이는 아무 데도 가지 않으니까. "대화할 준비가 되면 전화할게요."

제인은 리처드 윌슨에게 등을 돌리고 파티장을 향해 다시 걸어가면서 잠시 도망칠까 생각했다. 몸을 들썩이는 사람들, **쿵쿵 울리는 대중가요**, 땀, 조명. 이런 것들은 지금 제인이 가장 원하지 않는 것이었다. 하지만 애기에게 말 한마디 없이 그냥 나왔고, 애기는 그런 대접을 받아서는 안 되는 사람이었다.

제인은 떨고 있었다. 리처드와의 재회는 그녀의 예상과 전혀 달랐다. 이 만남은… 신나고 통쾌할 정도였다. 지금의 자신과 과거의 자신이 다르다는 걸 이토록 피부에 와닿게 느껴본 적이 없었다. 런던에서 그녀의 삶을 지배했던 남자 앞에 당당하게 서자 완전히 다른 여자가 된 기분이었다.

제인은 리처드에게서 벗어나 잔디밭을 가로질러 걷던 중, 더 그레인지의 거대한 기둥에 기대어 있는, 마음 아프게도 친숙한 모습을 발견했다. 번쩍이는 조명이 뒤에서 그를 비추고 있었는 데, 머리카락은 약간 헝클어졌고 어깨가 넓었다. 제인은 가슴이 철렁해서 그 자리에 멈춰 꼼짝도 할 수 없었다.

그는 제인을 지켜보고 있었다. 제인은 이내 뭔가 잘못됐다는 생각이 들었다. 그의 자세가 평소와 달랐다. 느긋하고 편안한 매력을 풍기는 모습이 아니었다. 그는 팔짱을 낀 채 굳어 있었다. 마침내 그가 제인을 향해 다가왔는데, 양옆에 내린 손은 주먹을 꽉 쥐고 있었다.

"조지프?" 제인이 작은 소리로 불렀다. 조지프를 너무 오랜만에 봐서 그의 긴장되고 화난 듯한 모습에 불안했지만, 그가 가까이에 있다는 사실만으로도 기뻐서 전율이 일었다.

"왜 당신이 리처드 윌슨과 이야기를 했지?" 조지프가 날카롭게 물었다. 그는 이제야 제인을 유심히 보는 것 같았고, 그녀를 제대로 보고 나자 표정이 약간 풀렸다. "괜찮아?"

제인은 심장 뛰는 소리가 들렸다. "괜찮아. 당신이 여기 있을 줄은… 여긴 어쩐 일이야?"

"매년 스콧과 함께 이 파티에 와. 리처드와는 어떻게 아는 사이야?"

화가 난 조지프는 경계하는 태도로 그녀에게서 멀리 떨어져 있었는데, 제인은 이런 상황이 싫었다. 물론 이렇게 될 줄 알았다. 그러면서 왜 그녀와 조지프가 같은 시기에 브레이 앤드 켐브레이에서 일했다는 사실을 숨겼을까? 제인은 조지프의 이런 모습을 딱한 번 본 적이 있었다. 수년 전, 그가 리처드의 사무실을 박차고 들어온 날이었다. 그때 제인은 컴퓨터 모니터 뒤에 앉아 있던 리처드의 비서였다.

조지프에게 거짓말할 수도 있었다. 그럴까 생각하기도 했다. 솔직히, 거짓말하고 싶었다. 하지만 이젠 잃을 게 없었다. 제인은 이미 조지프를 잃었다. 그에게는 여자 친구가 있고 그는 제인을 선택하지 않았다. 그러자 문득 거짓말이 너무 피곤하게 느껴졌다. 게다가 새해였다. 제인은 이번만큼은 진실로 한 해를 시작하고 싶었다.

"난 리처드의 비서였어. 윈체스터에 가기 전에 브레이 앤드 켐브레이에서 일했지. 사실… 불명예스러운 일로 회사를 떠났어. 회사 사람들은 모두 리처드가 나를 차버려서 내가 그만둔 걸로 알아." 감당하기 힘들 정도의 엄청난 수치심이 몰려왔고, 그 뜨겁고 빨간 수치심이 온몸에서 발산되는 것만 같았다. "당신이 그걸 아는 게 싫었어. 당신이 날 그런 여자로 보는 게 싫었어."

조지프의 눈이 커졌다. 정말 크게 충격받은 표정이었다.

"당신이 리처드의…"

조지프는 이 말밖에 하지 않았지만, 제인의 마음을 아프게 하기에 충분했다. 제인은 그가 문장을 어떻게 끝맺을지 정확히는 알 수 없으나 짐작이 되었다. '섹스 파트너, 매춘부, 노리개' 같은 말이겠지. 제인은 퇴사하기 전에 회사에 돌던 숱한 소문을 들었다. 그녀가 리처드에게 어떤 짓까지 허락했다는 둥, 둘이 어디에서 했다는 둥 하는 내용이었다. 전혀 말도 안 되는 것도 있었고 괴롭지만 사실인 것도 있었다.

제인은 애기를 찾을 수 있지 않을까 하는 생각에 조지프를 지나쳐 모르는 사람들이 가득한 파티장을 향해 달렸다.

"제인, 기다려!" 조지프가 뒤에서 외쳤지만, 제인은 벌써 안으로 들어가 고개를 숙인 채 흐느끼며 시끄러운 소리와 사람들을 헤치고 나아갔다.

"저기." 누군가가 그녀의 팔을 잡으며 말했다.

제인은 갑작스러운 접촉에 움찔해 비틀거리며 고개를 들고 쳐다보았다. 조지프의 친구 스콧이었다.

"제인 맞죠?" 그가 다가오는 커플 사이로 비켜서며 말했다. "맞군요!"

제인은 뒤를 흘끗 보았다. 들어온 문과는 멀리 떨어져 있었고 그녀와 조지프 사이에는 사람들이 빽빽했다.

"괜찮아요?" 스콧이 물었다.

"괜찮아요." 제인이 계속 뒤쪽 문을 보며 대답했다.

그녀는 가야 했다. 애기를 찾아야 했다. 하지만 스콧이 여기에 있고, 그녀에게는 꼭 알고 싶은 것이 있었다.

"스콧, 조지프가 여자 친구와 함께 왔나요?" 제인이 불쑥 물었다.

스콧은 이마에 주름을 잡으며 한 걸음 물러났다. "네? 조지프는 여자 친구 없어요. 사실 난 당신이 걔 여자 친구인 줄 알았어요."

제인은 그를 물끄러미 보았다. 그의 얼굴에 조명이 어른거렸다. 그녀가 전에 스콧을 처음 만났을 때는 그를 약간 경계했다. 그런데 지금 보니 그의 눈빛은 정중했고, 그가 팔을 잡았을 때 제인이 움찔한 뒤로는 서로 말소리가 잘 들리지 않는데도 적당한 거리를 두며 조심했다.

"무슨 말인지 모르겠어요." 제인은 머릿속이 혼란스러워졌다. 파티의 소음은 끔찍할 정도로 컸고 음악이 쿵쾅거려 머리가 아픈 것 같았다. 음악 소리 위로 꺅 하고 내지르는 목소리와 웃음이 독수리처럼 솟구쳐 올랐다. "조지프가 나한테는… 그가 말하길…."

"제인?"

애기였다. 제인은 친구의 목소리가 들리자 무턱대고 돌아보았다. 애기는 한 손을 뻗어 휘청대는 제인을 잡았다. 그녀의 머리카락은 평소보다 더 부스스했다. 뻗쳐 올라간 빨강 머리 가닥이 문으로 들어오는 산들바람에 살랑살랑 흔들렸다.

"바람 좀 쐬자." 애기가 말했다.

"다시 나갈 순 없어." 제인이 말했다. "우리 어디 좀…."

"뒤쪽에 출장 뷔페 천막으로 갈 거야. 아니에요, 걱정 마세요. 내가 제인을 잡고 있어요." 애기가 스콧에게 말하고는 사람들을 뚫고 제인을 데리고 나갔다. "무슨 일이야? 왜 도망쳤는데?"

제인은 비틀거리며 애기를 따라 저택 뒤쪽으로 나갔고, 파티 진행을 맡은 천막과 발전기가 모여 있는 곳으로 들어가 신선한 겨울 공기를 깊이 들이마셨다. 애기가 두 천막 사이의 따뜻한 곳으로 데려가자 제인은 눈을 감았다. 직원들의 말소리와 주방에서 나는 소리가 그들 주위를 맴돌았다.

애기는 다정했다. 제인의 이상한 모습과 약점을 비롯한 많은 것을 보았는데도 애기는 아직 그녀를 사랑하는 것 같았다. 애기는 제인이 런던에 있을 때 리처드가 그녀에게 절대 생길 수 없다고 장담한, 그런 친구였다. 애기 같은 친구와 함께라면 제인은 더 강해지고 더 그녀다워질 수 있었다.

"애기." 제인이 떨리는 목소리로 말했다. "런던에서 있었던 일을 얘기해도 될까?"

미란다

"나, 카터랑 헤어졌어." 미란다가 말했다.

새해 첫날 아침 7시였다. 미란다는 아델과 프래니와 함께 거실 바닥에 앉아 있었다. 어찌 된 일인지 셋 다 바닥에 내려앉아 다리를 쭉 뻗고 서로 발을 붙인 채 블랙커피를 한 잔씩 들었다. 로소 삼각 편대였다. 미란다는 카터의 어머니 집에서 하룻밤 머물지 않고 택시를 불러서 동생들을 데리고 역으로 간 다음 에르스테드행 기차에 탔다. 정확히 몇 시 기차였는지는 모르지만 베틀리 인 더 헤지스Betly-in-the-Hedges와 보텀스 월롭Bottom's Wallop 비슷한 이름의 역까지 정차하는 완행열차였다. 쌍둥이는 기차를 타고 오는 내내 잤고 미란다는 창밖의 어둠을 응시하며 파티를 거듭 곱씹었다.

"뭐?" 아델은 이렇게 외치며 너무 놀란 나머지 팔에 커피를 쏟았다. "젠장." 그녀는 고양이처럼 커피를 핥았다. "아니, 잠깐만. 언니가 뭘 어쨌다고?"

미란다는 손에 얼굴을 묻었다. 끔찍했다. 악몽 같았다. 카터는 시오반과 더 이상 데이트하지 않는다고, 그녀를 본 지 몇 년이나 되었다고 말한 뒤에는 그 문제에 대해 입을 다물고 말하지 않았다.

"밸런타인데이는?" 미란다가 그에게 소리쳤다. "스콧 생일 파티 다음 날 아침은? 왜 아직도 이 여자에게 생일 카드를 쓰는데? 게다가 방금 나한테 그 여자에 대한 감정이 남았다고 했잖아. 세상에!"

카터는 "시오반 얘기는 하고 싶지 않아"라는 말뿐이었고, 얼굴이 돌처럼 굳었다. "그녀 이야기는 하고 싶지 않아."

"얘기해. 안 하면 난 지금 당장 가버릴 거야." 미란다가 말했다.

"아, 안 돼." 미란다가 카터와의 대화를 그대로 전하자 아델이 외쳤다. "그건 최후통첩이잖아."

"원래는 그렇게 말해도 좋게 끝났잖아." 프래니가 울상을 하고 말했다.

"그래. 안에 있던 너희 둘은 **술에 잔뜩 취해서** 카터에게 최후통첩하는 게 얼마나 나쁜 생각인지 내게 조언해주지 않았지." 미란다가 말했다.

미란다가 동생들을 찾았을 때 그들은 댄스 대결에 열을 올리고 있었다. 프래니가 여기저기 흩어진 유리 파편 사이로 앞구르기를 하자, 미란다는 뛰어들어서 동생들을 집으로 데려갈 시간이 훌쩍 지났다고 판단했다.

"그래서 카터가 뭐라고 했는데?" 아델이 소파 쿠션에 다시 머리를 기대며 물었다.

"한참 동안 말이 없었어. 그러다가 이렇게 말하더라고. '있잖아, 내가 이 문제를 당신에게 말할 수 없다는 건… 그냥 우리가 서로 안 맞는다는 증거인 것 같아. 이건 아니야. 당신은 내가 완벽한 남자가 되길 바라지만 난 그런 사람이 아닌걸.' 뭐 이런 취지의 쓰레기 같은 말을 하더라고. 그러더니 뒷걸음질 치다가 뛰어가더라."

"뛰어갔다고?"

"걸었던 것도 같고." 미란다가 솔직하게 말했다. "하지만 뛰는 분위기에 가까웠어. 뛰다시피 걸어갔달까."

"그래서 이제 어쩌려고?" 프래니가 물었다.

미란다는 괴로운 듯 신음하며 커피를 마저 마셨다. "출근해야지." 그녀가 말했다. "그리고 나 자신을 너무 불쌍히 여기지 않도록 애써봐야겠지."

"지금 기분은 어때?" 잠시 후 미란다가 일어서자 아델이 물었다.

"모르겠어. 숙취가 있고. 혼란스러워. 약간 짜증이 나나?"

"슬프지는 않고?"

"아, 당연히 슬프지." 미란다는 이렇게 말하다가 입을 다물었다. 정말 슬픈가? 지금 그녀의 기분은 거의….

"안도감이 느껴져?" 프래니가 물었다.

꼭 그런 건 아니었다. 그렇지는 않았다. 그러나 미란다는 오랫동안 카터에게 화가 나 있었다. 지금 보니 괜한 이유였던 것도 같지만… 카터가 바람을 피웠든 안 피웠든 뭔가를 숨긴 건 확실했다. 지난 몇 달 동안 미란다는 조지프 카터가 짐작과 다른 사람일 것 같다는 끔찍한 느낌에 계속 시달렸다.

지금은 마침내 긴장이 겉으로 드러나, 뭔가 홀가분했다. 비록 결과가 극단적이지만, 그 긴장을 곪아 터지게 놔두지 않고 조치를 취하니 기분이 좋았다.

미란다는 자신을 올려다보는 동생들의 얼굴을 바라보았다. 그러면서 그날 밤에 체리 수확용 사다리차에서 그녀에게 **짓눌린 것** 같다던 트레이의 말을 떠올렸다.

"아, 이런." 미란다가 말했다. "몇 달 동안 도대체 내가 뭘 **하고** 있었던 거지?"

짙은 안개가 걷히는 것 같았다. 잠 못 이루며 집착하던 밤들. 카터와 끌어안고 배가 아프도록 웃으며 멋진 저녁을 보내고도, 다음 날 아침 그가 문을 나서면 먼지처럼 다시 내려앉던 의심. 미란다는 '머리가 맛이 갔다'는 표현을 쓰는 사람이 아니었지만, 지난 6개월가량은 분명 그런 상태였다.

"그동안 너무 언니답지 않았어." 이렇게 말하는 아델의 갈색 눈동자가 갑자기 진지해졌다. "너무 **드라마 같은** 일이 많았잖아."

"너무 불안해했고." 프래니가 거들었다.

"많이 웃지도 않았어." 아델이 말했다.

"맞아." 프래니가 말했다. "2018년의 언니는 너무 찡그리고 있었어."

"언니, 인상 쓰면 진짜 나이 든다." 아델이 여전히 세상 진지한 눈빛을 하고 말했다. "언니의 피부 관리 체계에 대해 의논하기로 한 거 알고 있지?"

미란다는 소파에 놓인 쿠션을 집어서 아델에게 던졌다. 무엇보다 긴장을 풀기 위해서였다. 지금 당장 이 모든 걸 생각할 수는 없었다. 너무 버거웠다. 왜 이렇게 모든 게 복잡할까? 언제 모든 게 이렇게 되었을까?

오늘이 일하는 날이라 정말 다행이었다. 미란다 로소는 나무에 올라야 했다. 당장.

오늘 제이미는 팀원들에게 일을 많이 시키지 않았다. 새해 첫날에 일을 시키는 것이 무리한 요구임을 잘 알았기 때문이다. 급여도 두 배로 줄 예정이었는데, 이 사실은 잔가지가 잔뜩 담긴 자루를 끌고 진흙투성이 초원을 헤치며 걷는 미란다에게 어느 정도 위안이 되었다. 오늘은 나무에 오르지 않고 지상 작업을 하는 날이었다.

자루를 넘치도록 채우지 말 것. 이것이 규칙이었다. 조금씩 자주. 하지만 미란다는 **매번** 자루를 너무 꽉 채워서 나무 파쇄기까지 아주 힘겹게 끌고 갔다. 그리고….

"이리 줘." 에이제이가 옆에 나타나서 손잡이를 잡으며 말했다. "내가 할게."

"내가 할 수 있어." 미란다가 손잡이를 가져오며 반사적으로 말했다. 립이 그녀의 발 사이에서 꼬리를 치며 왔다 갔다 했다. 꽤 많이 자랐는데도 마음만은 아직 강아지인 게 틀림없었다. 또 여전히 배변을 못 가리는 경우가 많았는데, 에이제이가 훈련에 전혀 신경 쓰지 않은 걸 생각하면 놀랍지도 않았다.

"당신이 이미 80퍼센트는 했어. 그리고 당신이 할 수 있다는 거 알아." 에이제이는 이렇게 말하며 미란다가 지나온 길을 향해 고갯짓했다. "하지만 당신이 나보다 숙취가 심한 것 같아서 내가 착한 일 좀 하려는 거야. 알겠어?"

미란다가 미소 지었다. 에이제이는 눈 아래 다크서클이 짙었지만 기분이 좋아 보였다.

"어제 어땠어?" 나무 파쇄기에 거의 도착했을 때 나란히 걷던 미란다가 물었다.

"좋았어." 에이제이가 말했다. 그가 자루를 들어 올리자 근육에 힘이 들어갔고, 미란다는 드디어 마음 놓고 봐도 된다는 생각에 약간 설렜다. 이제 그녀에게는 남자 친구가 없으니까.

"에이제이에게 **만나는 사람이 생겼어.**" 나무 파쇄기 뒤에 몸을 굽히고 있던 스파이크스가 활짝 웃으며 일어나서 말했다.

미란다는 가슴이 철렁했다. "그래?" 그녀는 최대한 아무렇지 않은 듯이 말하고 허리를 숙여 립의 턱을 긁어주었다. 그러자 립의 꼬리가 풀을 이리저리 스치며 흔들렸다.

에이제이가 스파이크스를 노려보았다.

"여자야." 스파이크스는 이렇게 말하더니, 에이제이가 잔가지 자루를 그의 발가락 근처에 위험하게 쿵 내려놓자 뒤로 물러났다. "둘이 밤새도록 뭘 했는지 알아?"

'알고 싶지 않다, 알고 싶지 않아, 알고 싶지…'

"뭘 했는데?" 미란다는 축축한 코로 열심히 킁킁대는 립을 보면서 어느새 이렇게 물었다.

"이야기만 했대." 스파이크스가 말했다.

에이제이가 팔을 세게 치자 스파이크스는 악 소리를 내며 팔을 비틀었다. 미란다는 심장박동이 빨라졌다. 그녀는 에이제이를 보았다. 그는 미소를 참으려 애썼지만 입꼬리가 실룩댔고, 문득 미란다는 자신이 세상에서 제일가는 바보 같았다.

'자존심 상해.' 미란다는 초원을 가로질러 돌아가며 생각했다. 옆에서 에이제이가 말없이 걸었고 립은 둘 사이에서 총총대며 따라왔다. '그가 널 잊었다는 사실에 약간 실망하는 건 자연스러운 거야.'

"음, 그 여자 말이야." 미란다가 에이제이를 곁눈질하며 말을 꺼냈다. "정말 좋아해?"

"그런 것 같아." 에이제이가 목덜미를 문지르며 말했다. "그렇겠지. 사실, 모르겠어. 그냥… 다시 마음을 열게 돼서 좋아."

그는 잠시 미란다를 보았지만, 미란다는 그를 보지 않았다.

"당신이 그러라고 했잖아." 에이제이가 말했다. "나도 미련을 버리고 앞으로 나아가야지."

미란다는 샤워실에 서서 눈을 감고 머리를 젖힌 채 물줄기로 모래와 톱밥을 씻어 내렸다. 대단한 하루였다. 오늘 같은 날이 1년 내내 이어진다면 2019년은 기록적으로 형편없는 한 해가 될 것이다.

"다 씻었어?" 프래니가 외쳤다.

"아직! 아직 씻는 중이니까 샤워 소리가 계속 나고 내가 여기 있는 거잖아!" 미란다가 외쳤다. 문을 쾅 닫고 뛰쳐나가는 소리가 들렸다. 미란다는 눈을 굴리고 샤워 젤로 손을 뻗었다. 이건 조금도 비참하게 느껴져서는 안 될 일이었고, 에이제이에게 무슨 일이 생기든 그녀가 신경 쓰면 안 된다는 것도 분명했다. 하지만 미란다는 침울하고 토라져 있었다. 그러면서 카터가 떠난 순간과 에이제이가 어젯밤에 만난 여자 이야기를 할 때 입술을 실룩대며 웃던 모습을 거듭 떠올렸다.

미란다는 샤워기를 잠근 다음 수건으로 몸을 감싸고 나왔다. 욕실 문을 열자 맞은편에서 프래니가 기다리고 있었다. 미란다는 깜짝 놀랐다.

프래니는 미란다의 샤워 시간에 대해 길게 잔소리를 늘어놓을 듯하다가, 미란다의 표정을 보고 생각을 바꿨다. "핫 초콜릿 타줄까?" 프래니는 잔소리 대신 이렇게 물었다.

"응." 미란다가 어깨를 축 늘어뜨린 채 말했다. "빨리 부탁해."

시오반

조지프가 시오반을 데리고 메리 카터를 만나러 가는 1월의 어느 날, 시오반은 그에게 유산한 적이 있다고 털어놓았다. 두 사람 모두에게 엄청나게 대단하고 중요한 순간이었다. 조지프가 열여섯 살에 샤론을 졸업 무도회에 데려간 뒤로 그의 어머니는 계속 여자 친구를 집에 데려오라고 했지만, 그는 한 번도 데려간 적이 없었다(시오반은 샤론에게 심한 질투심을 느끼는 자신이 어이없었다. 조지프를 향한 마음이 너무 강렬해서 매번 놀랄 정도지만, 석류색 주름 장식 드레스를 입은 열여섯 살짜리를 질투하다니, 자신의 바닥을 새롭게 본 기분이었다).

메리는 윈체스터역 근처의 아담한 고딕 양식 주택 복도에서 시오반과 포옹했다. 집은 우중충했고 메리의 태도는 뭐랄까, 매력적이지만 피로에 지친 사람처럼 애매모호한 구석이 있었다. 시오반은 무척 긴장했다. 더블린에서 이 집 복도까지 오는 내내 속이 뒤틀리는 것만 같았다. 하지만 메리는 능숙하게 손님을 맞이하고 분위기를 편안하게 해주었다. 그녀는 시오반을 거실로 안내했고 거실 텔레비전에서는 〈앰비션Ambition〉이 방영 중이었는데 소리가 꺼져 있었다. 〈앰비션〉은 BBC 스리 채널에서 방영하는 드라마로 더블린에서 촬영했으며 주인공이 시오반과 연기 학교 동창이었다. 얼마 지나지 않아 시오반과 메리는 드라마 줄거리 속의 다양한 반전을 비교하며 이야기를 나누었고, 도자기 잔에 차를 담아 온 조지프는 복도에서 그런 두 사람을 보며 환하게 웃었다. 차는 우유가 너무 많이 들어갔다. 조지프는 늘 차를 끓일 때 우유를 너무 많이 넣었다. 앞으로도 그는 계속 자진해서 차를 끓일 테지만, 정확한 비율로 끓이지는 못할 것 같았다.

점심 식사 후에 메리는 여느 엄마들과 마찬가지로 사진첩을 가져왔다. 조지프는 외동아들이었고 그녀는 아들을 무척 자랑스러워했다. 시오반은 어린 시절 사진에 딱히 관심이 있지 않았음에도, 조지프의 사진을 넘기는 동안 헝클어진 머리에 발그스름한 뺨으로 환하게 웃고 있는 소년을 보며 미소를 숨길 수 없었다. 그녀는 자신의 어린 시절 사진을 아무에게도 보여주지 **않았다**. 귀여운 어린이가 아니었기 때문이다. 어린 시절 사진 속 그녀는 항상 불편한 표정으로 무언가를 노려보고 있었다.

조지프의 아기 때 사진에는 아버지가 등장했다. 아버지는 금발 머리를 숙여 품에 안은 아기를 바라보면서 큰 손으로 아기의 작은 손을 잡고 있었다. 그는 조지프가 두 살일 무렵 가족을 떠났다. 조지프와 시오반은 매일 밤 전화 통화를 했고 전화는 잠이 쏟아져 발음이 꼬이는 새벽까지 이어지기 일쑤였는데, 어느 날 통화에서 조지프는 아버지가 다른 사람을 만났다고 털어놓았다.

조지프의 아버지는 3년 정도마다 아들의 생일을 잊었고 아들의 여자 친구가 누구인지 제대로 기억하지 못하는 등 약간 무심했지만, 그는 아버지와 계속 연락하며 지냈다. 시오반은 조지프에게 깊이 뿌리내린, 사람들을 즐겁게 하는 성향이 곁에 없었던 아버지에게서 온 것이 아닐까 혼자 생각할 뿐 입 밖으로 꺼내지 않았다.

"이런, 나 좀 봐!" 메리가 몸을 숙여 사진첩 뒤로 빠져나온 사진을 집어 들며 말했다. "그땐 살짝 불러온 배가 얼마나 자랑스러웠는지."

사진을 받아 든 시오반은 목이 메었다. 사진 속 메리는 젊고 무척 아름다웠다. 그녀는 시선을 아래로 한 채 미소 지으며 약간 불러온 배를 두 손으로 감싸고 있었다. 해바라기 같은 노란색 원피스를 입은 그녀에게서는 행복한 기운이 풍겼다.

시오반은 이 정도까지 배가 나온 경험은 없었고 배가 조금 부른 임신 12주 차까지밖에 겪어보지 못했지만, 유산하기 2주 전부터는 청바지 맨 위 단추를 채울 수 없었다. 그때 그녀는 바지 지퍼를 올릴 때마다 기쁨이 밀려들었다.

"잠시 실례할게요." 시오반은 일어나서 복도로 나가려 했다. "화장실이 어디죠?" 그녀가 가까스로 말했다.

"내가 데려다줄게." 조지프가 이렇게 말하고 벌떡 일어나 그녀를 따라갔다. "여기, 위층으로."

시오반은 아직 기억하는 고통이 몸속에서 요동치는 가운데 말없이 계단을 올라갔다.

"괜찮아?" 조지프가 속삭였다.

"응, 응." 시오반이 할 수 있는 말은 이 정도였다. 그녀는 주먹을 꽉 쥐었고, 조지프는 주먹 쥔 손을 하나 풀더니 자기 손을 슬며시 넣었다.

두 사람은 위층 복도에 이르렀고 열려 있는 문으로 화장실이 보였지만 누구도 그쪽으로 움직이지 않았다. 시오반은 맞잡은 손을 내려다보며 울음을 참는 데 집중했다.

"나 임신한 적 있어. 한 번." 그녀가 속삭였다. "킬리언이 떠나고 나서 알았어. 하지만 그가 떠난 다음 주에 아기를 잃었어."

"이런, 시오반." 조지프가 그녀를 끌어당겨 꼭 안았고, 시오반은 그의 스웨터가 전하는 온기를 파고들며 아플 정도로 얼굴을 꽉 눌러 파묻었다. "그런 일이."

시오반은 울음 참기를 포기했다. 그녀는 어깨를 들썩거렸고 흐느낌은 조지프의 품에 묻혔다.

"정말 안타까운 일이야." 조지프가 그녀의 머리에 입 맞추며 속삭였다. "어느 날 갑자기 그런 엄청난 존재를 단번에 잃는다는 게 상상이 안 돼."

"킬리언은 아기를 원한다고 했어." 시오반이 고개를 약간 젖히고 말했다. 그녀는 얼굴을 톡톡 두드리며 망가진 화장을 수습하려 애썼고 조지프의 스웨터에 화장품이 묻었는지 확인했다. "하지만 진심으로 원했던 것 같지는 않아. 그러고 나서 아기도 떠났고." 시오반은 마음을 추스르려고 애쓰며 어깨를 으쓱했다. "그 일 이후로 사람을 믿는 게 힘들어졌어."

"시오반, 당신이 감당한 일을 다 이해하는 체하지 않을게. 난 그저… 당신이 그런 일을 겪었다는 게 슬퍼." 조지프가 몸을 뒤로 움직이자 시오반은 그의 얼굴이 보였다. 그녀와 함께 고통을 느끼는 듯한 표정이었다. 시오반은 그를 안았고, 그의 등에 대고 있던 두 손을 깍지 끼며 다른 곳으로 시선을 돌렸다. 이렇게 자신의 고통이 투영된 그의 얼굴을 도저히 볼 수가 없었다.

시오반은 훌쩍거렸다. "괜찮아. 난 괜찮아. 아까 그 사진이 감정을 건드린 것뿐이야."

"그럼, 그럼." 조지프는 입을 꾹 다물며 인상을 찡그렸다. "마음이 아파. 그리고 정말이지… 당신이 이런 얘길 해줄 정도로 날 믿어줘서 영광이야."

사실 시오반은 이 이야기에 대해 깊이 생각해보지 않았다. 그냥 자연스럽게 이야기가 나왔다. 시오반은 그제야 이 일이 정말 놀랍다는 생각이 들었다. 피오나조차도 이 주제를 꺼내지 못하게 했는데, 지금 이렇게 조지프에게 안겨 모든 것을 이야기했다니.

그리고 항상 마음에 품고 다니던 사실을 터놓고 나니 기분이 좋았다. 시오반은 다시 조지프의 눈을 바라보며 자신이 어디까지 용감해질 수 있을까 생각했다.

"뭐 하나 물어봐도 돼?" 그녀가 손에 힘을 주며 말했다.

"당연하지." 조지프가 대답했다. "뭐든."

"당신은 아이를 원해?" 그녀의 목소리가 약간 떨렸다. "나는 원해. 아주 많이. 이건 내게 정말 중요한 문제야."

조지프는 금세 미소 지었다. "당연하지." 그는 이렇게 말하며 한 손을 시오반의 뺨에 갖다 댔다. "나도 정말 원해."

시오반은 그에게 몸을 기댔다. 그동안 이걸 물어보고 싶었는지 몰랐으나 조지프가 고민하지 않고 쉽게 대답하자 기쁨이 넘쳐흘렀다. 그 달콤한 기쁨에 압도될 정도였다. 시오반의 얼굴은 흐느끼다가 웃다가 하느라 눈물과 미소로 뒤죽박죽이었다. 조지프는 그녀를 꼭 안았다.

"음, 좋아." 마침내 시오반이 그의 스웨터에 얼굴을 묻은 채 마음을 가라앉히려는 듯이 말했다. "그래, 좋았어." 그녀는 훌쩍거리며 손가락으로 눈 아래를 닦아 흘러내린 마스카라를 지웠다. "차가 식기 전에 내려갈까?"

"좀 더 마음을 가라앉혀." 조지프가 그녀의 이마에 입 맞추며 말했다. "서두를 필요 없어." 그는 약간 걱정스러운 듯 얼굴을 찡그린 채 가만히 서서 화장을 고치는 시오반을 바라보았다. "있잖아." 그가 말했다. "항상 정돈된 모습을 보이지 않아도 돼. 내가 하려는 말은 지금이 중요한 시기라는 거야. 그러니까 당신이…" 그는 시오반의 얼굴을 향해 손을 흔들었다. "당신 코에 눈 화장한 게 좀 묻었는데 괜찮아?"

"아, 이런. 코에 묻었다고?" 시오반은 벌써 코를 문질렀다.

조지프는 웃음을 터뜨리며 그녀를 와락 안고 키스했다. 시오반은 얼굴이 아직 눈물로 얼룩져 엉망이었지만 그를 막지 못했다. 그녀는 조지프가 꼭 끌어안도록 내버려두었다. 기쁨과 슬픔을 비롯한 여러 감정이 어지럽게 날뛰도록 그냥 놔두었다. 그 모든 감정이 차분하게 가라앉기 시작하자 시오반은 조지프의 가슴팍에 가만히 뺨을 대고 기댔다. 마음속에서 뭔가가 피어오르는 느낌이 들었다. 누군가와 짐을 약간 나누어 가졌을 때 느끼는 평화였다.

조지프에게 유산에 대해 털어놓고 나자 모든 것이 달라졌다. 시오반 내면의 무언가가 느슨해졌다. 그녀는 문을 살짝 열었다가 활짝 열어젖힌 듯, 그 후 몇 주 동안 점점 더 많은 것을 더욱 빨리 이야기하며 마음을 쏟아냈다.

그렇다고 시오반이 언제나 조지프에 대해 확신하는 것은 아니었다. 놀랍게도, 그가 떠날 거라고 확신할 때도 많았다. 가끔은 조지프에게 심술궂게 말하며 그를 밀어내려고도 했지만, 그가 다가와 안아주면 두려움이 순식간에 사라졌다.

1월의 어느 날, 시오반은 2015년 4월이 얼마나 끔찍했는지 조지프에게 털어놓았다. 그러자 조지프는 그녀의 손을 잡더니 시오반이 손톱으로 찍던 손바닥에 입을 맞췄다. 시오반은 그의 입술이 전하는 느낌을, 그 다정함을 감당하기 힘들었다.

"난 무서웠어." 그녀가 속삭였다. "그 끔찍한 감정이 다시 날 덮칠까 봐. 그래서 그때로 돌아갈까 봐."

"안 그럴 거야. 당신은 그 후로 이만큼이나 나아갔잖아. 그리고 혹시 돌아가더라도." 조지프가 시오반의 손바닥에 입술을 댄 채 말했다. "내가 옆에 있을게."

조지프는 이 말이 자신이 해줄 수 있는 최선이라는 것을 알았다. **내가 옆에 있을게.** 그는 늘 이렇게 말했다. 시오반을 안심시키는 말이 필요하다는 것을 알게 된 뒤로 그는 계속 이 말로 그녀를 진정시키는 듯했다. 처음에 시오반은 이 말이 불편했고, 자신이 이 말을 듣고 싶어 한다는 이유만으로 조지프가 이렇게 말하는 게 싫었다. 하지만 결국 그녀는 아무 데도 가지 않겠다는 조지프 카터의 말을 차츰 있는 그대로 즐기기 시작했다.

엄밀히 말하자면 두 사람은 매달 첫 번째 금요일에만 만나기로 했다. 그 금요일은 아직 시오반의 날이었고 조지프의 일정표에 계속 표시되어 있었다. 하지만 1월에 시오반은 핑곗거리를 만들거나 조지프의 부탁으로 주말마다 런던에 갔다. 어쨌든 비행기 푯값도 저렴하니 가지 않을 이유가 없었다.

1월 말, 시오반은 집 서재에서 그날 해야 할 일대일 코칭을 모두 마치고 거실로 나갔다. 신발을 신은 피오나가 열쇠를 들고 기대감에 부푼 채 기다리고 있었다.

"음. 피오나?" 시오반이 말했다.

"드디어!" 피오나가 시오반을 현관으로 끌고 가며 말했다. "신발, 얼른!"

"뭐라고?"

"신발 신으라고!"

"왜?"

"당연히 나가려고 그러지."

"어디로?"

"신발 좀 신어봐!" 피오나는 시오반에게 문 옆 가장 가까운 곳에 놓여 있던 부츠를 건네며 고집을 부렸다.

시오반은 어림없다는 표정을 짓더니, 부츠 대신 입고 있는 옷에 어울리는 신발을 재빨리 집어 들었다. 어디 가는지는 몰라도 파란색 원피스에 갈색 부츠와 검은색 부츠 중 무엇을 신어야 할지는 잘 알았다.

피오나는 시오반이 부츠를 신기가 무섭게 그녀의 팔을 코트에 쑤셔 넣었다.

"어디로 데려가려고 그래!" 아파트 문이 닫히고 피오나에게 이끌려 나가면서 시오반이 따졌다.

피오나는 외박할 때 쓰는 가방을 멨고, 아파트 밖에 택시가 기다리고 있었다. 피오나는 택시 트렁크에 가방을 던져 넣은 다음 뒷자리에 올라탔다. 택시 운전사는 피오나의 꿍꿍이를 이미 아는 듯이 아무것도 묻지 않고 차를 출발시켰다.

"납치하는 거야?" 시오반이 물었다.

피오나가 웃음을 터뜨렸다. "응." 그녀는 시오반의 손을 잡으며 애정을 담아 말했다. "네 룸메이트 자격으로 널 납치하는 거야. 널… 독차지하려고? 집 말고 다른 곳에서?"

"정말 어디 가는지 말 안 해줄 거야?" 시오반이 피오나의 손을 잡은 채 다리를 꼬며 말했다. 얼마 전까지만 해도 시오반은 손을 잡는 것을 비롯해 그녀를 안심시키려는 행동을 뿌리쳤으나, 요즘에는 이런 행동에 차츰 익숙해져갔다.

"안 해줄 거야." 피오나가 쾌활하게 미소 지으며 말했다. "오래 걸리니까 다른 얘깃거리를 찾는 게 좋을걸."

피오나의 말이 옳았다. 한 시간 반 정도가 걸린 **정말** 먼 길이었다. 택시가 멈춰 섰을 때는 밖이 너무 어두워서 어디에 있는지 알 길이 없었다. 더블린에서 남쪽으로 왔다는 사실만 알 뿐이었다. 택시에서 내렸을 때 가장 먼저 느낀 것은 냄새였다. 외딴 시골에서나 맡을 법한 맑은 공기 냄새가 났다. 그리고 부츠 굽이 진흙에 약간 묻혔다. 그들은 시커먼 나무가 늘어선 길에 서 있었다.

"좋아. 아직도 납치당하는 기분인데." 시오반이 피오나를 찾아 두리번거리며 말했다. 피오나는 트렁크에서 가방을 꺼냈다. "피오나, 지금 뭐 하는 거야?"

그녀는 다시 택시에 탔다.

"아직 더 가야 해?"

"넌 아니야." 피오나가 시오반에게 손 키스를 보냈다. "끝내주는 밤 보내."

피오나는 이 말을 끝으로 택시 문을 닫았다. 시오반은 도대체 무슨 일인지 알 수 있을까 싶어서 주위를 둘러보며 눈을 껌벅거렸다. 그리고 바로 그때, 길 건너편 숲에서 빛나는 불빛을 알아차렸다. 그녀는 인상을 찡그리며 다가갔고, 숲에서 덩치 큰 남자가 나오자 비명을 질렀다.

"놀랐지!" 남자가 말했다.

시오반은 가슴을 부여잡았다. 조지프였다. 그는 약간 걱정스러운 표정으로 다가왔다.

"이런, 괜찮아?"

"여기서 뭐 하는 거야? 난 또 왜 여기 있는 거고? 여기가 어디야?" 시오반은 이렇게 말했지만 조지프가 끌어안자 그에게 키스하려고 고개를 들었다.

"당신과 뭔가 낭만적인 걸 해보고 싶어서. 우린 늘 시간에 쫓기면서 시간을 쥐어짜잖아." 조지프가 그녀의 입술을 간지럽히듯 살짝 입 맞추며 말했다. "그래서 둘이 캠핑하려고."

시오반은 꼼짝도 하지 않았다.

"뭐라고?" 시오반이 말했다. "날 그렇게 몰라?"

조지프는 그녀를 안으며 웃음을 터뜨렸다. "걱정 마." 그가 말했다. "날 따라와."

그는 시오반을 데리고 숲으로 들어갔다. 사람이 많이 다닌 듯한, 자갈 깔린 좁은 길이 나타났다. 길 끝에 탁 트인 곳이 나타나자 시오반은 눈이 휘둥그레지며 헉 소리를 냈다.

공터에는 예쁜 텐트가 하나 쳐져 있었는데, 위로 올려서 고정해놓은 텐트 입구 안쪽으로 멋지고 아늑한 실내가 보였다. 안에는 모포를 덮고 쿠션을 놓아둔 큰 침대도 있었다. 텐트 앞쪽에는 모닥불을 피울 수 있는 구덩이와 낮은 의자가 놓인 널찍한 데크가 있었다. 시오반은 텐트 맞은편에 장작을 피워 물을 덥히는 욕조를 발견하자 자신도 모르게 소리를 질렀다.

"글램핑이야." 조지프가 웃음을 잔뜩 머금고 말했다. "시오반식 캠핑."

"사랑해." 시오반이 그를 와락 껴안으며 말했다. 그녀는 고삐가 풀린 듯 낯선 기쁨에 어쩔 줄 몰랐다.

"자, 그럼 뭘 가장 먼저 하고 싶어?" 조지프가 그녀를 향해 환하게 웃으며 물었다. "피자 화덕도 있고 저녁 먹고 싶으면 재료도 다 있어. 아니면 곧바로 욕조로 갈까?"

"침대." 시오반은 이미 그의 손을 잡아끌고 있었다. "침대부터 시작하자."

다음 날 아침 일찍 시오반은 휴대폰 때문에 잠이 깼다. 무음으로 설정해뒀지만 전화가 오자 텐트의 어둠을 뚫고 번쩍거리는 화면이 눈에 들어왔다. 그녀는 눈을 가늘게 떴다. 리처드였다. 이번에도. 시오반은 신경이 쓰여서 휴대폰을 보며 인상을 썼다. 12월 이후로 리처드가 전화한 게 다섯 번째였다. 그는 시오반의 마음을 돌리려고 메시지도 몇 차례 보냈다. **시오반, 미안해요. 날 질책한 당신 말이 옳았어요.** 이런 식의 내용이었다.

시오반은 2월 중순에 그와의 일대일 코칭 예약이 있었으나, 이미 브레이 앤드 켐브레이 인사팀에 자신이 리처드에게 맞는 코치가 아닌 것 같다고 얘기해두었다. 다행히 회사 측은 그 문제에 민감하게 반응했고, 곧 리처드에게 다른 사람을 배정할 거라고 알렸다.

"괜찮아?" 조지프가 뒤에서 파고들며 속삭였다.

"음." 시오반이 부재중 전화를 지우며 말했다. 리처드도 곧 상황을 파악하게 될 것이다. 시오반은 남자들을 상대로 연락을 두

절한 경험이 많았고 결국에는 늘 효과가 있었다. 오늘 아침에 가장 생각하고 싶지 않은 것이 리처드였다. 시오반은 너무 현실적인 사람이라서 뭔가를 두고 '**완벽하다**'고 하는 일이 없었지만, 조지프와 보낸 어젯밤은 완벽에 가까웠다. 두 사람은 욕조에서 함께 샴페인을 마셨고, 직접 만든 피자가 화덕 안에서 망가지는 바람에 부드럽고 쫄깃한 비건 치즈를 조금 먹었다. 이 모든 일에 앞서, 조지프를 만나기 전까지는 가능하리라고 생각지도 못한 섹스를 했다. 조지프와 함께 있으면 시오반은 욕망에 제대로 무력해졌다. 지금 그녀는 어제 달리기 경주를 하고 곧바로 온천에 다녀온 것처럼 팔다리에 힘이 없고 나른했다. 기진맥진한 것과 긴장이 풀려 느긋해진 것 사이의 상태였다.

"또 리처드야?" 조지프가 물었다.

시오반은 그가 어깨 너머로 휴대폰 화면을 보고 있는지 몰랐다. 조지프는 리처드가 그녀의 고객인지도 몰랐지만, 몇 주 전에 그녀의 휴대폰에 '리처드(브앤켐)'라고 뜨는 것을 보고 재빨리 상황을 파악했다.

"걱정 마." 시오반이 말했다. "답장 안 할 거야. 절대. 약속할게."

그녀는 다시 따스한 조지프의 몸에 바싹 달라붙어 코를 비볐다. 1월이라 날씨가 추웠지만 텐트 안은 따뜻했다. 조지프는 그녀의 귀에 입 맞췄다.

"알아. 하지만 그 사람이 이렇게 전화해서는 안 되지."

이제 시오반은 다시 잠들 수 없을 정도로 완전히 깼다. 시계를 보니 6시 30분이었다. 그녀는 돌아누워 헝클어진 머리로 졸린 눈을 한 조지프를 마주 보았다. 그러면서, 조지프 옆에서 잠이 깬 그가 온전히 그녀의 것임을 깨닫는 이 황홀한 순간이 평범하게 느껴지는 날이 오기는 할까 생각했다. 너무 좋아서 믿기지 않았다. 그때 또다시 마음 한구석을 끌어당기는, 그녀가 받아들이는 순간 조지프는 사라질 거라는 생각이 불쑥 들었다.

"내가 달아날 거라고 생각하는 거지?" 조지프는 눈을 감은 채 이렇게 묻더니, 그녀의 손가락에 입 맞추고 손을 잡아 깍지를 꼈다.

"응." 시오반이 말했다. 그에게는 무장 해제에 가까울 정도로 솔직했다. 그렇게 해도 조지프는 매번 곁에 있었고, 시오반이 자신을 조금씩 더 드러내도 매번 달아나지 않았다… 시오반은 가슴을 가로지른 흉터가 옅어지는 것만 같았다.

"내가 안 그럴 거라고 말하면 도움이 되려나?"

"도망가지 않는다고?"

"음." 그는 몸을 더욱 바싹 붙이고 다시 시오반의 손에, 손가락 하나하나에 차례로 입 맞췄다. 두 사람은 모포를 아주 여러 겹 덮고 있어서 기분 좋게 아늑했다.

"솔직히 질릴 정도로 많이 해야 할 텐데. 모래에 물 붓는 것 같을 거야." 시오반이 슬픈 표정으로 미소 지으려 했으나 웃기 전에 조지프가 키스했다.

"괜찮아." 그가 입술을 붙인 채 말했다. "계속 말하고 싶어. 당신이 진심이라는 걸 알 때까지 계속."

시오반은 미소 지으며 그에게 더 열렬히 키스했다. "당신은?" 그녀는 다시 베개에 누우며 결국 이렇게 묻고 말았다. "그러니까 내 말은…. 난 실제로 도망친 적이 있잖아. 작년에 당신이랑 말도 안 했을 때 말이야. 내가 다시 그럴까 봐 걱정되지 않아?"

"늘 걱정돼." 조지프가 이렇게 말하며 시오반을 끌어안았다.

그의 몸이 닿자 시오반은 강한 흥분과 동시에 죄책감도 느꼈다.

"난 상대를 안심시키는 일을 당신만큼 잘하지는 못하나 봐. 그렇지?" 시오반은 그의 쇄골에 입술을 댄 채 뉘우치듯이 말했다.

"음, 그럼 이건…" 조지프가 말끝을 흐렸다.

시오반은 몸을 약간 뒤로 뺐다. 조지프의 목소리가 평소와 달랐다. 그는 고개를 숙이고 시오반의 어깨를 따라 내려가며 입 맞췄다. 시오반은 그가 시선을 피하는 듯한 느낌이 들었다.

"딱 한 번만 진심으로 말해주면 어때? 그럼 믿을게." 그가 말했다.

시오반은 공황 증상이 느껴지려 하자 그 느낌이 사라지기를 기다렸고, 잠시 후 사라졌다. 조지프는 그녀에게 더 많은 것을 원했지만 그녀는 줄 수 없었다. 그 정도로 조지프를 받아들일 수는 없었다. 시오반은 올해 벌써 이만큼이나 발전했다. 두려움이 찾아오더라도 다시 사라지리라는 것을 알았고, 그것만으로도 기적 같았다.

시오반은 그의 뺨에 한 손을 대고 몸을 움직여 그와 시선을 정면으로 마주했다. 그의 눈가에서 약간의 긴장이 느껴졌고 조금 초조해 보이기까지 했다.

"난 당신 거야." 시오반이 말했다. "사랑해. 더 이상 사라지는 일은 없을 거야. 계속 옆에 있을 거야."

제인

제인? 시간 날 때 전화 부탁해. 새해 파티에서 멍청이처럼 굴어서 미안해. 내게 설명할 기회를 준다면… 변명하고 싶진 않지만, 당신과 이야기 나눌 기회가 있으면 정말 좋겠어.

제인은 커피 탁자에 휴대폰을 뒤집어 놓으며 침을 삼켰다.

"조지프야?" 주방에서 저녁 식사로 먹을 리소토를 만들던 애기가 외쳤다.

송년 파티 이후에 제인은 원래 살던 흰 벽의 예쁜 아파트로 돌아왔다. 웨일스의 오두막을 계속 임대할 형편이 안 됐고, 사람이 어느 장소를 이렇게까지 그리워할 수 있나 싶을 정도로 윈체스터가 그리웠다. 돌아온 뒤로는 늘 애기의 집에서 함께 저녁을 먹었다.

"어떻게 알았어?" 제인이 소파에 다리를 길게 뻗고 누워 집처럼 편안한 기분을 만끽하며 물었다. 신발은 현관문 옆 신발장에 벗어 놓았고 카디건은 의자에 걸쳐 두었다.

"조지프의 메시지를 받았을 때 당신 표정이 그러니까…" 애기는 제인이 주방 문으로 볼 수 있도록 몸을 뒤로 젖힌 채 아랫입술을 비쭉 내밀고 인상을 찡그렸다.

제인이 웃음을 터뜨렸다. "오, 고마워. 정말 예쁜 표정인데." 그녀는 진지해졌다. "그게… 그의 메시지를 외면하기가 힘들어지고 있어."

실은 거의 불가능할 지경에 이르렀다. 조지프의 메시지는 제인을 물어뜯고 잡아당겼고, 다른 일로 머릿속이 바쁘지 않을 때면 매 순간을 갉아먹었다.

"그런데 아직도 조지프와 이야기할 준비가 안 된 거야?" 애기가 레인지 위 음식에 다시 집중하며 물었다.

"아직." 제인이 한숨을 쉬며 말했다.

탁자 위 휴대폰이 진동했다. 제인이 휴대폰을 뒤집어 보고는 인상을 찡그렸다. 콜린이었다. 콜린이 전화한 적은 처음이었다. 자선 상점에 비상 상황이 생길 때를 대비해 직원들끼리 전화번호는 알고 있었다. 제인은 잠시 망설이다가 전화를 받았다. 하지만 잠시 후, 혹시 모티머에게 무슨 일이 생긴 게 아닐까 하는 서늘한 생각이 스쳤다.

"여보세요?" 제인이 말했다.

"제인?"

"네. 안녕하세요, 콜린. 별일 없죠?"

"내가 블루벨을 죽였어!" 콜린이 전화기에 대고 소리쳤다.

제인은 휴대폰을 귀에서 약간 떨어뜨렸다.

"블루벨을… 죽였다고요?"

"완전히 죽여버렸지!" 콜린이 쾌활하게 외쳤다. "방금 엄마에게 내 여자 친구가 사실은 일흔한 살 된 남자 모티머라고 말했거든. 그랬더니 엄마가 뭐라 그랬는지 알아?"

제인은 미소가 번졌다. 궁금해진 애기가 다시 몸을 뒤로 젖혀 주방 문으로 제인을 보았다.

"뭐라고 하셨는데요?" 제인이 물었다.

"'콜린, 난 아흔여섯이란다. 내 나이가 되면 무슨 일이든 '반대' 할 정도로 관심 있는 게 없지'라고."

제인이 웃음을 터뜨렸다. "음, 잘된… 건가요?"

"정말 우리 어머니다운 말이야" 콜린도 웃음이 터졌다. "하지만 이 얘길 꼭 하고 싶었어. 우리 둘이 그 대화를 하지 않았다면 엄마에게 말하지 못했을 거야. 난 모티머가 얼마나 고민하는지 신경 쓰지 않았던 것 같아. 이렇게 오랫동안 상대를 사랑하면, 더는 그 사람을 제대로 보려고 하지 않지. 그래도 도망치지 않는다는 걸 아니까. 그렇지만 모티머는 내가 온갖 노력을 기울일 가치가 있는 사람이고, 바라는 대로 결혼식을 올릴 자격이 있는 사람이야."

"그럼 프러포즈 하실 거예요?"

"세상에, 아니!" 콜린이 외쳤다. "그건 모티머가 해야지! 난 할 일을 다 했잖아! 블루벨을 없앴으니."

제인이 웃었다. "모티머에게 얘기하셨어요?"

콜린의 목소리가 온화해졌다. "좀 울더군." 그가 솔직히 털어놓았다. "전부 다 사랑스러웠어."

"그럼 이제 모티머가 프러포즈하기에 적당한 때를 정할 때까지 기다리시면 되겠네요?"

"바로 그거야. 다시 기다리기 게임을 시작하는 거지. 하지만 제인 밀러, 내가 전에도 말했지만, 기다릴 가치가 있는 일들이 있어."

일주일 뒤, 제인은 취업 센터에 다녀온 뒤 애기의 작업실로 향했다. 그곳에서 그녀는 분홍색 머리의 열정 넘치는 젊은 여자에게서 빈약한 이력서에 대한 응원의 말을 들었다. 제인은 구인 전단을 몇 장 움켜쥐고는 가능성 있다고 생각하며 기운을 차렸다. "선택권이 많군요. 그렇죠?" 분홍 머리 여인은 구인 전단 문구를 읽으며 이렇게 말했다. 제인은 뭔가를 선택해야 한다고 생각해도 더 이상 겁나지 않는다는 사실을 알아차리고 놀랐다. 기분이 정말 짜릿했다.

애기의 작업실은 낡은 공장 건물에 있었는데, 그곳에는 치료실부터 마케팅 스타트업 사무실에 이르기까지 온갖 업체가 가득했다. 건물은 곧 무너질 것 같고 모양이 불규칙했기 때문에 제인은 정문에서 애기의 작업실까지 가는 길을 제대로 기억하지 못했다. 모퉁이를 돌면 대나무 컵에 커피를 마시는 젊고 세련된 사람들이 가득한 탁 트인 회의 공간이 나오기 일쑤였다.

마침내 제인이 작업실 가는 길을 제대로 찾아오자 애기는 그녀를 보며 환하게 웃었다.

"이제야 내게 필요한 여자가 나타났군!" 애기가 말했다. "그것 좀 들고 있어줄래?"

제인은 말려 있는 벽지의 다른 쪽 끝을 충실히 들고 있었다. 애기는 고개를 한쪽으로 갸웃했다가 반대편으로 갸웃했다.

"너무 빨간가?" 그녀가 말했다. "빨간색은 사진발이 잘 안 받는데."

"약간 빨간 편이지만 분홍색에 더 가깝지." 제인의 말에 애기는 **혀를 차며 고민하다가** 벽지를 다시 말아놓았다.

"점심 약속은 준비됐어?" 애기가 말아 올린 머리에 연필을 쑤셔 넣고 다음 샘플 벽지로 고개를 돌리며 물었다.

제인은 긴장했다. 뱃속이 요동쳤다. "기다린 일정은 아니지만…" 그녀가 말했다. "하지만 준비는 된 것 같아. 그건 그렇고, 당신은? 집을 떠나 혼자만의 주말을 보내는 기분이 어때?"

"정확히 말해 혼자 보내는 건 아니지." 애기가 분주하게 벽지를 보며 말했다. "오랜 친구 카시마를 만나러 가는 거잖아. 더 자주 봤어야 하는데. 당신을 보니까 생각난 게… 모르겠어. 당신을 보니까 카시마를 보고 싶어졌어. 그뿐이야." 애기가 활기차게 미소 지었다. "카시마는 내가 윈체스터에 처음 왔을 때 이웃이었어. 날 도와줬지."

제인이 런던에서 있었던 일을 이야기하자 애기도 자신의 과거를 조금 털어놓았다. 그녀는 5년 전 윈체스터로 도망쳐 오기 전에 콘월에서 어떤 삶을 살았는지 말해주었다. 애기는 콘월에서 지금보다 더 크고 유명한 디자인 작업실을 운영했다. 그러다가 정신 건강이 나빠졌지만 병을 잘 감춰서 아무도 알아차리지 못했고, 친구들과 동료들은 애기가 자신의 작업실에 불을 지르고 나서야 그녀에게 문제가 있다는 것을 알았다.

"자리 잡도록 도와준 거야?" 제인이 자리를 옮겨 다른 벽지 끝을 잡으면서 물었다.

애기가 웃었다. "그런 셈이지. 내게 그녀의 사무실 청소 일을 맡겼거든. 심리 치료를 시작해보라고 권하고, 국민건강서비스NHS 대기 명단이 너무 길 때는 사설 상담 센터에 갈 수 있도록 돈을 빌려주기도 했어." 애기는 제인과 눈을 마주치지 않았다. 평소에는 편안하게 눈을 보았지만, 지금은 감정을 억누르는 게 보였다. "카시마에게는 날 도울 의무가 없었고 누가 그러라고 시키지도 않았어. 그냥 내게 도움이 필요해 보여서 도왔던 거야."

"익숙한 얘기네." 제인이 쑥스러운 듯이 애기를 흘끗 보며 말했다.

애기가 미소 지었다. "아무튼. 그런 친절은 뼈에 각인돼. 그런 친절을 느끼고 나면, 그걸 다른 사람에게 전할 방법을 찾지 않고는 못 배긴다고." 애기는 훌쩍거리며 감정을 가라앉혔다. "어쨌든 난 내일 카시마를 보러 갔다가 팰머스Falmouth에 가서 옛 동료를 만날 거야. 여기 올 때 많은 사람을 곤경에 빠뜨렸어. 당신이 용기 낸 덕분에 나 역시 과거 일을 제대로 해결하지 않았다는 걸 알게 됐어."

"아." 제인이 한 손을 가슴에 얹으며 말했다. 자신이 누군가에게 자극을 줄 정도로 용감했다는 사실이 새롭고 낯설면서도 약간 기분이 좋았다.

"하지만 당신 일이 먼저야." 애기는 연필로 제인을 가리킨 다음, 머리에 먼저 끼워둔 연필 옆에 꽂았다. "준비됐어?"

제인은 침을 삼키고 고개를 끄덕였다. "준비됐어."

애기와 함께 카페에 다가가자 제인은 가슴이 두근거렸다. 루는 이미 와 있었다. 며칠 전에 제인은 그녀에게 전화를 걸었다. 송년 파티 이후로, 그러니까 리처드를 본 이후로 제인은 루가 자선 상점으로 찾아와서 했던 말을 거듭 생각했다. "런던으로 올 수 있어요? 당신 방식대로 그 사람을 상대할래요? 혹시 도움이 된다면 내가 같은 편이 되어줄게요."

"내가 같은 편이 되어줄게요"라는 그 말. 사소한 것 같지만 큰 의미가 담겨서 덕분에 제인은 훨씬 수월하게 용기 낼 수 있었다.

"안녕하세요." 제인이 루에게 애기를 소개하자 애기가 수줍게 인사했다. 세 사람은 함께 카페로 들어갔다. 세련된 출근용 정장을 입은 루와 연필을 네 개 꽂은 올림 머리에 코듀로이 바지를 입고 워킹화를 신은 애기와 금요일에 입는 연분홍색 스웨터와 청바지를 입은 제인은 희한한 조합이었다.

카페몽드는 모든 것이 약간 기울어진 듯한 느낌이었다. 바깥에서 보면 윈체스터의 자갈길보다 지반이 낮은 위치에 평온하게 자리 잡은 매력적인 건물이었지만, 안으로 들어가니 바닥의 수평과 상관없이 기이하게 뒤틀린 느낌을 떨칠 수 없었다. 음식은 빨리 나왔다. 제인과 애기는 큰 접시에 나오는 영국식 아침 식사를, 루는 아보카도 샐러드를 주문했다.

"와. 맛있어 보여요." 루가 제인의 접시를 탐나는 듯이 보며 말했다. "그렇게 맛있어 보이는 음식을 먹은 게 언제인지 기억도 안 나요."

제인이 루가 있는 쪽으로 접시를 밀며 말했다. "같이 먹어요."

루는 머뭇거리다가 무안해서 얼굴을 약간 찡그렸다. "그럼 먹어볼게요." 그녀가 미소 지으며 말했다. "고마워요."

셋은 한동안 말없이 먹기만 했다. 그러다가 마침내 루가 호기심 어린 눈길로 제인을 곁눈질했다.

"전화 통화 할 때 리처드가 당신을 찾았다고 했죠?" 루가 물었다.

제인의 맥박이 빨라져 목구멍 아래쪽을 집요하게 두드렸지만, 그녀는 차분한 호흡을 유지하려고 애썼다. 이 두려운 감정은 습관일 뿐이었다. 제인은 리처드를 마주하는 두려운 일을 이미 해냈다. 더 이상 두려워할 것이 없었다.

"맞아요. 그 사람이 날 찾았어요. 브레이 직원이 접근해서 그와 나의 관계를 물어볼지도 모른다고 했어요. 내게 입을 다무는 대가로 돈을 주겠다고도 했고요."

루의 눈이 휘둥그레졌다. "와."

"우리가 궁금한 건 그 사람이 무엇 때문에 조사받고 있는지 당신이 정확히 알고 있느냐는 거예요." 애기가 베이크드 빈을 입안 가득 물고 말했다.

루는 고개를 끄덕였다. "직원 한 사람이 그가 부적절한 메시지를 보냈다고 신고했다는 소문이 있어요." 그녀가 말했다. "그리고 다른 누군가가 나서서 하는 이야기를 들어보니, 리처드가 2016년에 있었던 일을 말하지 못하도록 직원들을 괴롭혔다는 거예요. 에피 기억하죠? 리처드 옆 사무실에서 근무했는데." 루가 제인에게 묻자 제인은 고개를 끄덕였다. "에피는 말다툼하는 소리를 들었다고 했어요. 하지만 리처드에게 그 일을 묻자 아무에게도 말하지 말라고 에피를 강압적으로 대했고, 에피는 진급하려면 그의 도움이 필요했기 때문에 그 말을 따랐다고 하더군요. 최근 회사에 새로운 인사팀장이 부임했는데, 그녀가 이와 관련된 일을 정말 심각하게 받아들이고 있어요. 그래서 리처드에 대해 본격적으로 조사하는 중이고요."

"에피가 정확히 언제 그 말다툼을 들었다고 했는지 기억해요?" 제인이 포크를 입으로 가져가다 말고 물었다. "내가 2016년 중반쯤에 퇴사했거든요. 그 자리에 내가 있었을지도 몰라요."

"네, 정확히 기억해요. 2월 14일이었죠. 밸런타인데이라 기억이 나네요. 그래서 난 그런 날에 리처드가 누군가와 말다툼을 했다면 남녀 관계와 관련된 이유일 수도 있겠다고 짐작했어요. 그리고… 제인, 이런 말 해도 괜찮을지 모르지만 난 말다툼 상대가 당신일지도 모른다고 생각했어요."

제인은 포크를 접시에 내려놓으며 천천히 고개를 저었다. 이제 그녀의 심장은 두근거리는 정도가 아니라 경고를 보내듯 가슴속에서 쿵쾅대며 요동쳤다. 그녀는 애기를 보았다.

"그때는 내가 퇴사하기 겨우 몇 달 전이에요. 그리고… 내가 조지프를 처음 본 날이기도 하고요." 제인이 속삭였다.

애기는 헉하고 숨을 들이마셨다. "조지프 카터?"

"누구라고요?" 루가 말했다.

"친구예요." 잠시 후에 제인이 말했다. "그는 당시 브레이 앤드 켐브레이 정보통신기술팀에서 일하고 있었어요."

루는 눈을 가늘게 뜨고 생각에 잠겼다. "키 크고 잘생긴, 약간 교수님 같은 안경을 낀 사람이요?" 그녀가 물었다.

제인은 살며시 미소 지었다. "맞아요. 2016년 밸런타인데이에 리처드와 말다툼한 사람이 바로 그 사람이에요. 그날 아침에 리처드가 내게 일정표에서 뭔가를 지우라고 했기 때문에 기억해요. 그러면서 무슨 일이 있었는지 아무에게도 말하지 말라고 했죠. 당시에는 그게 그렇게 이상해 보이지 않았어요. 리처드는 일이 계획대로 진행되지 않으면 과거 일정을 지워달라고 하는 경우가 종종 있었거든요. 혹시 다시 꺼내 봐야 할 때를 대비해, 무슨 일을 했는지 일정표에 정확하게 기록이 남아 있는 걸 좋아한다는 이유였어요. 난 리처드가 말다툼이 다른 사람에게 알려지는 걸 원치 않는다고 생각했어요. 본인이 곤란해서일 수도 있고, 조지프가 망신당하지 않도록 하기 위해서일 수도 있다고요. 그때 조지프는 뭔가에 단단히 화가 나서 완전히 제정신이 아니었거든요." 제인은 잠시 눈을 감았다. "리처드는 '쌓인 게 있는 옛 친구일 뿐이야'라고 했고요."

"와." 루의 눈이 더 커졌다. "리처드의 일정표에서 지운 내용이 뭐였나요?"

제인은 입술을 깨물고 다시 눈을 감았다. 그리고 기억을 떠올리려 애썼다. 조지프는 그녀를 지나쳐 곧바로 리처드의 사무실로 뛰어 들어간 다음 문을 쾅 닫았다. 제인은 사무실 안에서 나눈 이야기를 전부 다 듣지는 못했고, 높아진 언성과 **"당신 잘못이야, 나와 상관없어"** 같은 알 수 없는 말들 정도만 벽 너머로 들렸다. 그리고 조금 뒤 조지프는 눈물 자국이 생긴, 잔뜩 일그러진 얼굴로 리처드의 사무실에서 황급히 뛰쳐나와 휘청거리며 복도로 나갔다. 제인은 그가 문틀을 잠시 꽉 잡고 있던 모습이 기억났다. 손가락마디가 빨갛고 하얘지다 못해 문틀에 찍힐 것 같았다.

잠시 후 리처드가 사무실에서 나왔다. 그는 머리를 매만지며 제인에게 말했다. **"조금 전의 말도 안 되는 소리는 못 들은 체해줘. 쌓인 게 있는 옛 친구일 뿐이야. 다른 사람에게는 말하지 말고. 무슨 말인지 알지?"**

제인은 리처드가 괜찮은지 보려고 벌떡 일어났다. 그가 다치기라도 한 걸까? 리처드는 그녀를 퉁명스럽게 떨쳐냈고 제인은 다시 책상에 앉았다. 그 무렵 그녀는 스킨십할 기분이 아닌 리처드는 직장 동료로 대하는 것이 최선임을 알고 있었다.

"그런 다음에는 '오늘 아침 일정표에 있는 일대일 일정을 삭제해줘'라고 했어요." 제인이 눈을 뜨며 말했다.

"**일대일**이라고요? 그렇게만 말했어요?" 루가 물었다.

"네." 제인은 유감이라는 듯이 대답했다. 이 말로만 봐서는 동료나 고객과의 일대일 회의일 수도 있었다… "하지만 여자 이름이었던 건 분명히 기억해요." 제인은 접시를 내려다보며 침을 삼켰다. "그걸 확인해본 이유는… 그 무렵 리처드가 나 말고 다른 여자를 만나는 게 아닌지 확신이 들지 않아서였어요."

루는 안타까운 표정으로 제인을 보았다. "음. 아주 흥미로운 사실이군요." 그녀가 말했다. "분명 이 사실이 에피의 말을 뒷받침하는 데 도움이 될 거예요. 제인, 혹시… 음… **이제** 어떻게 할 생각인가요?"

제인은 침을 삼켰다. '어떻게 할 것인가'라는 질문은 조지프만큼이나 그녀의 머릿속을 지배하고 있었다. 이렇게 시간이 흘러버린 지금, 리처드의 돈을 써버린 지금, 어디까지 용기를 내야 할지. 얼마나 용감해질 수 있을지.

"결심하려고 노력 중이에요." 제인이 조심스럽게 말했다. "하지만 내가 리처드 윌슨을 무너뜨리고 싶어 하는 게 아닐까 하는 생각은 들어요."

시오반

두 번째 밸런타인데이 보낼 준비 됐어?

시오반은 사람들을 헤치고 레스터 스퀘어Leicester Square역으로 가면서 메시지를 보고 빙긋 웃었다. 그녀는 우스꽝스럽게 생긴 신발을 신었다. 신발이 집게처럼 발가락을 조이고 굽이 아주 가늘었지만 다리가 놀라울 정도로 예뻐 보였기 때문에, 이걸 신고 카페에 들어섰을 때 환해지는 조지프의 얼굴을 보고 싶었다.

시오반은 작년에, 조지프가 나타나지 않은 그 운명적인 밸런타인데이에 입었던 빨간색 원피스를 입었다. 그때 시오반은 처음으로 조지프를 무시하고 잠수를 타려고 시도했지만 전혀 소용이 없었다. 올해 조지프가 아침을 같이 먹어야 한다고, 이번에는 둘 다 나타나야 한다고 말하자 시오반은 그가 2015년에 무엇을 놓쳤는지 똑똑히 보여주기로 마음먹었다.

늦지 않는 게 좋을 거야.

시오반이 메시지를 보내고 잠시 후에 휴대폰을 보자 이미 답장이 와 있었다.

이제 그 정도는 알아.

누구에게도 밝히지 못할 감상적인 순간을 맞이한 시오반은 휴대폰을 꼭 쥐고 품에 안았다. 그녀는 이 남자를 사랑했다. 엄청난 혼란과 기복이 있었지만, 둘이 함께 걸어온 길을 사랑했다. 그를 만난 뒤로 변화된 자신을 사랑했다. 그녀는 난간을 잡고 역으로 이어진 계단을 내려가는 동안, 기억에 남아 있는 그 어느 때보다 경쾌하고 행복한 기분이었다.

그런데 지하철에 타 자리에 앉아서 무릎에 핸드백을 올려놓자 아침의 장애물이 나타났다. 맞은편 왼쪽에 리처드 윌슨이 앉아 있었다.

"젠장." 시오반은 시선을 가방으로 내린 채 체인 끈을 만지며 중얼거렸다.

원래 오늘은 리처드와 일대일 코칭을 하는 날이었지만, 시오반이 그에게 다른 라이프 코치를 만나보라고 했기 때문에 취소되었다. 리처드는 아직도 전화하고 메시지를 보냈다. 시오반은 그의 번호를 차단했지만, 그는 다른 방법으로 연락했다. 시오반의 웹사이트와 그녀가 최근 되살린 인스타그램 계정을 통해서였다. 그가 이곳에 있는 건 우연일 수도 있지만 런던은 대도시다. 게다가 리처드는 그녀의 맞은편에 앉기 위해 이 지하철을 골라 타지 않은 척하려고 매우 열심히 노력 중이었다. 하지만 시오반은 그들의 길이 우연히 겹칠 수 있다고 믿을 만큼 순진하지 않았다. 리처드는 원래 일대일 코칭을 하는 날이라 시오반이 런던에 있을지도 모른다고 생각했을 것이다. 그래도 어떻게 여기에서 그녀를 찾았을까?

조지프의 말이 옳을지도 몰랐다. 시오반은 뭔가 조치를 취해야 했다. 그녀는 리처드가 고개를 들고 눈을 마주치면서 놀란 체하자 속으로 한숨을 쉬었다.

"시오반!" 그가 미소 지으며 말했다.

"리처드." 시오반의 목소리는 경고하는 듯했고 분명 리처드도 알아들었다. 하지만 그는 미소를 잃지 않았다. "난 다음에 내려요." 지하철이 움직이기 시작하자 시오반이 말했다.

"오, 나도요." 리처드가 그녀와 함께 일어서며 말했다.

시오반은 이를 악물었다. "리처드. 당신과 말하고 싶지 않아요. 이 점을 꽤 분명히 밝힌 것 같은데요."

지하철이 멈췄다. 몇몇 사람이 호기심 어린 눈길로 그들을 흘끔댔다. 시오반은 고개를 약간 들고 문으로 향했다.

리처드는 그녀를 따라 내려 플랫폼으로 나오더니 팔이 시오반의 어깨에 스칠 정도로 가까이 다가왔다. 시오반은 처음으로 짜증에서 더 나아간 감정을 느꼈는데, 두려움까지는 아니고 불안함 같았다. 리처드는 그녀의 기억보다 체격이 컸다. 역에 사람이 많기는 했지만 이곳은 런던이었으므로 그녀가 도움을 청하면 누가 도와줄지 확신이 들지 않았다.

"리처드, 왜 아직도 이러는 거예요?" 에스컬레이터를 타려고 줄 서서 기다리는 동안 시오반이 말했다. 그녀는 앞을 보고 있다가 이따금 어깨 너머로 리처드를 흘끗 보았다. 그는 매우 느긋해 보였는데, 그래서 시오반은 더 화가 치밀었다. "당신과 엮이고 싶지 않아요."

"워워." 리처드는 시오반이 거침없이 날뛰는 말이라도 되는 듯이 말했다. "시오반, 그냥 얘기 좀 하고 싶어서 그래요. 전처럼요."

"이제 당신은 내 고객이 아니에요, 리처드." 시오반이 퉁명스레 말했다. "당신 이야기를 들어줄 의무가 없다고요."

두 사람은 에스컬레이터를 타고 역 밖으로 나갔다. 시오반은 다시 그를 흘끔댔다. 리처드는 테드TED 강연이라도 보고 배웠나 싶은 온화하고 호감 가는 미소를 지었고, 시오반은 갑자기 **화가** 치밀었다. 조지프와의 약속에 늦게 생겼다. 어쩔 수 없이 한 정거장 먼저 내렸기 때문에 약속 장소까지 걸어가려면 적어도 15분은 걸릴 것이다.

"리처드, 나한테 왜 이래요?" 두 사람은 에스컬레이터 꼭대기에 이르렀고 사람들이 그들을 밀치고 지나갔다. 어떤 사람이 시오반과 어깨를 부딪치자 리처드는 한 손을 내밀어 그녀를 잡았다. "건드리지 말아요." 그녀는 손길을 뿌리치고 개표구로 향했다. "내버려두라고요."

"알겠어요, 시브." 그가 말했다. 리처드의 입에서 자신의 애칭이 나오자 시오반은 그에게 마구 퍼붓고 싶었다. 리처드가 그녀를 만지기라도 한 것처럼 은밀한 느낌이었다.

리처드는 개표구에서 시간이 걸렸다. 시오반은 그가 주머니에서 카드를 꺼내기 전에 먼저 나온 다음, 뛰기 시작했다. 그녀가 하이힐을 신고도 빨리 달릴 줄 알아서 다행이었다. 시오반은 사람들 틈에 몸을 숨겼고 대화 중인 사람들을 밀고 지나갔으며 혀 차는 소리와 외치는 소리를 못 들은 척했다.

탁 트인 곳으로 나오니 한결 나았다. 답답한 역 안에서 가까이 있으니 왠지 리처드가 더 위협적으로 느껴졌다. 그곳에서는 그와 가까이 있을 수밖에 없었다. 하지만 양모 모자를 쓴 등이 구부정한 남자가 〈메트로Metro〉 신문을 건네고, 거리 공연 가수가 호지어의 〈날 교회로 데려다줘Take Me to Church〉를 개성 있게 부르는, 진눈깨비 같은 비가 내리는 피카딜리 서커스Piccadilly Circus로 나오자 다시 자유로워진 기분이었다.

그럼에도 시오반은 계속 빨리 움직였다. 이미 약속 시간에 늦었고 작년에 조지프에게 바람맞은 일을 두고 그녀가 내내 싫은 소리를 했기 때문에, 조지프가 지각한 그녀를 놀릴 게 분명했다. 스트랜드Strand 거리에 도착했을 무렵, 거대한 모피 코트를 입은 시오반의 등은 땀에 젖어 축축했고 비 때문에 머리도 엉망이 된 것 같았다. 하지만 리처드에 관한 생각은 모두 사라졌다. 그녀는 길 건너 카페 창가에 앉아 있는 조지프를 보고 미소 지었다. 그는 메뉴판을 보고 있었다. 조지프의 양쪽에는 커플이 잔뜩 있었는데, 시오반은 밸런타인데이에 그렇게 혼자 앉아 있을 때의 기분이 떠올라 입술을 깨물었다.

스트랜드 거리는 늘 그렇듯이 교통 정체가 심했다. 시오반은 느릿느릿 움직이는 자동차 사이로 지나갔고, 그녀의 시선을 느꼈는지 조지프가 고개를 들고 창밖의 그녀와 눈을 마주쳤다. 그가 환하게 미소 짓자 시오반도 미소 지었다. 조지프가 길을 건너 다가오는 시오반을 지켜보자 그녀는 어깨를 펴고 엉덩이를 조금 더 흔들며 걸었다. '늦었지만 조지프는 당연하게도 날 기다려줬어.' 시오반은 이런 생각에 점점 더 환하게 웃었다.

"시오반!"

뒤에서 리처드의 목소리가 들리자 시오반은 놀라서 돌아보았다. 그가 여기까지 계속 쫓아오진 않을 거라고 확신했는데. 그녀는 걸음을 멈췄다. 머릿속이 혼란스러워졌고 발에 힘이 풀렸다.

오토바이가 길게 늘어서서 기다리는 차들 틈으로 속도를 내며 달려오는 순간에도, 그러다가 시오반을 비스듬히 쳐서 날아간 그녀가 빙빙 돌다가 땅에 떨어지는 순간에도, 그래서 머리가 아스팔트에 세게 부딪치는 순간에도, 시오반은 계속 조지프를 생각했다. '늦었지만 조지프는 당연하게도 날 기다려줬어.' 그녀는 몸이 스러지는 가운데도 계속 생각했다. '그는 언제나 날 기다려줘.'

갑자기 고요함이 밀려들었다. 잠시 후, 고통의 소리가 들리는 듯한 백색소음이 시오반을 훑고 지나갔다. 그녀는 단일 음으로 들리는 그 끔찍한 소리에 몸을 떨었다. 그리고 바로 그렇게, 순식간에, 우주는 그녀의 이야기가 이제야 본격적으로 시작되려 한다는 데 신경 쓰지 않는다는 듯이, 시오반 켈리의 생은 1분도 남지 않게 되었다.

시오반은 받아들일 수 없었다. 이런 걸 생각할 겨를도 없었다.

그녀에게는 분노, 고통, 상실감뿐이었다.

조지프가 다가오고 있었다. 시오반은 앞이 보이지 않았지만 그가 오고 있다는 걸 알 수 있었다. 그는 카페를 박차고 나왔다. 문을 벌컥 열고 나와 교통 정체 때문에 늘어선 차들 틈을 헤치고 오다가 차 한 대가 그를 칠 뻔하자 보닛을 쾅 내리쳤다.

시오반이 피를 흘리며 마지막 순간을 보내는 동안, 그녀의 눈앞에 펼쳐진 건 지나간 삶이 아니라 마침내 꿈꾸기 시작한 삶이었다. 아침에 눈을 뜨면 가장 먼저 조지프가 건네주는 커피를 받으며 짧게 키스를 나눈다. 그와 함께 해안으로 천천히 걸어가며 미래를 이야기한다. 시오반은 결혼식에 대한 거부감을 버리고 피오나와 함께 웨딩드레스를 보러 다닌다. 조지프를 **사랑하니까.** 머릿속으로는 '영원'이라는 것이 너무 완벽해서 비현실적이라고 생각하면서도, 실제로는 영원하리라고 믿으니까. 그리고 아이들도 보인다. 아이들. 시오반이 그토록 바라던 아이들이. 이미 배 속 깊은 곳에서 느껴본, 자신의 모든 것을 걸고 사랑하는 아이들이.

마음이 아팠다. 이런 아픔은 처음이었다. 하지만 그녀는 시오반 켈리이기 때문에, 뼛속까지 포기하지 않는 사람이기 때문에, 마지막 몇 초가 흘러가는 동안 그녀가 느낀 감정은 절망이 아니었다. 그보다 더 강렬한 감정이었다. 시오반은 늘 그래왔듯이 자기 몸과 흥정했다. 몸이 감당할 수 있는 것보다 더 심하게 밀어붙였다. '**몇 분만 더.**' 그녀는 생각했다. '**조지프가 내게 와서 내 눈을 볼 때까지만. 그래서 그에게 말할 수…**'

미란다

쾅.

"미란다!" 제이미가 그녀에게 소리쳤다. "제길. 나무가 우르르 쓰러지잖아! 대체 백지처럼 거기 서서 뭐 하는 거야?"*

"백지 아니고 백치요." 에이제이가 조심스레 정정했지만, 하네스를 착용한 제이미는 나무 몸통에 발을 굴러 몸을 돌리면서 걱정스러운 표정으로 미란다를 내려다보며 인상을 썼다.

미란다는 쓰러진 나무가 닿지 않는 곳으로 황급히 나갔다. 이 일을 오랫동안 했기 때문에 남자들이 나무 위에서 작업 중일 때

---

*   원문에서는 제이미가 '멜론처럼 거기 서서standing there like a melon'라고 하여, '레몬lemon'을 '멜론melon'으로 잘못 말했다. '레몬'에는 '바보, 멍청이'라는 뜻이 있다.

그 아래에 멍하니 서 있는 일은 없었다. 미란다는 1년 전, 에이제이가 그녀를 참나무에서 구해준 날, 카터가 지금과 똑같은 짓을 했던 일이 떠올랐다. 그때 그녀와 카터는 무척 좋았다. 그의 모든 것이 아주 완벽해 보였다.

그리고 이제 또다시 밸런타인데이가 되었다. 모든 것이 **엉망**이었다. 정말 그랬다. 미란다는 에이제이 생각을 멈출 수 없었고, 그는 다른 사람을 만나고 있었다. 면목 없게도 그가 임자 있는 몸이 되자 훨씬 더 섹시해 보였다. 물론 처음부터 꽤 섹시하기는 했지만. 미란다는 카터 생각도 많이 했다. 그의 편안하고 환한 미소가, 서로 웃게 하던 일들이 그리웠다.

하지만 그 무엇보다 조지프가 답해주기를 바랐다. 미란다는 그녀가 이렇게 계속 조지프를 생각하는 건 풀리지 않은 수수께끼 때문이라고 확신했다. 그가 설명해주지 않은 런던 도심에서의 아침 식사. 그가 바람맞힌 밸런타인데이 데이트. 이 모든 일이 **왜** 벌어졌는지 영영 알지 못한다고 생각하자 궁금해서 견딜 수가 없었다. 그녀는 맥주병에서 라벨을 떼어내고 모기 물린 곳은 긁어야 직성이 풀리는 사람이었다. 뭐든 손대지 않고 그대로 내버려두는 법이 없었다.

그래서 카터의 이야기가 끝나지 않은 것처럼 느껴졌다. 뭔가 더 있었다. 미란다는 그게 무엇인지 알 때까지는 이 모든 것을 해결할 수 없을 것 같아서 걱정되기 시작했다.

"괜찮아?" 놀란 스파이크스가 그녀의 삶에 전에 없이 관심을 가지며 물었다. 평소 미란다가 스파이크스에게서 가장 자주 듣는 말은 **"별일 없지?"**였고, 대개 그는 대답을 기다리지 않고 가버리거나 축구 이야기를 했다.

미란다가 그를 보며 눈을 깜빡였다. "누가 물어보라고 시켰어?"

스파이크스는 기분 나쁜 표정이 아니었다. "에이제이가." 그가 대답했다. "당신이 풀 죽어 있는 것 같다고."

미란다는 에이제이가 그녀에게 신경 쓴다는 사실에 기쁨과 짜증을 절반씩 느꼈다. 그녀는 근육통을 은근히 즐기며 나뭇가지를 모으러 돌아갔다. 이번 달에는 일에 몰두하며 잡념을 잊고 싶어서 제이미가 진행하는 모든 일을 함께했다. 덕분에 몸은 그 어느 때보다 단련되었고 팔다리에 긁힌 자국이 많았다. 무릎에 난 상처에는 딱지가 앉았다.

"로소?" 스파이크스가 그녀를 재촉하며 맡은 일을 다 끝낼 때까지 쉬지 않겠다는 뜻을 분명히 밝혔다.

미란다는 어깨 너머로 그를 힐끗 보며 한숨을 쉬었다. "내가… 잘못된 결정을 내린 것 같긴 한데, 어느 쪽이 잘못된 건지 모르겠어."

"그렇군." 스파이크스가 말했다. 그는 상황이 복잡해질 때면 늘 그러듯 표정이 약간 초조해 보였다.

"올해는 지금까지 엉망진창이었어. 다 내 잘못이야. 난 어중간한 상태에 끼인 것 같다고. 이렇게 살기엔 인생이 너무 짧아. 그렇지?" 미란다는 이런 생각이 들자 허리를 꼿꼿하게 폈다. "맞아. 그러기에 인생은 **정말**이지 너무 짧아. 그러니까 내 말은, 사람 일은 모르잖아. 언제 어떻게…" 그녀가 한쪽 팔을 흔들었다. "나무에서 떨어지거나 할지."

"그래서?" 스파이크스가 나무 파쇄기 쪽을 간절한 눈빛으로 보며 물었다.

"내가 뭘 원하는지, 뭘 손에 넣어야 하는지 마음을 정해야 한다고. 안 그래?"

"그런데?" 스파이크스는 눈을 너무 자주 깜박였는데, 불편하다는 확실한 신호였다. 하지만 청중이 즐거워하지 않는다는 걸 미란다가 알아차리려면 더 확실한 신호가 필요했다.

딱하게도 스파이크스는 질문을 하고 말았고, 미란다는 이야기를 계속하고 싶었다.

"일생일대의 사랑을 할 기회가 있다고 진지하게 생각했는데 내가 그걸 망쳤다면, 이렇게 울적하고 쓸모없게 느껴지는 게 당연하겠지. 그리고 난 기다리는 일 같은 건 하지 않는 사람이잖아. 정면으로 부딪쳐 문제를 해결하는 사람이지. 안 그래?"

스파이크스는 자신이 굳이 말을 보탤 필요가 없다는 사실을 깨달았다.

"그렇지. 그렇고말고." 미란다는 자신의 물음에 스스로 대답했다. 문득, 몇 주 만에 기분이 가장 괜찮은 것 같았다. "오늘은 사랑을 위한 날이잖아. 그러니까 난 사랑과 관련된 걸 할 거야." 미란다는 스파이크스를 보며 밝게 웃었다. "고마워, 스파이크스. 정말 도움이 됐어."

스파이크스가 밝게 웃었다. "아, 그랬군. 다행이네." 그가 말했다. "얼마든지."

미란다가 충동적으로 까치발을 들고 그의 뺨에 입 맞췄다. 그러자 스파이크스의 입이 떡 벌어졌다. 미란다는 스파이크스가 그녀를 이성으로 좋아하지 않고 어떻게든 친구로 대하기 위해 일부러 남자 대하듯이 행동하는 게 아닐까 생각했다. 그랬기에 그에게 입 맞추는 게 짓궂은 짓인지도 몰랐다. 하지만 미란다는 그가 삽처럼 큰 손과 다정한 눈동자를 이리저리 움직이며 무슨 말을 해야 할까 생각해내려고 필사적으로 애쓰는 모습을 보자 갑자기 애정이 솟구쳤다.

"스파이크스, 밸런타인데이에 뭐 해?"

"트레이랑 같이 술집에 가려고." 스파이크스가 양손을 주머니에 넣으며 말했다. "소개팅이 있어." 그가 처량하게 덧붙였다.

미란다의 눈이 커졌다. "와, 진짜?"

"트레이의 아이디어야." 스파이크스가 미란다의 시선을 피해 여기저기 살피며 말했다. "트레이 여동생이 전부터 걔한테 누군가를 소개해주고 싶다고 했대. 상대가 형편없을 경우를 대비해 나한테 같이 가달라고 하더군." 스파이크스는 젖은 잔디를 발로 비볐다. "물론 우리가 바람맞을 수도 있고."

미란다는 미소 지으며 그의 팔을 토닥였다. "아주 멋진 로맨스가 그렇게 시작되기도 하잖아." 그녀가 말했다.

제인

제인이 마침내 리처드 윌슨을 주저앉힐 용기를 끌어모은 날은 밸런타인데이였다. 왜 그런지는 몰라도 안성맞춤인 것 같았다.

제인은 양옆에 루와 애기를 데리고, 매끈한 유리와 금속 모두 비에 젖어 은빛으로 빛나는 런던 시내를 지나갔다. 애기는 모자가 달린 큰 주황색 파카에 레인 부츠를 신었고, 루는 세련된 회색 트렌치코트를 입었으며, 제인은 또다시 연분홍색 스웨터를 입었다. 오늘이 금요일이기도 했고, 애기가 아침에 일깨워주었듯 용감해진다고 해서 모든 것을 한꺼번에 바꿔야 하는 건 아니었기 때문이다.

제인은 2016년 이후로 브레이 앤드 켐브레이 사무실에 들어가본 적이 없었다. 하지만 그곳은 불안해질 정도로 달라지지 않

았다. 안내 데스크 옆 대형 꽃병에 꽂힌 낡은 조화조차 바뀌지 않
았다. 다행히 안내 데스크 직원은 제인이 모르는 사람이었다. 제
인은 방문객으로 등록하고 손을 떨며 줄에 매달린 신분증을 받
아 들었다.

그녀는 돌아서서 애기와 루를 보았다. 두 사람은 근심스러운
얼굴로 대기 장소에서 그녀를 지켜보았다. 제인은 그들을 향해
미소 지었다.

"괜찮을 거야." 제인은 그들의 표정에 담긴 의문에 대답하듯이
이렇게 말했다. 그리고 침을 삼켰다. "준비됐어."

먼저 제인은 2016년 2월 14일에 있었던 일을 이야기했다. 그녀
가 리처드의 일정표에서 삭제한 알 수 없는 여자와의 일대일 만
남, 사무실로 뛰어 들어와 리처드와 싸우려 했던 남자 이야기를.
조지프의 이름을 언급하지는 않았지만 회사 측은 이미 아는 듯했
다. 제인은 싸움 이야기를 할 때 인사팀의 두 직원이 서로 예리한
눈빛을 교환하는 것을 보았다.

제인은 땀나는 손에 꼭 쥐고 있던 목록에 적은 이야기를 모두
다 했다. 리처드의 책상에서 본 성희롱 신고서와 리처드가 그녀
에게 준 돈 이야기도 했다. 그리고 수치스럽고 추악하고 격렬했
던 그와의 관계도 사실대로 털어놓았다.

회사 측에서는 둘의 관계에 대해 많은 질문을 했다. 대부분 동
의와 관련된 문제였는데, 제인은 이에 대한 잇따른 질문을 예상
하지 못했기 때문에 몹시 불편했다. 그녀는 리처드에게서 돈을

받았고 자발적으로 그에게 복종했으며 그를 사랑했다. 두 사람 사이의 '힘의 불균형'에 초점을 맞추면 제인의 책임이 축소될 듯했지만, 그녀는 리처드가 삶을 지배하도록 내버려둔 데 자기 책임이 없다고 할 준비가 되지 않았다. 이 일들은 모두 생각이 더 필요했다. 이런 이야기를 나누자 제인은 조수가 바뀌어 수평선이 이동하는 듯 보일 때처럼 약간 속이 울렁거렸다.

인사팀 직원들은 그녀에게 친절했다. 전문가다운 동시에 다정했다. 제인은 진지하면서도 의문 가득한 그들의 얼굴을 보자, 문득 애기의 아파트에 걸린 그림 속 문구가 떠올랐다. '대부분의 사람은 지랄맞다. 그러니 뭘 어찌하리?' 그러면서 지랄맞지 않으려고 최선을 다하는 모든 사람에게 관심을 기울여야겠다고 생각했다.

"고마워요, 제인. 아래층까지 배웅해줄게요." 인사팀장이 자리에서 일어나며 말했다. 그녀는 검은색 펜슬 스커트와 재킷을 입었고 종아리 옆쪽 스타킹에 작게 구멍이 나 있었으며 신경 써서 말아 올린 머리가 흘러내렸다.

"혹시… 2016년 밸런타인데이에 무슨 일이 있었는지 알려줄 수 있나요? 늘 궁금했거든요." 작별 인사를 나누고 나와서 회의실 문이 닫힌 뒤에 제인이 말했다.

"안타깝게도 알려줄 순 없어요." 엘리베이터에 타면서 인사팀장이 말했다. 그녀는 입술을 깨물었다. "다만, 끔찍한 일이었다는 것 정도만 말할게요. 리처드는 아주 불편한 일에 연루되었어요. 하지만 당신이 해준 이야기 모두 큰 도움이 되었어요." 그녀는 이를 악물고 숨을 들이마셨다. "리처드가 이 회사에 오래 다니지 못

하리라는 건 분명해요. 다른 회사도 마찬가지고요. 이런 말 하면 안 되지만, 당신은 이 정도는 들을 자격이 있는 것 같아서요."

"고맙습니다." 제인은 내심 통쾌했다. 그 누구에게도 해를 입히고 싶지 않았지만, 리처드에게만은 조금 입히고 싶었다.

루와 애기는 아래층 의자에 앉아서 제인을 기다렸다. 잿빛이 도는 차분한 사무실에서 애기는 원뿔형 교통표지처럼 눈에 띄었다. 제인이 인사팀장과 인사를 나누고 헤어지자 두 사람은 벌떡 일어났다. 그녀가 그들을 향해 돌아섰을 때 두 사람은 달려와서 포옹하고 싶지만 그래도 되는지 확신하지 못한 사람들 특유의 몸짓으로 서성댔다.

제인은 그들을 향해 미소 지었다. 그들의 다정한 큰 눈을 보면서. 몇 달 전까지만 해도 낯선 사람에 가까웠던 두 여자가 이 자리에 함께 있다는 것만 봐도, 그들이 친절을 베풀고자 얼마나 애쓰는지 잘 알 수 있었다.

제인은 그들에게 고마운 마음과 이곳에 돌아와서 진실을 마주하고 가벼워진 마음에 가슴이 벅찼다.

"우리 차 마시면서 케이크 먹자." 제인이 더 환하게 웃으며 말했다. "나 시나몬 번 먹고 싶어."

미란다

결국 미란다는 하루 종일 생각했는데도 자신이 무엇을 원하는지 아는 데에 더 다가가지 못했다. 카터에게서 **무언가**를 원한다는 사실과 그걸 얻을 때까지 그를 내버려둘 수 없다는 사실만 알게 되었다. 끝내 그녀는 자신이 생각하기 싫어한다는 걸 떠올렸고, 그래서 지금 이렇게 일을 마치고 샤워를 한 뒤에 청바지와 라디에이터에 널어둔 플란넬 셔츠를 입고 나왔다. 2월의 저녁 옷차림으로는 얇았고 머리도 젖어 있었다. 미란다는 카터의 어머니 집 문을 두드렸다.

메리 카터가 나왔다. 둘은 잠시 서로 바라보며 눈만 깜빡였다. 메리는 두르고 있던 숄을 가슴에서 꼭 쥐었다. 그녀는 옷의 단추를 잘못 채웠는데, 그 모습에 미란다는 마음이 약해졌다. 불쌍한 여인. 불쌍한 카터. 이런 어머니를 매일 보며 그녀를 돌보는 일과 나머지 일들을 다 잘 해내려고 애쓰다니.

"시오반?" 메리가 말했다. "시오반 아니니? 조지프? 조지프, 울지 말거라. 시오반이 돌아왔어!"

복도로 나온 카터는 현관에서 미란다를 보자 꼼짝도 못 하고 굳어버렸다. 그는 부스스한 머리를 하고 운동복 바지와 티셔츠를 입고 있었는데, 문간에 있는 미란다조차도 열기를 느낄 정도로 집이 절절 끓고 있으니 이상해할 것도 없었다. 그의 머리카락은 절반쯤 뻗쳤고 눈 밑은 부어서 불룩했다.

"미란다예요." 조지프가 심드렁하게 말했다. "미란다, 들어와. 문 좀 닫아주고."

"고마워." 미란다가 복도로 들어서며 말했다. 바보가 된 기분이었다. 대체 여기에 왜 온 걸까? 왜 이런 식으로 카터와 그의 어머니의 삶에 불쑥 끼어들었을까? 미란다에게는 딱히 계획도 없었다. 그녀는 손으로 허벅지를 톡톡 치며 손가락을 꼼지락거렸다.

"카터가 요새 별로 잘 지내지 못해." 메리가 조용한 가운데 미란다에게 속삭였다. "계속 너무 슬퍼해."

미란다는 침을 삼켰다. 이 집에는 언제나 이사 들어올 사람을 기다리는 것 같은 불안한 정적이 흘렀다. 미란다는 이 묘한 분위기가 메리 때문이라고 생각했지만, 이제 와서 보니 카터 때문인 것 같기도 했다. 분명 지금 그의 모습은 미란다가 눈물을 흘리며 웃을 때까지 간지럼을 태우던 남자와, 만나서 그녀의 허리를 젖히고 입 맞추며 인사하던 남자와 전혀 달랐다. 어쩌면 지금의 이

찌그러지고 구겨진 남자가 진짜 조지프 카터인지도 몰랐다. 미란다는 이런 진짜 카터를 몹시 만나고 싶었다.

"이쪽으로 와." 마침내 카터가 말했다. "엄마. 저희 주방에 있을 테니 필요하면 부르세요."

"알겠어." 메리가 비켜서며 지나가는 두 사람을 지켜보았다.

주방은 카터가 전처럼 되도록 방치하지는 않았는지 미란다가 처음 보았을 때보다 훨씬 깨끗했다. 그럼에도 여전히 지저분했고 설거짓거리가 쌓여 있었다. 카터는 냉장고로 가서 문을 열었는데, 운동복 바지 엉덩이 부분이 늘어져 있었다.

"괜찮아?" 미란다는 이렇게 묻고 나서야 이 질문이 적절한가하는 생각이 들었다. 카터가 그녀와 헤어진 일 때문에 망가졌다고 생각하면 우쭐할 수도 있겠지만, 그것 때문이 아니라는 걸 알수 있었다. 그는 미란다의 존재를 거의 인지하지 못하는 듯했다. 미란다에게 화가 났거나 헤어져서 상처받았다면 그녀를 보고 놀라지 않았을까?

"괜찮아." 카터가 말했다. "뭐 마실래?"

미란다는 식탁을 흘끔 보았고, 그가 위스키를 마시고 있던 것을 보고 눈썹을 치켜올렸다. 카터는 술을 많이 마시지 않았다. 술집에 같이 가면 항상 미란다가 카터보다 맥주를 더 잘 마신다고우스갯소리를 했다. 하지만 위스키 병은 이미 3분의 1이 비어 있었고, 카터는 냉장고 안에 모든 해답이 있는 듯이 문을 열고 뚫어지게 보기만 했다.

"차 한 잔 줘." 미란다가 말했다.

카터가 움직이지 않자 미란다는 주전자 쪽으로 갔다.

"왜 왔어?" 카터가 불쑥 물었다. "솔직히, 타이밍이 좋지 않아."

미란다는 주전자에 물을 채우며 인상을 찡그렸다. "미안해." 그녀가 입술을 깨물며 말했다. "하지만 내가 여기 온 건, 그러니까…당신이 잘 지내지 못할 것 같기도 했고, 당신을 혼자 두면 안 될지도 모른다는 생각이 들어서야."

"혼자 아니야. 엄마가 계시잖아."

"카터." 미란다는 말을 꺼내다가 멈췄다. **도대체** 무슨 말을 하고 싶은지 몰랐기 때문이다. 미란다는 이런 자신이 못마땅해서 이를 악물었다. "카터, 시오반과 무슨 일이 있었는지 알고 싶어."

"알잖아." 긴 침묵이 흐른 뒤에 카터가 말했다. 그의 목소리는 공허했다. "송년 파티에서 아주 확실하게 알아냈잖아. 그래서 우리가 헤어진 거 아니었어?"

"**그래?** 솔직히 난 잘 모르겠는데."

미란다는 그를 보려고 돌아섰고, 물이 끓자 뒤쪽에서 주전자가 들썩거렸다.

"이 얘기 **해본 적** 있어? 누구에게든 말이야." 미란다가 말했다.

카터는 마침내 냉장고 문을 닫았다. 이제 그는 냉장고를 등지고 서서 위스키 병을 보고 있었다.

"아니." 그가 말했다. "한 번도."

"왜?"

"그건." 카터가 침을 삼키자 목젖이 움직였다. "마음이 아프니까."

미란다는 머뭇거리며 그에게 다가갔다. "카터, 그럴수록 더 얘

기해야 하는지도 몰라. 그러지 말고 얘기해봐. 우린 끝난 사이잖
아. 당신과 나 말이야. 내 생각에… 아니, 내 말은, 내가 지금 여기
에 왔고 당신 마음이 어떤지는 모르지만, 끝난 건… 분명한 것 같
은데."

　미란다는 그에게서 몇 걸음 떨어진 곳에 서서 횡설수설했다.
사실은 그랬다. 이렇게 상처 입고 무너진 카터를 보고 있자니, 미
란다는 그에게 다정하게 대하고 싶었고 우정을 느꼈다. 물론 사
랑 비슷한 감정도 느꼈지만 그를 남자로서 사랑하지는 않았다.
미란다는 자신이 사귀었던 남자가 두 사람의 상상력이 만들어낸
허구의 인물인지 궁금해지기 시작했다. 카터는 그녀에게 이런 모
습을 한 번도 보여주지 않았지만, 지금 그는 어느 때보다 더 진짜
같았다.

　"내 말이 상처가 되지 않았으면 해." 미란다가 얼굴을 찡그리
며 말했다.

　카터는 그녀를 향해 허깨비 같은 미소를 지었다. "상처받지 않
았어. 당신 말이 옳아. 우린 분명 끝났어. 내가… 내가 당신을 사랑
했다면, 당신 앞에서 절대 이런 꼴로 있지 않았겠지."

　"그럼 난 여기 친구로 온 거야. 그리고 당신에겐 친구가 필요
해 보이고."

　미란다는 자신이 무엇을 원하고 왜 여기 왔는지 알게 되어 안
도했다. 그녀는 카터가 솔직하고 진실하게 말해주기를 바랐고 그
를 돕고 싶었다.

　미란다는 머그잔에 물을 부으며 메리를 처음 만난 때를, 그때

얼마나 긴장했는지를 떠올렸다. 그때 미란다 역시 카터에게 진짜 모습을 보여주지 않았다. 언제나 자신을 억누르려 했고 옳은 말을 하려고 애썼다. 미란다는 차가 우러나는 동안 카터를 향해 돌아섰다.

"남자들이 어떤지 나도 알아. 남자들끼리는 안부를 물어야 할 때도 묻지 않잖아. 그리고 당신 친구들은 대부분 남자야. 그렇지? 전에 누구라도 이 문제를 진지하게 물어본 적 있어? 당신이 괜찮아 보이지 않는다고, 괜찮으냐고 물어본 사람이 있기나 해?"

카터가 고개를 돌렸고, 미란다는 손을 뻗어 그의 팔을 꽉 잡았다. "울고 싶으면 그냥 울어. 난 당신이 이렇게 잔뜩 일그러진 표정을 짓는 게 싫어. 우는 건 잘못된 게 아니야. 내가 전에도 얘기한 것 같은데."

"지금 울기 시작하면." 카터가 목멘 소리로 말했다. "멈추지 못할 거야."

미란다는 문 위쪽의 시계를 흘끗 보았다. 6시가 다 되어가고 있었다.

"나, 갈 데도 없어." 그녀가 말했다. "그러니까 멈추지 않아도 돼. 그냥 계속 울어도 된다고."

끔찍했다. 속이 뒤틀릴 정도로 괴로웠다. 카터는 흐느끼는 중간중간 이야기를 조금씩 털어놓았고, 미란다는 주방을 돌아다니며 정리하다가 결국 두 사람이 먹을 걸 만들기 시작했다. 시오반 켈리가 사망한 이야기를 도저히 가만히 앉아서 들을 수 없다는 것이 가장 큰 이유였다.

"카터, **이럴 수가**." 미란다는 손으로 입을 틀어막았다. "시오반에게 때맞춰 갔어? 그래서 얘기했어? 그러니까 그녀가…."

카터는 양손으로 머리를 감쌌다. 그는 시선을 들지 않은 채 고개를 저었다. "아니. 시오반은… 그녀는… 너무 늦었어. 그녀는 말을 할 수가 없었어. 하지만 내 손을 꼭 잡았지." 카터는 떨리는 숨을 들이마셨다. "시오반은… 미친 소리 같을지도 모르지만."

"그렇게 안 들을 테니 얘기해봐."

"시오반이 자신을 괴롭힐 때 하던 행동이 있어. 스트레스받거나 불안할 때 말이야. 이렇게 손톱으로 손바닥을 찍었어." 카터는 고개를 들고 주먹을 꽉 쥐더니 식탁 위의 자기 주먹을 내려다보았다. "그러면 손바닥에 이렇게 자국이 남아. 내가 손을 잡았더니, 시오반은 내가 똑같이 했을 때 내 손바닥에 찍히는 부분을 엄지손가락으로 문질렀어. 바로 여기 말이야." 카터는 자기 손바닥 가운데를 가리킨 다음 손금을 따라갔다. "그때 난 그녀가… 너무 자책하지 말라고… 하는 것만 같았어." 그는 어깨를 으쓱하더니 다시 두 손으로 머리를 감쌌다. "모르겠어. 그게 무슨 의미였는지 모르겠어."

미란다는 울음을 참을 수 없었다. "분명 그런 의미였을 거야." 그녀가 힘주어 말했다. "분명 당신에게 행복하라고, 괴로워하지 말라고 하는 뜻이었을 거야. 아, 카터. 그 장면을 **직접** 보았다니… 얼마나… 난 도저히…."

"잊을 수가 없어. 가끔은 멈추지 않고 계속 그 장면이 보이는 것 같기도 해. 시오반의 고개가 돌아가고 오토바이가 달려오고 그녀의 몸이 헝겊 인형처럼 회전하고…"

카터는 다시 비통하게 흐느꼈다. 미란다는 이렇게 감정에 북받친 사람은 처음 보았다. 그는 몇 년 동안이나 슬픔을 간직했고 이게 그 결과였다. 미란다는 이렇게까지 무너져서 어깨를 들썩이며 흐느끼는 그의 모습을 차마 볼 수가 없었다. 그는 몸이 지탱하지 못할 정도로 흐느꼈다.

"그놈을 죽이고 싶었어. 시오반을 쫓아간 그놈을. 결국 아무것도 못 했지만. 그놈이 시오반을 괴롭혔다는 증거가 충분하지 않았어. 그래서 그놈은 지금도 아주 편안하게 살면서 브레이 앤드 켐브레이에서 계속 일하고 있어…" 카터가 주먹으로 식탁을 내리치는 바람에 미란다는 깜짝 놀랐다. 하지만 그는 알아차리지 못한 듯했다. "시오반은 내 평생 가장 사랑한 사람이었어." 카터는 식탁에 머리를 기대고 나무 상판에 뺨을 갖다 댔다. 그의 어깨가 떨렸다. "아직도 그녀가 떠났다는 게 믿기지 않아. 몇 년이나 지났는데. 시오반은 여기 한 번 왔어. 딱 한 번. 그런데도 그녀에 대한 기억이 가득해. 그녀가 이 세상에 없다는 걸 알지만… 믿기지 않아. 나한테 무슨 문제가 있는 걸까?"

미란다는 레인지를 향해 돌아서서 냉장고에 있던 재료로 급히 만든 파스타 소스를 저었다. 그리고 떨리는 숨을 깊이 들이마셨다. 지금은 무슨 말을 해야 할까 걱정해봤자 소용없었다. 미란다는 카터를 온전히 이해할 수 없을지라도, 최소한 노력은 해보기로 했다. 게다가 카터에게 이런 식의 노력을 기울인 사람은 아무도 없는 것 같았다.

"이런 말이 도움이 될지 모르겠는데, 시오반은 떠나지 않았어." 미란다가 말했다. "시오반은 아직 당신 삶에서 큰 부분을 차지하고 있고 앞으로도 그럴 거야. 그리고 난 하나뿐인 위대한 사랑 같은 건 믿지 않아."

미란다는 이 말에 카터가 움찔했다는 걸 보지 않아도 느낄 수 있었다.

"난 안 믿어." 그녀가 힘주어 말했다. "그렇지만 당신 마음속에 사랑이 많다는 건 믿어. 당신에겐 줄 사랑이 더 있고, 언젠가는 그걸 주고 싶은 여자가 나타날 거라고 생각해. 하지만 당분간은 아니야. 카터, 지금은 데이트하면 안 돼. 아직 준비가 안 됐어."

"3년이 지났는데." 카터는 다시 목이 메어 간신히 말했다. "이쯤 되면 준비돼야지. 준비되는 게 당연하잖아."

카터는 허리를 약간 폈다. 그의 눈은 눈물로 흐릿했고 부어 있었다. 미란다는 위스키를 다른 데로 치웠어야 했다. 그녀는 카터가 집어 든, 거의 빈 병을 보며 입술을 깨물었다.

"내가 당신에게는 잘해주지 않았어? 잘해줬지?"

"당신은 내게 잘해줬어." 미란다가 느릿하게 말했다. "하지만 전부를 주진 않더라. 그걸 느꼈어. 당신은 준비가 안 됐던 거야. 또 내게 솔직하지도 않았어. 카터, 당신이 겪은 일을 솔직하게 털어놓을 수 있는 사람과 사귀어야 해. 당신은 그럴 자격이 있어."

카터가 고개를 저었다. "내가 얼마나 망가졌는지 알면 아무도 날 원하지 않을 거야."

그는 술에 취해 혀가 꼬였다.

"말도 안 돼. 언젠가는 있는 그대로의 진짜 당신을 구석구석까지 사랑하는 여자를 만날 거야. 힘든 일을 겪어본 사람일지도 모르지. 그러면 당신이 그 감정을 이해해서 기뻐할 테고."

미란다는 파스타를 확인했다. 카터가 다른 사람을 만나는 이야기를 이렇게 마음 편히 하다니 기분이 묘했다. 사실 미란다는 자신이 조금 자랑스럽기도 했다. 질투와 피해망상으로 몇 달을 보낸 그녀에게 이런 너그러운 마음이 있다는 사실을 알게 되어 다행스러웠다.

"작년 밸런타인데이에 어디에 있었는지 말해줄 수 있어?" 그녀가 물었다. "혹시… 당신이 나타나지 않은 게… 시오반과 관련된 일이야?"

카터가 한참 말이 없어서 미란다는 잠들었나 생각했지만, 마침내 그가 입을 열었다.

"술에 취해서 기절해 있었어." 그가 가라앉은 목소리로 말했다. "이제 당신도 알겠지만 술을 마실 수밖에 없었어. 그 하루를 보내기 위해 뭔가가 필요했고, 평소 같으면 그런 짓을 하지 않았겠지만… 그날에는… 멈출 수가 없었어."

미란다는 더욱 근심 어린 눈빛으로 위스키 병을 보았다. "음." 그녀가 말했다.

"눈을 떠보니 새벽 2시 반이었어. 기분이 몹시 안 좋았고. 뭘 어떻게 해야 할지 모르겠더라고. 그래서 아침에 씻고 당신에게 줄 꽃을 사서 곧장 보러 간 거야. 아, 그리고 당신이 늘 물어보던 그 아침 식사 말이야. 작년 4월에 스콧 생일 파티 다음 날 아침에 먹은 거."

"응." 미란다가 말했다. 카터의 고통에 무신경해지고 싶지는 않았지만, 이 수수께끼는 **몇 달**이나 그녀를 괴롭혔다. "그때 어디에 있었는데?"

"시오반에게는 친구가 많았는데 그중에서 특별히 친한, 자매 같은 친구가 둘 있었어. 그들이 장례식 이후로 계속 나를 포함해 셋이 만나는 자리를 마련하려고 했지. 시오반의 물건 중에 내가 가져야 한다고 생각한 걸 따로 모아뒀나 봐. 그날 아침에 두 사람을 만났어. 그 전날 밤에 스콧의 생일 파티에서 술에 취해 만나겠다고 대답해버린 거야. 시오반 이야기도 조금 나눴으니 '**어쩌면 이제 준비됐을지도 몰라**'라고 생각했지. 하지만 끔찍했어. 두 사람은 시오반 이야기를 아주 편안하게 하더라고. 눈물을 흘렸지만 웃기도 했어. 그녀를 추억하며 이야기를 나누는 것 같았어. 그런데 난 못 하겠더라고. 그럴 수가 없었어. 그건 마치… 시오반이 정말 떠났다고 말하는 것 같았거든. 난 그렇게 말하고 싶지 않았어, 미란다. 시오반을 보내주고 싶지 않았어. 절대 안 그러겠다고, 그녀를 절대 떠나지 않겠다고 한 데다가, 내가 떠나면 시오반이 무척 두려워할 테니 그러고 싶지 않았어. 난 틀렸어. 그녀를 보낼 수 없어."

미란다는 인상을 찡그린 채 그의 말을 알아들으려고 애썼다. 이제 카터는 혀가 더 꼬여서 말을 거의 알아들을 수 없었다.

"자, 카터. 음식 다 됐어." 미란다가 다정하게 말했다.

사실 파스타는 아직 속이 덜 익었지만, 카터는 **지금 당장** 뭐라도 먹어야 했다. 그는 너무 취했다.

미란다는 파스타를 그릇에 덜어서 메리에게 가져갔다. 메리는 텔레비전 앞에 앉아서 자동차 추격전 비슷한 방송을 보고 있었다. 그녀는 예의를 갖춰 감사를 표하며 음식을 받았고, 무릎에 그릇을 놓고 혼자 음식을 잘 먹어서 미란다를 안심시켰다. 하지만 미란다가 주방으로 돌아갔을 때 카터는 이미 포크를 손에 쥔 채 정신을 잃은 상태였다. 머리 옆에 놓인 파스타는 거의 손대지 않았다.

"이런, 젠장." 미란다는 그의 어깨를 밀며 중얼거렸다. 반응이 없었다. 카터는 식탁에 엎드려 완전히 정신을 잃었다. 그의 얼굴에서는 아무런 감정이 느껴지지 않았지만, 여전히 빨간 얼굴은 눈물에 젖어 있었다.

미란다의 주머니에서 휴대폰이 울렸다. 그녀는 더듬더듬 휴대폰을 꺼내서 받았다. 프래니였다.

"별일 없지?" 미란다가 카터의 어깨를 다시 한번 쿡 찌르며 말했다.

"응, 괜찮아. 그런데 언니 어디야?" 프래니가 물었다. 프래니의 목소리에 미란다는 허리를 똑바로 폈다.

"나… 지금 카터 집이야. 왜?"

"뭐? 어디에 있다고?" 프래니의 목소리가 커졌다. "거긴 왜 갔어?"

전화기에서 웅성대는 소리가 들리자 미란다는 인상을 썼다.

"누구야?"

"아, 음. 에이제이." 프래니가 말했다. "밸런타인데이를 맞아 엄청나게 낭만적인 뭔가를 하려고 여기 온 게 아닐까? 하지만 뭐, 언니가 전 남친 집에 있다니… 에이제이에게 가라고 할까?"

"아, 이런." 미란다는 한 손으로 가슴을 누르며 말했다. "이럴 수가."

다시 뒤쪽에서 소리가 들렸다. 미란다는 의자에서 벌떡 일어났다.

"아니!" 그녀가 외쳤다. "안 돼, 하지 마. 가라고 하지 마! 그 사람에게…." 미란다는 카터를, 그의 부어오른 슬픈 얼굴과 먹지 못한 저녁 식사를 보았다. "으악. 그 사람 좀 바꿔줄 수 있어?"

"물론이지. 언니, 이 남자 진짜 멋있다. 그러니까 망치면 안 돼." 프래니가 이렇게 말하고는 휴대폰을 건넸다.

"여보세요?"

미란다는 에이제이의 목소리가 들리자 눈을 감았다. 갑자기 상황이 아주 또렷하고 분명해졌다. 그녀는 떨리는 숨을 깊이 들이마셨다.

"에이제이." 그녀가 말했다. "잘 들어. 난 지금 아주 희한한 저녁을 보내는 중이야."

"나도." 에이제이의 목소리에서 특유의 유쾌함이 느껴졌다. "애비게일과 저녁을 먹고 있었는데…."

웩, 애비게일이라니. 미란다는 '우리는 애비게일 집에서 함께 밤을 지새우며 새해를 맞이했어' 같은 생각을 하지 않으려고 안간힘을 쏟았다.

"그러다가 문득 이런 생각이 들더군. 애비게일은 밤에 나와 함께 나무에 오르지는 않겠지. 그리고 이런 생각도 들었어. 도대체 지금 내가 뭐 하는 거지? 미란다 로소는 이제 싱글인데." 에이제이는 잠시 말을 멈추었다. "아직 싱글 맞지?"

"응! 그럼. 그런데 지금 내가⋯ 카터 집에 있어." 미란다는 당황했다. "그렇지만 친구로 온 거야! 사실 카터가 방금 식탁에서 정신을 잃어서, 이대로 두고 가면 내가 형편없는 사람인 걸까 생각하던 중이었어. 하지만 당신을 **정말** 보고 싶어. 만나서 당신이 하는 말은 뭐든 다 듣고 싶어." 미란다는 다급하게 말을 이었다. "그리고 밤에 같이 나무에 올라가든 뭘 하든 당신 하고 싶은 대로 해. 왜냐하면 에이제이, 맙소사, 난 당신을 좋아하지 않으려고 미친 듯이 노력했지만 사실은 당신을 **좋아해**. 알아?"

"그런 줄 **알았어**." 에이제이가 말했다. 전화기로 들리는 그의 목소리는 매우 따뜻했고 가까이 느껴졌다. "물론 당신이 내 자존심을 좀 시험하기는 했지만."

"아, 그렇다고 당신에게 피해를 준 건 아니잖아." 미란다가 씩 웃으며 말했다. 그녀는 카터를 보자 표정이 진지해졌다. "저⋯ 당신은 가끔 술을 많이 마시기도 하지?"

"이런. 혹시 답이 정해져 있는 질문인가?" 에이제이가 물었다.

"카터가 정신을 잃었는데 어떻게 깨워야 해? 아니, 깨우는 게 맞아?"

"어디 빠져서 죽을 위험이 있어?"

"아니."

"숨은 제대로 쉬고?"

미란다는 카터의 코밑에 손을 갖다 댔다. "응, 그런 것 같아."

"그럼 그냥 두고 여기로 와. 당신에게 할 말이 있는데, 빨리 오지 않으면 동생들이 졸라서 먼저 듣게 생겼으니까. 당신이 돌아오기 전에 날 시험해보고 싶어 하는데."

미란다는 이마를 문질렀고 점점 환해지는 미소를 참기 힘들었다. "아, 이런. 걔들 일은 미안해. 그러니까 당신 생각에는 내가 그냥… 카터를 이대로 둬도 된다는 거지? 정신을 잃은 채로? 집에 카터 어머니만 계시는데, 치매를 앓으셔서 카터에게 도움이 필요할 때 제대로 도울 수 있을지 모르겠어. 카터는 오늘 계속 기분이 안 좋았어. 나한테 무슨 얘기를… 그러니까 전 여자 친구가 밸런타인데이에 그의 눈앞에서 죽었다는 이야기를 해줬어." 미란다가 속삭였다. "여자 친구가 그와 데이트하러 오는 길에 교통사고를 당하는 걸 직접 봤대."

전화기 반대편에서 긴 침묵이 흘렀다.

"여보세요?" 잠시 후 미란다가 말했다.

"트라우마 때문에 정신을 잃은 전 남자 친구를 노모와 남겨두고 여기로 와서 나와 키스하자고 말할 만큼 내가 질투심에 눈먼 멍청이인지 생각하고 있었어." 에이제이가 말했다. "그리고 그 정도로 멍청이는 **아니라는** 결론에 놀랐고."

미란다는 씩 웃었다. "장하네."

"주소 보내줘." 그가 말했다. 미란다는 그의 목소리에서 미소를 느꼈다. "내가 갈게."

에이제이는 시원한 겨울 공기 냄새를 품고 메리 카터의 집으로 들어왔다. 평소처럼 찢어진 청바지와 후드 티셔츠를 입고 턱수염이 자라 단정하진 않았지만, 미란다는 그가 너무 매력적이라서 떨렸다. 그녀는 에이제이를 보자 온몸이 환해지는 기분이었다. 그런 기분을 느끼자 정말 마음이 놓였다.

"안녕." 미란다가 현관문을 닫으며 약간 수줍게 말했다.

"안녕." 에이제이는 노련하게 상대를 유혹하는 미소를 지었고 우쭐대며 고개를 한쪽으로 기울였다. 하지만 이제 미란다는 그를 잘 알기 때문에 상관하지 않았다. 그가 맨 처음 소문으로 들었던 바람둥이 에런 제임슨이 아니라는 걸 잘 알았다.

"그래, 내 아파트에 갔다고?" 미란다가 말했다.

"당신은 카터 집에 갔고." 에이제이가 말했다.

미란다는 안절부절못했다. "미안해. 그냥… 카터에게 무슨 일이 있었는지 계속 너무 신경이 쓰여서. 내가 원하는 답을 얻지 못했거든. 그렇지만 이제 카터와 나 사이에 연애 감정은 전혀 없다고 맹세해. 그리고 난 기뻐. 당신이… 난 정말… 이건…."

에이제이는 그녀가 말끝을 흐리는 동안 기다린 다음, 천천히 신중하게 팔을 뻗어 한 손을 그녀의 뺨에 갖다 댔다. 그러고는 광대뼈를 따라 엄지손가락을 움직여 쓰다듬자, 미란다는 그가 불처럼 뜨거운 것으로 뭔가를 그리는 느낌이었다.

"미란다 로소." 그가 말했다. "당신과 데이트하고 싶어."

"좋아." 미란다가 작게 대답했다.

에이제이는 눈썹을 치켜올렸고 입가에는 미소가 어른거렸다.

"난 확신에 찬 대답이 필요해." 그가 말했다. "이 말을 들으려고 아주 오래 기다렸잖아."

"좋아, 좋다고." 미란다는 황급히 다시 대답하고 그의 손목을 잡은 다음 한 발 다가섰다. 온몸에서 심장박동이 느껴지며 '**아, 이게 바로 누군가의 옷을 찢어버리고 싶은 기분이구나**' 하는 생각이 들었다.

"오, 안 돼." 미란다가 에이제이의 입을 바라보며 고개를 들자 그가 더욱 환하게 웃으며 말했다. "이런 상황에서 첫 키스를 할 순 없지."

"안 된다고?" 미란다는 의도한 것보다 더 뿌루퉁하게 말했다.

에이제이가 고개를 왼쪽으로 돌렸다. 미란다는 그의 시선을 따라갔다. 카터의 어머니가 거실 문간에 서서 당황한 표정으로 두 사람을 지켜보고 있었다.

"메리." 미란다가 말했다. "이쪽은 제, 저의, 이 사람은 제 친구 에이제이예요."

미란다는 얼굴을 찡그렸다. 메리는 두 사람을 물끄러미 보다가 마침내 말을 꺼냈다. "정말 사랑스럽네. 어서 들어와요. 차 한 잔 마실래요?"

메리는 갑자기 전형적인 안주인이 되어 두 사람을 주방으로 안내했다. 그러더니 주방 식탁에서 파스타 그릇 옆에 정신을 잃고 엎드려 있는 아들을 보고 걸음을 멈추었다.

"오." 그녀가 작은 목소리로 말했다.

미란다는 메리에게 다가가 팔짱을 꼈다. "메리, 카터는 정말 괜찮아요." 미란다는 최대한 어른스럽게 말했다. 솔직히 말하면, 어머니를 흉내 냈다. "힘든 하루를 보내고 깜빡 잠이 든 것뿐이에요. 저랑 같이 소파로 가서 텔레비전에서 뭐 재미있는 거 하는지 찾아봐요."

메리가 소파에 앉아 안정을 되찾자 미란다는 주방으로 돌아갔다. 에이제이는 의식이 없는 카터를 유심히 보며 그가 먹다 남긴 파스타를 먹고 있었다. 미란다의 표정을 본 에이제이는 이렇게 말했다. "아껴야 잘 살지."

미란다는 **혀를 차며** 자기 파스타 접시를 가지고 식탁으로 갔다. 그리고 잠시 머뭇거린 뒤 에이제이 옆에 앉았다. 식탁 아래에서 두 사람의 발이 부딪치자, 미란다는 그의 다리가 전하는 느낌에 헉하고 숨을 들이마셨다. 에이제이는 느릿하게 미소 지었다.

"정말 기분 좋은 게 뭔지 알아?" 그가 물었다. "당신 스스로 **허락했다는** 거야. 난 당신이 날 피하는 걸 1년이나 지켜봤어."

"음, 그랬지. 당신은… 그건 뭐랄까… 어려웠어." 미란다가 파스타를 포크 가득 집으며 자신 없게 말을 맺었다. 그녀는 늘 이 남자를 놀리며 지냈다. 그런데 왜 갑자기 말이 잘 안 나오는 걸까? 입 안에 가득한 파스타를 삼키기도 힘들었다. 목구멍에서 심장이 뛰는 것 같았다.

"날 거부할 수 없었다는 뜻이군." 에이제이가 의자에 등을 기대고 몸을 쭉 뻗으며 말했다.

"정식으로 사귀자는 말 같은 건 안 할 거야?" 제인이 물었다. "혹시 '**날 거부할 수 없었다는 뜻이군**' 이건가?"

에이제이는 표정이 약간 진지해졌다. "아니." 그가 말했다. "듣고 싶어?"

"응! 당연하지."

"좋아." 에이제이는 손등으로 입을 닦으며 목소리를 가다듬었다. "미란다 로소." 그가 말했다. "당신과 데이트하고 싶어."

미란다는 그를 보며 눈을 깜빡거렸다. "그게 다야? 그게 사귀자는 말이라고?"

에이제이는 약간 망설였다. "아까 현관에서 좋아하는 것 같길래. 아직 안 끝났어."

"오, 좋아." 미란다는 평소 둘의 관계로 돌아가기 시작한 기분이었다. 그녀는 에이제이를 향해 포크를 흔들었다. "그럼 계속해."

에이제이는 그녀를 흘끗 보았지만 계속했다. "당신은 내가 더 나은 남자가 되려고 노력하던 순간에 내 삶에 나타났어. 나는 더 이상 여자에게 치근대지 않고 자신을 더 존중하겠다고 결심하며 한 해를 시작했지."

그는 식탁을 내려다보았다. 미란다는 심장이 조였다.

"어딘가에 내가 정착할 만한 여자가 있을지도 모른다는 생각은 했어. 그리고 이 여자 저 여자와 자고 다니는 걸 중단하지 않는 한, 그 여자를 찾을 수 없을 거라는 생각도 했고."

"맞아." 미란다는 그의 말을 너무 심각하게 받아들이지 않으려 하며 말했다.

"하지만 당신은 언제나 다른 사람을 만나고 있었지. 그래서 난 기다리기를 포기했어."

미란다는 식탁 아래의 발을 그에게 조금 더 가까이 움직이며 입술을 깨물었다.

"당신이 그 사람과 헤어졌다는 말을 스파이크스에게 들었을 때, 난 믿을 수가 없었어." 에이제이는 잠든 카터를 향해 고갯짓했다. "최악의 타이밍이었거든. 애비게일은 귀엽고 다정한 사람이었고 솔직하고 편안했어. 아무런 문제가 없었지. 난 거의 1년 동안 당신을 기다렸어. 그리고 이제 나를 원하는 사람을 만날 자격이 있다고 생각했어. 그런데 당신이 싱글이 되어 나를 보고 있었어."

"당신을 보진 않았어!" 미란다가 얼굴을 붉히며 말했다.

에이제이가 한쪽 눈썹을 치켜올리자 미란다는 당황했다.

"그러니까 내 말은, 평소보다 더 많이 보진 않았다고."

"더 많이 봤어." 에이제이가 그녀의 눈을 보며 차분하게 말했다. "로소, 아니라고 하지 마. 그러기엔 내가 당신을 너무 잘 아니까. 난 나와 거리 두는 당신을 거의 1년 내내 지켜봤다니까. 당신이 나와 너무 가까이 있지 않으려고 자리를 옮기는 것도, 언제나 내 시선을 피하는 것도. 싱글이 되더니 전만큼 자주 시선을 피하지는 않더군. 내가 다시 당신을 봐주길 바라는 것 같았어."

미란다는 약간 부끄러워지기 시작했다. "난 한 번도⋯ 그런 뜻이 아니라⋯."

"그래서 난 희망이 생겼지. 여자 친구가 있는 남자가 가지면 안 되는 희망이었어. 하지만 애비게일과 잘돼가자 이런 생각이 들더군. 당신이 날 원했다면 언제든 카터를 떠날 수 있었을 텐데 떠나지 않았다고. 사실, 당신은 카터를 떠나지 않을 거라고 분명히 밝혔지."

에이제이의 말은 미란다의 바람대로 흘러가지 않았다. 미란다는 파스타 접시를 내려다보았다.

"난 공은 당신에게 넘어갔다고 생각했어. 그런데 오늘 밤에 갑자기 당신이 어떤 여자인지, 내가 어떤 여자를 원하는지 생각하다가… 당신이 내게 오지 않을 거라는 생각이 들었어. 그렇지? 당신은 날 **쳐다봤다**는 말조차 견디지 못했잖아. 내가 다른 여자를 만나고 있다는 이유로 말이야. 당신은 너무 착해서 다른 사람의 남자를 빼앗으려 하지 않을 거야. 내가 늘 그 자리에 있겠다고 1년 내내 말했잖아? 당신에게 남자 친구가 있더라도 당신만 원한다면 날 가질 수 있다고 했잖아? 하지만 당신은 절대 그럴 수 없어. 애비게일에게 절대 그렇게 못 해. 이런 생각을 하다가 맞은편에 앉아 있는 애비게일을 봤어. 그녀는 정말 좋은 사람이지만 내 머릿속에는 '이 여자는 로소가 아니야'라는 생각뿐이었지."

미란다는 호흡이 가빠졌고 시선은 여전히 접시에 고정되어 있었다. 그녀에게 이렇게 말해준 사람은 처음이었다. 그녀를 기다릴 가치가 있는 사람으로 바라봐준 사람도 에이제이가 처음이었다.

"난 당신에게 현명한 선택이 아닐 수도 있어. 카터처럼 정장을 입고 칭찬을 쏟아내고 어른스럽게 삶을 꾸리지 못하니까. 하지만 내가 **옳은** 선택이라는 건 확신해. 미란다 로소, 난 당신이야말로 내가 정착할 가치가 있는 여자라고 생각해. 당신이 내 짝이라고 생각해."

"지금 키스해도 돼?" 마침내 미란다가 그를 올려다보며 물었다. "제발."

"이리 와." 에이제이는 의자를 밀어 공간을 만들었다.

미란다는 일어나서 수줍게 그에게 간 다음, 그의 다리 사이에 섰다. 그는 미란다의 엉덩이에 손을 얹고 무릎에 앉혔다. 후드 티셔츠 아래로 그의 따뜻하고 탄탄한 근육질 몸이 느껴졌다. 미란다는 피부의 느낌이 달라졌다. 그녀의 온몸 구석구석이 에이제이의 약간 빨라진 호흡과 상기된 뺨을 극도로 민감하게 의식하는 것 같았다.

"당신이 로프를 끊었던 날 기억해?" 에이제이가 입술을 아주 가까이 가져간 다음 속삭였다.

"기억해."

그가 미소 지었다. "당신이 이렇게 나한테 딱 붙어서 내려가는 내내." 그는 미란다를 더욱 바싹 끌어당겼다.

미란다의 심장이 요동쳤다.

"당신을 정말 간절히 원했어. 그 후로도 계속. 난 우리 둘 사이의 감정이 어떤지 알고 있었어. 당신은 그런 통하는 느낌을 만들어낼 수도, 조작하거나 강제할 수도 없는 사람이야. 그때 당신과 난." 에이제이는 한 손으로 미란다의 엉덩이부터 허리까지 어루만졌다. "한 몸이나 마찬가지였어. 안 그래?"

미란다는 그에게 키스하려고 몸을 움직였지만, 그때마다 그는 얼굴을 아주 조금씩 뒤로 빼서 그녀를 기다리게 했다. 그럴수록 미란다의 욕망이 커져 불타오르는 지경에 이르렀는데도 두 사람의 입술은 아직 닿지도 않았다.

미란다는 두 손을 그의 가슴팍에 댄 다음 후드 점퍼 안으로 넣어 티셔츠 위로 전해지는 온기를 느꼈다. 티셔츠 아래의 털과 단단한 근육도 느꼈다. 그녀는 한 손으로 에이제이의 목을 어루만지다가 수염이 난 그의 턱을 엄지손가락으로 쓰다듬었다. 그리고 머리카락을 쓰다듬자 그의 눈이 반짝거렸다. 두 사람의 입술이 닿기 직전이었다.

"미란다?"

미란다는 깜짝 놀랐다. 카터가 그곳에 있다는 걸 **잊어서** 놀란 게 아니라, 에이제이의 무릎에 앉아 있는데 전 남자 친구의 목소리가 갑자기 침범한 상황이 좀 이상했기 때문이다. 미란다가 일어나려는 듯이 몸을 움직이자 에이제이는 그녀를 꽉 잡았다. 그래서 미란다는 카터가 게슴츠레한 눈으로 지켜보는 가운데 에이제이에게 편안하게 안겨 있었다.

"깼네." 미란다가 약간 미안해하며 말했다. "에이제이는… 당신을… 도와주러 온 거야."

에이제이는 코웃음을 쳤다. "미란다에게 사랑한다고 말하러 왔어요." 그가 카터에게 말했다. "그래도 괜찮았으면 좋겠네요."

미란다는 에이제이를 바라보았다. **사랑**이라니. 에런 제임슨은 방금 그녀를 사랑한다고 했다. 미란다의 심장은 두 배로 빨리 쿵쾅댔고 피부는 그가 가까이에 있어서 계속 흥분 상태였다. 그녀가 원하는 건 에이제이에게 키스하는 것뿐이었다.

그러나 가끔은 현실이 이런 일들을 방해하기도 한다. 미란다는 카터를 보았는데, 식탁에 엎드려서 자는 바람에 얼굴 한쪽에 빨갛게 자국이 나 있었다.

"젠장." 카터가 이렇게 말하자 미란다는 심장이 내려앉았다.

"아, 카터. 미안해." 그녀는 에이제이의 품에서 벗어났다. "우리가 너무 무신경했어. 우린 그냥… 미안해…"

"지금 몇 시야?" 카터가 비틀대며 일어나서 물었다.

"뭐라고?" 미란다가 말했다.

"몇 시냐고?" 카터는 겨우 말을 이었다.

그들 모두 시계를 보았다.

"10시네." 미란다가 놀라며 말했다. "시간이 언제 이렇게 됐지?"

"10시라고." 카터가 너무 놀라고 걱정스러운 표정으로 말했다. "안 돼! 안 돼!"

그는 선반을 뒤적거리더니 열쇠와 지갑을 움켜쥐었다.

"워워." 에이제이가 의자에서 일어나며 말했다. "진정해요."

"난 가야 해!" 카터는 의자에 발이 걸려 넘어지며 날아갔다. 그는 세게 바닥에 떨어졌는데, 타이밍 좋게 손을 내민 덕분에 얼굴 먼저 타일에 떨어지는 일만은 막을 수 있었다.

"조지프?" 거실에서 메리가 짜증 섞인 목소리로 불렀다. "거기 별일 없니?"

"괜찮아요, 엄마." 카터는 겨우 대답하고 팔꿈치로 바닥을 짚어 몸을 일으켰다. 그의 왼쪽 눈썹 근처에 이미 멍이 들어 있었다. 그는 빨개진 손바닥을 살피며 인상을 찡그렸다.

미란다가 그의 옆에 쪼그리고 앉았다. "카터. 지금 너무 취했어. 아무 데도 못 가. 그러지 말고 식탁 의자에 앉아서 어디 가려고 한 건지 말해봐."

카터는 미란다의 도움을 받아 가까스로 의자에 앉았다. 그는 떨고 있었다. 에이제이는 그에게 물을 한 잔 건넨 다음 알 수 없는 표정으로 맞은편에 앉았다.

"어떤 여자가 있어." 카터가 물을 몇 모금 마시고 말했다. 그는 식탁을 내려다보았다. "친구야."

"친구." 미란다는 그의 말을 따라 하며 에이제이와 눈빛을 교환했다. "밸런타인데이에 만나기로 했다던?"

"응. 우린… 그 여자는 매일 혹스턴 빵집에 가. 아름답고 좋은 쪽으로 약간 묘한 사람이야. 뭔지 알지? 매혹적이라고 해야 하나. 난 생각했어. 당분간은 아무와도 데이트하지 않겠다고. 난 분명 준비가 되지 않았다고. 내 말은, 당신과 헤어진 지 얼마 안 됐으니까. 그래서 그녀에게 말을 건다든가 하는 짓은 안 하려고 했어. 그런데 남자 친구가 있다는 거야. 그래서 난 생각했지. 아, 그럼 안전하겠구나. 그렇지? 그냥 친구로 지내는 거야!"

"그렇지…?" 미란다가 말했다.

"하지만 그냥 친구로 지내는 건 말도 안 되는 일이라는 걸 알았어야 했어. 그걸 깨달았어야 했어. 얼마 후 그녀에게 남자 친구가 **없다**는 게 밝혀졌거든."

"계속 말해봐요." 에이제이가 말했다.

"그리고 지금 우린… **친구야**. 그 여자는 정말 예쁘고 똑똑하고 사랑스러워. 그렇지만 우린 그냥 친구야. 그녀가 같이 갈 사람이 없다면서 나한테 파트너가 되어달라고 부탁했거든. 아주 성대한 약혼 파티인데 혼자 가기 무, 무서…."

"무섭다고." 미란다가 그를 대신해 말했다. "그러니까 친구지만 데이트 상대가 되어주기로 한 거야?" 미란다는 인상을 찡그렸다. "그런데 안 간 거고?"

"아, 이런 일이." 카터가 식탁에 얼굴을 기대며 말했다.

"안 돼, 안 돼, 다시 그러지 마." 미란다가 그를 일으키며 말했다. "좋아. 틀림없이 이 상황을 해결할 수 있어."

미란다는 조지프를 본 다음 미심쩍은 표정을 짓고 있는 에이제이를 보았다.

"이 사람이 오늘 밤 사람들 앞에 나설 정도로 술이 깨는 건 불가능할 텐데." 에이제이가 말했다.

미란다는 얼굴을 찡그렸다. "좋아." 그녀가 말했다. "카터, 휴대폰 어디 있어?"

"응?" 카터가 말했다.

"당신 휴대폰 말이야."

"아까 벽에 던졌는데." 카터는 의자에 앉아 축 처진 채 중얼거렸다. "내 방에서."

에이제이와 미란다는 다시 한번 눈빛을 교환하더니 같이 계단으로 향했다. 카터의 침실은 미란다가 본 중 가장 엉망이었다. 미란다는 옷 무더기와 반쯤 마시다 만 물 잔이 늘어서 있는 광경을 잠시 멍하니 보다가, 카터가 오기 전에 항상 급하게 방을 치우던 자신을 떠올렸다. 그때 두 사람은 서로 좋은 인상을 주려고 노력했다. 이제 와서 보니 그 모든 정리가 진 빠지는 시간 낭비 같았다.

"여기." 에이제이가 몸을 숙여 카펫에서 금 간 휴대폰을 집어 들었다. "흠." 그가 전원을 켜며 말했다. 화면이 깜빡이더니 이상한 보라색 불이 들어왔고, 화면을 가로질러 들쭉날쭉한 선이 그어져 있었다.

"음, 그 계획은 날아갔군." 미란다가 계단을 내려가며 말했다.

"이 여자 전화번호를 휴대폰 말고 또 다른 데 저장해놓지는 않았겠지?" 미란다가 주방으로 다시 들어가며 물었다. "아, 빌어먹을. 카터!"

카터는 다시 정신을 잃었다. 미란다는 그를 흔들어 깨우며 같은 질문을 계속했다. 카터는 비통해하며 고개를 저었다.

"난 망했어." 카터가 말했다. 미란다가 생각하기에 이건 말도 안 되는 소리였지만, 지금 상황을 아주 잘 요약하는 것 같기는 했다.

"좋아. 그럼 내일은 어때? 가장 먼저 그녀를 만나러 가는 거야. 그러니까, 나도 바람맞힌 당신을 용서했고, 그때부터 본격적으로 사귀게 됐잖아." 미란다가 말했다.

"그녀는 가게에서 일해. 파티에 참석한 사람은 동료들이고. 약혼 파티 말이야."

미란다는 생기를 띠었다. "**아주 좋아.** 오늘 밤에 정신을 차린 다음, 내일 아침에 가장 먼저 그녀의 가게로 가서 다 만회하는 거야! 그런데." 미란다는 경고하듯이 손가락 하나를 들어 보였다. "카터, 이 여자랑 데이트하진 **않을** 거지?"

에이제이가 얼굴을 찡그렸다. "미란다, 진정해." 그가 주의하라는 듯이 말했다.

미란다는 그를 노려보았다. "내가 마음 쓰여서 그러는 게 아니야!" 그녀가 말했다. "카터를 보라고. 아직 준비가 안 됐어."

에이제이는 카터를 자세히 살폈다. "음. 그런 듯."

"난 준비가 안 됐어." 카터가 슬퍼하며 미란다의 말을 되풀이했다. 그는 의자에서 점점 미끄러졌고, 결국 에이제이가 그의 티셔츠 목덜미를 움켜쥐고 다시 끌어올렸다. "고마워요." 카터가 잠시 에이제이를 보며 말했다. "오. 거대 문신이 있는 사람이네." 그가 놀라서 말했다.

에이제이의 눈이 빛났다. "안녕하세요."

"당신과 미란다가?" 카터가 말했다.

미란다는 몹시 당황했다.

"네." 에이제이가 말했다. "나와 미란다가요."

"아." 카터가 말했다. 그는 천천히 고개를 끄덕였다. "그렇군요. 이해가 되네요. 진짜, 안 그래요?" 그는 잠시 말을 멈추었다. "그런데 나 제인이랑 데이트하면 안 돼?"

"하고 싶어?" 미란다가 물었다.

"응." 카터가 곧바로 대답했다. "사랑스러운 여자야."

"그 여자한테 시오반 얘기는 했어?"

"아니." 카터가 한참 뒤에 대답했다. "안 했어. 다른 누구에게도. 당연히 스콧은 알고. 엄마는 말해도 제대로 이해하지 못하실 테고. 하지만… 그 얘길 할 순 없어. 그 얘길 하고 다닐 수가 없어. 아직은. 오, 미란다." 카터가 식탁에 팔을 대고 엎드리며 말했다. "난 아직 준비가 안 됐어. 제인에게 상처만 줄 거야. 난 너무 엉망이야."

"물 좀 더 마셔요." 에이제이가 그의 어깨를 힘 있게 두드리며 물 잔을 가까이 밀었다.

"당신에게 1년이라는 시간을 주면 어떨까." 미란다가 말했다. 그녀는 새로운 자신감을 느꼈는데, 카터를 만날 때는 한 번도 느껴보지 못한 것이었다. 무엇이 최선인지 스스로 알 수 있다는 굳은 믿음이었다. "싱글로 1년을 지내보는 거야. 그러면서 내면을 정리하는 거지. 내년 이맘때가 되어 진짜 사랑할 준비가 되면, 그리고 그때도 당신이 말한 제인이라는 여자가 곁에 있다면, 당당하게 나서서 당신 여자로 만들어. 그전까지는 친구로만 지내고. 자신에게 그 정도는 해줘야 해. 카터, 당신은 치유가 필요해."

카터는 물을 한참 동안 마신 다음 미란다를 보았다. 그리고 한 손을 내밀었다. 잠깐이지만 그에게서 진지하고 소년 같은, 매력적인 예전 모습이 보였다. "1년." 그가 말했다. "그걸 약속하는 의미에서 악수하자."

두 사람은 악수했다.

"이제." 에이제이가 미란다에게 말했다. "우리 같이 당신 전 남친을 침대에 데려다주자."

이 일은 에이제이와 미란다의 생각보다 훨씬 오래 걸렸다. 미란다는 카터를 부축해 계단을 올라가고 방으로 데려가 눕히고 이불을 덮어주는 동안 에이제이의 뜨거운 눈길을, 그의 차분함을, 큰 팔로 팔짱을 끼고 문간에 기대어 서서 살짝 미소 지으며 그녀를 바라보던 모습을 엄청나게 의식했다. 카터의 방 불을 끄고 조심스럽게 나오자 미란다의 피부가 다시 흥분하기 시작했다. 에이제이는 그녀를 보기만 했을 뿐인데.

"드디어." 에이제이는 조금도 더 기다리지 않았다. 그는 카터의 어머니 집 맨 위층 복도에 서서, 어둠 속에서 미란다를 끌어안고 키스했다.

미란다는 **녹아내렸다**. 그런 키스였다. 뼈가 없어진 것처럼 온몸이 흐물흐물하고 아찔해졌다. 에이제이는 그녀를 더욱 꼭 안았다. 그리고 등과 허리와 엉덩이를 어루만진 다음, 단번에 손을 올려 머리를 만졌다. 그녀를 아무리 만져도 부족한 듯했다. 미란다도 똑같았다. 에이제이의 어깨 윤곽을 따라 손을 움직여 목뒤를 꼭 안았다. 그의 혀가 미란다의 혀를 간지럽혔다. 미란다는 실오라기 하나 걸치지 않은 자기 몸을 에이제이가 지금처럼 어루만진다고 상상하자 입술 사이로 신음이 새어 나왔다.

"우리가 밤에 같이 올라갔던 나무로 당신을 데려갈 거야." 그들이 숨을 가다듬는 동안 에이제이가 가라앉은 목소리로 말했다. "가장 낭만적인 곳은 아닐지 모르지만 빨리 가고 싶어."

미란다는 고개를 돌려 그들이 서 있는 곳을 둘러보았다. 그리고 이 집에 시오반에 대한 추억이 가득하다고 했던 카터의 말을 떠올렸다. 미란다는 무언가가 느껴졌다. 유령 같은 건 아니었고 시오반을 향한 친근감인지도 몰랐다. 시오반은 모르겠지만 미란다의 지난해는 한마디로 시오반의 부재라고 할 수 있었다.

시오반의 이야기는 너무 빨리 끝났다. 미란다는 에이제이의 목을 더욱 꼭 끌어안고 그의 가슴에 기대며 말도 안 되게 운이 좋다고 생각했다. 적당히 얼버무리며 피하거나 지나치게 생각을 많이 하는 것은 정말 끝이다. 미란다 로소는 이제부터 좋은 것이 다가오면 꽉 잡고 놓지 않을 것이다.

제인

2020년 2월 14일, 윈체스터의 아파트에서 자고 있던 제인은 누군가가 문을 두드리는 소리에 깼다. 그녀는 깜짝 놀라서 벌떡 일어났고 심장박동이 빨라졌다.

"제인?"

이럴 수가.

"조지프?" 그녀는 가슴 위로 이불을 움켜쥐었다. 제인은 낡아서 올이 드러난 애매한 빅토리아풍 잠옷을 입고 있었다. 자선 상점에서 자주 보이는, 축 늘어지는 길고 하얀 잠옷이었다(사실 제인은 이 잠옷을 자선 상점에서 샀다). 그녀는 시간을 확인하려고 휴대폰으로 손을 뻗었다. 휴대폰 화면에는 어젯밤 애기의 황토색 소파에 앉아 크림을 넣은 디카페인 커피를 마시면서 조지프에게 보내려고 썼던 메시지가 떠 있었다.

당신 메시지에 답장 안 해서 미안해. 당신을 잊기가 너무 힘들었고, 송년 파티에서 내가 왜 런던을 떠났는지 솔직하게 말했을 때 당신이 날 보던 눈빛에 상처받았어. 하지만 아직도 나와 이야기하고 싶다면 이제 준비가 된 것 같아. 만나는 게 좋을 것 같기도.

제인은 그럴 뜻이 아니었… 그녀는 눈을 가늘게 뜨고 휴대폰을 보았다. 아침 7시였다.

"미안해!" 조지프가 문밖에서 외쳤다. "너무 이른 시간이지? 그런 거지?"

제인은 뭐든 옷을 걸쳐야 했다. 이 잠옷은 너무 낡았을 뿐만 아니라 매력적이지도 않았다. 그녀는 필사적으로 옷장을 뒤졌고 갑자기 잠이 완전히 깼다. 조지프가 여기 왔다. 조지프가 **여기** 왔어.

조지프가 왔다.

제인은 허둥지둥하며 현관문을 열었는데, 잠옷 위에 걸친 파란색 판초 때문에 더 이상해 보이기만 했다. 제인이 왜 진작 머리 매만질 생각을 못 했을까 후회하며 손을 머리로 올리는 순간, 둘의 눈이 마주쳤다.

"안녕." 조지프는 이렇게 말하고 미소 지었다. 햇살에 발을 내디딘 기분을 안겨주는 조지프의 미소였다. "당신이 여기 있기를 정말 진심으로 바랐어."

"안녕." 제인은 약간 숨 막히는 듯이 말했다. "들어올래?"

조지프는 더욱 환하게 미소 지었고 안도감에 어깨의 긴장이 풀렸다. "당연하지." 그가 말했다.

조지프가 지나가자 제인은 잠시 눈을 감았다. 그의 향기만 맡았을 뿐인데도 심장이 조이는 듯한 그리움을 느꼈다. 3개월 전과 하나도 달라지지 않았다. 제인은 조지프를 조금도 놓지 못했다.

"물 좀 끓일게." 제인은 주방으로 가서 레인지 위에 놓인 주전자를 집어 들었다.

"제인." 조지프가 말했다. 그의 손이 제인의 팔 위쪽을 스쳤다. 잠깐 스친 것만으로도 충분했다. 제인은 정전기가 일어난 것처럼 뭔가가 탁탁 튀는 느낌이 들었다. 숨쉬기가 힘들었다. "제인. 새해 전날에는 정말 미안했어. 그 일을 설명하고 싶은데 괜찮을까?"

제인은 침을 삼켰다. "설명할 필요 없어. 내가 그 제인이라는 걸 알게 되어 분명 충격받았을 테니까."

리처드에게 해고당하기 몇 주 전, 제인은 회사 사람 여럿이 그녀를 '리처드의 섹시하고 귀여운 비서'라고 부르는 것을 들었다. 어떤 여자는 커피를 기다리는 줄에 서서 아무렇지 않게 '리처드의 걸레'라고 부르기도 했다. 제인에게 들리는 곳에서도 이 정도였으니, 조지프가 무슨 말을 들었을지 어찌 알겠는가.

"절대 그런 게 아니야." 조지프가 말했다. "정말이야, 제인. 약속해. 2015년에 리처드가 비서와 사귄다는 이야기를 듣기는 했지만… 그것 때문에 놀란 게 아니야."

제인은 그가 연도를 정확하게 기억하고 있어서 놀랐다. 그녀는 어깨 너머로 조지프를 보았다. 그는 식탁 의자를 꺼내서 앉았다가 곧바로 다시 일어서더니 냉장고로 가서 기댔고, 잠시 뒤 몸을 일으켜 선반에서 머그잔을 가져다주었다. 그가 너무 불안해

보여서 제인까지 더 불안해졌다. 인스턴트커피를 향해 손을 뻗는 제인의 손이 떨렸다.

"기억할지 모르겠지만, 아니 당신이 그곳에 있었는지 모르겠지만… 난 아무리 애써봐도 기억이 안 나. 2016년 2월에…"

조지프가 떨리는 숨을 들이마셨다. 제인은 다시 그를 흘끔 보았다. 그는 창백하고 심각한 얼굴이었다.

"기억나." 제인이 조용히 말했다. "당신이 사무실로 들어왔고 리처드와 싸웠지. 미안해. 작년 이맘때쯤 기억났는데, 그때 난 이미 당신에게 빠져들고 있어서 내가 누구인지 도저히 말할 수 없었어. 브레이 앤드 켐브레이의 모든 사람이 날, 그냥, 쓰레기라고 생각했으니까." 제인은 루가 떠올라 잠시 말을 멈추었다. "난 항상 그렇게 느꼈어."

주전자에서 물 끓는 소리가 났다.

"하지만 이젠 더 이상 그 모든 일에서 숨어 지내지 않아." 제인은 계속 말하며 돌아서서 레인지에서 주전자를 내렸다. "어제 브레이 앤드 켐브레이에 가서 리처드가 내게 말하지 말라고 한 걸 모두 말하고 왔어. 회사에서는 내가 그 사람에 대해 말한 내용과 그들이 수집한 부적절한 행동의 증거만으로도 충분히 그를 해고할 수 있다고 보고 있어."

조지프가 한참 말이 없자 제인은 돌아서서 그를 보았다. 그는 다시 의자에 앉아서 한 손으로 입을 막은 채 눈을 크게 떴다.

"리처드 윌슨이 해고당한다고?" 조지프가 말했다.

"그럴 것 같아." 제인은 조지프의 반응에 약간 놀랐다. "조지프?"

그는 천천히 고개를 저었다. "미안해. 그냥 좀… 세상에. 내가 그 놈을 몇 번이나 끌어내리고 싶었는지 이루 말할 수 없어. 그런데 그 일이 이루어졌다고? 그것도 **당신**이 해냈다고?"

"음, 그게… 그러네? 아마도?" 제인은 커피를 식탁으로 가져갔고, 조지프 맞은편에 앉아 그의 표정을 파악하려 애썼다. "조지프?" 그녀가 머뭇거리며 말했다. "그날 리처드와 왜 싸웠어?"

조지프는 숨을 깊이 들이마시고 커피가 담긴 머그잔을 두 손으로 감쌌다. "2016년 2월 14일에 내 여자 친구 시오반이 죽었어." 조지프가 너무 급하게 말해서 제인은 그의 말을 이해하기까지 시간이 걸렸다.

"오, 조지프. 오, 이럴 수가." 제인은 이렇게 말하며 자신도 모르게 그의 팔을 잡았다. 그녀가 무엇을 기대했든 간에 이런 이야기는 분명 아니었다.

조지프는 잠시 고민하는 듯이 제인의 손을 내려다보다가 머그잔을 잡고 있어서 따뜻해진 손으로 그녀의 손을 감쌌다.

"리처드가 시오반을 쫓아가고 있었어. 그가 시오반에게 집착했던 것 같아. 시오반이 그를 거절했는데 그걸 마음에 안 들어 했어."

제인은 인상을 썼다. 리처드가 뭔가를 원할 때 얼마나 집요하게 구는지 떠올랐다.

"시오반이 죽었을 때 리처드도 그 자리에 있었어." 조지프는 목소리가 약간 떨렸고 뺨은 창백했다. "시오반은 오토바이에 치였는데, 그가 쫓아오고 있어서 그쪽을 보느라 오토바이를 못 봤어. 난… 난 그게 리처드 잘못이라고 생각했어. 철저하게 그를 탓했지. 그와 같은 건물에 있는 걸 견딜 수 없어서 회사도 그만뒀어…. 난 그전까지 누군가를 그렇게 싫어해본 적이 없었는데, 리처드를 증오했어. 제인, 난 그 사람에게 끔찍한 일이 벌어지기를 바랐다고.”

제인이 그의 팔을 잡았다. “슬퍼서 그랬던 거야.”

조지프는 고마움이 담긴 눈빛으로 그녀를 보았다. “앞으로 나아가기 위해서는 분노에서 벗어나는 게 아주 중요했어. 시오반이 떠나고 2년 정도는… 잘 견디지 못했어. 밸런타인데이에는 더 심했지.” 그는 제인의 손을 감싼 자기 손을 계속 내려다보며 침을 삼켰다. “작년에 내가 술을 너무 많이 마셔서 당신과 약혼 파티에 가지 못한 뒤로, 난 친구와 약속했어. 1년 동안 데이트하지 않겠다고.” 그제야 고개를 든 조지프는 후회하는 표정이었다. “지난 몇 달 동안 내가 그런 약속을 한 걸 얼마나 후회했는지 상상이 될 거야. 하지만 그건 내가 회복하는 데 정말 중요했어. 새로운 사람을 만나려고 안간힘을 써봤지만, 여전히 시오반을 너무 사랑해서 다른 사람을 제대로 마음에 들일 수 없었거든.”

제인의 심장박동이 빨라졌다. “그럼… 여자 친구가 없었던 거야? 콘스턴스의 결혼식 때?”

조지프는 괴로운 표정이었다. “그렇게 생각하게 해서 미안해. 내가 비겁했어. 당신에게 사실대로 털어놓는 것보다 그 편이 더 쉬웠거든. 솔직히 난 아직… 아직도 약간은 엉망이야. 이 일을 말하게 되기까지도 몇 년이나 걸렸어. 지금 2020년이잖아. 말도 안 돼.” 조지프는 거칠고 낮게 웃었지만 눈에 눈물이 고여 있었다. “그런데 아직도 난 망가져 있어."

제인이 고개를 저었다. "조지프. 서두르지 말고 필요한 만큼 시간을 가져. 그리고… 모르긴 해도 당신은 자신에 대한 기대치가 너무 높은 것 같아. 망가져도 돼. 괜찮아. 많은 사람이 그래. 그런다고 해서 당신이 멋진 남자가 아닌 건 아니니까. 영원히 행복해질 수 없는 것도 아니고."

조지프의 얼굴이 일그러졌다. 그는 눈물을 참으려 애쓰고 있었다. 문득 식탁 때문에 둘 사이가 너무 멀게 느껴졌다. 제인은 일어나서 조지프의 손을 다시 잡고 그를 소파로 데려갔다.

"어쨌든." 소파에 나란히 앉자 조지프가 떨리는 목소리로 말했다. 제인이 손을 빼려고 움직였지만 조지프는 더욱 꽉 잡았다. 그러자 무언가가, 고통스러운 다정함 또는 희망 같은 것이 제인을 훑고 지나갔다. "당신과 독서 모임을 하고 저녁 식사를 하고 친구로 지낸 시간은… 고문 같았어." 그는 무릎 위에서 잡고 있던 제인의 손을 보았다. "처음에는 그냥 도전 과제 같은 거라고 생각했어. 그러니까 당신이." 그는 제인의 손을 잡지 않은 한 손을 흔들며 그녀를 흘끗 보았다. 제인은 그의 눈에서 쉽게 상처받는 모습이 보이자 마음이 아팠다. "당신이 너무 아름다웠으니까. 하지만 당신을 알게 되자…" 조지프는 눈을 감았다. "당신은 정말 다정하고 똑똑한 데다가 내가 좋아하는 책을 전부 다 똑같이 좋아했어." 그의 괴로워하는 목소리에 제인은 미소 지었다. "당신을 웃게 만들 때마다 난 하늘을 나는 기분이었어. 당신에게 키스할 뻔한 적이 얼마나 많았는지 모를 거야. 그러다가 결혼식에서 난… 난 참을 수

가 없었고 '일단 키스하고 나면 상황이 더 쉬워질지도 몰라'라고
생각했지. 하지만 그건 불쏘시개 같았어. 난 한 번도… 난 그런…
제인, 난 내가 누군가에게 이런 감정을 다시 느낄 수 있을지 몰랐
어. 그래서 친구와의 약속 때문에 당신과 너무 가까워지면 안 되
겠다 생각했고, 시오반과의 추억을 배신한 것 같아서 온갖 죄책
감에 시달리기도 했어. 난 그러니까… 그래. 엉망진창이었어." 조
지프가 자신의 가슴팍을 가리키며 말했다.

그는 제인의 시선을 계속 피했다. 제인은 그의 손을 꼭 잡았다.

"나 좀 볼래?" 그녀가 말했다. "부탁이야." 그녀의 목소리가 약
간 갈라졌다. 조지프가 그녀에게 이런 이야기를 해주었다는 것이
너무 좋았고, 가슴속에서 밝고 강렬한 기쁨이 자라났다.

조지프는 그녀를 보았다. 둘의 눈이 마주치자 제인은 다시 한
번 충격에 휩싸였다. 그제야 자신이 숨을 참고 있고 심장은 거세
게 뛰고 있으며 그의 손을 아플 정도로 꽉 잡고 있다는 것을 깨달
았다.

"제인, 사랑해." 조지프 카터가 말했다. "정말 온전히, 당신을 사
랑해."

제인은 머리가 멍해졌다. 기절할 것만 같았다. 그녀는 최악의
상황에 자신을 대입하는 데 익숙했다. 누구에게든 아무것도 기대
하지 않기 위해 스스로 끊어내는 데 익숙했다. 그런데 조지프 카
터가, 그녀가 마음을 다해 사랑하는 남자가 마주 앉아서 그녀의
손을 잡고 그 역시 사랑한다고 말했다. 너무 엄청나고 황홀한 일
이라 제인은 이게 진짜라는 걸 실감하려고 조지프의 손을 더 꽉

잡았다.

"난 완벽한 사람은 아니야." 조지프가 눈물이 그렁그렁한 채 말했다.

"조지프, 그만." 제인의 말과 함께 두 사람 사이의 거리가 좁혀졌고, 둘은 허벅지를 붙이고 양손을 깍지 껴 잡았다. "난 완벽한 당신을 원하지 않아. 왜 그런 걸 원하겠어? 난 그냥 **당신을** 원할 뿐이야. 당신의 모든 것을, 망가진 부분과 당신이 계속 숨겼던 부분을 비롯한 모든 것을 원해." 제인은 한 손을 풀어 조지프의 뺨에 갖다 댔고, 그는 희망에 가득 찬 눈으로 제인을 뚫어지게 보았다. "그게 사랑 아니야?" 제인이 속삭였다. "아니, 내가 당신을 사랑하는 방식일지도. 난 욕심쟁이야. 당신의 모든 걸 원해."

조지프는 제인과 이마를 마주 댔다.

"제인, 당신을 정말 행복하게 해주고 싶어." 그가 목멘 소리로 말했다. "매일 아침 크림 넣은 커피를 침대로 가져다주고 싶고, 당신이 그러는 걸 본 적은 거의 없지만 배를 잡고 웃게 해주고 싶어. 책도 읽고 시나몬 번도 먹고 싶고, 당신이 일요일에는 어떤 옷을 즐겨 입는지도 알고 싶어. 당신 일상의 일부가 되고 싶어. 사람 많은 파티에서 당신 옆에 서서 손을 꼭 잡고 안전하다고 느끼도록 해주고 싶어. 당신을 **알고** 싶어. 모든 습관과 당신이 품고 있는 비밀까지도 전부. 제인, 이제 당신은 혼자가 아니야. 내가 있어. 언제나."

'언제나'라는 말과 함께 두 사람의 입술이 닿았다. 이미 수천 번은 했어야 마땅한 키스였지만, 둘 사이의 수많은 진실이 밝혀진 지금 이 자리에서만 가능한 키스이기도 했다. 황홀한 키스는 아니었다. 눈물에 젖어 축축했고 둘 다 떨고 있었다. 하지만 순수했다. 완전무결했다. '언제나'라고 말하는 것만 같은, 그런 키스였다.

조지프

제인은 따뜻한 집 안으로 들어와 스카프를 풀고 코트를 벗으며 돌아서서 조지프를 보고 미소 지었다. 그의 구김살을 펴주는 것만 같은, 제대로 웃는 행복한 미소였다. 처음에는 이런 미소를 자주 볼 수 없었다. 조지프는 주로 조심스러운 미소를, 제대로 활짝 웃기도 전에 사라지고 마는 미소를 보았다. 이제 제인이 그를 보며 제대로 미소 지을 때마다 조지프는 소중한 무언가를 건네받는 기분이었다.

제인에게 사랑한다고 말한 지 365일이 지났다. 아무도 조지프에게 소중한 순간을 모두 되돌려달라고 요구하지 않았다. 조지프는 아직도 이 모든 일이 기적 같았다.

그들은 긴 산책을 다녀왔다. 2월의 바람은 무척 차갑고 맹렬해서 손을 잡고 걷는 두 사람의 얼굴을 사정없이 때렸다. 잠시 조지프는 뺨이 얼마나 빨개졌을까 하는, 오래전에 습관처럼 하던 생각이 스쳤다. 그가 따뜻한 곳에서 얼굴이 빨개지는 게 정말 싫다고 제인에게 처음 말했을 때, 제인은 몸을 숙여 붉어진 그의 뺨에 입 맞췄다. **"당신의 빨개진 뺨을 내가 얼마나 좋아하는데."** 그녀가 이렇게 말하자 조지프의 뺨은 더욱 빨개졌다.

"준비됐어?" 제인이 그에게 다정하게 물었다.

"그런 것 같아." 조지프가 그녀의 손을 잡으며 말했다. 이 말은 사실이었다. 그는 약간 긴장하기는 했지만 준비가 됐다. "이모와 엄마만 보고 올게."

그의 이모와 어머니는 식탁에서 차를 마시고 비스킷을 먹으며 즐겁게 수다를 떨고 있었다. 조지프는 그들을 보았고, 밸 이모가 **'다 좋아'**라는 표정을 지어 보이자 어깨에 긴장이 풀렸다. 요즘 조지프의 어머니는 기분이 좋았다. 기억력은 더 안 좋아졌지만 치매를 진단받고 처음 몇 년 동안 느낀 좌절과 슬픔이 완화되었다. 요즘 메리는 자신이 무엇을 잊었는지도 몰랐는데, 그게 축복이었다.

조지프가 재택근무용 사무실로 올라갔을 때, 제인은 이미 책상에 두 번째 의자를 놓고 있었다. 그는 잠시 제인을 바라보았다. 그녀의 얼굴 위로 길고 까만 머리카락이 흔들렸다. 그녀는 무릎이 닳은 청바지와 그녀가 정말 좋아하는 헐렁한 스웨터를 입었다. 제인은 매주 같은 옷을 입는 걸 그만하기로 했지만 여전히 습관을 좋아하는 사랑스러운 존재였다. 조지프는 제인이 집에서 실

내용 스웨터를 입고 있는 것을 좋아했다. 오직 그만 볼 수 있는 모습이기 때문이다.

이렇게 제인을 보고 있자니, 조지프는 그녀에게 키스하고 헐렁한 스웨터 안으로 손을 넣어 보드라운 굴곡을 만지고 싶었다. 제인이 그를 흘끔 보고 무슨 생각하는지 다 안다는 듯한 짓궂은 미소를 짧게 짓자 조지프는 호흡이 거칠어졌다. 생각해보니 그는 제인의 이런 미소를 가장 좋아하는 것 같기도 했다.

둘이 나란히 앉아서 줌 링크에 접속하는 동안, 조지프는 오늘 같은 날에 제인을 이토록 원하면서도 죄책감이 들지 않는다는 생각이 들었다. 그는 시오반을 잃고 나서 다시 행복해지는 법을 배우려면 어마어마한 노력이 필요하리라고 생각했다. 하지만 사실 행복이란 지금 같은 소소한 승리의 연속이자, 지나가고 나서야 비로소 알아차리게 되는 순간이다. 그는 채팅 창 로딩이 끝나고 모두의 얼굴이 화면에 나타나자 제인의 손가락에 깍지를 꼈다.

"해피 밸런타인데이!" 누군가가 외쳤다.

모두 모여 있었고 조지프와 제인이 마지막에 합류했다. 말레나는 락다운 때문에 미용실에도 못 간다고 계속 투덜댔지만 여전히 매력적이었다. 키트와 비케시를 비롯한 시오반의 연기 학교 친구들이 몇 명 있었고, 조지프가 아무리 봐도 싫증 나지 않는 모습도 보였다. 바로 스콧과 피오나가 같은 화면에 있는 모습이었다.

스콧은 몇 년 전 송년 파티에서 피오나를 말에 태운 뒤로 쭉 그녀를 좋아했다. 그가 조지프를 볼 때마다 피오나의 안부를 물어대는 통에, 어느 날에는 조지프가 "피오나는 잘 지내. 그런데 너한테 자기랑 데이트할 생각이 있는지 물어보더라?"라고 말할 정도였다. 물론 그 말은 농담이었다. 피오나가 조지프를 데리고 핼러윈 의상을 사러 가기 전까지는. 시오반의 친구 중 피오나는 조지프와 오랫동안 연락하고 지냈다. 그때 그들은 모자를 이것저것 써보고 있었는데, 피오나가 스콧을 좋아하는 마음이 조금은 있다고 털어놓았다. 조지프가 두 사람을 연결해준 뒤 공식적으로 사귀기까지는 1년이 더 걸렸다. 피오나가 새로운 텔레비전 드라마에 출연하게 되어 로스앤젤레스로 간 탓도 있었다. 하지만 지금 둘은 더블린에 정착했다.

조지프는 두 사람을 보며 환하게 웃었고, 그들 왼쪽 화면을 보고 더욱 환하게 웃었다. 화면에는 에르스테드의 새 아파트 침실로 보이는 방에서 에이제이의 무릎에 앉아 있는 미란다가 보였다. 피오나는 미란다와 에이제이도 초대하면 어떻겠느냐는 조지프의 제안에 기뻐했다. 그들이 시오반을 만나본 적은 없지만, 희한한 방식으로 시오반 이야기의 일부가 되었기 때문이다.

"자." 피오나가 말했다. "원래 계획대로 우리가 직접 만나서 이걸 했으면 좋았겠지만, 기본적인 원칙은 똑같아. 내가 이렇게 다 같이 모이고 싶어 한 이유는… 그러니까… 시오반과의 좋았던 일을 모두 추억해서 그 애를 여기 우리 곁에 두고 싶어서야. 물론 시오반이 썩 괜찮지 않았을 때나 성질을 부렸을 때도 같이 추억해야겠지. 고속도로에서 추월당했을 때나 시오반이 요리하려고 할 때마다 누군가가 용감하게 나서서 **항상** 음식을 태운다고 지적했을 때처럼."

이 말에 모두 웃음을 터뜨렸다. 조지프는 긴장이 조금 더 풀리는 기분이었다. 할 수 있을 것 같았다. 아직은 이런 자신이 놀라웠지만 이렇게 하고 **싶었다**. 제인은 잡고 있던 손에 힘을 주었다.

"떠났지만 잊지 말자는 거야. 알겠지?" 피오나가 말했다.

"당연하지." 조지프가 말했다. 그건 중요한 일이다. 누군가를 잃었을 때 해야 할 중요한 일이지만, 시오반에게는 특히 그랬다. 혼자 남겨지는 걸 그토록 두려워한 여자를 과거에 혼자 묻어두는 일은 너무 잔인했다. 시오반은 **살기를** 간절히 원했다. 사람들이 보고 느끼고 들어주기를 바랐다. 그런데 지금 그녀는 떠나고 없다.

하지만 잊히지는 않았다.

줌 미팅 회동은 한 시간으로 예정되어 있었지만 그들은 거의 두 시간이나 이야기를 나누었다. 눈물을 흘리기도 했는데, 조지프도 그중 하나였다. 제인도 울었다. 조지프는 알지도 못하는 여자를 위해 눈물을 흘리는 그녀가 정말 좋았다. 처음부터 제인은 시오반과의 추억뿐만 아니라 시오반의 존재 자체를 기꺼이 받아들였다. 조지프는 제인의 아버지를 만나고 나서야, 제인이 사랑한 사람을 떠나보내고 잊히게 놔두면 안 된다고 왜 그토록 고집부렸는지 이해하게 되었다.

제인은 아버지와 다시 연락했다. 런던을 떠난 이유를 마침내 사실대로 말했지만, 아버지와 함께 엄마 이야기를 나누는 것은 여전히 힘들어했다. 조지프가 보기에 제인은 분명 어머니와의 연결 고리를 **간절히 원했다.** 윈체스터에 와서 카운트 랭글리 재단에서 일한 것만 봐도 알 수 있었다. 하지만 제인은 이를 인식하지 못하는 듯했다. 아니, 그 필요성을 아직 구체적으로 설명할 수 없는지도 몰랐다.

사실 제인에게는 그런 마음이 있었다. 조지프가 제인의 아버지에게 그녀가 어머니의 친척과 연락하고 지내도록 하면 어떻겠느냐고 제안했을 때, 그녀의 표정은 보고 있기 고통스러울 정도였다. 그녀는 고통스러운 한편 희망이 싹트는, 간절히 바라는 모든 감정을 재빨리 억눌렀다. 제인은 어머니라는 주제가 너무 고통스러워서 함께 이야기할 수 없었던 집안에서 자랐다. 그녀의 아버지는 수십 년이 지난 지금까지도 슬픔에 사로잡혀 허울뿐이었다. 빌 밀러를 만나고 나온 조지프는 어깨가 굽은 채 자기 차로 터덜터덜 걸어가는 그를 보며 생각했다. '하느님, 미란다 덕분에 말할 수 있게 해주셔서 감사합니다. 제게 다시 사랑하는 법을 알려준 제인을 주셔서 감사합니다.'

"이봐, 조지프?" 말레나가 화면 속에서 불렀다.

"응?"

"지금 시오반이 있었다면 당신에게 뭐라고 했을 줄 알아?"

조지프는 점점 번지는 미소가 느껴졌다. "뭐라고 했을까?"

"사랑하는 여자를 위해 **끝내주는** 밸런타인데이 계획을 짜는 것이 좋겠다고 했을 거야. 우리가 들은 바에 따르면, 제인을 바람맞힌 일 때문에 보상해야 할 것이 많다던데."

조지프는 제인을 돌아보았고, 그녀는 약간 부끄러워했다.

"안 그래도 여름에 같이 술집에 갔을 때 그 얘기 들었어." 다른 사람들이 웃는 가운데 제인이 말했다. "말레나가 어찌나 성격이 좋은지 나도 이런저런 얘기를 많이 했고."

"카터, 이제 난 당신에 대한 온갖 걸 알고 있다고." 말레나가 외쳤다. "자, 여러분, 난 이만 가야겠어. 다른 원격 데이트를 준비해야 해서! 모두 사랑해!"

그들은 일제히 손을 흔들며 작별 인사를 했다. 조지프는 하도 웃어서 얼굴이 아팠다. 얼굴은 눈물 때문에 아직 좀 축축했다. 그는 침을 삼키며 셔츠로 안경을 닦았다.

"말레나 말은 신경 쓰지 마." 제인이 조지프와 함께 일어서며 말했다. "정말 데이트 안 해도 돼. 오늘은 시오반을 위한 날이잖아."

조지프는 고개를 저었다. 몇 달 전부터 오늘을 기다려왔다. 그의 계획은 완벽하게 착착 진행되었는데, (조지프가 아무리 애써도 그의 계획이 제대로 진행되는 경우는 드물었기 때문에) 이것이야말로 의미하는 바가 아주 컸다. 그는 작년부터 지원 버블support bubble*이 된 밸 이모의 도움을 받아, 제인에게 생애 최고의 밸런타인데이 데이트를 선사할 거라고 자신했다.

"이리 와." 조지프는 제인의 손을 잡고 아래층으로 내려갔다. "이제 깜짝 놀랄 시간이야."

"오!" 그가 어디로 데려가는지 알아차린 제인이 말했다. "드디

---

*   코로나 팬데믹으로 인한 사회적 고립과 우울감을 줄이기 위해 소수의 사람을 같은 '버블'로 묶어 그 안에서는 사회적 거리 두기를 완화하는 영국 정부의 조치다. 주로 가족, 친구, 동료 등 매일 만나는 사람들을 같은 버블로 묶었다.

어 지하실에 들어가도 되는 거야?"

　조지프는 거의 두 달 동안 제인의 지하실 출입을 금지했다. 둘 다 재택근무 중이라서 몰래 일을 진행하기가 쉽지 않았다. 다행히 제인이 새로 맡은 카운트 랭글리 재단 인사팀 업무에는 가끔 본사로 출근해야 하는 일이 있어서, 조지프는 제인이 회사에 갔을 때 큰 물건들이 도착하도록 주문했다. 그럼에도 매우 은밀하게 움직여야 했는데, 사실 그는 이런 일을 썩 잘하지 못했다.

　"좋아." 지하실로 이어지는 계단까지 내려가자 조지프가 제인을 돌아보며 말했다. "눈 감아."

　제인은 그를 보며 놀랍도록 긴 속눈썹이 감싼 매혹적인 큰 눈을 깜빡이다가 순순히 눈을 감았다. 조지프는 참지 못하고 몸을 숙여 그녀에게 키스한 다음, 돌아서서 그녀를 데리고 조심스럽게 계단을 내려갔다.

　"눈 떠봐."

　제인은 놀라서 헉 소리를 냈다. 이 소리는, 그리고 그 안에 담긴 놀라움과 어린아이 같은 기쁨은 조지프가 지난 6주 동안 준비하면서 기대한 바로 그것이었다.

　"오, 조지프." 그녀가 말했다. "도서관이잖아!"

　두 사람이 이 집에서 함께 살기 시작한 작년 가을부터, 지하실 대청소는 그들이 가장 먼저 하고 싶던 일이었다. 조지프는 대청소뿐만 아니라 리모델링까지 하기로 마음먹었다. 지하실을 말끔하게 닦아내고 페인트칠을 한 다음, 벽에 책장을 줄지어 놓고 낡은 카펫을 걷어내고 중고 상점에서 흥정해서 사온 러그를 바닥

전체에 깔았다. 그런 뒤, 둘이 함께 책을 읽을 수 있는 소파와 곡선형 스탠드를 두었다.

"정말 대단해."

조지프는 제인의 눈에 눈물이 맺히는 모습을 지켜보았다. 그녀는 책등을 손가락으로 쓸며 책장을 구경했다.

"이 책이 다 어디에서 **났어?**" 제인이 어깨 너머로 조지프를 보며 궁금한 듯 물었다.

조지프는 더 이상 멀리 떨어져 보고만 있을 수 없었다. 제인 뒤로 다가가 허리를 슬며시 안고 책을 차례로 어루만지는 제인의 머리에 턱을 댔다.

"대부분은 엄마와 밸 이모 거야. 중고 책도 일부 있고. 모티머와 콜린이 많이 도와줬어. 물론 그분들의 1순위는 당연히 결혼식 계획이지만…" 조지프가 기침하자 제인은 웃음을 터뜨렸다. 모티머와 콜린은 **매우** 진지하게 결혼식을 계획하고 있었다. 조지프가 최근 들은 이야기에 따르면 백조 몇 마리도 등장할 예정이라고 한다. "온라인 서점에서도 잔뜩 주문했어." 그가 덧붙였다.

제인은 그의 품에서 몸을 돌렸다. "당신 보너스로?" 그녀가 숨죽여 말했다.

조지프가 그녀에게 키스했다. "이것보다 어떻게 더 잘 쓰겠어?"

제인과의 첫 독서 모임에서 조지프가 책 읽을 때 정말 행복하다고 말하자 그녀의 표정이 달라졌다. 그전까지만 해도 경계 태세를 취하는 것 같던 제인은 긴장을 풀고 미소 지었다. 그녀는 "**나도 책 읽을 때 정말 행복해요**"라고 말했고, 조지프는 그 순간에 그녀와 사랑에 빠진 게 아닐까 하는 생각을 자주 했다.

2020년을 생각할 때 조지프의 머릿속에 떠오르는 건 두려움, 불안, 스트레스, 고립 같은 것들이 아니었다. 제인에게 팔베개를 해주고 함께 누워서 아직 가보지 못한 곳들에 대해 나눈 이야기가 떠올랐다. 그렇게 이야기할 때면 침대에 누워 있는데도 꼭 그곳에 간 듯했고, 한 번도 만나본 적 없는 사람들도 오랜 친구인 것만 같았다. 이렇듯 조지프는 그들이 함께 나눈 이야기가 떠올랐다.

"자." 조지프는 소풍이라도 나온 듯이 커피 탁자에 차려진 음식을 가리켰다. "제인, 해피 밸런타인데이."

제인이 탁자에 차려진 음식을 살피는 동안, 조지프는 자리를 옮겨 그녀의 표정을 살폈다. 제인의 표정을 바라보는 건 조지프에게 큰 기쁨이었다. 이전에 그녀는 항상 자신을 너무 많이 숨겼지만 이젠 그 버릇에서 벗어나고 있었고, 풀어지는 그녀를 보는 일은 언제나 즐거웠다.

"와, 이것 봐!" 제인이 웃으며 말했다. "내가 좋아하는 게 다 있네!"

"그런데 이 도서관에는 규칙이 있어." 조지프가 말했다. 제인은 클로티드 크림 뚜껑을 열어 잼 냄새를 맡고 있었는데, 체리 잼이라는 것을 확인하자 환하게 웃었다. "여기에서는 오직 즐기는 것만 가능해. 순도 100퍼센트의 완전한 즐거움만. 그래서 저녁 식사로 당신이 좋아하는 음식을 모두 준비했어."

"이걸 다 먹으려면 뭐부터 먹어야 하나?" 제인이 그릇에서 망고 한 조각을 집으며 물었다. "먼저 시나몬 번을 먹고 메인 요리로 도리토스 칠리 히트웨이브 맛을 먹은 다음 후식으로 스콘을 먹을까?"

"제인, 순서 같은 건 없어." 조지프가 웃음을 터뜨리며 제인을 끌어안았다. "당신 마음대로 해."

"방탕하군." 제인이 장난스럽게 미소 지으며 말했다. 그녀는 조지프에게 키스했다. 쾌락이 넘치는 느긋한 키스는 세상 모든 시간을 함께하고 있다고 진심으로 믿는 두 사람의 것이었다. "고마워." 제인이 낮은 목소리로 말했다. "정말 근사해."

"음, 제인 밀러." 조지프가 고개를 숙여 다시 키스했다. "이제부터 당신이 당연히 누려야 할 밸런타인데이를 즐기는 거야."

감사의 말

먼저, 내 책을 담당한 타네라 사이먼스에게 감사를 전하고 싶다. 그녀의 도움은 언제나 소중했지만, 이 책이 나오기까지 그 어느 때보다 큰 도움을 받았다. 꼭 필요한 때에 원고를 관리해주고, 책을 쓸 때는 물론이고 실생활에서 시간 관리하는 방법까지 기상천외한 아이디어를 주어 고맙다.

그다음으로, 이 이야기를 풀어내는 핵심 아이디어를 제공한 사람이자 좀처럼 찾아볼 수 없는 멋진 친구 길리에게 고맙다. 우리가 나이 들어 머리가 하얗게 세더라도 서로 음성 메시지를 주고받으며 개 이야기나 소설 속 인물들의 잘못된 행동 같은 것에 대해 이야기 나눌 수 있기를 바란다. 나를 믿고 이 책이 출간되도록 애쓰며 놀라운 창의력을 쏟아부은 편집자 캐시, 엠마, 신디에게 감사를 전한다. 해나, 엘라, 해나, 베선, 엘리, 아헤, 캐트를 비롯해 훌륭한 능력을 보여준 쿼커스 출판사의 모든 사람과, 브리태니, 앤젤라, 제시카를 비롯해 마찬가지로 뛰어난 버클리 출판사의 모든 사람에게 고맙다. 이들 모두와 일할 수 있어서 운이 좋았다.

이 책을 쓰기 위해서는 상당히 독특한 조사가 필요했는데, 나무에 오르는 법을 보여주고 체리 수확용 사다리차에 대해 묻는 이상한 전화를 받아주고 자신의 이야기를 아낌없이 해준 톰 피셔 트리 케어Tom Fisher Tree Care의 톰에게 특히 감사하다. 여성 수목 관리 전문가가 되는 것에 대해 시간을 내어 이야기해준 ACWArb* 의 애나 라이트와, 귀중한 자료를 제공해준 ArbTalk**에 이바지한 모든 사람에게도 고마운 마음을 전한다. 그럼에도 나무와 관련된 실수가 있다면 당연히 모두 나의 책임이다.

라이프 코칭의 세계에 대해 이야기해준 리사 버데트와 매기 마슬랜드에게도 정말 고맙다. 이번에도 역시 실수가 있다면 모두 내 탓이다(시오반 역시 실수가 있다면 다 그녀 탓이다…). 그리고 여자 친구 루가 이 책에 이름을 올리도록 CLIC Sargent***에 거액을 기부한 잭에게 고맙다.

이 소설의 출간이 진행되는 동안, 머리 아픈 난상 토론을 견뎌준 매우 특별한 사람들도 있다. 내 전화를 빠짐없이 받아주고 플롯의 반전을 계속 파악해가며 훌륭하다고 많이 격려해준 부모님께 감사한 마음을 전하고 싶다. 락다운 기간에 함께 산책하며 그 많은 스포일러에도 개의치 않은 푸자에게 고맙다. 패디에게는 다음 책에서 감사 인사를 하는 게 맞겠지만, 톰과 함께 자료 조사를 하는 동안 나무의 아주 높은 곳까지 올라가, 극심한 공포의 끝에서 "몸을 천천히 숙여!"라고 외치는 것을 직접 들려줘서 글의 진정성을 살리는 데 도움이 많이 되었기에 고마울 따름이다. 끝으

---

*　　　여성 수목 관리 전문가들이 주축이 된 영국의 수목 관리 업체.

**　　 영국의 수목 관리 전문가 네트워크.

***　어린이와 청소년 암 환자와 가족들을 돕는 영국의 자선단체.

로, 내 인생의 사랑이자 난상 토론 참가자 중 가장 인내심이 깊었던 샘에게 고맙다. 이렇게 긴 세월이 지났는데도 우리가 함께라는 게 믿기지 않는다. 당연히 너무 좋다는 말이다.

2020년과 2021년, 우리 모두를 안전하게 지켜주기 위해 끔찍한 세상으로 성큼성큼 나와준 사회 핵심 인력에게 감사를 전하며 이 글을 마무리하고 싶다. 여러분 한 사람 한 사람 모두 정말 대단했다. 우리는 그 사실을 절대 잊지 않을 테니, 여러분도 그러기를 바란다. 여러분의 용기에 진심으로 감사하다.

내가 빠진 로맨스

초판 1쇄 인쇄   2023년 9월 12일
초판 1쇄 발행   2023년 9월 20일

지은이   베스 올리리
옮긴이   박지선

편집인   이기웅
책임편집   오윤나
편집   안희주, 주소림, 김혜영, 양수인, 한의진, 이원지, 이현지
책임마케팅   김서연, 김예진, 박시온, 김지원, 류지현, 김찬빈, 김소희, 배성원
마케팅   유인철
경영지원   박혜정, 최성민, 박상박
제작   제이오

펴낸이   유귀선
펴낸곳   ㈜바이포엠 스튜디오
출판등록   제2020-000145호(2020년 6월 10일)
주소   서울시 강남구 테헤란로 332, 에이치제이타워 20층
이메일   odr@studioodr.com

© 베스 올리리

ISBN   979-11-93358-02-3 (03840)

모모는 ㈜바이포엠 스튜디오의 출판브랜드입니다.